Sinclair Lewis

Unser Herr Wrenn

FSC
www.fsc.org
MIX
Papier aus ver-
antwortungsvollen
Quellen
Paper from
responsible sources
FSC® C105338

Bibliografische Information der Deutschen Nationalbibliothek:
Die Deutsche Nationalbibliothek verzeichnet diese Publikation in der Deutschen Nationalbibliografie; detaillierte bibliografische Daten sind im Internet
über http://dnb.dnb.de abrufbar.

Herstellung und Verlag: BoD – Books on Demand, Norderstedt

ISBN: 978-3-7557-6635-3

Inhaltsverzeichnis

Erstes Kapitel.
Mr. Wrenn ist einsam

Der Billeteur des Nickelorion-Kinos in New York ist eine in der Vierzehnten Straße wohlbekannte Persönlichkeit. Die zahlreichen Messingknöpfe auf seinem leuchtend hellblauen Rock begrüßen die Stammkunden schon von weitem, und wenn sie näher kommen, wird ihnen das freundlichste Kopfnicken des ganzen Stadtviertels zuteil. Mr. Wrenn pflegte die Vierzehnte Straße entlang zu traben, an allen anderen Kinos vorbei, nur weil er dieses herzliche Kopfnicken nicht entbehren wollte; denn abends erwartete ihn ein einsames möbliertes Zimmer, und untertags hatte er eine langweilige Arbeit, von der ihm ganz dumm im Kopf wurde.

In der Korrespondenz der Kunstartikel und Nouveautés-Gesellschaft figuriert er als »Unser Herr Wrenn«, der umgehend schreiben und alles höchst befriedigend aufklären wird. Mr. Wrenn, der jetzt vierunddreißig Jahre zählte, war Buchhalter in der Verkaufsabteilung der Kunstartikel-Gesellschaft. Tag für Tag saß er, über Rechnungen und lange Zahlenreihen gebeugt, an seinem Pult hinter dem Lagerraum. Er war ein bescheidener kleiner Junggeselle – ein Irgendjemand mit unauffälligen, fertig gekauften blauen Anzügen und einem kümmerlichen, nicht gerade imposanten Schnurrbart.

Heute – Historiker haben festgestellt, daß es sich um den 9. April 1910 handelt – hatte es einigermaßen verworrene Aufträge von den Detaillisten in Wisconsin gegeben, und Mr. Wrenn war von dem Direktor, Mr. Mortimer R. Guilfogle, »heruntergeputzt« worden. Er brauchte also das freundliche Nicken des Billeteurs vom Nickelorion. Der Wind, der jetzt, nach der Bürozeit, durch die Vierzehnte Straße fegte, wirbelte große Staubwolken auf und trieb allerlei Unfug mit den Röcken zahlloser rundlicher Judenmädchen, in deren spitzen Blusenausschnitten die warme bräunliche Haut leuchtete. Unter der Hochbahnstation spielte Mr. Wrenn sich in aller Heimlichkeit vor, er sei in Paris; denn hier boten schöne Italienerknaben Veilchensträuße feil, ein Straßenhändler führte an silbernen Leitschnüren rote mechanische Kaninchen vor, die quieken konnten, und auf einem Zeitungsstand häuften sich orangerote, grüne und goldene Zeitschriftenumschläge.

»Ach!« sprach Mr. Wrenn bewundernd bei sich. »So viele Farben. Hoffentlich gibts im Kino wieder fremde Länder zu sehen.«

Vergnügt kam er zum Nickelorion, tastete in seinen Westentaschen nach einem Zehncent-Stück und suchte schon an der Kasse einen Blick von dem freundlichen Billeteur zu erhaschen. Aber der mußte darüber nachdenken, wo er die Hosen für seinen kleinen Johnny kaufen sollte. In dem Laden in der Vierzehnten Straße, oder drüben bei Siegel-Cooper, oder bei Aronson, ganz in der Nähe seiner Wohnung? In diese Gedanken vertieft, nahm er Mr. Wrenn gleichgültig die Eintrittskarte ab und ließ ihn achtlos passieren, ohne zu bemerken, daß dieser ihm zulächelte und eine Verbeugung machte. Mr. Wrenn kam zitternd in den Zuschauerraum des Nickelorion. Am liebsten hätte er kehrtgemacht und den Kerl zur Rede gestellt, aber seine Schüchternheit hielt ihn davon ab. Das gewohnte »Schöner Abend, Sir« – ob es nun regnete oder schön war – hatte ihm wirklich immer Freude gemacht, und eine derartige Ungezogenheit konnte er sich eigentlich nicht gefallen lassen. Verdiente er nicht neunzehn Dollar in der Woche, und der Billeteur nur zehn oder zwölf? Mit dem Trotz einer in die Ecke getriebenen Maus schüttelte er wild den Kopf, dann zupfte er an seinem Schnurrbart herum und sah sich verdrossen den Film an.

Das tat ihm wohl. Nach einer kurzen Groteske kam ein aufregender Wildwestfilm, in welchem mit großem Humor und noch größerem Getümmel geschildert wurde, wie ein chinesischer Koch auf einer Ranch revoltierte. In Wirklichkeit sah Mr. Wrenn keine Cowboys und keine Prärien, er sah sich selbst, wie er sich gegen den mürrischen Direktor auflehnte und die Unhöflichkeit des Billeteurs gebührend bestrafte. Jetzt war er so weit, daß er die geradezu überwältigenden Wonnen eines Reisefilms genießen konnte. Als der Titel, der auf der Leinwand erschien, Bilder aus Java versprach, brachte er es vor Entzücken kaum zuwege stillzusitzen.

Er war ein Kenner, was Reisefilme betraf, weil er schon sein ganzes Leben lang eine große Reise plante. Er kannte zwar Staten Island und hatte auch schon bei einem Ausflug zum Bound Brook den Führer gespielt. Aber seine Weltreise harrte noch der Verwirklichung. In Mr. Wrenn, der so aussah, als würde er niemals aus New York herauskommen, schlummerten alle Gaben des heroischen Globetrotters. Auch er wollte, wie der Mann, der diesen Film aufgenommen hatte, unter den dunkelhäutigen Eingeborenen Javas umherschlendern, in »Dörfern mit Ziegeldächern und Tempeln – und – und – ach, na ja – in solchen Gegenden!« Er glaubte, den Duft orientalischer Gewürze in der Nase zu haben, als er aus dem Nickelorion, ohne dem Billeteur auch nur einen Blick zu gönnen, stolz auf die Straße trat und »nach Hause« ging – zu seinem Zimmer in einer Mietskaserne der Sechzehnten Straße im Westen.

Er hatte vor, in seiner Sammlung illustrierter Prospekte der verschiedensten Schiffahrtslinien nach einer Schilderung Javas zu suchen. Aber wenn man mit einer Wirtin gesegnet ist, die sowohl an Ischias wie an chronischer Duldermiene leidet, sieht man selbstverständlich noch rasch ins Wohnzimmer, um zu hören, wie es ihr geht. Mrs. Zapp war eine dicke Zimmervermieterin. Wenn sie saß, ging eine gerade Linie vom Kinn zu den Knien. Für gewöhnlich saß sie auch. Bewegte sie sich aber, dann ächzte sie, und alles, was zu ihrer Kleidung gehörte, knarrte. Sie ächzte und knarrte vom Bett zum Frühstück und verzehrte langsam und verdrossen fünf Pfannkuchen, ein Ei, etwas Rumpsteak und drei Tassen Kaffee. Vom Frühstück knarrte und ächzte sie zum Schaukelstuhl, in dem sie dann sitzen blieb und darüber nachdachte, warum die Vorsehung ihr eine schlechte Verdauung beschert hatte. Mr. Wrenn half ihr mitfühlend bei ihrem Nachdenken, jedoch Mrs. Zapp genoß ihr Leiden viel zu bewußt, um sich von dem Mitgefühl eines Yankee trösten zu lassen, der ein Niggerfreund war und nicht die Fähigkeit hatte, den erlesenen Kummer einer den ersten Familien Virginiens Verwandten aus dem edlen Geschlecht der Zapp zu würdigen.

9

Mr. Wrenn wagte in dem schlecht gelüfteten Zimmer, das nach abgestandenem Essen und noch abgestandenerem Stolz auf ein Geschlecht roch, das niemals existiert hatte, nichts anderes zu tun, als still zu sitzen. Still vor allem deshalb, weil der Stuhl, auf dem er saß, zerbrochen war. Das war er nun schon seit vollen vier Jahren.

Zum hundertneunundzwanzigsten Male im Laufe dieser vier Jahre erklärte Mrs. Zapp: »Ich muß den Stuhl reparieren lassen, Mr. Wrenn.«

Er zeigte eine dankbare Miene und betrachtete die vergrößerten Photographien Lee Theresas, der älteren Tochter (die Vorarbeiterin in einer Fabrik war) und Godivas. Godiva Zapp wurde für gewöhnlich »Goaty« gerufen, und Mrs. Zapp rief sie recht oft, wenn der Tag lang war. Goaty war eine gut abgerichtete kleine Sklavin, die häufig an Mandelentzündung litt; Mrs. Zapp wollte sie schon seit langem operieren lassen, und bei diesem Wollen hatte es für alle Zeiten sein Bewenden.

»Ja, Mr. Wrenn, ich habe Goaty gesagt, sie soll sich darum kümmern, daß der Stuhl wieder in Ordnung gebracht wird, aber sie tut ja nie, was ich ihr sage.«

Aus der Küche waren die Geräusche zu hören, welche die jetzt achtjährige Goaty, das unfolgsame Kind, erzeugte, während sie, schluchzend und heulend, geradezu unglaubliche Geschirrmengen wenn auch nicht säuberte, so doch wusch. Allen weiteren Bemerkungen über die Unannehmlichkeiten der Ischias und windiger Abende entzog sich Mr. Wrenn, indem er aus der erhabenen Gegenwart Mrs. Zapps entwich und sich ins Paradies flüchtete – in sein möbliertes Zimmer.

Dieser Raum war von abstoßender Wohlanständigkeit: auf dem Bett lag eine Flickendecke, nicht zwei Möbelstücke paßten zueinander, und an die Wände waren Farbendrucke aus Zeitschriften genagelt. Aber auf dem Kaminsims wohnten seine Freunde, die Bücher aus dem Wanderland. Andere Freunde hatte das Zimmer selten gesehen. Es fiel Mr. Wrenn ohnedies schon schwer, Bekanntschaften zu machen, und dazu kam noch, daß Mrs. Zapp es nicht gern sah, wenn ihre »möblierten Herren« Besuch empfingen. Deshalb hatte Mr. Wrenn sogar darauf verzichtet, Charley Carpenter, den Hilfsbuchhalter der

Kunstartikel-Gesellschaft, zu sich zu bitten. So blieben ihm nur die Bücher, die er jetzt eifervoll mit zärtlichen Fingerspitzen streichelte. Er wählte einen besonders schönen Prospekt aus und reiste unverzüglich ins Märchenreich ab.

Am Sonnabendmorgen strahlte der Aprilhimmel in besonderer Heiterkeit. Die Spatzen in der Mitte der Fünften Avenue schwatzten vergnügt durcheinander, und alles, was nur irgend glänzen konnte, funkelte und schimmerte im hellen Licht. Mr. Wrenn eilte mit wehenden Rockschößen über die Straße; er machte einen großen Umweg und war bereit, der Zeit und der Ewigkeit, ja, sogar dem Direktor Trotz zu bieten. Mit dem Trotz als Bettgenossen war er aufgewacht, und während er in der »Milchhalle und Schnellimbißstube« frühstückte, hatte der Sonnenschein ununterbrochen über den Mosaikboden gespielt.

Stolz kam er zum Ziegelgebäude der Kunstartikel-Gesellschaft in der Achtundzwanzigsten Straße, ganz nahe der Sechsten Avenue. Im Büro lächelte er seinem Tintenfaß und den makellosen Löschblättern auf dem wohlgeordneten Schreibtisch zu. Voll brennenden Eifers stürzte er sich in die Arbeit, und seine Laune war so gut, daß ihn das überlegene » *Guten* Morgen« der Einkäuferin nicht allzu sehr verdroß. Noch um halb elf war er damit beschäftigt, mit Papier und Linealen auf seinem Schreibtisch herumzufuhrwerken. Es sollte nur jemand versuchen, ihn zu behindern, ihn in seinen Vorbereitungen für die Arbeit zu stören: man sollte es nur *versuchen*, dann würde man schon sehen!

Mit einem Mal sprang er auf und schoß aus dem Zimmer; der Summer auf dem Tisch hatte mürrisch gebrummt. Mr. Mortimer R. Guilfogle, der Direktor, wünschte ihn zu sprechen. Er hastete über den Korridor und drückte sich bescheiden über die Schwelle in das von Sonnenlicht durchflutete, mit Teppichen und Kunstartikeln geschmückte Zimmer des Direktors. Sieben Nouveautés verzierten allein den Schreibtisch, darunter ein großes gläsernes Rokoko-Tintenfaß im Shakespeare-Stil, das Gewürznägelchen enthielt, und ein kleines eisernes im Pittsburg-Stil, in dem tatsächlich auch Tinte war. Mr. Wrenn blinzelte in der Helligkeit wie eine am hellichten Tag aufgescheuchte Eule. Der Direktor schlug mit der Faust auf den Tisch, setzte eine finstere Miene auf, zog seine Blumenwiese von Weste glatt und knurrte, während seine Backen vor Empörung zitterten: »Hören Sie mal, Wrenn, was ist mit Ihnen los? Der Bronx Bazar schreibt mir, daß seine Order auf Mai-Nouveautés zweimal ausgeführt worden ist.«

»Es sind zwei Aufträge eingegangen. Telephonisch«, lächelte Mr. Wrenn in hilfloser Höflichkeit.

»Einen Dreck sind zwei Aufträge eingegangen, Herr! Zweimal die gleiche Order?«

»Ja; der Einkäufer war wahrsch – –«

»Die Leute behaupten, sie haben genau nachgeprüft. Auf jeden Fall werden sie nicht zweimal bezahlen. Ich kenn die Brüder. Wir werden natürlich nachgeben und uns entschuldigen müssen, und alles weil Sie – – Ich möcht nur wissen, warum Sie nicht besser achtgeben!« Die Mitteilung, daß Mr. Wrenn zweimal den Hals verdrehte und einmal den Kopf schüttelte, könnte seinen Ingrimm auch nicht annähernd schildern. Endlich! Jetzt war er da – der Augenblick zur Revolte, der Augenblick des Kampfes. Er *hatte* achtgegeben; der alte Gallenvogel krächzte nur; aber warum sollte gerade *er* angekrächzt werden? Während sein Herz so klopfte, daß er ganz blaß wurde, erklärte er mit zitternder Stimme:

»Ich bin ganz sicher, bei der Order. Ich habe genau nachgesehen. Der Einkäufer vom Bronx war betrunken.«

Es war geschehen. Ob er jetzt wohl entlassen würde?

Der Direktor antwortete:

»Wahrscheinlich. Sie haben nachgesehen, ja? Hm! Schicken Sie mir die beiden Auftragsformulare herein. Aber auf jeden Fall wünsche ich, daß Sie nach der Sache da mehr achtgeben, Wrenn. Sie sind ziemlich nachlässig. Jetzt können Sie gehen. Glauben Sie, ich werde eine Firma für ein und dieselbe Order zweimal bezahlen lassen, bloß weil Sie nicht besser achtgeben?«

Mr. Wrenn stand im Korridor. Der Direktor schien von der Revolte nicht sehr erschüttert zu sein.

Das war er auch nicht. Er rief eine Stenotypistin und diktierte:

» *Bronx-Bazar.*

Sehr geehrte Herren,

Unser Herr Wrenn hat wiederholt (unterstreichen Sie das
›wiederholt‹, Miss Blaustein) wiederholt Ihre Order auf Mai-
Nouveautés nachgesehen. Wie bereits mitgeteilt, ist erwähnte
Order bestimmt telephonisch nochmals aufgegeben worden.
Unser Herr Wrenn ist durchaus verläßlich und liegen uns die
von ihm ausgefüllten Auftragsformulare über diese beiden Or-
ders vor. Wir werden also beide Kollektionen – —«

Schließlich, so dachte Mr. Wrenn, hielt der schlaue Direktor mit seiner wahren Ansicht vielleicht bloß hinterm Berge. Es
war gar nicht ausgeschlossen, daß er die Revolte verstanden
hatte. Das tröstete Mr. Wrenn bis nach dem Mittagsessen. Aber
um drei Uhr, als sein Kopf wieder von der Arbeit rauchte und
er längst nichts mehr davon wußte, daß es draußen Frühling
war, bekam er Angst vor den schrecklichen Dingen, die der Direktor ihm antun könnte. Wenn er seine Stellung verlöre. Die
Stellung! Er arbeitete unnötig lange, weil er hoffte, daß der Direktor von seinem Fleiß hören würde. Als er, trunken von
Müdigkeit, heimwärts wankte, war seine Angst davor, die Stellung zu verlieren, kaum größer als sein Wunsch, die Stellung
aufzugeben.

Er hatte so lange gerechnet, daß ihm bei seinem Erwachen
am Sonntag noch immer Zahlen im Kopf umherwirbelten. Als
er zu seinem Frühstück aus Kaffee und Weizenflocken in die
Schnellimbißstube ging, erinnerten ihn die Betonblöcke des
Bürgersteigs, die im weißen Sonnenglast flimmerten, in höchst
unerfreulicher Weise an die Rubriken der Auftragsformulare,
und die schmalen Blöcke der Bordschwelle waren die unausge-
füllten Rubrikenköpfe. Selbst die Linien auf der Decke der Im-
bißstube, die parallel verliefen, verhöhnten ihn als prosaisches
Geschöpf, dessen Lebensweg ein Lineal sei.

Sofort nach dem Frühstück eilte er zur Postfiliale, um seine
Sonntagsbriefe abzuholen, doch er wurde bitter enttäuscht. Er
erwartete einen herrlichen reich illustrierten Führer in das Land
der Mitternachtssonne, und statt dessen bekam er nur einen

Brief von seinem ältesten Bekannten – von Vetter John aus Parthenon, dem Spielgefährten seiner Kindheit. Ohne den Brief zu öffnen, steckte er ihn in die Brusttasche. Dann warf er seinen Zahnstocher fort und begann seine Sonntagswanderung.

Die Dreiundzwanzigste Straße zur North River Fähre schlenderte er zu Fuß hinunter. Straßenbahnfahren kostet Geld, und selbstverständlich spart man jeden Pfennig für die große Reise. Die Aprilwolken über ihm waren freie Vagabunden, deren Fröhlichkeit ihn so erregte, daß er über eine Bordschwelle mit kühnem Sprung hinwegsetzte. Die Wolken wenigstens erzählten nichts von Auftragsformularen. Und mit ihnen segelte Mr. Wrenns Seele durch die Lüfte, während seine gedoppelten Sonntagsschuhe an Lagerhäusern vorüberschritten. Nur einmal ließ er sich dazu herab, wirklich in der Dreiundzwanzigsten Straße zu sein. Als er unter dem Hochbahnviadukt die Neunte Avenue überquerte, sah er einige Häuser weiter unten den gotischen Bau des Allgemeinen Theologischen Seminars und entdeckte im Spitzbogen eines Portals überraschende Schönheiten.

Sein Ziel war eine behagliche Fahrt mit der West- und Südbahn, nach einer gewaltigen Seereise im Gischt und Wogenbrausen des North River. Als er auf der Fähre war, blieb er nicht im Raucherabteil. Er rauchte nicht – das würde ja einen Teil des Reisegelds verschlingen. Sowie er sich einmal auf dem Oberdeck eingerichtet hatte, wußte er, daß er endlich auf einem Ozeandampfer in See stach. Rasch war die Bewegung allerdings nicht, doch Mr. Wrenn hatte nicht das geringste dagegen, was diese Einzelheit der Reise betraf, auf jeden Realismus zu verzichten. Wenigstens hingen unverkennbare Rettungsgürtel in den weißen Gestellen über ihm; und er sah auch recht gut, daß die ganze Welt um ihn anhob, auszufahren und auf großen Schiffen in ferne Länder aufzubrechen, als wäre wieder jener strahlende Morgen da, an dem Abenteuerfreude die Argonauten beseelte.

Die Ozeandampfer, an denen sein Boot vorüberkam, regten ihn nicht auf. Da er vom Reisen außer dem Reisen selbst alles wußte, erfreute er sich stiller, interessierter Kenntnisse. Er

14

erkannte die *Campagnia* drei Docks weiter unten und erklärte einem Gemüsehändler aus Harlem ihre Schönheiten, wobei er höchst ernsthaft von Top und Takel, Bruttoregistertonnen und Knoten sprach.

Aufgeregt war er nicht, aber – wohin überall könnte er nicht gelangen, wenn er auf der *Campagnia* nach Arkadien ausführe! Du lieber Gott! Was waren denn selbst die großmächtigen Türme des Metropolitan- und des Singer-Gebäudes im Vergleich mit einem schönen alten Altar in einem Jahrhunderte alten ehrwürdigen Dom!

All dies träumte und sang er sich vor, wenn auch nicht in Worten. Er hatte niemals etwas von Arkadien gehört, obgleich er schon seit vielen Jahren Bürger dieses Reiches war.

Selbstverständlich, so erzählte er sich, saß er jetzt im Promenadendeck des Ozeanriesen, er glitt den schmutzigen Mersey nach Liverpool hinauf (die Quelle seiner Visionen war eine Reisebroschüre der White Star Line), er war unterwegs zu einem Orgelkonzert auf dem St. George's Square (siehe den englischen Baedeker); dann wieder reiste er in einem Expreßzug nach London und – Herrjeh!

Das Boot fuhr in seine Landungsschlippe ein. Mr. Wrenn trabte zum Heck vor, um sich daran zu ergötzen, wie die Nase des Fahrzeugs gegen die leicht schwankenden Pfeiler stieß und die kleinen braunen Wellen vor ihm aufhüpften. Die Masse der Ausflügler trug ihn mit sich zum Bahnhof.

In seiner Begeisterung sah er nichts von den Menschen um sich, als er das gewaltige Lied der Eisenbahn hörte. Das weit gewölbte Dach dröhnte, während die eisernen Rennpferde ungeduldig über den kleinen Aufenthalt mit ihren titanischen Hufen stampften.

Das ist ein schwaches Echo der Worte, mit denen ein Dichter vielleicht Mr. Wrenns Eindrücke schildern würde. Er selbst sagte nicht mehr als: »Herrjeh!«

Er kam an den Tafeln mit den Bestimmungsstationen vorüber, die an den Bahnsteigsperren hingen. Chicago (die Ebenen! die Rockies! Sonnenuntergang über den Lagern der Schürfer!) Washington, der magische Süden – dorthin werden die eisernen Pferde mit den schwärzlichen, im brausenden Wind flatternden Rauchmähnen galoppieren, mit starken Hufen neunzig Kilometer in der Stunde zurücklegend. Auch für ihn wird einmal die Zeit kommen, da er nach Chicago und nach dem Süden eilen wird.

Jetzt reiste er zur Cortlandt Street; nach North Island City; schließlich zur Marinewerft. Er kam an den Docks der Frachtdampfer vorüber; auf einem dieser Schiffe könnte er sich in der alles verheißenden Zukunft vielleicht als Steward verdingen. So weit, daß er sich tatsächlich bei einem Schiffer nach Möglichkeiten erkundigt hätte, war er allerdings nicht gegangen, aber einmal hatte er im Heuer-Kontor einer Missionsgesellschaft in West Street angefragt und zur Antwort bekommen: »Sind Sie Seemann? Nein? Dann kann ich nichts für Sie tun, mein Lieber. Sind Sie gerettet?« Einem derartigen Schrecken wollte er sich nicht ein zweites Mal aussetzen, aber wenn der Goldene Morgen der Zukunft dämmerte, würde er sicherlich die Fahrt zu den palmenumkränzten Lagunen antreten.

Während er durch Long Island City spazierte, erfand er sich mit Seeleuten, denen er begegnete, allerlei Gespräche. Es würde den blonden norwegischen Bootsmannsmaat sehr überrascht haben zu hören, daß er Geschützmeister sei und dem Mann, der in aller Bescheidenheit an ihm vorüberging, eben jetzt ein großmächtiges Garn von Piratenkämpfen vorspinne.

Mr. Wrenn beneidete die Matrosen auf dem Übungsschiff, stach als Gast des Präsidenten auf der Admiralsbarkasse gleichmütig in See, erschrak unter den Blicken eines bummelnden Ladenmädchens und kam, zu Mrs. Zapps Billigung, noch vor Einbruch des Abends nach Hause.

Die Dämmerung verzauberte sein möbliertes Zimmer. Mr. Wrenn spürte in seinen nicht gerade kräftigen Beinchen eine angenehme Müdigkeit von den Spaziergängen, setzte sich in den Schaukelstuhl am Fenster, streichelte seinen kleinen blonden Schnurrbart und stellte Betrachtungen über seine Sonntagswanderungen an. Als die Gaslampe angezündet wurde, verbrachte er eine glückliche Stunde über den Abbildungen in einer geographischen Zeitschrift, und dann gähnte er sich zu: »Na—a—a, Willichen, wird wohl Zeit sein, in die Baba zu kriechen.« Er zog sich aus und legte seinen Anzug sorgfältig über der Lehne des Schaukelstuhls zusammen. Als er auf der Bettkante saß, in seinem wollenen Nachthemd aussehend wie ein kleines Vögelchen mit farblosem Gefieder, rieb er sich schläfrig die Augen. M–m–m! Wie müde er war! Er ging zum Fenster und öffnete es. Dann begann sein zahmes Herzchen einen Walzer zu tanzen, er vergaß sein möbliertes Zimmer und seine Schläfrigkeit.

Durch das Fenster klang der Chor der Nebelhörner auf dem North River herein. »Buum–m–m–m!« Das mußte ein gewaltiger Ozeanriese sein, der sich durch den Nebel durchkämpfte. (Es war ein Fährboot.) »Tut! Tut!« Das war ein Schlepper. »W–w–w–w!« Noch ein Ozeandampfer. In dem lärmenden Chor erlebte er zum zweiten Male alle Abenteuer des Tages.

Er ließ sich wieder auf das Bett fallen und starrte geistesabwesend seine Kleider an. Aus der Brusttasche des Rocks sah der ungeöffnete Brief von Vetter John hervor. Er las den ersten Absatz, dann sprang er auf und tanzte eine Tarantella, hüpfte in seinem Nachthemdchen umher wie ein betrunkener Yaqui-Indianer. Der Brief brachte ihm die Nachricht, daß die steinige Farm in Parthenon, die Mr. Wrenn von seinem Vater geerbt hatte, verkauft worden war. Ihre Lage im felsigen Gebiet am Flußufer hatte sie für die Parthenon Chautauqua-Gesellschaft wertvoll gemacht. Auf der Nationalbank lagen jetzt neunhundertvierzig Dollar für ihn!

Er war also wohlhabend. Er besaß genug, um viele abenteuerreiche (aber sparsame) Monate hindurch auf der ganzen Erde umherzuwandern, bis er das Geheimnis des Reisens und des Lebens ohne Stellung und ohne Gehalt gelernt hätte.

Er bohrte den Kopf ins Kissen und schluchzte vor Aufregung, ein Frost schüttelte ihn, und im Magen hatte er ein sonderbares Druckgefühl. Dann lachte er auf und dachte einen Augenblick daran, in das Zimmer nebenan zu laufen und dem Fremden, der dort wohnte, von der welterschütternden Nachricht zu erzählen. Er lauschte im Flur, um zu hören, ob die Zapps noch auf wären, vernahm aber nichts; er ging also in sein Zimmer zurück und lief darin, immer wieder verzückt die Weltkarte betrachtend, ruhelos auf und ab.

»Herrjeh! Jetzt ist es passiert. Ich werd wohl nicht – sehr große – Angst vor Schiffbrüchen und so haben … Vor solchen Sachen … Na! Wenn ich jetzt nicht schlafen geh, werd ich morgen zu spät ins Büro kommen!« Bis drei Uhr morgens lag Mr. Wrenn wach. Am Montag schämte er sich, etwas so Verrücktes getan zu haben. Aber er traf rechtzeitig im Büro ein. Die Sorgen des Reichtums drückten ihn. Er mußte sich ja entschließen, wann die große Wanderschaft beginnen sollte. Aber gleichzeitig war ihm sehr wohl bewußt, daß Direktoren recht unangenehm werden können, wenn man sich verspätet. Den ganzen Vormittag beschäftigte er sich damit, sein neues Vermögen und seine Ersparnisse zusammenzuzählen und auf einem halben Bogen Papier auszurechnen, wie viele Schiffsreisen sich aus dieser Summe bestreiten ließen.

Die Mittagsstunde gehörte nicht der Stellung, sondern ihm, und damit der Erforschung der romantischen Abenteuerreiche, die hart an die Achtundzwanzigste Straße und die Sechste Avenue grenzen. Aber vor allem hatte er mit dem Hilfsbuchhalter Charley Carpenter zum Mittagessen zu gehen, denn er mußte ihm von der großartigen Neuigkeit berichten; und Charley für seine Person brauchte häufig einen Vertrauten, der aus eigener Erfahrung die tyrannischen Methoden des Direktors kannte.

Mr. Wrenn und Charley wählten (das heißt Charley wählte) einen Tisch in Drübels Speisehaus. Mr. Wrenn begann schüchtern: »Ich hab dir eine ganz große Neuigkeit zu erzählen.«

Doch Charley ließ ihn nicht zu Ende sprechen. »Sag mal, hast du gehört, wie der alte Gallenvogel heut vormittag auf mich losgefahren ist? Ich werd mir das nicht gefallen lassen. Hast du ihn gehört – den alten –«

»Was war denn, Charley?«

»War? Nichts war. Nur mit dem alten Gallenvogel war was. Ich hab einen kleinen Rechenfehler gemacht. Ich kann dir bloß sagen, wenn der alte Vogel siebenundsiebzig Konten im Kopf haben und einem blöden Mädel, das nicht einmal die Addiermaschine bedienen kann, ununterbrochen auf die Finger sehen müßte, also, ich kann dir bloß sagen, er würde grün und blau anlaufen. Er würde überhaupt *nur* Fehler machen! Der Kerl muß heute zu ausgiebig gefrühstückt haben. Er hat Bewegung gebraucht, um alles verdauen zu können, und ich, ich war die Bewegung – ich war der Sündenbock. Er läßt mich holen, und er macht mir Krach, und ich – also, ich sag dir bloß, ich fall ihm nicht drauf rein!«

Charley Carpenter unterbrach sich und führte mit ruckhaften Bewegungen seine Zigarette zum Mund. Sofort aber überwältigte ihn wieder die Erinnerung an das ihm angetane Unrecht. Er schlug mit der Faust auf den Tisch, warf den Kopf zurück, fuhr mit beiden Händen wild in der Luft herum und knurrte dazu:

»Klar! Du kannst deinen letzten Dollar wetten, daß er an der Art, wie ich ihn angesehen hab, ganz deutlich gemerkt hat, daß ich mir keine Dummheiten mehr gefallen laß. Klare Sache! … Dem werd ich schon zeigen. Paß nur auf. Ich werd ihm noch mal so Bescheid blasen, daß er – – Ja, das werd ich. Du wirst schon sehen. Wenn ich meine Frau nicht hätte – – Die sollt ich sowieso sitzen lassen, und das werd ich auch mal tun – –«

»Hm.« Einen Augenblick wartete Mr. Wrenn … »Ich weiß, wies ist, Charley. Aber s wird schon gehen. Ganz sicher. Hör mal, ich muß dir was erzählen. Das bißchen Land, das ich von meinem Vater geerbt hab, ist für fast tausend Dollar verkauft worden. Übrigens, das Mittagessen ist meine Sache. Laß mich zahlen.«

Damit erklärte Charley sich ohne weiteres einverstanden. Dann rief er:

»Großartig, Wrenn! Großartig! Meine herzlichsten Glückwünsche! Ich wüßte niemanden, dem ich so was mehr gönnen würde. Du bist ein sanftes Bäh-Schaf, aber in dir steckt was, alter Wrennski! Übrigens, sag mal, kannst du mir bis Sonnabend fünfzig Cent pumpen? Danke. Kriegst es sicher zurück. Herrgott! Du bist der einzige Mensch im Büro, der weiß, was für ein ekelhaftes altes Aas der alte Gallenvogel ist, der alte – – «

»Ach, du, Charley, du sollst nicht so über den Guilfogle losziehen. Mich hat er immer ganz anständig behandelt.«

»Der – anständig? Ja, von wegen anständig. Du weißt doch Bescheid. Jetzt, wo du genug Pinke hast, daß du dir keine

Sorgen wegen der Stellung machen brauchst, wirst dus erst recht begreifen und ihm mal ordentlich Bescheid sagen wollen. So wie ich. Hör mal!«

Der famose Einfall, den er hatte, ließ ihn großartig mit der Faust herumfuchteln. »Hör mal, warum sagst du ihm nicht tatsächlich Bescheid? Die brauchen dich im Büro. Du hast ja keine Ahnung, wie sie dich brauchen. Du machst doch außer deiner eignen Arbeit noch die halbe Arbeit vom Lagerhalter. Ich werd dir sagen, was du machen mußt. Du gehst zum alten Gallenvogel und sagst ihm, du willst auf fünfundzwanzig erhöht werden, und zwar sofort. Was, fünfundzwanzig, auf *dreißig*! Das bist du auch wert, oder wenigstens beinah, aber so viel wird dir der Gallenvogel natürlich nie geben. Er wird dir damit drohen, daß er dich an die Luft setzt, wenn du noch ein Wort sagst. Und du antwortest ihm dann, er soll dich nur an die Luft setzen. Bitte. Und was kann er dann anfangen? Dann wird er endlich sehen, wie viels geschlagen hat!«

»Ja, aber, Charley, wenn Guilfogle meint, daß er mir nicht so viel zahlen kann – er ist doch dem Aufsichtsrat verantwortlich; er kann nicht einfach tun, was er will – ja, wenn ich so mit ihm geredet hab, bleibt ihm ja nichts andres übrig, als mich an die Luft zu setzen, ob er will oder nicht. Und dann wären wir – dann wäre die Firma – ohne Verkaufsbuchhalter, grade in der Hochsaison.«

»Ja, natürlich, Wrenn, das wollen wir ja grade erreichen. Wenn du gehst, fehlen der Firma eigentlich *zwei*. Das würde ihnen gehörig zu schaffen geben. Und die größten Scherereien hätte der alte Gallenvogel. Er müßte dann mitten in der Hochsaison einen Neuen einarbeiten. Das ist deine Gelegenheit. Laß sie nicht weglaufen.«

»Nein, Charley, das kann ich nicht. Du wirst doch nicht von mir verlangen, daß ich der Firma solchen Ärger mach, wo ich schon – wart mal, sieben Jahre bin ich schon da.«

»Naja, wenns dir Spaß macht, dich ausnützen zu lassen! Dir wärs wohl das liebste, dein ganzes Leben lang auf deinen Neunzehn in der Woche sitzen zu bleiben.«

»Ach, Charley, reg dich nicht auf, bitte! Ich möcht mich ja selber freimachen, ich möcht reisen und so. Aber ich kann doch nicht, grade in der Hochsaison – –«

»Aber begreifst du denn nicht, du armseliger Schafskopf, daß du sie nicht im Stich läßt. Entweder zahlen sie dir, was dir zukommt, oder sie verlieren dich.«

»Ach, ich weiß nicht, Charley.«

»Na schön«, brummte Charley, »wenn dus selber willst … Ach, du wirst schon recht haben, Wrennski. Du wirst wohl bleiben müssen, wenn du meinst, daß es nicht anders geht … Also, dann auf Wiedersehen. Ich muß noch mal schnell rüberspringen und mir ein Paar Socken kaufen, bevor ich zurückgeh.«

Höchst niedergeschlagen kroch Mr. Wrenn hinter ihm auf die Straße. Selbst Charley gab also zu, daß er wohl bleiben müßte. Was für Aussichten konnte er dann haben, dem furchtbaren Mr. Mortimer R. Guilfogle beizubringen, daß er von seinem Posten zurückzutreten wünschte? Dann mußte er wohl vorläufig auf seine Weltreise verzichten; monatelang mußte er vielleicht noch in der Tretmühle bleiben, und noch heute früh hatte er gehofft – – Eine schlimme Stunde mit Mr. Guilfogle, und er konnte frei sein! Er mußte selbst grinsen, als er sich klar machte, daß das ungefähr ebenso war, wie wenn er, um nach Europa zu kommen, mitten im Winter den Atlantik durchschwimmen müßte.

Nun, seine Zweidollar-Uhr zeigte ihm, daß er noch neun Minuten hatte, neun Minuten, die ihm gehörten. Er betrachtete die griechischen Buchstaben auf dem Schild eines griechischen Restaurants, Buchstaben, bei denen er von Ruinen in Athen träumte. Zum hundertsten Mal, seit er diesen Weg ging, sah er ein chinesisches Gasthaus mit einem rot und gelb gestrichenen Holzdrachen und drinnen einen dicken Chinesen, der vielleicht einen Kris bei sich hatte, »oder wie diese Chink-Messer heißen«. Eine Rôtisserie, in deren Fenster ganze Enten sich über einem Kohlenfeuer lieblich bräunten. Bei einem Kürschner waren sibirische Füchse zu sehen (Sibirien! »schrecklich brave Sträflinge« in Holzhütten; das stahlgraue nordische Meer; Wachtposten in blauen Blusen) und ein Eisbär (Nordlichter;

die lange Winternacht; Iglus). Und die Blumenhandlungen! Da gab es Orchideen, die ihm vom Dschungel erzählten, wo Pythonschlangen in der Mittagsglut schlummerten – –

Er mußte schleunigst ins Büro zurück. Einmal blieb er jedoch stehen, um einem Pferd, das ihn sehnsüchtig ansah, den Hals zu klopfen. »Armer alter Kerl. Woran denkst du? Willst du ein Zirkuspferd sein und wandern? Gehn wir zusammen los! Kannst du nicht, nein? Armer alter Kerl!«

Um halb vier, um die Zeit also, da es Büroangestellten scheint, als würde die Arbeit des Tages nie mehr ein Ende finden, war Mr. Wrenn nicht mehr so ganz sicher, was seine Pflichten gegen die Firma betraf. Noch unsicherer wurde er nach einer ärgerlichen Unterredung mit dem Direktor, der etliche freie Minuten damit verbrachte, Mr. Wrenn immer wieder »ich möchte bloß wissen!« zuzubrüllen. Es gab gar nichts Besonderes, was er wissen wollte. Ihm handelte es sich lediglich darum, »die Leistungsfähigkeit der Angestellten zu erhöhen« – diese Phrase hatte Mr. Guilfogle aus einer Branchenzeitschrift, welche Direktoren, die selbst nicht leistungsfähig sind, Theorien über Leistungsfähigkeit liefert.

Zwanzig Minuten nach fünf ließ der Direktor ihn zu sich kommen, machte ihm grundlos Komplimente und schlug vor, er solle mit Charley Carpenter und dem Lagerhalter über die Bürozeit dableiben und den Bestand eines Postens Schreibtischuhren aufnehmen, der in den Ausverkauf kam.

Auf dem Rückweg zu seinem Pult blieb Mr. Wrenn an einem Fenster im Flur stehen und bewunderte den schönen Spätnachmittag draußen. Er sehnte sich danach, bei den vielen zu sein, die jetzt über die Straße gingen und ihre Einkäufe machten. Der alte Gallenvogel nahm keine Rücksicht auf ihn; warum sollte er Rücksicht auf die Firma nehmen?

Zweites Kapitel.
Er geht mit Miss Theresa aus

Als Mr. Wrenn nach der schier endlosen Bestandaufnahme das Gebäude der Kunstartikel-Gesellschaft verließ und auf die Vierzehnte Straße zuschlenderte, kam er sich ganz verloren und ziellos vor. Das Schlimmste war, daß er nicht ins Nickelorion gehen konnte; nach der Unhöflichkeit des Billeteurs war das ganz unmöglich. Dann leuchteten die strahlenden Lichter des Nickelorion auf und versuchten ihn; die Ankündigung eines »Riesen-Eisenbahnüberfall-Films« ließ sein Herz klopfen, als wäre er sechs Stockwerke hoch gestiegen – und mit furchtlos gezücktem Zehncent-Stück eilte er zur Kasse. Dort hatte er ein komisches Gefühl; warum sah in die Kassiererin so genau an? Als er zu dem Mann mit den Messingknöpfen kam, versuchte er ihn zu ignorieren. Eine Neunzehntelsekunde gelang es ihm auch; dann blickte er dem Billeteur wie unter einem Zwang ins Gesicht, machte eine halbe Verbeugung – ein herzliches, zerstreutes Kopfnicken und das liebgewordene »Schöner Abend« wurden ihm zuteil. Seine Seele jubelte. Als er über die langen Beine eines Deutschen, an dem er vorüber mußte, stolperte, entschuldigte er sich mit einer Liebenswürdigkeit, als wäre er seit jeher ein großer Weltmann.

Der Film mit dem Eisenbahnüberfall war – nun, er regte ihn so auf, daß er kaum zu atmen vermochte. Wie die Männer mit den schwarzen Masken immer hinter dem Gebüsch einherschlichen! Mr. Wrenn fuhr erschrocken zusammen, als einer dieser Schleicher ihn von der Leinwand anstarrte. Wie wacker der Zug, zur aufregenden Begleitung der Trommel, auf die Banditen loseilte! Dann kam der Überfall aus dem Hinterhalt und der Kampf mit den im Postwagen verborgenen Detektiven. Tapfer stand Mr. Wrenn, ununterbrochen schießend, neben dem hageren Detektiv mit der Habichtnase; mit ihm schwang er sich auf einen Gaul und verfolgte die Räuber im Walde. Er sah sich auch die nächste Vorstellung an, um den Überfall noch einmal zu genießen.

Als er hinausging, war der Billeteur gerade dabei, seine lange hellblaue Galauniform mit einem ganz gewöhnlichen

Rock ohne Messingknöpfe zu vertauschen. Bei dem überraschenden Bild, das sich ihm da bot – eine erhabene Persönlichkeit verwandelte sich in einen Alltagsmenschen – blieb Mr. Wrenn stehen. Nach einer kleinen Pause wagte er zu sagen:

»Äh – das war doch – das war doch eine ganz tolle Sache – nicht wahr?«

»Ja, ich denke schon – – Na, verflucht und zugenäht, wo ist denn wieder mein Hut hingekommen? Jeden Abend muß ich ihn suchen. Der Film, Herr? Ja, von dem hab ich noch nicht viel – – Na, soll einen da nicht der Teufel holen? Einer von den Lausejungen hat mir den Hut wieder in die Kassenbude gesteckt. Der Film? Kommt selten vor, daß ich einen seh. Komisch was? – ich ruf ihn aus, als ob ich die Großmutter von dem Kerl wär, der ihn gemacht hat, und weiß nicht einmal, ob der Eisenbahnüberfall – – Wo sind denn jetzt wieder die Außer-Dienst-Schuhe? … Ich weiß nicht mal, ob der Überfall gelingt oder nicht!«

Er klopfte Mr. Wrenn auf die Schulter, und dessen Herz schwoll von den Gefühlen edler Freundschaft. Zu seiner Überraschung hörte er sich sagen:

»Hören Sie mal – äh – ich hab Sie gestern abend gegrüßt – und Sie – Sie haben sich benommen, als ob Sie mich noch nie gesehen hätten.«

»Ja, ja, sehen Sie, so was passiert mir, weil ich der Vater von fünf Jungs und einem Mädel und einem Kater bin. Ich hab Sie wahrscheinlich gar nicht richtig gesehen. Ich hab wohl Familiensorgen gehabt – wahrscheinlich hab ich drüber nachgedacht, wer mir mein Stück Kuchen weggefressen hat – obs Pete oder Johnny war, oder ob ich sie beide verhauen soll, oder mir ganz einfach meine Alte langen.«

Mr. Wrenn wußte ganz genau, daß der Billeteur nicht im entferntesten daran dachte, »sich seine Alte zu langen«. *Er* wußte Bescheid. Das Ganze war ja nur ein Witz.

»Na ja, mir ist schon klar, daß Sie mich nicht schneiden wollten. Hören Sie mal, ich hab Durst. Kommen Sie mit mir rüber zu Moje, ich schmeiß eine Lage.«

Er war ganz entsetzt bei dem Gedanken an die Verschwendung, in die er sich stürzte, und der Mann mit den

Messingknöpfen wußte nicht recht, was der Mensch eigentlich von ihm wollte. Aber sie gingen miteinander über die Straße in die Kneipe, eine New Yorker Eckkneipe, in der es selbstverständlich einen großen Spiegel, ungezählte Gläser und eine lange schimmernde Fußstange an der Bar gab.

»Na?« fragte der Barmann.

»Korn, Jimmy«, bestellte der Mann mit den Messingknöpfen.

»Äh–h–h–h«, sagte Mr. Wrenn erschrocken, denn jetzt lief er – in seiner neuen Eigenschaft als wohlhabender Bürger – Gefahr, für einen grünen Jungen gehalten zu werden, der sich sein Getränk nicht richtig wählen kann. »Mein Magen ist nicht ganz in Ordnung. Ich werd wohl besser ganz einfach ne Limonade trinken.«

»Ihr Großvater scheint gar nicht so dumm gewesen zu sein«, bemerkte der Mann mit den Messingknöpfen. »Ich für meine Person, ich bring nie den Verstand auf, abzustoppen, wenns was zum Trinken gibt. Meine Alte sagt mir immer: ›Mory‹, sagt sie, ›wenn du im Himmel wärst, und wenn dort auf einer Seite n Topp Bier wär und auf der andern ne goldne Harfe‹, sagt sie, ›und du müßtest wählen, was würdest du nehmen?‹ Und was meinen Sie, antwort ich?«

»Bier«, sagte der Barmann.

»Ja von wegen«, erklärte der Billeteur; »ich, sag ich ihr, ich? Ich klemm mir die Harfe und versilber sie für zehn Glas deutsches Bier und nen ordentlichen Männerschluck Rum!«

»Hi, hi, hi«, kicherte Mr. Wrenn.

»Ha, ha, ha«, gröhlte der Barmann.

»Na«, gähnte der Billeteur, »wenn die Alte nicht bald mich zum Ausklopfen hat, wird sie wohl meine Sonntagsausgehhosen ausklopfen. Ich werd mich jetzt besser dünne machen. Recht vielen Dank, Mr. Äh. Wiedersehen, Jimmy.«

Mr. Wrenn begab sich in gehobener Stimmung nach Hause und stieg vergnügt die Stufen zur Eingangstür herauf. Er war dem Himmel viel näher, als die Sechzehnte Straße vermuten ließe. Er war ja ein Erforscher der Arktis, ein geschätzter Mann in seinem Beruf, ein Zechgefährte witziger Nachtvögel. Er war ein Leutnant im Heer, der mit seinem Freund, dem Detektiv mit der Habichtnase, Banditen-Überfälle auf Eisenbahnzüge zurückschlug. Munter öffnete und schloß er die Tür. Er war – –

Er war ein höchst demütiger kleiner Mr. Wrenn. Seine Wirtin, ein Nachthäubchen auf dem Kopf, stand auf der untersten Stufe der Dielentreppe und ächzte:

»Mr. Wrenn, wenn Sie so spät nach Haus kommen, brauchen Sie nicht grade so viel Lärm zu machen, wie Sie nur können. Ich seh nicht ein, warum ich die ganze Nacht im Schlaf gestört werden soll. Ach ja! s wird wohl der Wille des Herrn sein, daß ich immer, wenn ich nen Sprung zu Mrs. Muzzy mach und ein Tröpfchen Kaffee trink, daß ich dann kein Auge zumachen kann. Aber ich seh nicht ein, warum jemand, der n besserer Herr sein will, mit den Türen knallen und mir die Nerven ganz kaputt machen soll.«

Klein und häßlich schlich er, gefolgt von Mrs. Zapps finsteren Blicken, die Treppe hinauf.

»Ich muß Ihnen etwas sagen, Mrs. Zapp – etwas, was ganz neu ist. Deshalb bin ich auch gestern abend so spät nach Haus gekommen. Ich hab feiern müssen.« Mr. Wrenn saß schüchtern im Wohnzimmer.

»Ja«, bemerkte Mrs. Zapp trocken, »daß Sie spät nach Haus gekommen sind, hab ich gemerkt.«

»Wissen Sie, Mrs. Zapp, ich – äh – mein Vater hat mir eine kleine Farm hinterlassen, und die ist für ungefähr tausend Dollar verkauft worden.«

»Das freut mich aber kolossal, Mr. Wrenn«, sagte sie in Leichenbitterton. »Vielleicht möchten Sie jetzt noch das Zimmer neben Ihrem dazunehmen? Die beiden würden zusammen ne hübsche Wohnung abgeben.«

»Ja, an so was hab ich eigentlich noch gar nicht gedacht.« Er hatte ein schlechtes Gewissen dabei und begrüßte deshalb Lee Theresa Zapp, die Fabrikvorarbeiterin, die eben ins Zimmer kam, mit ganz besonderer Freundlichkeit.

Miss Theresa war eine stattliche junge Dame mit Busen, üppigem schwarzem Haar und einem hübschen, stets unzufriedenen Gesicht, das allgemeine Verachtung zur Schau trug. Sie wartete, bis er mit seiner Begrüßung fertig war, dann zog sie schnell einmal herauf, was sie in der Nase hatte, und erzählte ihrer Mutter indigniert:

»Ma, heute hat man uns wieder mal lange dabehalten. Ich hab es wirklich bald satt, mich von einem Haufen Juden und Yankees rumkommandieren zu lassen, die mich behandeln, als ob ich ein Nigger-Weib wär. Uff! Ekelhafte Menschen.«

»T'resa, Mr. Wrenn hat grade zweitausend Dollar geerbt und wird das zweite Zimmer oben nehmen.« Mrs. Zapp strahlte ihren schüchternen Mieter mit mütterlicher Zärtlichkeit an.

Aber der tapfere Freund der Detektive setzte sich, zum ersten Mal in seinem Leben, gegen sie zur Wehr. »Das Reisegeld verschwenden«, tobte er im Geiste, während er laut sagte:

»Aber ich dachte, Sie haben jemand in dem Zimmer. Ich hab doch jem – –«

»Ach, der Mensch! Das ist ja kein Dauermieter. Und außerdem hat er mir versprochen – Sie können also –«

»Es tut mir *schrecklich* leid, Mrs. Zapp, aber leider kann ich das Zimmer nicht nehmen. Ich werde nämlich für längere Zeit auf Reisen gehen.«

»Aber Sie werden doch natürlich Ihr Zimmer behalten, bis Sie wieder zurück kommen?«

»Ja, ich fürchte, ich werd es aufgeben müssen, aber – – Übrigens, ich werd ja zunächst nicht lange fortbleiben, und selbstverständlich werd ich gern – ich möchte hierher zurückkommen, wenn ich wieder in New York bin. Ich werd nicht länger als, ach, wahrscheinlich nicht länger als ein Jahr wegbleiben, und – –«

»So, und mir haben Sie gesagt, daß Sie ein Dauermieter sind!« begann Mrs. Zapp ganz ruhig, um sich allmählich in einen hysterischen Anfall hineinzusteigern. »Und ich hab mich hingestellt und Ihr Zimmer extra für Sie neu machen und frisch tapezieren lassen, und Sie haben immer so viel davon geredet, wie Sie die Möbel gestellt haben wollen, und ich hab mich hingestellt und – –«

Seit vier Jahren war Mr. Wrenn schüchtern zahlender Gast im Hause Zapp. Die schon viel besprochene neue Tapete hatte er vor zwei Jahren bekommen, und so stammelte er: »Ach, es tut mir *schrecklich* leid. Ich möchte – äh – wirklich –!«

»Ich wäre Ihnen *sehr* dankbar, Mr. Wrenn, wenn, wenn Sie die *Freundlichkeit* haben und mir *rechtzeitig* Bescheid sagen würden, bevor Sie davongehen und mich mit meinen leeren Zimmern sitzen lassen, wo der Hauswirt so hinter der Miete her ist, und ich immer Leute wegschicke, die mir mehr für das Zimmer zahlen wollen, bloß weil ich es Ihnen lassen möchte. Und die Leute, die immer zu Ihnen zu Besuch kommen, und denen ich immer die Tür aufmachen muß und – —«

Jetzt war es so weit, daß sogar der bescheidene Wurm von Mieter leise, wurmhafte Geräusche von sich gab, die auf ein Sichkrümmen zu deuten schienen. Lee Theresa fuhr gerade zur rechten Zeit dazwischen: »Ach hör auf, Ma, hörst du!« Sie hatte den Wurm eingehend betrachtet, denn er war mit einem Male interessant, bewundernswert und, ganz nebenbei, ein reicher Erbe geworden. »Mr. Wrenn nimmt doch so viel Rücksicht auf uns, wie wir nur verlangen können. Außerdem sagt er, daß er vielleicht nicht lange wegbleibt.«

»Oh!« stöhnte Mrs. Zapp. »Also mein eigenes Fleisch und Blut ist gegen mich!«

Sie stand auf. Die Majestät ihrer Erscheinung litt ein wenig unter dem Knarren ihres Mieders, aber ohne sich davon anfechten zu lassen, ging sie wortlos, zahllose Seufzer ausstoßend, aus dem Zimmer.

Mr. Wrenn sah aus, als wäre er plötzlich schwer krank geworden. Theresa aber lachte und sagte: »Sie wollen doch nicht, daß Ma sich wieder aufs hohe Roß setzt, Mr. Wrenn. Sie gibt ja immer bloß an.«

Sie ließ die untere, weniger steife Hälfte ihrer Kleider gewaltig rauschen und segelte zu dem trüben Spiegel über dem Buchregal mit den Zeitschriften, wo sie mit weit ausholenden Bewegungen ihrer von Glasdiamanten funkelnden derben Hände an ihren falschen Locken herumzupfte. Mr. Wrenn hatte wohl schon etwas von »Einlagen« gehört, aber er ließ sich nichts davon träumen, daß das Haar auf ihrem Kopf zur Hälfte nicht ihr eigenes war, und starrte es fasziniert an. Wenn er auch bei der Wirtin in Ungnade stand – die Ehre, zum

Bekanntenkreis einer so üppigen und kleiderrauschenden Dame wie Miss Lee Theresa zu zählen, wußte er sehr wohl zu schätzen.

»Wissen Sie, Miss Zapp, ich hätte ja wirklich lieber schon früher etwas davon gesagt, daß ich nicht bleibe. Ich hab es aber selber nicht gewußt. Trotzdem, es kommt mir nicht ganz anständig vor. Ich werd wohl etwas extra zahlen müssen.«

»Aber Kind, gar nichts werden Sie tun. Ma hat überhaupt nichts zu verlangen. Sie sind immer schrecklich nett gewesen, soviel ich weiß.« Sie lächelte vielsagend. »Ich hab heute abend einen kleinen Spaziergang gemacht … Wenn die Männer einen nicht immer so anstarren möchten! Ich weiß wirklich nicht, warum sie mich anstarren.«

Mr. Wrenn nickte, da dies aber nicht ganz das Richtige zu sein schien, schüttelte er den Kopf und sah schauerlich verlegen aus.

»Ich bin an dem armenischen Restaurant vorbeigekommen, von dem Sie mir erzählt haben. Ich glaube doch, daß ich einmal dort essen werde.« Wieder wartete sie.

»Ja, das ist ein nettes Lokal.«

Nachdem Theresa festgestellt hatte, daß er schließlich wirklich ein dummer kleiner Kerl sei, setzte sie die Belagerung fort: »Essen Sie oft dort?«

»Ach ja, es ist ein nettes Lokal.«

»Können Damen auch dorthin gehen?«

»Oh ja, ich — —«

»Ja!«

»Ich denke schon«, brachte er seinen Satz zu Ende.

»Ach! … Mir wird das Zeugs immer mehr über, was Ma und Goaty mir vorsetzen. Die glauben, eine große Portion von irgendwas Zusammengekochtem, was nach Spülwasser schmeckt, ist ein Essen, und wenn sie schon mal was finden, was mir schmeckt, dann gibts das jeden Tag, bis ichs in den Ausguß schmeiße. Aber wenn ich wenigstens manchmal zur Abwechslung in ein Restaurant gehen könnte, aber das ist natürlich — — Ich weiß nicht, ob sichs für ne Dame schicken möchte, auch in ein solches Lokal zu gehen. Was meinen Sie? Hach ja!«

Er hatte eine Eingebung. Vielleicht ließ Miss Theresa sich dazu überreden, einmal mit ihm zum Abendessen auszugehen. Und so bat er:

»Herrjeh! Sie müßten sich einmal am Abend von mir dorthin führen lassen, Miss Zapp.«

»Aber, hab ich Ihnen denn nicht gesagt, Sie sollen Miss Theresa zu mir sagen? Ja, Sie wollen wohl gar nicht gut Freund mit mir sein. Niemand will das.« Wieder verfinsterte sich ihre Miene.

»Wirklich, ich wollte Sie nicht kränken. Ich hab immer gemeint, Sie werden es frech finden, wenn ich Miss Theresa zu Ihnen sag, und deshalb – —«

»Ja, ich glaube, mit Ihnen könnt ich vielleicht ins armenische Restaurant gehen. Wann hätten Sie denn Lust? Wissen Sie, ich hab immer so schauderhaft viel Verabredungen, aber – hm – ich denke, morgen abend werd ich Zeit haben.«

»Wunderbar! Soll ich Sie abholen, Miss – äh – Theresa?«

»Ja, das können Sie, wenn Sie ein netter Junge sein wollen. Gute Nacht!« Sie zwinkerte ihm freundlich zu und ging.

Mr. Wrenn eilte zum Nickelorion, wo er dem Mann mit den Messingknöpfen anvertraute, daß er heute abend »in blendender Laune« sei.

Er hatte nie zu vermuten gewagt, daß ein so hübsches Geschöpf wie Miss Theresa sich jemals mit ihm, »einem so faden Kerl«, abgeben könnte. Fast eine Minute lang überlegte er erschrocken, ob sie vielleicht seines neuen Reichtums wegen nett zu ihm sei, aber er verscheuchte bald den Teufel, der ihm diesen Gedanken einblies: hatte er sie nicht mit großer Verachtung von einer entfernten Cousine sprechen hören, die einen Yankee wegen seines Geldes heiratete? Damit war *diese* Sache erledigt, wie er sich erklärte; er warf einem Botenjungen, der gerade vorüberkam, einen finsteren Blick zu, schnitt aber schleunigst eine freundliche Grimasse, als der Bursche laut sein Mißfallen zu äußern drohte.

Das armenische Restaurant ist etwas ganz Besonderes, denn es liefert exotisches Essen zu niedrigen Preisen und ist, obwohl es unterhalb der Dreißigsten Straße liegt, noch kein

Bohémelokal geworden. Infolgedessen findet man dort keine schlechte Musik und keine Fremden aus Missouri, deren Gattinnen das Seelenheil für einen Abend des Zigarettenrauchens aufs Spiel setzen. Hier trinken wohlhabende orientalische Kaufleute mit Banditengesichtern und weichen Seelen dicken türkischen Kaffee und diskutieren über Teppiche und Revolutionen. Ja, das Lokal erschien Theresa so unkünstlerisch, als sie glücklich an einem kleinen Tischchen Mr. Wrenn gegenüber saß, daß sie sich sehr langweilte. Und auf der Speisekarte standen fremde Worte, die keineswegs auf vornehme Speisen schließen ließen. Ihr schienen sie so etwas wie Rattenschwänze und Vogelnester zu bedeuten. Mit *Pâte de foie gras* oder Avogado-Birnen hätte sie gern einen Versuch gemacht, aber was für Ehren konnte sie einlegen, wenn sie in der Fabrik die Bemerkung machte, daß sie sich an » *Pahklava* wirklich nie überessen« könnte? Mr. Wrenn sah nichts davon, daß sie unzufriedene Blicke um sich warf, denn er lauschte voll Entzücken einem langen und hageren Mann, der am Nebentisch seinem Vis-à-vis, einer bleichen Dame, die die schlanken Linien eines Torpedobootes hatte, zuredete: »Probieren Sies doch mit den gefüllten Weinblättern, Tochter der Engel, und mit etwas Weizen- *Pilaf* und etwas *Bourma*. Der Weizen- *Pilaf* ist ein angenehmes Essen und tut dem Magen des Menschen wohl. Einfach *wunn*-derbar. Und *Bourma*, das ist etwas Herrliches; eine braune Rose von Bäckerei, zwischen deren Blütenblättern listig Honig versteckt ist – – Halloh! Ober! Gefüllter Wein, Weizen- *P'laf*, *Bour'* – zweimal das Ganze, und zwar mit der Geschwindigkeit eines geölten Mokka-Maikäfers.«

»Wenn Sie mit dem Zuhören fertig sind – der Mensch redet wie ein Stück Seife – dann sagen Sie mir, was man von dem Zeugs auf der Speisekarte essen kann, ohne daß einem was passiert«, sprach Theresa höchst ungehalten.

»Ich hab ihn wirklich komisch gefunden«, verteidigte Mr. Wrenn den Gegenstand seiner Bewunderung … »Das hier wird Ihnen sicher schmecken, *Shish Kebab* und –«

» *Shish Kibob!* Hat man so was schon gehört! Gibts denn nicht – ach, ich dachte, es würde so was geben wie ›Türkische Wonne‹ und solche Sachen.«

»›Türkische Wonne‹, das sind Zigaretten, glaub ich.«

»Also ich weiß, daß es keine Zigaretten sind, weil es nämlich in einer Geschichte vorkommt, die ich in einem Magazin gelesen hab. Und dort ist es gegessen worden. In einem Wintergarten … Was ist denn das, *Shish Kibob?*«

» *Kebab* … Das ist gerolltes Lammfleisch, das geschmort ist. Ich bin ganz sicher, daß es Ihnen schmecken wird.«

»Na, ich eß kein Fleisch, das mir irgendein Heide gekocht hat. Ich werd ein paar Eier nehmen, und dann noch dieses Zeugs da – wovon hat der Idiot so lange geredet – *Borma?*«

» *Bourma* … Das ist etwas Wunderbares. Mit Honig. Und dann müssen Sie noch die gefüllten Pfefferschoten mit Reis probieren.«

»Von mir aus«, sagte Theresa verdrossen.

Aus irgendeinem rätselhaften Grunde schienen selbst die zweitausend Dollar, von denen ihre Mutter erzählt hatte, Mr. Wrenn nicht sehr verwandelt zu haben. Er war noch immer »komisch und son bißchen scheu«, ganz anders als die großartigen Herren der Südstaaten, deren sie sich zu entsinnen glaubte. Außerdem war sie hungrig. In unverminderter schlechter Laune nahm sie Mr. Wrenns Bemerkung zur Kenntnis, das sei doch »ein schrecklich großer Hut, der, den die Dame mit dem komischen Menschen auf hat.«

Dann wagte er kein Wort mehr zu sagen, bis Papa Gouroff, der Besitzer des Restaurants, ins Lokal herunterkam. Papa Gouroff war ein russischer Jude, der als Polizeispion in Polen gearbeitet hatte und später in Mogador Hotelbesitzer geworden war, wo er sich für einen Türken ausgab und eine armenische Renegatin heiratete. Seine Nase glich einer Sichel, und die Speckfalten auf seinem Nacken waren nicht zu zählen. Er hegte die Hoffnung, sein Restaurant werde eines Tages zu einem Bohéme-Lokal werden, in dem vorurteilslose Geistliche auszuschweifen, und Friseure in die höhere Gesellschaft zu kommen glauben; darum trug er auch stets einen Fez und sprach ein schlechtes Arabisch. Alles an ihm war Lokalkolorit, Atmosphäre, »echteste Bohéme«. Mr. Wrenn murmelte Theresa zu:

»Sehen Sie den Mann da? Das ist der Besitzer, Signor Gouroff. Ich hab schon oft mit ihm gesprochen. Großartig ist der Mensch! Sehen Sie sich nur mal den Schnabel von Nase an. Bei ihm muß man doch gleich an Eunuchen und Harems und so Sachen denken. Was meinen Sie – –«

»Einen dreckigen Kragen hat er an ... Der Kellner ist schrecklich langsam ... Seien Sie so gut und schenken Sie mir noch ein Glas Wasser ein.«

Als sie jedoch das honigsüße *Bourma* verzehrte, kam sie in gnädigere Stimmung. Sie trank noch zwei Tassen Kakao, dann hatte sie das Gefühl, angenehm satt zu sein, und empfand zärtliche Regungen. Sie hatte schon davon gesprochen, daß jetzt ein paar gute Stücke gegeben würden.

Nun fing sie wieder davon an:

»Sind Sie schon im ›Goldenen Ziegel‹ gewesen?«

»Nein, ich – äh – ich geh nicht viel ins Theater.«

»Gwendolyn Muzzy hat mir erzählt, daß das das komischste Stück ist, das sie in ihrem ganzen Leben gesehen hat. Da drin legen nämlich zwei Bauernfänger eines von den fürchterlichen dummen Provinznestern rein. Wissen Sie, in dem Stück kommen alle die komischen Leute vor, dies in den Nestern gibt ... Ich würde ja gern hingehen, aber natürlich, wo ich doch auch für zu Hause sorgen muß, da – – Na ... Hach ja.«

»Hören Sie! Ich möchte Sie gern hinführen, wenn ich darf. Gehen wir doch – gleich.« Er zitterte geradezu vor Aufregung über die Möglichkeit eines derartigen Abenteuers.

»Ja, wissen Sie, ich weiß nicht recht; ich hab Ma nichts davon gesagt, daß ich nicht nach Hause komme. Aber – ach, es wird weiter nichts dabei sein, wenn ich mit Ihnen hingeh.«

»Gehen wir doch gleich Karten kaufen.«

»Gut.« Ihre Zustimmung kam zu rasch, aber diesen Fehler machte sie augenblicklich wieder gut, indem sie gähnte: »Ich sollte wohl eigentlich nicht mitkommen, aber wenn Ihnen viel daran liegt – –«

Sehr munter und vergnügt machten sie sich auf den Weg. Er floß von Mitgefühl über, als sie ihm von der Schlechtigkeit der Arbeiterinnen, die ihr unterstellt waren, und von der Gemeinheit des Werkmeisters, den sie über sich hatte, mit sehr vielen Einzelheiten erzählte. Er nahm sich ihren Kummer so zu Herzen, daß er, als sie glücklich vor der Theaterkasse standen, Dollarplätze verlangte, als hätte er nicht auf dem ganzen Weg gerechnet und gerechnet, um sich zu beweisen, daß Plätze zu fünfundsiebzig Cent der größte Luxus wären, den er sich leisten könnte.

Das Stück war eine Glorifizierung smarten Yankeetums. Daß die Helden, die smarten Gauner, alle anderen ausräuberten, gefiel Mr. Wrenn gar nicht, aber die strahlende Romantik des Geldmachens ließ ihn ehrfürchtig erschauern. Die Gauner waren richtige Übermenschen – blonde Bestien, die zu Waffen Kartotheken und Optionen an Stelle von Keulen hatten. Mr. Wrenn stellte selbstverständlich keine Betrachtungen über den Begriff »Übermensch« an, als jedoch einer der Gauner, dank seinem Geschäftsgenie, einen jungen Hotelsekretär ausplünderte, flüsterte er Theresa zu: »Herrjeh! Der verstehts aber, die Brüder reinzulegen, nicht?«

»Sch–h–h–t!« sagte Theresa.

Im letzten Akt verdienten alle, auch die Opfer, Millionen, damit der Beweis dafür erbracht würde, welch hohen sozialen Wert es habe, ein tüchtiger amerikanischer Geschäftsmann zu sein. Während sie sich langsam mit dem Publikum aus dem Theater schoben, gurgelte Mr. Wrenn hervor:

»Jetzt ist mir genau so, als hätt ich selber eine Million Dollar gemacht.« Großartig schlug er vor: »Gehen wir doch noch irgendwo hin, was essen.«

»Schön.«

»Gehen wir – – Nach dem Stück hab ich fast das Gefühl, daß ich mir Rector leisten könnte; aber zu Allaire wollen wir wirklich gehen.«

Später schämte er sich zwar darüber, aber er benahm sich dem Kellner gegenüber wirklich recht hochmütig und bestellte Welsh Rabbits mit einer Selbstverständlichkeit, als äße er jeden Tag nichts anderes zum Frühstück. Vielleicht spreizte er sich ein wenig, als er mit einem eingebildeten Spazierstock eine Droschke heranwinkte. Sein Abschied von Miss Theresa war höchst intim. Er drückte ihr warm die Hand.

Beim Ausziehen hoffte er, mit dem Kellner, »dem armen Kerl«, nicht zu kurz angebunden gewesen zu sein. Aber er lag noch lange wach und dachte an Theresas Haar und

Händedruck; an Mahagonischreibtische und überlegene Herren, die Bankpräsidenten ganz einfach zu sich bestellten und – in seinem Bemühen, das richtige Wort zu finden, warf er das ganze Bettzeug durcheinander – »*allerhand los*« hatten.

Er wird wirklich noch einmal seine Große Fahrt im Reich des Allgewaltigen Geschäfts machen!

Die fünftausend Fürsten New Yorks haben, um sich gegen die vier Millionen Sklaven zu schützen, die heiligen Symbole der Frackanzüge, der Automobile und großen Häuser ersonnen, die äußeren und sichtbaren Zeichen der Tugend des Geldmachens, mit deren Hilfe Rebellen zur Wohlanständigkeit verlockt, und gelehrt werden können, von welch großem Wert es für die Gesellschaft sei, jenem unmenschlichen, furchtbaren Teufel, dem *Anderen*, einen Dollar abzujagen. Daß nun Unser Herr Wrenn vielleicht lediglich um des Träumens willen träumte, war nicht unbedenklich; er mochte manches etwa nur deshalb tun, weil er Lust dazu hatte, nicht weil es für fashionable galt. Und so etwas muß natürlich zur Folge haben, daß Polizei und Geistlichkeit zersetzt werden, daß Wall Street und Fünfte Avenue mit Donnergetöse zusammenstürzen. Für ihn waren daher jene abendlichen Buchhaltungskurse im Verein Christlicher Junger Männer da, die von feierlichen und ernsten dreißigjährigen Männern für feierliche und gläubige neunundzwanzigjährige Jünglinge geleitet wurden; für ihn gab es die Predigten über Zufriedenheit, die Artikel über den »Wiederaufbau des flau gewordenen Geschäfts durch richtige Propaganda«, die Inserate der Korrespondenzschulen, die ihm zuschrien: »Steige höher auf der Leiter zu vollkommenem Wissen – auf dem Pfade, der zu Macht und zu Gehaltserhöhung führt.«

Diese Institutionen hatten Mr. Wrenn gleichgültig gelassen, denn sie entbehrten aller Phantasie. Doch als er das Allgewaltige Geschäft in einem launigen Stück verherrlicht sah, da freilich erschien ihm der Erwerb als großartiges Schurkenabenteuer, und seine Einbildungskraft brachte ihn in Gefahr.

Die Morgensonne, die um acht Uhr sonst einen sich in wilder Hast rasierenden Mr. Wrenn sah, ertappte ihn heute dabei, daß er davon träumte, der Direktor der Kunstartikel-

Gesellschaft zu sein. Das war jedoch ein gewaltiger Irrtum. Der Direktor der Kunstartikel-Gesellschaft war Mr. Mortimer R. Guilfogle, der Mr. Wrenn denn auch zu sich berief, um ihn auf diese Tatsache aufmerksam zu machen. Der neue Magnat hatte nämlich seine Laufbahn im Allgewaltigen Geschäft damit begonnen, daß er eine Stunde zu spät ins Büro kam.

Was die ganze Angelegenheit in Mr. Guilfogles Augen noch böser erscheinen ließ, war die Tatsache, daß Mr. Wrenn im allgemeinen die anderen Angestellten an Pünktlichkeit weit übertraf – was wiederum bewies, daß er recht wohl wußte, wie sehr es darauf ankam. Das Böseste aber war, daß die Rühreier beim Frühstück im Hause Guilfogle nicht richtig geraten waren; sie hatten blaß ausgesehen. Mr. Guilfogle drückte also auf den Knopf des Summers und wandte sein Gesicht mit der vorbereiteten finsteren Miene der Tür zu.

Mr. Wrenn sah müde aus und durchaus nicht so eingeschüchtert wie gewöhnlich.

»Hören Sie mal, Wrenn; Sie kommen heute vormittag bloß ungefähr um zwei Stunden zu spät. Was denken Sie eigentlich, daß unser Büro hier ist? Ein Klub, oder ein Leseraum für Landstreicher? Sind Sie schon mal auf den Gedanken gekommen, daß es uns eine große Freude machen würde, wenn Sie uns ab und zu mit einem Besuch beehren, damit wir hören können, wie es Ihnen beim Golf, oder was Sie sonst in den letzten Tagen gemacht haben, gegangen ist?«

Auf dem Schreibtisch des Geschäftsführers lag ein Muster, ein Nadelkissen in Gestalt eines Babyschuhs. Diesen betrachtete Mr. Wrenn wortlos. Der Direktor:

»Haben Sie gehört, was ich sage? Meinen Sie, ich rede, um Stimmübungen zu machen?«

Mr. Wrenn war trotzig: »Es ist nicht anders gegangen.«

»Ist nicht anders ge – –! Und das nennen Sie eine Erklärung! Ich weiß ganz genau, Wrenn, was Sie sich denken. Sie glauben, weil wir Ihnen in der letzten Zeit öfters Gelegenheit gegeben haben, sich richtig ins Geschäft einzuarbeiten, sind wir auf Sie angewiesen und haben nicht bloß Ausgaben –«

»Aber nein, Mr. Guilfogle; ich denke wirklich nicht –«

»Aber ja, zum Geier, Mensch, was sollten Sie *sonst* denken? Was glauben Sie denn, wozu wir Ihnen Ihr Gehalt zahlen? Und deshalb will ich Ihnen gleich jetzt sagen, Wrenn, wenn Sie uns nicht die Gnade erweisen können, uns ab und zu etwas von Ihrer kostbaren Zeit zu schenken, dann können wir sehr gut und ausgezeichnet auch ohne Sie auskommen.«

Eine alte Geschichte, oft erzählt und niemals geglaubt; aber gerade im Augenblick war sie für Mr. Wrenn recht interessant.

»Es freut mich wirklich, daß Sie ohne mich auskommen können. Ich hab ein schönes Stück Geld geerbt! Ich möchte kündigen! Gleich jetzt!«

Wer von den beiden mehr erschrak, als Mr. Wrenn diese Worte sprach, dürfte schwer festzustellen sein. Der Gedanke daran, einen Neuen einarbeiten zu müssen, bekümmerte den Direktor derart, daß ihm das Augenglas von der armen schwitzenden Nase herabglitt. Er bat, mit einem Mal in den Tönen des alten Freundes sprechend:

»Aber Sie können ja gar nicht ernsthaft daran denken, uns zu verlassen. Aber, wir wollen doch einen großen Mann aus Ihnen machen, Wrenn. Ich hab doch nur Spaß gemacht. Das müßten Sie doch wissen, nach dem Gespräch, das wir unlängst bei Mouquin hatten. Sie können unmöglich im Ernst daran denken, uns zu verlassen. Es ist ja gar nicht abzusehen, was für Möglichkeiten Sie hier haben.«

»Tut mir leid«, erklärte der harte Traumsoldat.

»Aber — —« klagte Mr. Guilfogle, das gekränkte Opfer krasser Undankbarkeit.

»Ich werde Mitte Juni gehen. Bis dahin ist noch sehr lang Zeit«, flötete Mr. Wrenn.

Um fünf Uhr nachmittags eilte Mr. Wrenn auf den Mann mit den Messingknöpfen zu, der auf seinem Posten vor dem Nickelorion stand, und rief:

»Sagen Sie! Sie sind aus Irland?«

»Na, was glauben Sie denn sonst? Ich – keine Spur; ich bin n Chinese aus Oshkosh!«

»Nein, Spaß bei Seite, sagen Sie mirs im Ernst. Ich kann vielleicht eine Reise machen. Was meinen Sie? Ist das nicht großartig! Und ich werd auch gleich richtig losgehen. Was ich

Sie fragen wollte, was ist die schönste Gegend in Irland, die man sehen muß?«

»Donegal natürlich. Dort bin ich geboren.«

Einen Bleistift und ein zerknittertes Couvert aus der Tasche holend, fügte Mr. Wrenn freudig diesen neuen interessanten Namen einer Liste hinzu, die von der Delagoa Bay bis nach Denver reichte.

Zu den Sternen aufblickend lief er weiter. Als er die Schornsteine eines großen Cunard-Dampfers am Ende der Vierzehnten Straße in den Himmel ragen sah, jubelte er laut auf. Vor dem Fensterchen in der Bude eines griechischen Schuhputzers blieb er stehen, um sich am Anblick einer Lithographie des Parthenon zu weiden. Sterne – Dampfer – Tempel, all dies gehörte ihm. All dies besaß er jetzt. Er war frei.

Lee Theresa saß im Wohnzimmer und wartete bis halb elf auf ihn, während er auf dem Grand Central mit Fahrplänen kokettierte. Dann ging sie zu Bett, und Mr. Wrenn hatte – allerdings ahnte er nichts davon, dieser Fürst aller reichen Freier – ganz und gar die Hand und das Herz der edlen Miss Zapp aus einer der Ersten Familien Virginiens verloren.

Am 14. Juni 1910 stand er vor dem göttlichen Schreibtisch des Geschäftsführers. Traurig sagte er:

»Leben Sie wohl, Mr. Guilfogle. Heute geh ich. Ich möcht – – Herrjeh! Ich möcht Ihnen sagen, wissen Sie – wie sehr ich zu schätzen weiß – –«

Der Direktor stellte ein Drahtkörbchen mit Briefdurchschlägen von der linken Seite des Schreibtisches auf die rechte und betrachtete es nachdenklich; er arrangierte die Bleistifte nach einer neuen Methode vor seinem Tintenfaß; er musterte die tadellose Spitze eines Bleistifts mit besorgter Miene und trommelte mit den Knöcheln auf der Schreibtischplatte. Dann erhob er die Augen. Er betrachtete Mr. Wrenn, lächelte und setzte die Miene auf, die er zur Schau zu tragen pflegte, wenn er ihn »auf einen Schluck« einlud. Mr. Guilfogle war im Grunde ein anständiger Bursche, den nur das Geschäft hart gemacht hatte; ein wohlzufriedenes Opfer, dessen Phantasie ganz und gar verflüchtigt war, so daß er in Propagandabriefen und

Laufburschenfixigkeit die einzigen ernst zu nehmenden Dinge in der Welt sah. Er war stark und energisch, durchaus kein schlechter Kerl, nur, er war »tüchtig«.

»Na, Wrenn, es würde wohl keinen Sinn haben, noch lange davon zu reden. Sie wissen ja, was ich von der ganzen Sache halte. Mir kommts schrecklich dumm von Ihnen vor, daß Sie aus einer guten Stellung gehen. Aber schließlich ist das Ihre Sache, und nicht unsere. Wir schätzen Sie, und wenn Sie genug davon haben, bloß so rumzubummeln, also, dann kommen Sie zurück. Wir werden uns immer Mühe geben, etwas für Sie offen zu halten. Unterdessen wünsche ich Ihnen recht viel Vergnügen, alter Junge. Wohin wollen Sie? Wann gehts los?«

»Ja, zuerst will ich bloß überhaupt so rumwandern. Es gibt ne ganze Menge, was ich tun möchte. Ich glaube, ich werd jetzt wirklich bald losgehen … Recht vielen Dank, Mr. Guilfogle, daß Sie mir was offen halten wollen. Natürlich werd ichs wahrscheinlich nicht brauchen, aber ich weiß recht gut, daß ich Ihnen dafür verpflichtet sein muß.«

»Hören Sie, jetzt, wo nun alles schon passiert ist, glaub ich, sind Sie gar nicht mehr so scharf drauf, uns zu verlassen. Sagen Sie ganz ehrlich, ja oder nein?«

»Na ja, son bißchen komisch ist es mir ja – ich war so lange hier. Abers wird schon sehr schön sein, aufs Meer hinaus zu kommen.«

»Ja, ja, ich weiß, Wrenn. Ich würde selber auch gern auf Reisen gehen. Ihr meint wohl immer, ich würde mir gar nichts draus machen, so rumzubummeln wie ihr, und mir nicht den Kopf darüber zu zerbrechen, was mit den Geschäften und mit der Firma wird. Aber – – Na, leben Sie wohl, alter Junge, und vergessen Sie uns nicht. Schicken Sie mir mal eine Zeile und lassen Sie mich wissen, wies Ihnen geht. Richtig, wenn Sie zufällig mal nen Artikel sehen, der nach was aussieht, dann schreiben Sie uns drüber. Aber auf jeden Fall möcht ich ein Lebenszeichen von Ihnen bekommen. Es wird uns immer freuen, von Ihnen zu hören. Also, leben Sie wohl, und viel Glück. Vergessen Sie nicht und schreiben Sie ab und zu ne Zeile.«

In dem Winkel, der acht Jahre lang sein Heim gewesen war, konnte Mr. Wrenn kein neues und besseres Arrangement der

Drahtkörbchen, Briefhalter und Notizblöcke ersinnen; er säuberte also seine Feder, blies etwas Radiergummistaub, der unter dem eisernen Tintenfaß lag, fort und meinte, auf seinem Schreibtisch sei schönste Ordnung; dabei dachte er an alles mögliche.

Er war lange da gewesen. Jetzt konnte er nicht mehr hierher zurückkommen, und wenn er es sich noch so brennend wünschen sollte. Wie nett sich der Direktor zu ihm benommen hatte. Er hatte gar nicht gewußt, wie gut Guilfogle zu ihm war.

Er begab sich auf die Abschiedsrunde zu den einzelnen Kollegen. Zu dumm, daß er sie nicht besser kennen gelernt hatte. Das ließ sich jetzt nicht mehr ändern. Aber sie waren ja alle so großartige Burschen, und einen so langweiligen Kerl wie ihn würden sie wohl nicht vermissen.

Und gerade in diesem Augenblick begegneten sie ihm im Korridor; es waren alle außer Guilfogle, angeführt von dem Reisevertreter Rabin und von Charley Carpenter, der eine Schachtel Taschentücher mit einem großen grünroten Etikett trug.

»Vater Wrenn«, begann Charley seine schwungvolle Rede, »bei diesem traurigen Anlaß wollen wir uns das Vergnügen machen und dir mit diesem kleinen Angebinde unsere Wertschätzung und Hochachtung für deine Bemühungen für die von Mortimer R. Gigelgagel geführte Firma unseres großen Konzerns beweisen und – –

Hör mal, alter Junge, Spaß bei Seite, es tut uns kolossal leid, daß du gehst, und – äh – also, wir wollten dir gern was schenken, damit du siehst, daß es uns – äh – mächtig leid tut, daß du gehst. Wir haben zuerst an ein Kistchen Zigarren gedacht, aber du rauchst ja nicht viel; und da sollen dir diese Taschentücher zeigen – – Drei Hurras für Wrenn, Jungens!«

Als Mr. Wrenn allein an seinem Schreibtisch saß und die Schachtel mit den Taschentüchern vor sich hatte, begann er zu weinen.

An einem Morgen gegen Ende Juni – zwei Wochen, nachdem er die Kunstartikel-Gesellschaft verlassen hatte – lag Mr. Wrenn um halb neun im Bett und suchte sein Kissen sorgfältig nach kühlen Stellen ab; in den Beinen war ihm ganz heiß und ungemütlich, und in der Seele fühlte er sich sehr bedrückt. Wenn es etwas gegeben hätte, wofür es sich verlohnte, wäre er gern aufgestanden. Es gab nichts derartiges, und doch hatte er ein unangenehm schlechtes Gewissen. Zwei Wochen lang fürchtete er nun, die Stellung, die er doch schon selbst aufgegeben hatte, wegen Nachlässigkeit zu verlieren. Es gibt ja auch Menschen, die von der Angst vor dem Tod in den Selbstmord getrieben werden.

Fast jeden Morgen war er hastig aus dem Bett gesprungen, war er mit seinem Rasieren fertig geworden, noch bevor er sich richtig darüber freute, daß er nicht rechtzeitig im Büro sein mußte. Wenn er untertags umherflanierte, sagte er sich ziemlich oft: »Ich hab eine solche Angst wie ein Musterschüler, der zum ersten Mal Schule schwänzt; ganz so wie damals in Parthenon.«

Alle anständigen Leute arbeiteten an den Wochennachmittagen. Was trieb er sich also in den Straßen herum, während die gute Sitte eigentlich verlangte, daß er an einem Schreibpult der Kunstartikel-Gesellschaft säße und besser acht gäbe, um der göttlichen Huld Mortimer R. Guilfogles teilhaftig zu werden?

Er war ganz sicher: wäre er nur erst einmal auf der Großen Fahrt, dann würde es ihm gelingen, »sich in Schuß zu bringen und was ordentliches zu tun«. Aber er wußte nicht, wohin er sich wenden sollte. In den letzten Jahren hatte er so viele Reisen geplant, daß er jetzt nicht imstande war, länger als eine Stunde bei einem Entschluß zu bleiben. Er konnte eben nicht seinen alten goldenen Traum, Venedig zu sehen, verwirklichen und zugleich der strengen Bürgerpflicht genügen, grauenhaft gefährliche Bestien im Dickicht von Guatemala zu jagen.

Die Kosten machten ihm gleichfalls Sorgen. Er hatte so lange hartnäckig für die Große Reise gespart, daß er jetzt mit dem Geld für diese Reise knauserte. Ja, er nahm sich vor, für sein erstes Unternehmen, in dessen Verlauf er die Künste des Wanderns zu lernen hoffte, von den zwölfhundertfünfunddreißig Dollar, die er besaß, nicht mehr als dreihundert auszugeben.

Stets stand er unter dem Eindruck eines Satzes, den er einmal gelesen hatte; darin war die Rede von einem jener

»Globetrotter, die man in Kalkutta mit dem Handwerkszeug eines Monteurs trifft, um sie dann im Athenaeum fein gekleidet, ein Monokel im Auge, wiederzusehen«. Auch er wollte etwas von den großen Kipling-Geheimnissen lernen, um sowohl rätselhafte technische Werkzeuge benützen, wie tollkühn Schmugglerverstecke, Copra-Inseln und Walfischfängerstationen mit absonderlichen Namen aufsuchen zu können.

Er malte sich aus, wie er auf den Manihiki-Inseln als dritter Ingenieur an Bord ging, oder wie er die Aufgabe übernahm, vom Flugzeug aus einen Algier-Film aufzunehmen. Er *mußte* sich aus dem Zapp-Bann befreien. Er mußte auf die weinfarbenen Meere hinaus, auf denen Schlachtschiffe und große Passagierdampfer einherfahren. Aber er konnte nicht anfangen.

Wenn er nur einmal über Sandy Hook hinaus war, dann würden Maschinen und Kampfmethoden keine Geheimnisse mehr für ihn haben. Er war fest davon überzeugt, daß es das Beste für ihn wäre, betäubt und auf ein Schiff verschleppt zu werden. Aber so spät in der Nacht er sich auch, Sehnsucht und Angst im Herzen, unter ungewaschenen englischen Heizern in der West Street herumtrieb – was ihm keineswegs leicht fiel – es gelang ihm nie, belästigt zu werden, es sei denn von armen Teufeln, die ihn um zehn Cent »für ne Schlafstelle« anbettelten.

An diesem Morgen blieb er, nachdem er lange genug mit dem Frühstück getrödelt hatte, untätig sitzen. Einst war er davon überzeugt gewesen, daß es die schönste Beschäftigung sein müßte, stillvergnügt da zu sitzen und Reisebücher zu lesen. Aber wenn er an jedem gewöhnlichen Montag den Sonntagsmüßiggänger spielen konnte, hatte das Ganze keinen Reiz mehr. Außerdem wurde sein Bett immer erst mittags von Goaty in Ordnung gebracht, und die graubraune Flickendecke schien überall in dem unordentlichen Zimmer herumzuliegen.

Mitten in einem Absatz stand er auf, warf die *Hundert Arten, Kalifornien zu sehen* auf das zerzauste Bett und lief vor Unserem Herrn Wrenn davon. Unser Herr Wrenn aber verfolgte ihn noch auf den Kais, vor denen die Sonne das ölige Wasser erglänzen ließ. In den letzten vierzehn Tagen hatte er die Kais zwölf Mal gesehen. Ja, er rief sogar höchst lästerlich, daß er »die gottsverdammten Kais schon gottsverdammt oft genug gesehen« hätte.

Früh am Nachmittag ging er in ein Kino, doch schon die ersten auf der grauen Bildfläche erscheinenden Riesenfiguren waren unerträglich unwirklich; und als das unvermeidliche großäugige, schwarzzöpfige Indianermägdlein den bereits kanonisch gewordenen Cowboy kennen lernte, wetzte er unruhig auf seinem Sitz hin und her, das monotone Geräusch des Projektionsapparats in dem heißen, ungelüfteten Raum brachte ihn zur Raserei, und so flüchtete er gerade in dem aufregenden Augenblick, als der Indianerhäuptling ins Lager galoppierte und seine Tapferen auf den Kriegspfad berief.

Vielleicht konnte er zu Hause seinen Gedanken entrinnen.

Als er in sein Zimmer kam, blieb er verblüfft stehen und sah sich um wie eine bessere Katze, die plötzlich einen verschmutzten Straßenköter in ihrem rosigen Körbchen schlafen sieht. Auf Mr. Wrenns Bett lag Mrs. Zapp. Hinter ihren großen platten Füßen, deren Sohlen ihm zugewandt waren, wölbten sich die sanft gerundeten Linien ihres Leibes empor. Sie schlief geräuschvoll; die Fischbeine ihres Mieders knarrten bei ihren Atemzügen mit einer Regelmäßigkeit, die nur gestört wurde, wenn sie eine kleine Bewegung machte und ächzte.

Mit einem unangenehmen Gefühl im Magen ging er auf den Zehenspitzen wieder hinunter und wanderte unzufrieden durch staubige eintönige Nebenstraßen, während er sich den Kopf darüber zerbrach, was für ein Plätzchen in ganz New York er denn aufsuchen könnte. Er las aufmerksam ein Plakat mit der Ankündigung eines Ausflugs zu den Catskills, der noch an diesem Abend seinen Anfang nehmen sollte. Einen Augenblick lang war er voll Freuden entschlossen, daran teilzunehmen, aber – »ach, da sind sicher sone Menge reiche Leute aus der feinen Gesellschaft dabei«. Er kaufte sich das Morgenblatt des *American*, suchte eine Bank auf dem Union Square auf und studierte mit ernster Miene die Karikaturen darin.

Zufällig fiel sein Blick auf die Inserate in der Rubrik »Offene Stellen«.

Das brachte ihn auf die nicht gerade aufregende Idee, daß er vielleicht Abenteuer und Sparsamkeit miteinander verbinden könnte, wenn er sich als Kellner oder Farmarbeiter verdingte.

Und so kam er zum Tor des Paradieses:

NOCH FREI. Kostenlose Überfahrt auf Viehtransportdampfern nach Liverpool gegen Viehwartung. Niedrige Vermittlungsgebühr. Leichte Arbeit. Schnelle Schiffe. Anfragen an Internationales und Atlantic Büro, Greenwich Street.

»Herrjeh!« jubelte er, »jetzt schickt mir wohl der liebe Gott selber was.«

Drittes Kapitel.
Er reist in die weite Welt

Das Internationale und Atlantic Stellenvermittlungsbüro ist ein lang gestrecktes schmutziges Zimmer. Seine Wände sind von Mörtelrissen durchzogen, die den Linien auf einer Landkarte gleichen, und geschmückt mit Schiffsprospekten und Auszügen aus den Verordnungen der Stadt New York für Stellenvermittlungsbüros. All das findet der Besitzer, M. Baraieff, überaus komisch. Er ist ein kleiner, zierlich gewachsener Mann mit unangenehmem schwarzem Bart, zeichnet sich durch muntere Umgangsformen und die Fähigkeit, unvorstellbar rasch zu sprechen, aus und ist in den Fehlern und Verstümmlungen ganzer neun Sprachen perfekt. Mr. Wrenn betrat diesen Misthaufen aller möglichen Nationalitäten mit neugieriger Verblüffung. M. Baraieff rieb sich die glatten, verschwitzten Hände und verbeugte sich viele Male.

Sich zutraulich über die Theke lehnend, murmelte Mr. Wrenn: »Ich hab Ihr Inserat wegen Viehwärtern gelesen. Ich möcht einen Ausflug nach Europa machen. Wie – –?«

»Ja, ja, ja, ja, Mistär. Ich färtjige Sie gleich ab. Zehn Dollar, bihte.«

»Ja, und wozu berechtigt mich das?«

»Ich sage Injen, ich färtjige Sie gleich ab. Ha! Ha! Ich mich auskänne; Sie sind Gentlemann, Sie wollen hibsche kleine Ausflug nach Eiropa machen. Freilich. Ich färtjige Sie ab. Ich gähbe Sie hibsches kleines Viehdampfer, wo gar njicht schwäre Arbeit. Gleich los gäht. Zehn Dollar, bihte.«

»Aber wann fährt das Schiff? Von wo fährt es ab?« Mr. Wrenn war ein wenig verwirrt. Er hatte noch nie einen Menschen gesehen, der so höflich und so rasch grimassieren konnte.

»Nägster Donnerstag ich abschihke Sie gleich.«

Mr. Wrenn tauschte mit wehmütiger Miene zehn Dollar gegen eine Karte ein, die Trubiggs, Atlantic Avenue, Boston, informierte, Mr. »Ren« sei »mit 1. mögl. Fi-Boht abzufärtigen. Mein Kto. belasten. Prov. bezallt. Baraieff.«

M. Baraieff erklärte strahlend: »Ich Injen gähbe feines Schihf« und schrieb noch an den Rand der Karte: »Bästes Schihf leichte Arrbeit.« Er zwitscherte: »Nägster Dienstag frih kohmen« und komplimentierte Mr. Wrenn hinaus wie ein Pariser Geschäftsmann. Die Reihe der wartenden Dienstmädchen knickste wie eine Hecke, die sich unter einem Windstoß beugt, während Mr. Wrenn sich beeilte, an ihnen vorüberzukommen.

Er war viel zu aufgeregt, um sich über die stille Duldermiene, mit der Mrs. Zapp die Ankündigung seiner Abreise aufnahm, Gedanken zu machen. Daß Theresa ihn auslachte, weil er als Viehwärter fahren wollte, und daß Goaty in der Küche sehr laut bemerkte, daß »kein Mensch außer nem Yankee in nem Viehpferch reisen« würde, hatte lediglich die Wirkung, daß er seine Habseligkeiten umso vergnügter bei einem Spediteur einstellte. Am Dienstagmorgen begab er sich – bekleidet mit Sweater, Tennisschuhen, einem alten Filzhut, Khakihemd und Manchesterhosen, einen zum Bersten mit Kleidungsstücken und Baedekern vollgestopften Koffer schleppend, wohlversehen mit hundertfünfzig Dollar in Schecks der Express Company (in einem Säckchen unter dem Hemd) – eiligst auf den Weg zu Baraieffs Bude. Es war zwar erst halbneun, aber er hatte Angst, zu spät zu kommen.

Bis zwei Uhr mußte er warten, dann wurde er, mit einer Fahrkarte nach Boston und einem Brief für Trubiggs' Heuerkontor ausgerüstet, auf den Kai der *Joy Steamship Line* geschickt. In dem Brief stand: »Ihberbringer Ren laut beigefaltener Quihtung hat Anspruch auf Ihberfahrt nach England mit Fi-Boht. Mein Kto. belahsten. Sylvestre Baraieff N. Y.«

Als er, sein Köfferchen nicht aus den Augen lassend, auf dem Sturmdeck des Boots des Joy Line stand, summte er sich viele Liedchen vor, die alle mit dem Refrain endeten: »Auf dem Meere, frei, frei, frei. Ich bin frei, frei, *frei*!« Es war ihm gelungen, sich zu beweisen, daß er nicht befürchten mußte, das Schiff könnte untergehen oder in Brand geraten. Auf jeden Fall wollte er ganz einfach keine Angst haben. Während das Boot den East River hinaufdampfte, sah er die Fabrikgebäude

Manhattans in den Strahlen der Nachmittagssonne funkeln und die Westchester-Felder weithin glänzen und leuchten.

Er war nicht ein Passagier mit Luxuskabine, aber er hatte ein Anrecht auf eine der zwölf Kojen in einem Raum unten im Schiffsrumpf. Dort redeten Farmer, die sich die Schuhe ausgezogen hatten, verdrossen durcheinander, und deshalb ging er wieder auf das Deck hinauf. Die Nacht, in der die anderen Passagiere schnarchten, verbrachte er bescheiden auf einem Klappstühlchen, unermüdlich auf das Wasser hinausblickend, in dessen kaltblaues Gewebe Leuchtfeuer und Schiffe, die sie passierten, goldene Fäden einschossen. Gegen Morgen war er müde, und seine Augen brannten, aber das tat seiner Freude über das strahlend herabflutende Licht keinen Abbruch.

Endlich Boston.

Die vorderen Räume des Heuer-Kontors in der Atlantic Avenue bestanden in einem verglasten Zimmerchen. Den Boden bedeckte ein wüstes Durcheinander aus krummen und lahmen Stühlen, aus Prospektstößen, alten Bildern von Cunard-Schiffen, noch älteren Kalendern und Adreßbüchern, die mit Fug Anspruch auf die Bezeichnung Antiquitäten machen konnten. Inmitten dieses Trümmerhaufens balancierte, an einem mächtigen Pittsburger Stumpen rauchend, ein rothaariger, etwa vierzigjähriger Yankee auf einem zurückgekippten Küchenstuhl und las den Bostoner *American*. Mr. Wrenn lieferte M. Baraieffs Brief ab und blieb wartend stehen; sein Köfferchen gab er nicht erst aus der Hand, weil er jederzeit bereit sein wollte, hinauszueilen und augenblicklich an Bord zu gehen.

Der Heuer-Agent durchflog den Brief und legte dann los:

»Breff ist verdreht. Schickt mir die Leute immer zu früh. Wrenn, Sie hätten direkt zu mir kommen sollen. Was sind Sie erst zu dem Pollacken gelaufen? Jetzt haben Sie die Suppe. Er schickt Sie einen Tag zu spät – oder um paar Tage zu früh. Wenn Sie gestern abend hier gewesen wären, hätte ich Sie auf nem Kahn von der Dominion Line unterbringen können. Jetzt ist alles, was ich hab, ein Leyland-Äppelkahn, der am Sonnabend von Portland ausfährt. Mal sehen; heute ham wir Dienstag. Donnerstag, Freitag – drei Tage werden Sie warten müssen. Und jetzt wollen Sie, daß ich Sie abfertige, was? Gar nicht ausgeschlossen, daß ich Sie erst so in ner Woche von heute ab unterbringen kann, aber Sie würden natürlich lieber schon am Sonnabend mit nem guten Schiff losgondeln, was?«

»O ja; das war mir freilich das Liebste. Ich – —«

»Na, wollen mal probieren. Sie können sich ja selber überzeugen, die Rhedereien lassen nicht jeden Tag n Schiff ab, bloß um Breff nen Gefallen zu tun. Außerdem ham wir jetzt Hochsaison. Ne Menge Studenten wollen mal übern großen Teich springen, und dann sind Kanadier da, die nach England zurück wollen, und Juden, die nach Polen abhauen möchten – wahrscheinlich, um Bomben auf den Zar zu schmeißen. Und ich kann Ihnen sagen, die Juden sind richtig. Die haben nichts dagegen, einem die Zeit und die Mühe zu bezahlen, die man braucht, wenn man sie abfertigt, und drum – —«

Voll Würde erklärte Mr. William Wrenn: »Natürlich wird es mir ein Vergnügen sein, Sie – äh – für Ihre Mühe zu entschädigen.«

»Ich habe mir ja *gleich* gedacht, daß Sie n Gentleman sind. He, AI! AI!« Ein unterernährter Junge der nur wenige Zähne im Mund hatte und aus seinen schmutzigen Hosen herausgewachsen war, tauchte auf. »Mach nen Stuhl für den Herrn sauber. Stell die Reisetasche da auf meinen Tisch … Nehmen Sie Platz, Mr. Wrenn. Sehen Sie, die Sache ist so: ich werde Ihnen das Ganze mal vertraulich auseinandersetzen, verstehen Sie. Der Brief von Breff ist nicht den Fetzen Papier wert, auf dem er geschrieben ist. Der hat gar kein Recht, Leute für die Viehboote herzuschicken. Das ist meine Sache, verstehen Sie wohl, meine Sache. Ich arbeite direkt mit allen Rhedereien in Boston und Portland. Wenn Sies nicht glauben, brauchen Sie nur ins Zimmer da hinten gehen und einen von den Leuten fragen, die dort warten.«

»Ja, ich verstehe«, antwortete Mr. Wrenn mit einer Miene, als ob ihm nicht ganz wohl wäre, und spielte mit einem alten Kalender Fußball. »Äh – Mr. Trubiggs, nicht wahr?«

»Jawoll. Jawoll, mein Junge. Trubiggs. Na?«

»Sehen Sie, Mr. Trubiggs, ich bezahl Ihnen gern – —«

»Ich will Ihnen genau sagen, wies ist, Mr. Wrenn. Ich bin keiner von den Mauschel-Stellenvermittlern; ich bin

Amerikaner; und Amerikanern helf ich auch immer gern. Obwohl Sie nicht direkt zu mir gekommen sind, werd ich Ihre Sache so in die Hand nehmen, wie wenns meine eigene war. Also, Sie wollen schnell auf nem netten Kahn abgefertigt werden, der am nächsten Sonnabend von Portland abfährt, und nicht erst lang warten?«

»O ja, das möcht ich, Mr. Trubiggs.«

»Na, meine Liste ist wirklich voll – die Leute warten auch schon – aber wenn die Sache Ihnen fünf Dingerchen wert ist – –«

»Da sind die fünf Dollar.«

Der Heuer-Agent war angeekelt. Aus Mr. Wrenns billigem Sweater und Tennisschuhen hatte er geschlossen, er werde ihm vielleicht drei oder vier Dollar abquetschen können, und jetzt mußte er merken, daß zehn Dollar herauszuholen gewesen wären. In mehr traurigem als ärgerlichem Ton sagte er:

»Natürlich ist Ihnen klar, das mirs, wo Sie so spät kommen, gehörig viel Mühe machen kann, Sie schon aufs *nächste* Boot zu bringen. Türlich krieg ich für gewöhnlich mehr als fünf Dollar.« Er spielte verächtlich mit dem Geldschein auf dem Schreibtisch herum. »Wenn Sie wollen, daß ich den Agenten ne Kleinigkeit extra zukommen laß – –«

Mr. Wrenn hatte zu heftige Kopfschmerzen, um seiner Schüchternheit zu unterliegen. »Lassen Sie mal sehen, hab ich Ihnen nur fünf Dollar gegeben?« Als er den Schein wieder in der Hand hatte, faltete er ihn sorgfältig zusammen, verstaute ihn in seiner Hemdtasche und erklärte:

»So. Sie haben mir gesagt, für fünf Dollar fertigen Sie mich ab. Außerdem ist der Brief von Baraieff ein Formular, auf dem Ihr Name gedruckt steht; ich weiß also ganz genau, daß Sie regulär mit ihm arbeiten. Wenn Ihnen fünf Dollar nicht genug sind, dann können Sie von mir aus zum Teufel und seiner Großmutter gehen, Mr. Trubiggs; jawohl, und zwar sofort. Ich habs jetzt schon satt, mich zum Narren halten zu lassen. Wenn Sie mit fünf zufrieden sind, kriegen Sie den Schein am Freitag wieder, in dem Augenblick, wo Sie mich nach Portland schicken – wenn Sie quittieren. So!« Er schrie fast, so müde und mutlos war er.

Trubiggs nun war ein Gauner mit Ehre, und außerdem war er immer gern mit einem Menschen zusammen, dem er den, wie er meinte, Ehrentitel »Weißer« geben konnte. Er lachte, schob Mr. Wrenn einen Pittsburger Stumpen hinüber und erklärte sich einverstanden:

»Schön. Ich werd alles erledigen. Stecken Sie an. Zahlen Sie mir die fünf Dinger am Freitag, oder geben Sie sie meinem Aufseher, wenn er Sie aufs Schiff bringt. Sie könnens machen, wie Sie wollen. Sie sind richtig. Sie kann man nicht reinlegen, was?«

Und um Mr. Wrenn weiter hereinzulegen, schlug er ihm für die beiden Nächte, die er in Boston verbringen mußte, ein Logierhaus vor. »Sagen Sie dem Portier dort, daß der rothaarige Trubiggs Sie schickt, und dann werden Sie das beste Zimmer im Haus kriegen. Sagen Sie ihm, Sie sind ein Freund von mir.«

Als Mr. Wrenn gegangen war, telephonierte Mr. Trubiggs mit seinem Bundesgenossen: »Noch son Kaffer kommt, Blaugeld. Daß Sie nicht probieren, mich um meinen Anteil zu behumbsen, sonst zahl ichs Ihnen bei der nächsten Gelegenheit heim, verstanden? Was? Ja, drehen Sie ihm n Fünfundzwanzig-Cent-Bett an. Wiedersehen.«

Die Karawane von Trubiggs Viehwärtern, die am Freitag mit dem Nachtschiff nach Portland abfuhr, stand unter der Führung eines breitschultrigen Boss', der keinen Rock anhatte und seine Manchesterweste vergnügt offen trug. Es war ein bunt zusammengewürfelter Haufen – Juden mit kleinen Holzköfferchen, großen Kunstledertaschen und den verschiedensten Bündeln, mit Prophetenbärten gezierte müde Männer in abgeschabten Arbeitskleidern und verbeulten steifen Hüten.

Engländer waren da mit Kisten aus Kiefernholz, die mit dicken Seilen verschnürt waren. Ein Amerikaner mit einem wüsten Mundwerk, der behauptete, ein arbeitsloser Hutmacher zu sein, ein ununterbrochen herumbrüllender Raufbold namens Pete und eine Schar von Landstreichern.

Der Boss zählte sein Trüpplein und suchte sich für die Überfahrt nach Portland seine Vertrauensleute aus – Mr. Wrenn und einen jungen Burschen namens Morton.

Morton war ein untersetzter, kräftiger Mann mit plumpen Händen, der höchst zuverlässig aussah, aber immer vergnügt und freundlich dreinblickte. Stets hatte er eine Pfeife im Mund und blies kunstvoll den Rauch durch die Nase.

Mr. Wrenn und er lächelten einander unsicher zu, als das Portlandboot ausgefahren war und ein frischer Wind aus unbekannten Ländern wehte.

Nach dem Essen knüpfte Morton, der an der Reeling des Dampfers seine Pfeife rauchte – ein Ding, das ein bißchen wie eine Golfkelle und ein bißchen wie eine Kröte aussah – die Beziehungen mit Mr. Wrenn an.

»Feine Auswahl von Viehwärtern, mit der wir da zusammen sind, was? … Morton heiß ich.«

»Freut mich kolossal, Sie kennen zu lernen, Mr. Morton. Wrenn ist mein Name.«

»Sie sind auch froh, daß Sie endlich unterwegs sind, nicht wahr?«

»Herrgott, und ob!«

»Na, ich auch. Jahrelang wart ich schon drauf. Ich bin im Büro der Pennsylvania Eisenbahn, N. Y.«

»Ich komm auch aus New York.«

»So? Lange dort gelebt?«

»Öh – öh, ich – –« begann Mr. Wrenn.

»Also, ich hab jetzt sieben Jahre für die Penn. gearbeitet. Drei Monate Urlaub hab ich. Auf meine Kosten. Jetzt kann ich endlich bißchen reisen. Zehn Dollar hab ich und ne Rückfahrkarte zweiter von Glasgow. Aber trotzdem werd ich mir England und Frankreich ansehen, und Deutschland wahrscheinlich auch.«

»Zweiter? Warum fahren Sie nicht Zwischendeck, um zu sparen?«

»Ach, zurückkommen muß ich wien Gentleman. Sie verstehen. Sie sind doch auch aus New York?«

»Ja, ich bin bei der Kunstartikel-Gesellschaft in der Achtundzwanzigsten Straße. Ich will auch schon längst auf Reisen gehen … Wie wollen Sies denn mit Ihren zehn Dollar schaffen?«

»Unterwegs arbeiten. Klare Sache. Ich fall immer auf die Füße. Ich bin erst achtundzwanzig, aber, seit ich zwölf war, steh ich immer auf meinen eigenen Beinen, wie der Engländer sagt … Na, und Sie? Wollen Sie rumreisen, oder fahren Sie irgendwo hin?«

»Bloß reisen. Ich bin froh, daß wir uns kennen gelernt haben, Mr. Morton. Ich glaub, die Viehwärter da sind zum größten Teil nicht grade feine Leute. Außer den alten Juden. Die sehen eigentlich tadellos aus. Man muß gleich – ach, wissen Sie – an Propheten und solches Zeugs denken. Sehen Sie doch mal, wie sie da drüben Tee kochen. Das Schiffsessen wird wohl nicht koscher sein. Auf der Fahrt nach Boston hab ich einen beten sehen – ich glaub wenigstens, er hat gebetet – er war in sone Art Shawl gewickelt.«

»So, so! Interessant!«

Mr. Wrenn hatte ganz entschieden das Gefühl, einer von den Herren zu sein, die bei Kipling immer an der Schiffsreeling lehnen und Bemerkungen über fremde Länder austauschen. In weltmännischem Ton sagte er:

»Herrjeh! Sehen Sie mal den Sonnenuntergang an. Ist das nicht großartig!«

»Heiliger Strohsack! Und ob. Mir ist nicht klar, wie jemand, wenn er so was mal gesehen hat, noch an was glauben kann.«

Entsetzt und außer sich über eine derartige Theorie, aber freudig erregt, weil Morton eigene Gedanken zu haben schien, zirpte Mr. Wrenn: »Wirklich, das kann ich durchaus nicht einsehen. Ich kann nicht einsehen, wieso irgend jemand, wenn er sonen Sonnenuntergang gesehen hat, überhaupt noch ungläubig bleiben kann. Ich muß dann an alles mögliches glauben – ich komm dann richtig in Fahrt – ich bild mir dann ein, weiß Gott wo zu sein – auf dem Nil und was weiß ich.«

»Freilich! Das ist es ja grade. Alles ist so friedlich und natürlich! Es ist eben so. Man kann genug zusammenphantasieren, ganz von allein, ohne daß man irgend ne Religion dazu braucht.«

»Ja«, antwortete Mr. Wrenn nachdenklich. »Ich geh kaum mal in die Kirche. Ich geb nicht viel auf die ganzen obergescheiten Predigten, die nicht richtig auf die Sache kommen –

das ist nichts für gewöhnliche Menschen. Aber trotzdem geh ich in die St. Patrick-Kathedrale recht gern. Ja, dort wird mir richtig ganz anders – ich hoffe, Mr. Morton, Sie denken nicht, daß ich mich aufspielen möchte.«

»Aber wieso denn. Gar keine Rede. Ich verstehe. Erzählen Sie nur weiter.«

»Wenn ich so durchs Schiff hinunter schau, auf den Altar zu, und die Bogen und alles vor mir hab, dann fang ich richtig zu träumen an. Und die Priester im Ornat – die sehen so – so – ach, ich weiß nicht recht, wie ich sagen soll – sie sehen eben so aus, als wären sie gar nicht mehr richtig auf der Erde.«

»Ja ja, ich weiß. Das ist eben die ästhetische Seite von der Sache. Ästhetisch, wissen Sie – das Schöne dran.«

»Ja, klar, das ist das richtige Wort. Sthetisch, das ist es, Ja, sthetisch. Aber trotzdem, ich hab dann das Gefühl, als wenn ich an alles mögliche glauben täte.«

»Ich will Ihnen sagen, was meiner Ansicht nach geschehen wird«, erklärte Morton strahlend. »Der Sozialismus und die ganzen internationalen Arbeiterverbände, das wird vielleicht noch ne neue Art Religion werden. Ich weiß nicht viel davon, das muß ich zugeben, abers sieht so aus, als obs dazu kommen könnte. Ganz sicher ist doch, daß die alten politischen Parteien nichts weiter sind als richtige Banden – außer dem Namen haben sie eigentlich nichts. Aber diese Genossensache, das ist was Blendendes. Brüderschaft der Menschen – wirkliche Brüderschaft. So stell ich mir Religion vor. Ne Religion, dies gibt, weils sie geben muß, nicht bloß, weil sies immer gegeben hat. Jawoll, ich bin für ne Religion von Leuten, die alle zusammenarbeiten, damit einer dem andern das Leben leichter macht.«

»Freilich!« bemerkte Mr. Wrenn, und sie klopften einander auf die Schultern und freuten sich in gemeinsamer Hoffnung.

»Ich würde ja gern was von dem Sozialismuszeugs wissen«, meinte Mr. Wrenn, während er mit zurückgelegtem Kopf den Sonnenuntergang bewunderte.

»Großartige Sache. Keine Arbeit für irgend nen faulen Bruder, der das Recht, mit einem rumzukommandieren, geerbt hat. Und *internationale* Brüderschaft, nicht bloß jedes Land für sich. Das ist was ganz Neues.«

»Herrjeh! Das wär wirklich ne großartige Sache«, seufzte Mr. Wrenn.

Er sah die Prozession der Weltbrüderschaft festen Schrittes durch den allmählich verblassenden Sonnenuntergang ziehen; in safranfarbene Gewänder gekleidete Mandarine marschierten neben hellblonden Skandinaviern und trägen Südseeinsulanern – alle Völker sah er, nach denen er sich seit jeher sehnte.

»Aber auf die Sozialisten, die sich an die Straßenecken stellen und geschwollene Reden halten, geb ich nicht so viel«, meinte Morton nachdenklich. »Das sind die Leute, die schreien: ›Wenn du dich nicht auf *unsere* Weise retten läßt, kannst du zum Teufel gehen! Laß dich nicht mit unorganisierten Führern zur Prosperity ein‹.«

»Klar!«

Morton hatte bald noch einen Gedanken. »Aber, wissen Sie, wir Leute, die wir die ganze Arbeit machen, müssen ja eigentlich wirklich was für uns selber rausholen. Auf die studierten Burschen mit den großen Brillen, die zu uns immer bloß so von oben herunter sind, weil sie meinen, wir sind viel zu dreckig für sie, auf die können wir uns nicht verlassen. Und auf die ganzen Schriftsteller und so weiter auch nicht. Und deshalb muß man eben doch mit den Straßenschreiern zusammengehen.«

»Ja, das stimmt wirklich. Da werden Sie wohl schon recht haben.«

Sie blickten einander an und lachten wieder, neue Freunde, die einer des anderen Seele kennen lernen. Sie tauschten belegte Brote und Ansichten aus. Als die anderen Passagiere schlafen gegangen waren und die Matrosen, die Wache hatten, einsam und verlassen aussahen, erklärten die beiden immer noch schüchtern aber voll Wonne, es sei »doch wirklich merkwürdig«.

Am frühen Morgen, als es feucht und unbehaglich war, wurden die Viehwärter vom Schiff zu einem Speisehaus in Portland geführt. Der Boss, der behaglich seinen Maiskolben rauchte, erzählte Mr. Wrenn und Morton unterwegs recht interessante Dinge.

»Trubiggs ist ein ganz ausgekochter Hund. Laßt euch, wenn ihr mal auf der *Merian* seid, bloß nicht für dumm kaufen. Die werden euch irgendwohin stecken wollen, wo die Stiere euch auf die Hörner spießen. Der Fraß wird – –«

»Was gibts denn zum Essen?«

»Schiffsmischmasch und Brot. Und Wasser.«

»Was ist Schiffsmischmasch?«

»N Fleischgericht ohne Fleisch. Ja, der Fraß wird hundsmiserabel sein. Trubiggs ist ein ganz Ausgekochter. Aber wo war der Junge, wenn er mich nicht hätte!«

Mr. Wrenn hatte alles Verständnis für Englands Verlangen nach Roastbeef, aber nichtsdestoweniger wollte er sich nicht gern von Stieren aufspießen lassen – was ihm schon vor dem Frühstückskaffee zu drohen schien. Die Straßen waren kalt und leer, und Morton schlief. Als er im Gasthaus auf einem hohen Stuhl an der Fichtenholztheke saß, würgte er mühsam ein Eierbrot herunter, das dick geschnitten, vertrocknet und ganz geschmacklos war. Neben dem finster schweigenden, pfeifengewaltigen Morton wanderte er verloren in Portland umher und kämpfte gegen zwei Ängste an: die Gesellschaft konnte, wer weiß, nicht alle für die Überfahrt brauchen, und er mußte noch warten; und zweitens, wenn wirklich das Unglaubliche geschah, wenn er an Bord kam und nach England ausfuhr, erwiesen die Stiere sich vielleicht als grauenhafte Bestien. Nach angestrengtem Nachdenken kam er zu dem Schluß: »Na! Entweder bringt mich die Langweile um, oder die Stiere spießen mich tot.« Und das kam ihm so gut vor, daß er es unbedingt Morton sagen mußte; sie lachten beide sehr, und um zehn Uhr wurden sie unter großem Lärm auf das Verdeck des D. S. *Merian* geführt.

Man war noch damit beschäftigt, Vieh einzuladen. Auf den schmutzigen Decks herrschte ein wüstes Durcheinander von Tauwerk und Viehwärtergepäck. Die alten Juden betrachteten mit Grabesmiene die Wüstenei offener Luken und gefährlicher Fallreeps, als prophezeiten sie Unheil und Tod.

Mr. Wrenn aber, der entschlossen neben seinem Köfferchen stand und es bewachte, streichelte mit zärtlichen Blicken den verrosteten Eisenrumpf ihrer Pilgerkarawelle; und als die *Merian* vom Kai losmachte, ohne daß es zu mehr

Abschiedskundgebungen mit Tränen und Taschentücherwinken kam als bei der Abfahrt eines Fährboots, murmelte er:

»Ich bin auf dem Meer, frei, frei, frei! Ich bin frei, frei, frei!«
Und dann staunte er.

Viertes Kapitel.
Er wird der große kleine Bill Wrenn

Als die *Merian* drei Tage von Portland unterwegs war, wäre der ängstliche Viehwärter, der unter dem Namen »Wrennie« bekannt war, am liebsten gestorben, denn nun hatte er die feste Überzeugung, daß die schlechte Luft der Back, in der er auf einem dünnen, mit feuchter Sackleinwand bezogenen Strohsack lag, von Tag zu Tag dicker, übelriechender und giftiger werden mußte.

Es war zwar schon sehr spät am Abend – acht Glasen – aber Pete, der Raufbold, und Tim, der arbeitslose Hutmacher, spielten an dem schmutzigen Tisch der Back noch immer Karten, und McGarver, der zweite Boss der Morris-Viehwärterrotte sah aus seiner Koje, die Schwefeldünste seines schlechten Pfeifentabaks zu Wrennie emporsendend, aufmerksam dem Spiel zu.

Pete, der Raufbold, war ein sehr übler Geselle. Er machte sich über alles lustig. Er stahl. Er kujonierte. Er war ein versoffener Bursche, über dessen Lippen kein sauberes Wort kam. Tim, der Hutmacher, war ein vorlauter Schwächling, der ganz unter Petes Herrschaft stand. Er trug einen verdreckten Gummikragen ohne Kravatte, und seine Seele glich ganz seiner Halsbekleidung.

McGarver, der zweite Boss, hatte wohl vor kurzem wegen Trunkenheit in Tateinheit mit groben Beschimpfungen und Körperverletzung seine Stellung als Obermeister verloren, war aber nichtsdestoweniger ein guter Hirte unter seinen Leuten. Er sah aus wie die Stiere auf der Merlan; sein Nacken war kurz und breit, seine niedrige Stirn lag stets in dicken Falten. Er zog sich nie aus, immer sah man ihn, wie jetzt, in schweren Schuhen und blaugrauen Wollsocken, die er über der Arbeitshose trug. Er war grob, freundlich, tyrannisch und ehrlich.

Wrennie schüttelte sich und holte tief Atem, als das Nebelhorn wieder einmal aufbrüllte und ihn daran erinnerte, daß sie immer noch durch Nebel fuhren, daß sie darauf gefaßt sein mußten, jeden Augenblick das furchtbare Getöse zu hören, unter dem ein gewaltiger Ozeanriese mit seinem Vordersteven die

Bordwände der Back in einem Zusammenstoß zertrümmerte. Sich einbeulende, berstende Bugplatten, das Eindringen einer riesigen schwarzen Schiffsnase, einströmende Wasserfluten, Schreie und – – Nun, das Horn bewies wenigstens, daß man auf der Brücke oben wachte, um ihn sicher durch den Nebel zu führen; und waren die da oben nicht erfahrene Seeleute? Hatten sie diese Fahrt nicht schon ungezählte Male gemacht, ohne daß etwas passierte? Werden sie nicht um ihrer selbst willen nicht weniger als um seinetwillen sorgsam Acht haben?

Aber – trotzdem, wird er wirklich lebendig nach England kommen? Und wenn, wird er noch neun lange Tage hindurch immer den Atem entsetzt anhalten müssen? Wird die Back immer wieder sich heben – heben – heben, wie jetzt, und dann wieder sinken – sinken – sinken, als sollten sie untergehen?

»Na, Wrennie, wie gefällt dir das Nebelhorn?«

Pete spuckte ihm die Frage aus einem Mundwinkel zu. »Hoffentlich rennen wir in kein Schiff hinein.«

Er blinzelte Tim an, der sein Stichwort sofort aufnahm und in kläglichen Tönen fragte:

»Hast du nicht auch son bißchen Schiß, wie ich, Pete? Der Maat hat mir gesagt, er spürt im Bauch, daß sowas passieren wird.«

»Klar passiert sowas. Heh, du Wrennie, wart nur, bis du runtertoben und die Stiere bei nem Sturm hochbinden mußt. Wirst schon sehen! Da wirst du aber fix machen, Jungchen.«

»Ach, halts Maul«, knurrte Wrennies Freund Morton.

Aber Morton war seekrank, und Pete schilderte, ohne auf ihn zu achten, weitere Gefahren, an deren Eintreten er in aller Zufriedenheit nicht zweifelte. Wrennie lief es kalt über den Rücken, als er hörte, daß »der Fraß noch lausiger« werden würde. Er wand sich, als Pete mit schallender Stimme immer wieder Erkundigungen nach dem Sweater einzog, der ihm in irgendeinem Viehstand verloren gegangen war – nach seinem schönen graurot gestreiften Sweater, den er in New York eigens für die Arbeit auf dem Schiff erstanden hatte. Und die Kartenspieler versicherten ihm, daß sein Köfferchen, das er dem kroatischen Schiffzimmermann anvertraut hatte, wahrscheinlich von »Satan« gestohlen werden würde.

Satan! Wrennie lief es noch kälter über den Rücken. Denn wenn er an Satan dachte, an den Obermeister mit dem magern Gesicht und der Hakennase, der teuflisch lächelte, wenn die Wut ihn packte, und ironisch grinste, wenn er guter Laune war – dann hatte er immer die Vorstellung einer scharfen Peitsche in Menschengestalt. Pete kicherte. Er erstattete ausführlich Bericht über den Groll, den Satan gegen Wrennie hegte, weil dieser nicht »mit zehn Dollar rausgerückt war«, wie er, Pete, es getan hatte.

(Er log selbstverständlich. Und das Ganze ist nicht in seinen Worten wiedergegeben. Seine Worte waren nicht schön.)

McGarver, der Unterboss, hatte nie etwas dagegen, wach zu bleiben und sich eine gute, ordentliche unanständige Geschichte anzuhören, aber Wrennie, der ihn unverhohlen bewunderte, besaß seine Zuneigung, und deshalb steckte er seinen Stierschädel heraus und brummte:

»He, Pete, Zeit, daß du dich aufs Ohr haust. Schluß machen.«

Wrennie rief in strengen Tönen hinunter: »Ich bin kein Theologiestudent, Pete, und ich hab nichts gegen Fluchen, aber trotzdem wär mirs lieber, wenn du nicht daherredest wie zehn Misthaufen.«

»He, Theobald, hast du dein Wörterbuch bei dir?« fragte Pete brüllend den keinen halben Meter von ihm entfernten Tim. Dann wandte er sich an Wrennie: »Sag mal, Cä–ci–li–e, hast du keine Angst, daß sone langen Wörter wie Theologiestudent sich plötzlich mal umdrehen und dich ins Bein beißen können?«

»Schnauze!« schrie gereizt ein Kanadier.

»Ach hör schon auf, du –« stöhnte ein Anderer.

»Maul halten«, fügte McGarver, der Unterboss, hinzu. »Alle beide.« Wütend: »Du machst ins Bett, Pete, oder ich hau dir glatt den Schädel vom Hals. Ich mach keine Witze, verstanden! *Hörst* du!«

Ja, Pete hörte ihn. Zweifellos hörte ihn auch der erste Offizier auf der Brücke, und wahrscheinlich auch die Einwohner von Neufundland. Aber Pete nahm sich, bevor er in seine Koje kroch, noch die Zeit, sich zu strecken und sich am Hals zu kratzen. Dann unterhielt er sich, um Wrennie eine Freude zu machen, noch eine halbe Stunde mit Tim und versicherte ihm, daß der Boss einmal einen Juden, der Wrennie sehr ähnlich sah, über Bord geworfen hätte und mit Wrennie wahrscheinlich ebenso verfahren würde. Tim wiederum schilderte die Situation, die sich ergeben würde, wenn Wrennie, nach dem Kentern des Schiffes, das unvermeidlich sei, wenn das Wetter so bleibe, in ein Boot mit Satan käme.

Wrennies Finger krümmten sich, als wollten sie jemand erdrosseln.

Langsam versank er in unruhigen Schlaf, als Pete schon längst verstummt war.

Dann war Satan da, der Oberboss, und riß ihn aus seiner Koje heraus, zwang ihn wieder zur Sklaverei – zwei Stunden Arbeit und zwei Stunden Warten, bis zum Frühstück gerufen wurde.

Während er sich die Schuhe anzog, wunderte er sich darüber, daß Mr. Wrenn tatsächlich da war, in einer Koje, die sich auf und nieder bewegte wie ein Frachtenfahrstuhl, krumm und lahm hockte und den Befehlen von Menschen gehorchen mußte, für die er nicht das mindeste übrig hatte.

Durch die feuchte graue Seeluft stolperte er hungrig den Gang zur Luke mittschiffs entlang und kletterte die eiserne Leiter hinunter.

Zuerst kam das Tränken der Stiere. Erschöpft vom Rückwärtsgehen mit Eimern schleppte er sich jahrhundertelang, endlos ab, bis er in der ganzen Welt nichts anderes sehen und denken konnte als die Wasserpumpe mit der Pfütze davor und die Viehwärter, die dort unaufhörlich ihre Eimer füllten. Wie diese Stiere soffen!

McGarvers Lieblingsstier, »Der Grenadier«, nahm zehn Eimer und streckte noch immer, unersättlich und gierig, das triefende Maul über das Kopfbrett. Als Wrennie einen Eimer zu den Färsen hinübertrug, packten die Hörner des Grenadiers seine blauen Arbeitshosen und zerrissen sie ihm. Das Schiff holte über. Der Eimer flog ihm aus der Hand. Er hielt sich an einem Eisenpfosten fest und traktierte die Schnauze des

Grenadiers mit Fußtritten, bis der Stier sich als gebesserter Charakter in den Hintergrund zurückzog.

McGarver freute sich, denn solche Fußtritte waren Spielregel.

»Gute Arbeit«, bemerkte der Schwächling Tim ironisch.

»Du geh zum Teufel«, knurrte Wrennie, und Tim bekam ein wenig Respekt vor ihm.

Aber dieses Ansehen verlor Wrennie wieder, noch ehe sie mit dem Verfüttern des Heus fertig waren, denn er wurde bald viel zu müde, um sich über Tims Bemerkungen zu ärgern.

Unter gewaltigen Anstrengungen das Heu mit der Gabel in die einzelnen Stände schaffend, während das Schiff rollte, unten bei den Kohlenbunkern, wo die Hitze unerträglich war und nur wenig Licht durch die verschmutzten Bullaugen hereinkam, auf dem nassen Boden ausrutschend, nieste und hustete und stöhnte er, bis er ganz ausgepumpt war. Der herumfliegende Heustaub stach ihn wie mit vergifteten Nadeln in den Gaumen. Am ganzen Leib juckte die Haut. Immer wieder entdeckte er neue Muskeln, die wehtaten. Aber er schuftete weiter, bis er, fünfzehn Minuten nach der Ausgabe, mit der Arbeit fertig war.

Er kletterte zum Hauptdeck hinauf und verkroch sich hinter einem Stapel von Heuballen, in dessen Nähe Pete Tim und den anderen auseinandersetzte, daß Satan »bei ihm nichts landen« könnte.

Morton unterbrach Petes Suada mit der Frage: »Sag mal, ist das wahr, was ich gehört hab, Pete, daß du nämlich der Besitzer von der ganzen Leyland Line bist und daß du deshalb so viel mehr weißt wie wir armen Schweine?«

Wrennie war Morton für diese Worte sehr dankbar, aber er ging achtern auf das oberste Deck, wo er allein auf einem Haufen Persennings liegen konnte. Er schaute auf das Meer hinaus, das ihn, wie Kipling und Jack London ihm in ihren Geschichten ausdrücklich versprochen hatten, von allen Seiten umgab; aber er warf nur einen Blick darauf. Im Norden fuhr ein Schiff, das Kurs auf die Heimat hatte.

Heimat! Wenn er bei der Arbeit war, konnte er, ob er sich wohl fühlte oder nicht, vergessen. Aber als er das Schiff sah, das dort flott dahinfuhr, kam ihm der Viehtransportdampfer ungefähr ebenso romantisch vor, wie der Küchenausguß bei Mrs. Zapp.

Warum, so grübelte er, warum war er so töricht gewesen? Er ein Seefahrer? Nein; er war Arbeiter in einer schwimmenden Molkerei. Nun, er mußte bei dieser verfluchten Arbeit bleiben, bis er sie hinter sich hatte, aber dann – dann rasch zurück in Gottes Land!

Als die *Merian,* die jetzt elf Tage unterwegs war, behaglich über die irische See schaukelte und im Mondlicht die Küste Angleseys auftauchte, lag ein gewisser Bill Wrenn auf dem Achterdeck. Es war so warm, daß sie nicht unten zu schlafen brauchten, und so hatte sich ein halbes Dutzend der Viehwärter die Strohsäcke aufs Deck heraufgebracht. Neben Bill Wrenn lag der Mann, der ihm diesen Namen gegeben hatte, Tim, der Hutmacher, der Angst und Bewunderung empfand, seit Wrennie es einmal gelernt hatte, mit den Gefühlen eines Jungen in den ersten Ferienwochen aufzustehen und jubelnd eine ordentliche Ladung Heu fünf Meter weit durch die Luft zu schleudern.

Ganz in der Nähe lag Morton, der gleichfalls den Namen »Bill Wrenn« akzeptiert hatte. Morton sprach schon längst viel mehr über Pete und Tim als über die erstaunliche Tatsache, daß es »doch wirklich merkwürdig« sei. Anfangs war Mr. Wrenn eifersüchtig gewesen; als ihm Morton jedoch auseinandersetzte, daß selbst ein Pete als »Opfer des Milieus« zu betrachten sei, ging er ganz systematisch daran, dieses Opfer genau kennen zu lernen.

Für McGarver war er seit dem fünften Tag »Bill Wrenn«; an jenem Tag nämlich hatte er einen Heuballen aufgefangen, der im Schiffsrumpf ins Gleiten gekommen war und dem Boss auf den Kopf zu fallen drohte. Satan und Pete nannten ihn noch »Wrennie«, aber da gerade jetzt Tim seinen Ausführungen über Sozialismus bewundernd lauschte, dachte er nicht an die beiden.

Tim schlief ein. Bill Wrenn lag still da und bevölkerte den Himmel über sich mit den Bildern seiner Erinnerungen. Er sah noch einmal die Gärten der Wässer, die für ihn im Gischt erblüht waren, fremdartige Schiffe und nimmermüde Möven sah er, und die Scharen geschmeidiger schwarzer Tümmler, die für ihn die veilchenblauen Wogen durchteilt hatten. Am innigsten aber gedachte er der großen Wonne des letzten Tages, da er die irischen Küstenhügel – sein erstes fremdes Land – erblickt hatte, die Küste Irlands, mit dem er nie die Vorstellung von Kartoffeln und Politikern, sondern stets Träume von Elfen und Feen verband.

Ein glücklicher Mr. Wrenn schlief er unter der Kuppel des Himmels ein, und ein wütender Bill, der Viehwärter, wachte er auf. Pete stapfte vorbei und gröhlte heiser ein nicht gerade feines Lied.

»Halts Maul«, knurrte Bill Wrenn.

»Mensch, sei vorsichtig!« flehte der gleichfalls erwachte Tim.

Pete tobte: »Wer sagt da ›Halts Maul‹, he? Wer war das, Satan?«

Vom Gangspill, wo der Obermeister noch sein Pfeifchen rauchte, hörte man brummen: »Wetten? Der Kleine sagts nicht noch mal.«

Pete stand an Bill Wrenns Strohsack und fragte in drohendem Ton: »Wer hat ›Halts Maul‹ gesagt?«

Bill setzte sich mit einer Miene, die er für geradezu gefährlich hielt, auf. Er war viel zu schläfrig, um Angst zu haben. »Ich habs gesagt! Und?« Dann bekam er vor seinem eigenen Mut Angst und fügte hinzu: »Ich will schlafen.«

»Ach! Schlafen willst du. Das kleine Bubi will schlafen, ja? Komm mal her!«

Der Raufbold packte Bill am Hemdkragen. Bill duckte sich, holte mit dem Arm aus und traf, halb durch Zufall, Pete. Der stürzte sich mit einem Wutgeheul auf ihn, warf ihn nieder, kniete sich auf seinen Magen und schlug auf ihn ein.

Morton und der Unterboss, der ehrliche McGarver, sprangen hinzu, um Pete fortzuziehen, und der Panter Satan, in dessen Augen zum ersten Mal so etwas wie Interesse zu sehen war, rief: »Sie sollen ordentlich kämpfen. Runden. Du hast recht, Bill.«

»Richtig so«, erklärte Morton.

Gerüstet mit Satans Lob, entschlossen, aber Angst im Herzen, überrascht und entsetzt, daß er so etwas tat, griff Bill Wrenn den Rowdy an. Der Mond warf sein melancholisches Licht auf die verschwommene Küste Angleseys und die gekräuselte Wasserfläche, aber Bill sah nichts von Mond und Traumland, er dachte nur an seinen Kampf.

Sie bewegten sich in Kreisen. Pete stellte sacht einen Fuß vor. Morton sprang dazwischen und schrie wütend: »Keine dreckigen Tricks!«

»Bravo«, rief McGarver.

Pete zog ein finsteres Gesicht, man hatte ihm seine beste Waffe geraubt. Er atmete schwer und wurde schwindlig, als Bill Wrenn unermüdlich um ihn herum tanzte. Ohne die Waffen der Hintergasse war er machtlos. Er schlug Bill die Nase blutig und trommelte ihm auf die Rippen, aber die Whisky- und Zigarettenmengen, die er konsumiert hatte, machten sich fühlbar, und so war er von Herzen gern bereit, albern zu lachen und Frieden zu schließen, als Bills zierliche kleine Faust am Ende der sechsten Runde – wirklich nur zufällig – in einem Geraden auf seiner Kinnspitze landete.

Pete schlug seinen Gegner mit einem Verkehrten zurück, der die ganze in dem furchtbaren Bill schlummernde Grausamkeit weckte. Stumm schlug Bill Wrenn, jedes Gran seiner Stärke nützend, wie ein mordgieriger Wilder auf ihn los.

Genug von Petes beklagenswertem Geschick. Er hatte jetzt gemerkt, daß sein Opfer wirklich kämpfen konnte. Bekümmert, entsetzt, unglücklich suchte er stolpernd davonzulaufen und wurde zu Boden geschlagen.

Diesmal war es der große kleine Bill, der fortgezogen werden mußte. McGarver hielt den wild um sich Tretenden und Fluchenden bis zur nächsten Runde fest, in der dann Pete mit einem wüsten Wirbel von Faustschlägen knock out geschlagen wurde.

Er lag auf dem Deck, über ihm stand Bill und fragte: »Wie heiß ich, na?«

»Jetzt wirds wohl bei Bill bleiben müssen, Wrennie, alter Kerl – Bill, alter Kerl.«

Dann bekam er die Erlaubnis, sich aus dem Staub zu machen.

Bill Wrenn ging hinunter. In dem dunklen Gang an der Kombüse begann er herzzerreißend zu weinen. Aber das salzige Wasser aus dem Hydranten, mit dem er sich das Blut aus dem Gesicht wusch, bewahrte ihn vor Hysterie. Er kletterte zum obersten Deck hinauf, und jetzt konnte er auch wieder seinen Wandergefährten, den Mond, sehen.

Alle sprachen interessiert über den Kampf. Tim drängte sich an ihn heran und rief aufgeregt: »Großartig, alter Junge! Wenn er mir so gekommen war, hätt ich ihn genau so bedient. Ich hab dir ja immer gesagt, daß Pete ein Bluffer ist.«

»Abzug«, sagte Satan.

Tim floh.

Morton kam heran, sah Bill Wrenn in die Augen, klopfte ihm auf die Schulter und ging zu seinem Strohsack zurück, aber McGarver und Satan diskutierten den Kampf weiter.

Auf dem harten, schwarzen Persenningstapel liegend unterhielt sich Bill mit ihnen, gewann sie lieb und wurde wieder Mr. Wrenn. Er erzählte von seiner Absicht, alle schönen Straßen Europas zu durchwandern.

»Gute Arbeit.« – »Klar.« – »Du wirst n tadelloser kleiner Globetrotter werden.« – »Klar; fürn Vierteldollar wirst dun ganzen Tag tadellos futtern kommen.« – »Gute Arbeit«, warf Satan hin und wieder ironisch ein. »Klar. Erzähl weiter. Was hast du sonst noch für Pläne?«

McGarver fuhr dazwischen: »Hör auf damit, Marvin. Du bist wirklich n Satan. Zieh den kleinen Kerl nicht so auf. Der ist tadellos. Und in den letzten drei, vier Tagen hat er blendend gearbeitet.«

Bill lag wieder auf seinem Strohsack und starrte durch das Netz der Werkleinen in den Himmel hinauf. Die sich kreuzenden Taue erinnerten ihn an die Auftragsformulare in der Kunstartikel-Gesellschaft.

»Herrjeh!« überlegte er, »ob Jake meine Arbeit wohl so macht wie wirs – wie sies – haben wollen. Ich möcht das alte Büro wiedersehen und Charley Carpenter, nur auf paar Minuten. Herrjeh! die hätten sehen sollen, wie ichs Pete gegeben hab! Und genau so werd ichs mit den verflixten Engländern machen, wenn mir was an ihnen nicht recht ist.«

D. S. *Merian* lag behaglich an der Landungsstelle in Birkenhead und ruhte sich im Sonnenschein von der Reise aus, während das Vieh ausgeladen wurde. In der Mündung des Mersey waren sie auf Nebelbänke gestoßen. Mr. Wrenn hatte begeistert die Küsten Englands – *Englands*! – gesehen, wie sie durch den Nebel näher rückten, und sich am Anblick der englischen Dörfchen zwischen den Dünen begeistert. Das Ganze war wie ein Traum, aber die Küste sah mit ihren kräftigen Farben, Rot, Grün und Gelb, sehr fest und beruhigend massiv aus, wenn man von dem nebelnassen Deck, über dem im Dunst unirdische Lichter schimmerten, zu ihr hinblickte.

Jetzt tauchte seine erste fremde Stadt vor ihm auf; er konnte zu Morton, der neugierig neben ihm stand, nicht mehr sagen als: »Herrjeh!« Am anderen Ufer des Mersey lag mit seinen Kirchtürmen und schwärzlichen Kuppeln Liverpool.

Die Viehwärter wurden zusammengerufen, um beim Ausladen des übriggebliebenen Heus zu helfen. Selbst Satan mußte lächeln, und auch die alten Juden verloren den Ernst aus ihren Mienen. Tim, der Hutmacher, führte einen irrsinnigen Tanz auf dem Deck auf, und McGarver heulte ein schottisches Lied.

Alle schrien: »Los, Bill Wrenn, jetzt bist du dran. Mach rasch mit dem Ballen, Pete, oder wir schicken dir Bill auf den Hals.«

Bill Wrenn stellte sich würdevoll in Positur und piepste: »Ich bin der Oberst Eisenstark. Mir gehört das ganze Vieh da, außer dem, das Morris gehört, verstanden? Ihr habt zu machen, was ich sag, verstanden? Tim, geh auf dem Ohr.«

Der Hutmacher legte den Kopf aufs Deck und wedelte gemäß den Anweisungen des Obersten Eisenstark (vormals Wrenn) mit seinen spindeldürren Beinen in der Luft herum.

Das Heuausladen war beendet. Die *Merian* gab Signal und nahm Kurs quer über den Mersey zum Huskinson Dock in Liverpool, während die Viehwärter auf dem Deck Fangen spielten. Schreiend und lachend wuschen sie sich dann zum letzten Mal auf dem Schiff, holten ihr Gepäck hervor und gingen an Land.

Als die Viehwärter, freundliche Abschiedsgrüße auf englisch oder auf jiddisch rufend, an Bill Wrenn und Morton vorüber kamen, machte Bill seinem Freunde gegenüber nicht gerade fromme Bemerkungen darüber, daß der feste Steinboden, auf dem sie standen, Bewegungen zu machen schien, von denen man seekrank werden könnte. Das war so ziemlich die letzte Äußerung, die er als Bill Wrenn tat. Auf der Straße, als er einen echten englischen Bobby, einen echten englischen Fuhrmann und ein Schild mit der Aufschrift »Kakaostube. Tee 1 *d*« sah, wurde er wieder Mr. Wrenn, ganz und gar Mr. Wrenn.

England!

»Jetzt aber was Richtiges essen«, rief Morton. »Schluß mit Schiffsmischmasch und Weidenblättertee.«

Bald streckten sie die Beine unter einem Tisch aus, auf dem herrliche Sally-Lunn-Kuchen und Melton-Mowbray-Pasteten standen, serviert von einer Kellnerin, die mit steigendem Akzent »Danke *sehr*« sagte, bestaunten die Spiegel, die sich nach britischer Sitte in ununterbrochener Reihe über die lange Sitzbank an der Wand hinzogen, und lächelten mit der triumphierenden Zufriedenheit, die den Menschen überkommt, wenn sein Hunger nach Träumen und sein Hunger nach Fleischpasteten gleichzeitig befriedigt werden.

Fünftes Kapitel.
Er findet viele typisch englische Dinge

Große Kais, das muß man sagen. England ist wirklich die Königin der Meere, was? Aber hör mal, die Läden da haben doch wirklich was typisch Englisches ... Sieh doch: ›Gasthof zum Roten Löwen‹ ... Stadtbahn nennen sie die Hochbahn hier. Wirklich typisch, muß man sagen. So englisch, wies nur möglich ist ... Ich kann dir bloß sagen, s macht mir wirklich Spaß, hier überall rumzugehen. Die Leute auf der Straße! Da kann man wirklich lauter typische Sachen sehen.«

So sprach Morton zu dem freudestrahlenden Mr. Wrenn, während sie auf den St. George's Square zugingen und das große Gebäude der Lipton-Teeverwaltung vor sich hatten. *Sir* Thomas Lipton – war das nicht ein Freund des Königs? Jedenfalls war er irgend ein Lord und besaß große vornehme Rennjachten.

Auf dem imposanten Platz bemerkte Mr. Wrenn andächtig: »Herrjeh!«

»Griechischer Tempel. Sehr schön«, stimmte Morton zu.

»Das ist St. George's Hall, wo immer die großen Orgelkonzerte sind«, erläuterte Mr. Wrenn. »Und das da auf der anderen Seite vom Platz ist die Gemäldegalerie, und da drüben die Lime Street Station.«

Er hatte seinen Baedeker studiert, wie die Mitglieder eines Damenklubs das Lexikon studieren. »Gehen wir mal rüber uns die Züge ansehen.«

»Komische kleine Kisten, nicht, Wrenn, die Wagen? Sehr interessant. Wie nennen sie sie nur – Waggons? Erste, zweite, dritte Klasse ...«

»Ganz wie in den Büchern.«

»Billetkasse. Das ist so viel wie bei uns Fahrkarten ... Komisch, was?«

Mr. Wrenn bestand schüchtern, aber sehr ernst darauf, ihre Mahlzeit in einer billigen Teestube allein zu bezahlen. Das bekümmerte Morton. Als sie auf einer Parkbank saßen und höchst englische Gold-Flake-Zigaretten rauchten, fragte Mr. Wrenn besorgt:

»Was hast du denn, Alter?«

»Ach, nichts. Ich denk bloß nach.« Morton zwang sich zu einem Lächeln. Bald sprach er weiter: »Na, alter Bill, einmal muß es ja raus. Ich kann nicht so weiter bei dir schmarotzen.«

»Ach, Quatsch! Du schmarotzt nicht bei mir. Außerdem brauch ich dich. Wirklich wahr. Wir können viel mehr von allem haben, wenn wir zusammen sind, Morty.«

»Ja, aber – – Nein; ich kanns nicht machen. Sehr nett von dir, aber ich kanns eben nicht machen. Ich muß auf meinen eigenen Beinen stehen, wie der Engländer sagt.«

»Ach laß doch den Unsinn. Paß mal auf; es ist doch mein eigenes Geld, oder? Ich hab das Recht, es so auszugeben, wie mirs Spaß macht, oder? Also mach keine Dummheiten. Wir werden zusammen rumwandern, und wenn mein Geld aus ist, werden wir schon zusammen Arbeit kriegen. Wirklich, du kannsts ruhig machen.«

»Nein, nein. Ich glaub nicht, daß dir die dreckige Arbeit recht sein wird, die ich nehmen muß.«

»Aber sicher wird sie mir recht sein. Also, sei vernünftig, Morty. Ich – –«

»Du bist viel zu vernünftig und ruhig, als daß dirs Spaß machen könnte, wie ein verdrehter Vagabund rumzustrolchen. Du hättest bald genug davon.«

»Na und wenn? Paß mal auf, Morty. Ich hab auf der Überfahrt was gelernt. Ich hab mich immer nach einem gesehnt; immer hab ich fremde Länder sehen wollen. Danach sehn ich mich jetzt genau so wie früher. Aber es ist noch was da, was noch viel wichtiger ist. Ich weiß nicht, wies kommt, aber ich hab nie viel Freunde gehabt. Du bist eigentlich der beste Freund, den ich in meinem ganzen Leben gehabt hab – du bist weder zu gescheit noch zu ungebildet. Und dieses Freundschaftszeugs – das hat so schrecklich viel zu bedeuten. Es ist ganz so wie das, was ich irgendwo gelesen hab – in irgendeinem Buch von Elbert Hubbard oder – Donnerwetter, ich komm jetzt nicht auf seinen Namen, aber jedenfalls, s ist einer von den Dichtern, die für die letzte Seite vom *Journal* schreiben – es war was von einem *fröhlichen Abenteuer*. Und das ist nämlich die ganze Freundschaft. Natürlich würd ich das, das ist dir ja klar, den wenigsten Leuten sagen wollen. Aber du verstehst schon, was ich meine. Es – das ganze Freundschaftszeug ist genau so wie die alten Kreuzritter – weißt du – sie brechen immer an nem schönen Morgen auf – weißt du; leuchtende Rüstung und so. Es ist ihnen ganz egal, was ihnen unterwegs passiert, solang sie zusammen kämpfen können. Verregnete Nächte, wo lauter Kerle durch den Regen schleichen, die sie überfallen wollen, und die ganzen Sachen – solang sie nur zusammen bleiben und zusammenhalten, machen sie sich aus gar nichts was. Und so, glaub ich, ist das auch mit der Freundschaft. Genau so, wies im *Journal* geschrieben gewesen ist. Herrjeh, es ist – man kann dann einem Menschen sagen, was man denkt, und wirklich was davon haben, wenn man sich zusammen was ansieht. Und ich hab das eigentlich nie recht gekannt. Natürlich will ich nicht behaupten, daß ich mein ganzes Leben lang auf ner wüsten Insel gelebt hab, aber trotzdem, ich bin immer allein gewesen – ich hab nie viel Leute gekannt. Du weißt ja, wies in New York in nem möblierten Zimmer ist. Und deshalb – – Morty, lauf mir nicht weg. Mir ist wirklich ganz gleich, was wir arbeiten müssen, solang wir nur beisammen bleiben können; und wenn wir auch nichts Besseres kriegen als Fußbodenscheuern, das ist mir ganz piepegal!«

Morton streichelte ihm den Arm und antwortete eine Weile nicht. Dann sagte er:

»Ja, ich versteh recht gut, was du meinst. Und es ist sehr nett von dir, daß du mit mir rumvagabundieren willst. Aber du hast sicher ne ganz übertriebene Meinung von mir. Und du würdest auch bald genug von den Löchern haben, in denen ich sicher landen werd.«

Ein gewisser Stolz, der Mr. Wrenn ganz auszuschalten schien, lag in Mortons nächsten Worten:

»Menschenskind, ich will doch ganz Europa schaffen. Von den türkischen Gefängnissen bis nach Petersburg … Auf der *Merian* warst du tadellos, daran ist nicht zu tippen. Aber du hasts gern, wenn deine Sachen sauber und schön in Ordnung sind.«

»Ach, ich – –«

»Wir können vielleicht Freunde bleiben, wenn wir jetzt aus-
einandergehen und uns in New York wieder treffen. Aber
wenn du mit mir in – –«

»Aber so hör doch, Morty – –«

»– in weiß Gott was für Situationen kommst, gibts eben
Bruch … Trotzdem, ich werds mir noch einmal überlegen. Reden wir bis morgen nicht mehr davon.«

»Ach bitte, überleg dirs, Morty, alter Junge, ja? Und heut
abend kommst du mit mir in n Varieté, ja?«

»Äh – ja«, sagte Morton zaudernd.

Ein richtiggehendes Varieté! Mr. Wrenn konnte kaum mit
den Füßen auf dem Erdboden bleiben, als sie hingingen und
Neunpenny-Sitze erstanden. Er hätte es geradezu grotesk gefunden, achtzehn Cent für eine Karte zu bezahlen, aber Pence
– – Bis halb zehn waren sie unterwegs. Glücklich und müde
schlug Mr. Wrenn vor, sie sollten auf seine Kosten in ein Hospiz gehen; er hatte nämlich im Baedeker gelesen, daß Hospize
anständig und auch billig seien.

»Nein, nein!« protestierte Morton. »Ich werd dir sagen, was
du machst. Du gehst in ein Hotel, und ich verdrück mich in ein
Logierhaus in der Duke Street … Du erinnerst dich doch, in
der Straße hab ich Pete getroffen. Er hat mir gesagt, daß man
dort n Bett für vier Pence kriegen kann.«

»Ach, komm schon in ein Hospiz, bitte! Ich könnts gar
nicht aushalten, wenn ich dran denken müßt, daß du in einem
von den Löchern schläfst. Ich könnt überhaupt kein Auge zumachen, wenn – –«

»Hör mal, um Himmelswillen, Wrenn, nimm Verstand an!
Nimm Verstand an, Junge! Ich werd nicht bei dir schmarotzen,
und damit ist die Sache erledigt.«

Eine Minute lang trat Bill Wrenn zu ihnen, und so sprach
der furchtbare Bill:

»Na schön, du brauchst dich nicht lang drüber aufregen.
Ich denk ja nicht dran, stundenlang drum zu betteln, ob ich
jemandem vielleicht was zukommen lassen darf, das kann ich
dir bloß sagen, und wenn ich – – Ach Dreck! Morty, ich wollt
nicht grob werden. Aber, verflucht und zugenäht, alter Junge,

so leicht wirst du mich nicht los. Und jetzt wird gemacht, was ich sag. Wir gehen jeder auf seine Kosten in ein Logierhaus, oder von mir aus laufen wir auch in den Straßen rum.«

»Gut; gut. Ich nehm dich beim Wort. Wir werden irgendwo in nem Vorgärtchen schlafen.«

Sie wanderten in die Vorstädte Liverpools hinaus und suchten nach einem Hintergäßchen, das ihnen zusagen könnte. Voll Ehrfurcht vor der soliden Stille und Scheingröße der ausgedehnten Privatgrundstücke marschierten sie durch schmale Straßen, über deren hohe, nur hin und wieder von rätselhaften kleinen Türen unterbrochene Mauern mächtige Bäume ihre Zweige streckten, und inspizierten schüchtern Winkel an Eingangstüren, die aber alle nicht das Richtige zu sein schienen.

Schließlich kamen sie zu einer Steinkirche mit einem Portikus, der von der Straße bequem zugänglich war, einem großen und luftigen Portikus, der, wie Morton erklärte, gerade geeignet war »für zwei Stromer wie wir. Wenn ein Bobby die Nase reinsteckt, brauchen wir nur unter eine von den Bänken kriechen. Dann kann der Bobby lange suchen.«

Mr. Wrenn war in seinem Kampf gegen die Gesellschaft noch nie so weit gegangen, daß er sich einen Platz zum Schlafen gestohlen hätte. Als er seinen Rock zusammenrollte, um ein Kissen daraus zu machen, und seine Schuhe an einer Schwelle auszog, die ganz offen zur Straße lag, hatte er ein Gefühl größten Unbehagens, etwa wie ein Mensch, den Räuber nackt ausgezogen und auf der Straße haben stehen lassen. Der Steinboden an seinen bloßen Füßen war kalt, und als er einzuschlafen versuchte, wurde es ihm am Rücken immer kälter und kälter. Er streckte die Hand aus und tastete verzweifelt die Fugen zwischen den Fliesen ab. Er blickte ununterbrochen zur Decke empor. Durch die Tür hinauszusehen, war ihm unerträglich, denn in ihrem Rahmen stand das Haus des Vikars mit den vom Lampenlicht erhellten Fenstern und weckte Gedanken an weiche Betten, an gemütliches Lachen und erfreuliche Bücher. Immer taten ihm neue Stellen an seinem frierenden Rücken weh.

Er sprang auf, zog sich die Schuhe an und ging im Kirchhof auf und ab. Es kam ihm zwar unverzeihlich vor, eine solche

Gelegenheit zur Vervollkommnung seiner Bildung ungenutzt zu lassen und den Turm dieser fremden Kirche nicht genauer in Augenschein zu nehmen, aber er dachte viel mehr an seine schmerzenden Schulterblätter.

Morton kam steif, aber grinsend zu ihm.

»War nicht ganz das Richtige für Dich, was, Bill? Das hab ich ja befürchtet. Aber ich muß sagen, für mich wars auch nicht das Richtige. Na komm. Wir werden weiter gehen und suchen, ob wir was Besseres finden können.«

Auf einem unbebauten Grundstück entdeckten sie einen Heuhaufen. Mr. Wrenn zuckte kaum mit der Wimper, als Morton ihm einen herzhaften Schlag auf den Rücken gab; und während sie sich auf das Grundstück schlichen, erklärte er: »Feines Hotel, der Schober!«

Sie tasteten gerade liebevoll das Heu ab und ergingen sich in anerkennenden Bemerkungen, als sie von einem niedrigen Stallgebäude, das am anderen Ende des Grundstücks stand, jemand rufen hörten:

»Was macht ihr denn da?«

Ein Fuhrmann, der höchst ernsthaft zwei Strohhalme zwischen den Fingern gedreht hatte, trat aus der Stalltür und traf seine Vorbereitungen für einen Kampf.

»Sagen Sie, können wir nicht heut nacht in Ihrem Heu schlafen?« fragte Morton. »Wir sind Amerikaner. Heut mit nem Viehdampfer angekommen. Unser Geld reicht nicht mal mehr auf Essen«, und Mr. Wrenn bat: »Ach bitte, erlauben Sies uns.«

»Ah! Ihr seid Amerikaner, ja? Na, ihr seht eigentlich ganz anständig aus. Ich hab einen Bruder in den Staaten. Früher hat der Stall uns beiden gehört. Er ist in St. Cloud, in Minnesota. Minnesota, das ist so was ähnliches wie ne Grafschaft. War einer von euch beiden schon in Minnesota?«

»Klar!« log Morton; »ich hab dort Bären gejagt.«

»Was, Bären! Davon hat mein Bruder mir nie ne Zeile gesch – –«

»Ach, das war ganz oben im nördlichen Teil, in den großen Wäldern. Paar Mal bin ich grad noch so davon gekommen.«

Dann sang Morton, der nie weiter in den Westen als bis nach Pittsburg gekommen war, etwa in der folgenden Weise das Epos der Jagd, die er niemals unternommen hatte:

Allein. Unter den Kiefern. Tiefster Winter. Nur einen Schuß im Gewehr. Winterfrost. Schnee – tiefer Schnee. Schneeschuhe. Wandern – mühsam durch den Schnee – essen im Holzfällerlager. Ganz oben an der kanadischen Grenze. Kalt, grimmig kalt. Die Sterne wie kleine Stahlstückchen.

Mr. Wrenn glaubte die Geschichte wiederzuerkennen. Er hatte sie in einem Magazin gelesen. Morton fuhr fort:

Schnee lag überall unter den Kiefern. Er, in eine Mackinaw-Decke gewickelt, in Mokassins. Sah einen Bären dahertanzen. Er – Morton – hatte eine schwerkalibrige Flinte, aber nur einen Schuß. Steckte die Mündung der Büchse dem Bären direkt ins Maul. Eine Minute lang hatte er Angst. Fiel fast aus seinen Schneeschuhen heraus. Schwerste Sache, die er jemals zu tun hatte, dieses Abziehen des Hahns. Feuer. Der Bär machte einen kleinen Sprung auf ihn zu. Überschlug sich dann. Herrliche Gegend, diese großen Wälder in Minne –

»Was für ne Büchse hatten Sie eigentlich?« fragte der Engländer interessiert.

»Ne Marlin … Großartig, die Wälder dort. Hoffentlich kann Ihr Bruder mal rauf.«

»Hören Sie, ob Sie ihn nicht einmal getroffen haben? Scrabble heißt er, Jock Scrabble.«

»Jock Scrabble – aber nein, das *ist* doch! Weiß Gott, oben in den großen Wäldern war einer, der war aus St. Cl – St. Cloud. Ja, stimmt, das wars. Der hat uns von der Stadt erzählt. Ich weiß noch, er hat gesagt, daß Ihr Bruder dort glänzende Aussichten hat.«

Der Engländer nahm nachdenklich eine schlechte Zigarre von Mr. Wrenn an. Plötzlich rief er: »Ihr könnt im Stall auf dem Heuboden schlafen, wenn ihr wollt. Aber Rauchen gibts dort oben nicht.«

Mr. Wrenn streckte also seine Beine im duftenden Heu behaglich aus und wünschte Morton zärtlich »Gute Nacht«. Er schlief neun Stunden. Als ihn das Klirren einer Kette unten im

Stall weckte, war Morton fort. An Mr. Wrenns Rockärmel hatte er folgenden Brief gesteckt:

» *Lieber Alter*, ich bin noch immer überzeugt, daß Dir das Vagabundieren nicht gefallen wird. Den meisten Leuten macht so ein Leben nicht viel Spaß, wie ich glaube, auch wenn sie es behaupten. Ich will nicht auf Deine Kosten leben. Ich habe es immer ekelhaft gefunden, bei anderen zu schmarotzen. Deshalb werde ich mich allein auf den Weg machen. Aber ich hoffe sehr, daß ich Dich in N. Y. wiedersehen werde & wir noch oft über unsere Reise miteinander lachen werden. Wenn Du mit der Penn. telefonierst, wirst Du erfahren, wann ich zurückkomme & s. w. Ich weiß nämlich nicht, was für eine Adresse Du haben wirst. Bitte besuche mich & ich wünsche Dir noch viel Vergnügen.
Dein ganz ergebener
HARRY P. MORTON«

Mr. Wrenn lag noch lange da und lauschte dem unfreundlichen Klirren der Ketten unten. Als er endlich vom Heuboden hinunterstieg, sah er sich einem fremden Engländer mittleren Alters gegenüber, der gerade in einer Box gegenüber der Leiter stand.

»Was suchen Sie hier?« fragte der Engländer, Mr. Wrenn mit einer Miene betrachtend, wie eine Hausfrau eine Küchenschabe in einer Salatschüssel.

Mr. Wrenn war geärgert. Das schien ja ein ganz armseliger Kerl zu sein; ein aufgeblasener Cockney mit schmutzigem Halstuch, abscheulichen, grauschwarzen Manschetten und lächerlich hoch geschnittener Weste.

»Der Besitzer hat gesagt, ich kann hier schlafen«, erklärte er barsch.

»So, hat er gesagt, ja? Einen von den verhungerten Gäulen hat er Ihnen noch dazu geschenkt, was?«

Dann schnaubte der wackere alte Bill Wrenn: »Ach, halten Sie die Klappe!« Bill war nicht gerade in der Laune, sich viel bieten zu lassen. Er wollte den Burschen erledigen, wie er Pete erledigt hatte, im Handumdrehen – oder noch rascher.

»Ach … Die Klappe soll ich halten, ja? … Ich hätt gute Lust, Sie der Polente zu übergeben, aber ich bin bißchen spät dran. Und deshalb werd ich Ihnen bloß n Ding auf Ihre blöde Nase setzen.«

Bill stieg ganz von der Leiter herunter und pflanzte sich in Kampfpositur auf. Er bedauerte es, daß der Cockney kleiner war als Pete.

Der Cockney trat auf ihn zu, machte zerstreut einen Schein-angriff, beschrieb rasche, verwirrende Kreise mit der linken Faust und hieb mit der rechten Bill Wrenn auf die vorhin er-wähnte blöde Nase, die sich augenblicklich in eine blutige Nase verwandelte. Bill Wrenn wurde es schwarz vor den Augen. Er mußte sich auf einen Kornsack setzen und hörte erstaunt zu, als der Cockney in entschuldigendem Ton sprach;

»Tut mir leid, daß ich keine Zeit hab, Sie einstecken zu las-sen, aber so viel Zeit könnt ich noch aufbringen, um Ihnen n zweites Ding zu geben.«

Bill wischte sich das Blut von der Nase und taumelte auf den Cockney zu. Der packte ihn am Kragen, setzte ihn außer-halb des Stalles mit einem heftigen Ruck nieder, ging fort und pfiff vor sich hin:

»Komm, ach komm in unsere Sonntagsschule Je–e–e–e– den Sonntagmorgen.«

»Herrjeh!« klagte Mr. William Wrenn, »und ich hab ge-meint, ich bin schon n fertig ausgebildeter Stromer. Ob Pete wirklich so schwer zu verprügeln war?«

Sechstes Kapitel.
Er ist verlassen

An dem Plan der Fußwanderung, die er mit Morton hatte machen wollen, voll Traurigkeit festhaltend, setzte Mr. Wrenn mit der Fähre nach Birkenhead über; er war sehr unglücklich, weil er nicht mit Morton über das typisch Englische der uniformierten Beamten sprechen konnte. Unterwegs sah er auch noch einmal die *Merian*. Sein Marsch nach Chester führte ihn durch Birkenhead; er mußte sich ordentlich dazu zwingen, die Reihen der roten Ziegelhäuser, von denen seltsamerweise kein einziges ein Treppchen vor der Eingangstür hatte, genau zu betrachten. Auf der Landstraße dachte er: »Was das Morty für ne Freude machen würde! Ein Farmhof, der ganz gepflastert ist. Ein Heuschober mit nem kleinen Dach drüber. Ein Küchenherd in soner Art Kamin. Ausländisch wie der Deibel.«

Doch Morton war irgendwo weit weg, in einer Finsternis, in der es nichts gab, was einem Vergnügen machen könnte. Mr. Wrenn hatte ihn für immer verloren. Einmal ertappte er sich dabei, daß er selbst den Hutmacher Tim oder den »guten alten McGarver« herbeisehnte. Eine Szene, die er sah, war so britisch, daß er es für erlaubt hielt, sich auch in seiner Einsamkeit daran zu erfreuen: eine richtige Gartengesellschaft bei jemand, der ein richtiger Kurat zu sein schien, Teetassen wurden herumgereicht, es war ganz wie eine Geschichte im *Strand*; aber bald ließ er das hinter sich und stapfte weiter auf seiner Bahn, die ihn nach Chester führte, zu einem langweiligen Hotel, das ebensogut in Bridgeport oder Hoboken hätte stehen können.

Mit einiger Schüchternheit genoß er am nächsten Vormittag Chester; er folgte gefügig einem Führer auf die Wälle, bewunderte die Mühle auf dem *Dee* und stellte dem Führer zwei intelligente Fragen über römische Ruinen. Er schlenderte durch die Laubenstraßen, blickte in dunkle Treppenhäuser, deren dickes Mauerwerk von schweren Belagerungen erzählte, und träumte von all den gewaltigen Kämpfen. Eine Zeitlang konnte er sich an seinen Phantasien erfreuen.

Lächelnd schrieb er kitschig bunte Postkarten an Lee Theresa und Goaty, an Vetter John und Mr. Guilfogle; auf jeder stand in anderer Fassung: »Mache eine wunderbare Reise. Das ist eine sehr interessante alte Stadt. Ich wollte, Sie wären hier.«

Ganz aufgeregt wurde er, als er ein Panorama der Stadt entdeckte, auf dem auch das Hotel, in dem er wohnte – oder zumindest zwei seiner Schornsteine – zu sehen war; er machte ein plumpes Kreuz an die betreffende Stelle, schrieb dazu: »Das ist das Hotel, wo ich wohne«, und schickte die Karte an Charley Carpenter ab.

Der Größe, von der er so lange geträumt hatte, fühlte er sich in der Kathedrale Chesters am nächsten. Er lachte laut auf vor innigem Behagen, als er im Hof mit dem Kreuzgang, wo Ritter ihre mutigen Streitrosse angebunden hatten – ganz so, wie er es in einer Geschichte von den alten Zeiten gelesen hatte – an den Überresten eines Refektoriums aus den vergangenen Tagen der Klöster vorüberkam. Er war wirklich da. Er blickte um sich und versicherte sich dieser Tatsache. Er war nicht im Büro, sondern stand in einem englischen Klosterhof!

Bald danach aber saß er sehr still in einem englischen Hospiz und weinte fast vor Sehnsucht nach Morton. Er spazierte auf den Straßen umher und kam sich unter den heiteren Menschen wie ein Eindringling vor; in einem Schankzimmer trank er ein Glas englischen Porters und versuchte sich vorzumachen, daß er mit den Anderen im Raum bekannt sei, aber er fand nur wenig Unterstützung bei diesem Spiel. Ohne Unterlaß lastete schwer die Einsamkeit auf ihm.

Mit dieser Einsamkeit könnte man viele Bücher füllen; wie sie sich mit ihm niedersetzte; wie er sich, besessen von ihr, in seinem Stuhl krümmte, bis er hastig aufsprang und floh, begleitet von der Gefährtin Einsamkeit. Er war einsam. Er seufzte, daß er »einsam wie der Geier« sei. Einsam – das Wort behexte ihn. Zweifellos hatte er ein wenig den Verstand verloren, wie alle Menschen, die allein in fernen Ländern sitzen und sich nach den Stimmen der Freundschaft sehnen.

Am nächsten Vormittag eilte er auf die Bahn, setzte sich in einen Zug und fuhr nach Oxford, um seiner Einsamkeit zu entrinnen, die dann mit boshafter Miene neben ihm im Abteil saß. Er versuchte einem stämmigen Nordengländer auseinandersetzen, wie interessant er es finde, daß die Sitze einander gegenüber angeordnet seien. Der aber sagte nur in verletzendem Ton: »So so?« und befaßte sich wieder mit seiner Zeitung.

In dem Gefühl, der Mensch sei so beleidigend gewesen, daß es eine Ehrlosigkeit wäre, ihm auch nur einen Blick mehr zu schenken, starrte Mr. Wrenn eifrig zur Tür hinaus, bis sie nach Oxford kamen. Er bewunderte die großen alten Höfe und die Gärten des New College. Aber immer wieder kehrte er in sein Verbanntenzimmer zurück, in dem er jetzt die neue Stimme gestaltloser, namenloser Angst zu vernehmen begann – einer Angst vor dieser ganzen fremden Welt, der es völlig gleichgültig zu sein schien, ob er ihr Zuneigung entgegenbrachte oder nicht.

Er saß da und gedachte des Viehdampfers als einer Heimat, die er geliebt hatte, aber niemals wiedersehen würde. Er mußte sich sehr beherrschen, um nicht nach Liverpool zurück zu eilen, solange es noch möglich war, mit der *Merian* wieder nach Amerika zu fahren.

Nein! Er wollte »irgendwie bei der Stange bleiben und hinter die ganzen gescheiten Sachen kommen.«

Dann sagte er: »Ach, zum Teufel mit dem Ganzen! Mir ist ja so elend. Am liebsten wär ich tot.«

»Das, mein lieber Herr, sind die Fenster des Zimmers, welches einst Walter Pater bewohnte«, erklärte der gebildete Amerikaner, auf dessen Spuren er wandelte. Mr. Wrenn betrachtete die Fenster aufmerksam und konstatierte beschämt, daß er nicht wußte, wer Walter Pater war. Aber – natürlich, jetzt wußte er es wieder; Walter, das war doch der Mensch, der seine ganze Familie umgebracht hat. Und so sagte er laut: »Na, Oxford wird sich wohl nicht grade freuen, daß Walt überhaupt hergekommen ist.«

»Mein verehrter Herr, Mr. Pater war der makelloseste Geist des neunzehnten Jahrhunderts«, dozierte Dr. Mittyford, der gebildete Amerikaner, in strengem Ton.

Mr. Wrenn hatte Dr. phil. Mittyford in der Nähe der Boote kennen gelernt; er hatte ihm auf seine höfliche Bitte noch höflicher Feuer gegeben und die Gelegenheit, mit einem Menschen ins Gespräch zu kommen, gierig ergriffen. Mittyford erfreute sich eines kahlen Kopfes und korrekter Augengläser, er hatte ein hübsches Familieneinkommen und eine behagliche Mitgliedschaft im Klub seiner Fakultät und befleißigte sich in dem Hörsaal der Leland Stanford jr.-Universität, in welchem er in wohlgesetzter Rede seine Vorträge hielt, einer eisigen Verachtung gegen seine Hörer. Er schrieb Gedichte, die er unter dem Buchstaben »G« in seinem Schnellhefter ablegte.

Dr. Mittyford führte Mr. Wrenn verdrossen herum und trachtete ihn in der Kunst des pflichtbewußten und freudlosen Sehenswürdigkeiten-Studiums zu unterrichten. Er zeigte ihm die Zimmer Shelleys, als handelte es sich um eine beglaubigte Engelsfeder, aber Mr. Wrenn gestand verlegen, daß er nie etwas von Shelley gehört hatte; er verwechselte den Namen mit dem Max O'Rells, was Dr. Mittyford eine schwere Sünde zu sein dünkte. Dann kam die Sache mit Paters Fenstern. Der Doktor zuckte die Achseln. Nun ja, was ließ sich denn auch vom Proletariat erwarten! Mit erhabenen Bewegungen seinen Stock schwingend, stolzierte er in die Bodley-Bibliothek und verkündete: »Hier sehen Sie den Äschylus, den Shelley in der Tasche hatte, als er ertrank.«

Vor einer Vitrine, in der ein erlesenes Buch mit seltsamen verschnörkelten Schriftzügen lag – ein Täfelchen erklärte, daß Fitzgerald aus diesem Bande den Rubaiyat übersetzt habe – machte Dr. Mittyford eine große Geste und wartete auf eine Dankbarkeitsbezeugung.

»Hübsches Buch«, sagte Mr. Wrenn.

»Haben Sie auch bemerkt, von wem es benutzt wurde?«

»Äh – ja.« Er warf rasch einen Blick auf das Schildchen. »Mr. Fitzgerald. Übrigens, ich glaub, ich hab was von dem Rubaiyat gelesen. Es war irgendwas von einer persischen Katze. Genau weiß ichs nicht mehr.«

Empört schritt Dr. Mittyford an das andere Ende des Zimmers.

Gegen acht Uhr abends klopfte Mr. Wrenns Wirtin an seine Tür. »Unten ist ein Herr, der Sie sprechen möchte, Sir.«

»Mich?« fragte Mr. Wrenn verblüfft.

Er galoppierte hinunter und jubelte, daß Morton ihn endlich gefunden hätte. Er sah hinaus und erblickte zu seiner Überraschung ein Automobil, in dem Dr. Mittyford, angetan mit
Staubmantel, Brille und großen Lederhandschuhen, wartete.

»Herrjeh! Ganz wie ein Held in einem Roman«, mußte Mr.
Wrenn denken.

»Gehen Sie Ihre Sachen holen«, sagte der Pädagoge. »Sie
sollen sich heute abend so gut amüsieren wie noch nie in Ihrem
Leben.«

Mr. Wrenn entfernte sich gehorsam und setzte seine Mütze
auf den Kopf. Er war aufgeregt, aber er hatte auch Angst und
ärgerte sich, weil er wieder »in diese obergescheiten Sachen hin-
eingezogen« wurde, die er in den beiden letzten Stunden mit
aller Entschiedenheit von sich gewiesen hatte.

Als er verlegen in den Wagen stieg, sagte Dr. Mittyford in
verhältnismäßig menschlichem Ton: »Ich langweile mich heute
etwas, und da dachte ich, ich könnte Ihnen vielleicht einen besonders angenehmen Abend bereiten. Was meinen Sie dazu,
wenn wir zum ›Roten Einhorn‹ führen – das ist einer von den
wenigen alten Gasthöfen, denen man ihre ursprüngliche Gestalt gelassen hat.«

»Das war nett«, sagte Mr. Wrenn ohne jeden Enthusiasmus.

Seine Kälte machte Eindruck auf Dr. Mittyford, der denn
auch augenblicklich eine der besten von seinen wohlbekannten
witzigen, doch gelehrten Anekdoten erzählte.

»Ha! Ha!« bemerkte Mr. Wrenn.

Bei sich sagte er: »Herr Gott! Ich denk nicht dran, bei ihm
noch mal den feinen Gesellschaftsherrn zu spielen. Ich werd
ganz einfach ich sein, und wenn ihm das nicht paßt, kann er
von mir aus zum Teufel gehen.«

Er war also freundlich und nett und sprach, zur erhabenen
Belustigung des gelehrten Mannes, im Slang der Sechzehnten
Straße.

Das Schankzimmer des »Roten Einhorns« war von Kerzen
und einem Kaminfeuer erhellt. Das sagt sich wie etwas ganz
Selbstverständliches, aber für Mr. Wrenn war es durchaus
nichts Selbstverständliches, es zu sehen. Als er die zitternden
Schatten auf dem sandgestreuten Fußboden erblickte, wußte er

sich vor Begeisterung nicht zu fassen und murmelte: »Herrjeh! ... Herrjeh noch mal!«

Die Schatten bewegten sich in Arabesken über den staub-
grauen Boden und tanzten ganz so über das Gebälk der Decke,
als gehörten sie zu einer Geschichte, wie man sie in den guten
alten Zeiten, da es noch Gläubigkeit gab, zu erzählen pflegte.
Landleute in Joppen tranken Ale aus Kannen, und in einer
Ecke schnarchte, den kohlrabenschwarzen Kopf auf sein
Wachstuchbündel gelegt, ein Hausierer mit Ringen in den Ohren.

Als Mr. Wrenn etwas durchfroren von der Fahrt hereinspa-
zierte, lachte er vor Freude laut auf. In der Nähe des Kamins
streckte er behaglich seine kleinen Beinchen von einer altmodischen Sitzbank aus, machte ein glückliches Gesicht, zeichnete mit der Schuhspitze Linien in den Sand des Bodens und
stellte seinen Zinnkrug mit einem leisen »Plopp« auf sein Knie.
Als er ungefähr zweieinviertel Kannen konsumiert hatte, brach
er den Bann: »Hören Sie, der Hausierer da drüben, sieht der
nicht so aus, als ob er ein Zigeuner wär – wissen Sie, wie so
einer, der sich im Gebüsch um die Gutshäuser rumschleicht
und die Tochter des Grafen rauben will, nicht?«

»Ja ... Sie sind also Romantiker, wie es scheint.«

»Ja, sowas werd ich wohl sein. Son bißchen. Ich les gern
Romane.« Er blickte Mittyford flehend an. »Aber sagen Sie –
hören Sie, ich weiß nicht recht warum – Irgendwie hat mir
Oxford und alles andere nicht so viel Spaß gemacht, wies sein
soll. Sehen Sie, ich hab immer gemeint, wenn ich mal wirklich
in den Collegehöfen und da überall bin, werd ich ganz einfach
aus dem Häuschen geraten, aber leider scheint das alles viel zu
gebildet für mich zu sein. Ich gebs nicht gern zu, aber ich muß
doch sagen, manchmal weiß ich nicht recht, ob ich mit dem
ganzen Reisen recht fertig werden kann.«

Mittyford, der Großartige, hatte sich ein Getränk aus Ale
und Whisky zurecht gebraut. Er sprach sanft belehrend:

»Ja, wissen Sie, ich habe mir die Frage vorgelegt, was all das
für Sie bedeuten *könnte*. Ihre Phantasie ist in gewissem Sinne
wirklich prachtvoll, das muß ich sagen. Aber es fehlen Ihnen

ganz bestimmte konkrete Grundlagen. Ich habe den Eindruck, daß es für Sie das Richtige wäre, mit einer lieben Frau zu reisen, Hand in Hand sozusagen, und die einfacheren öffentlichen Gebäude und Vergnügungen – schön angelegte Straßen und Ähnliches zu genießen. Es muß tatsächlich auch Touristen geben, die wirklich die Fähigkeit haben, ›zu bewundern und zu schauen‹.«

Dr. Mittyford trank seinen zweiten Troddy aus und zeigte Mr. Wrenn mit einer Handbewegung die Welt und alle Vergnügungen, damit er sie in mittyfordischem Stil schaue, wenn natürlich auch nicht bewundere.

»Aber – was sollen Sie jetzt mit Oxford anfangen? Nun, ich fürchte, Sie sind ein wenig zu spät eingefangen worden, um zu derartigem dressiert werden zu können. Mit Oxford anfangen? Ja, mein Bester, kehren Sie zurück und bemeistern Sie die Welt, die Sie kennen. Übrigens, kennen Sie mein Buch über *Sächsische Derivativa*? Nicht, daß ich zu seinen Gunsten voreingenommen wäre, aber es könnte Ihnen eine kleine Vorstellung davon geben, ein wie schwieriges Ding diese ›Bildung‹ tatsächlich ist.«

Die Landleute sangen leise ein Kirchenlied. Das Ale hatte bei Mr. Wrenn seine Wirkung getan. Er lehnte sich überaus glücklich zurück, und etwas verworren hatte er den Eindruck, daß das Wenige, was er von dem Rat seines gelehrten und wohlmeinenden Freundes gehört hatte, in höchst erfreulicher Weise seine Theorie bestätigte, daß man vor allem Freunde – eine »nette Frau« – Menschen brauche. »Jawohl, weiß Gott, das war schrecklich nett vom Doc.« Er träumte von einem zärtlichen Mädchen in Goldbraun daheim in New York, das ihn des Abends mit einem nur für ihn bestimmten Lächeln erwarten würde. Ein Heim – das war es, was er sich schaffen mußte! Glücklich und versonnen fuhr er mit dem Finger über den Rand seines Bierkrugs.

»Zeit zu gehen, fürchte ich«, sagte Dr. Mittyford.

In dem köstlichen Nebel, der jetzt das Zimmer erfüllte, sah Mr. Wrenn von ihm nur das verschwommene weiße Dreieck des Hemds im Westenausschnitt, über dem zwei Ellipsen, die Augen, funkelten … Sein lieber Freund, der Doc! Als er durch das Zimmer ging, stellten sich ihm Spaßvögel von Stühlen in den Weg, aber er wich ihnen gutmütig aus, und als er glücklich im Automobil saß, schlief er gleich ein. Während der ganzen Rückfahrt schnarchte er leise wie ein Mäuschen.

Als er am nächsten Morgen mit Kopfschmerzen erwachte und sich in seinem unordentlichen Zimmer orientierte, wurde ihm, nachdem er den Kopf im Kissen vergraben hatte, um seine schmerzenden Augäpfel vor dem Licht zu retten, allmählich klar, daß Dr. Mittyford seine Wanderversuche als töricht bezeichnet hatte. Er protestierte dagegen, aber nicht lange, denn es war ihm ein fürchterlicher Gedanke, hinauszugehen in die schauerlich gelehrten Universitätsgebäude und sich mit dem Entziffern von Büchern voll Buchstaben, die wie Krähenspuren aussahen, abzuplagen.

Er packte langsam sein Köfferchen und konnte sich nicht des Gefühls erwehren, daß es sehr schlecht von ihm sei, die Gelegenheiten, die Oxford ihm bot, nicht auszunützen.

Mr. Wrenn fuhr auf dem Verdeck eines Omnibus' zur Tottenham Court Road und beobachtete das typisch englische Bild, das London ihm zeigte. Das Leben war wieder eine herrliche, romantische Angelegenheit, denn er gedachte sich auf einem Mittelmeerdampfer einzuschiffen, der fast ausschließlich abenteuerlustige Gefährten beherbergte. An dem Bus fuhr ein Automobil vorüber, in dem ein Mann mit einem wirklichen Monokol saß. Ein Zeitungsjunge lächelte zu ihm herauf. Im Strand brüllte und tobte der Verkehr.

Doch das graue Mauerwerk und die verhängten Fenster des Büros der Anglo-Southern Steamship Company hatten nichts Einladendes für Mr. Wrenn, sie forderten ihn nicht auf, er möge eintreten; und das tat auch der Portier nicht, ein kräftiger Mensch mit riesigem Kragen und spärlichen, sorgfältig geglätteten Haaren, dessen Augen kaltgewordenen Spiegeleiern glichen, als Mr. Wrenn schüchtern stammelte:

»Bitte – äh – bitte, wollen Sie so freundlich sein und mir sagen, wo ich als Steward für einen Mit —«

»Kein Bedarf.«

»Oder Spanien? Ich möcht zunächst irgendeine Arbeit, ganz gleich was für eine, Kartoffelschälen oder – Es ist mir ganz gleich –«

»Kein Bedarf, hab ich gesagt, mein Lieber.« Der Portier studierte angestrengt die Wanduhr.

Plötzlich trat Bill Wrenn auf den Plan und sprach: »Sie, hören Sie mal, ich will jemanden sprechen, der zu sagen hat. Ich will hören, als was ich anheuern *kann*.«

Der Portier drehte sich um und fuhr zurück. Sein ganzer Glaube an die Menschheit wurde erschüttert, als er sehen mußte, daß der Mensch noch immer dastand. »Nichts, hab ich Ihnen schon mehr als einmal gesagt. Kein Bedarf.«

»Hören Sie, kann ich jemanden sprechen, der was zu sagen hat, oder nicht?«

Der Portier galt bei seiner Schwiegermutter als Witzbold. Er drehte sich um und sagte: »oder nicht.«

Mr. Wrenn stand wieder auf der Straße. Er hatte vorgehabt, in die Tate Gallery zu gehen, aber jetzt brachte er nicht den Mut auf, den Schwierigkeiten des Bildergenießens ins Auge zu sehen. Während er trübselig nach Hause ging, klagte er: »Hat ja alles keinen Sinn. Und wenn ichs auch nur in einem Büro mehr probier, will ich mich hängen lassen. Eiskalt, so lassen die einen abfahren. Ich werd mal in den Hafen rausgehen unds dort probieren. Wahrscheinlich! Herrjeh, mir ist ja so elend.«

In diesem Nebel der Unfreundlichkeit tauchte die Kellnerin in der Boltwood-Kakaostube auf, erstens als menschliches Wesen, mit dem er sprechen konnte, und zweitens als Weib. Sie war gewöhnlich. Sie mißhandelte die englische Sprache grausam. Sie hatte schmutzige Baumwollkleider an, trampelte fest und plump mit ihren großen Füßen über den Boden und lachte bei seinen Witzen immer an der falschen Stelle. Aber sie lachte; sie hörte zu, wenn er hervorstammelte, was er über Fleischpasteten, den St.-Pauls-Dom, über Aeroplane und Shelley und Nebel und braune Schuhe dachte. Ja, sie hielt ihn sogar für einen Gentleman und Gelehrten, und nicht für einen Amerikaner.

Er ging täglich in die Kakaostube.

Sie machte ihm bewußt, daß er ein Mann war, und sie ein Weib, ein junges, freundliches Weib mit glatter Haut und munteren Augen. Sie streifte ihn mit warmem Ellbogen und rundlicher Hüfte, wenn sie sich beim Aufnehmen seiner Bestellung an den Stuhl lehnte. Und darauf wartete er von Mahlzeit zu Mahlzeit, obwohl er sich unaufhörlich Vorwürfe über sein »schändliches« Verhalten machte.

Daß er solcherart über die ganze Angelegenheit dachte, verhinderte ihn nicht daran, in große Aufregung zu geraten, als er bei einer Mahlzeit plötzlich begriff, daß sie darauf wartete, in Versuchung geführt zu werden. Er führte sie denn auch unverzüglich in Versuchung, indem er murmelte: »Wollen wir heute abend miteinander spazieren gehen?«

Sie nahm an. Er hatte Herzklopfen und konnte kaum atmen, während er sich ängstlich bemühte, ihr zuzulächeln; und in diesem Zustand blieb er auch den ganzen Nachmittag hindurch im Tower, obwohl er recht gut wußte, daß alle historischen Tatsachen – »Könige und Guillotinen und so« – eigentlich seine ungeteilte Aufmerksamkeit verlangten.

Sie sollten sich um acht Uhr an einer Straßenecke treffen. Um halb acht stand er schon dort. Um halb neun schritt er empört von dannen, ging aber gleich wieder zurück und wartete noch eine halbe Stunde. Sie kam nicht.

Als er schließlich heimwärts floh, war er froh und glücklich, dem großen Mysterium des Lebens entronnen zu sein, dann voll Bekümmernis zornig auf die Kellnerin, und schließlich ganz trostlos in der verlassenen Stille seines Zimmers.

Er saß in seinem kalten, hygienischen, unbehaglichen Raum auf dem Tavistock Place und versuchte seine Aufmerksamkeit auf das »tick, tick, tick, tick« seiner Zweidollar-Uhr zu konzentrieren, aber in Wirklichkeit verkroch er sich vor den ungeheuren, schattenhaften Spukgestalten, die aus allen Winkeln der feindseligen Stadt zu ihm kamen.

Er ahnte nicht im entferntesten, wovor er eigentlich Angst hatte. Die lebendigen Engländer, denen er draußen auf den Straßen begegnete, schienen ihm keineswegs an Leib und Leben zu wollen, und doch, während er – sich so lebendig seiner Angst und seiner Einsamkeit bewußt, daß er nicht wagte, die steif gewordenen Beine zu bewegen – da saß, hatte er den

Eindruck, daß seine freundliche Uhr und sein trauliches Köfferchen das Einzige wären, dem er in der ganzen dräuenden Welt Vertrauen schenken konnte.

Einmal mußte diese Spannung ein Ende finden. Eine Weile brachte er es zuwege, sich selbst auszulachen, und malte sich angenehme Dinge aus – Charley Carpenter erzählte ihm bei Drübel eine Geschichte; Morton rauchte behaglich auf dem Oberdeck; Lee Theresa sagte ihm während eines Abendspaziergangs Schmeicheleien. Am meisten träumte er von dem braunäugigen Liebchen, das er irgendwo, irgendwann kennen lernen würde. In heimlicher Beschämung gedachte er seiner müßigen Geschichte mit der Kellnerin, die er aber rasch wieder vergaß, als er die tröstende Hand des braunäugigen Mädchens beinahe zu berühren glaubte.

»Freunde, das brauch ich. Klar!« Das war die Arbeit, die vor ihm lag – Bekanntschaften machen. Ein Mädchen, das ihn verstehen würde, mit dem er herumflanieren, Warenhaus-Schaufenster ansehen und ins Kino gehen könnte.

Damals, als er in dem Lehnstuhl mit der verschossenen Polsterung saß, war es wohl, daß er die beiden Redensarten schuf, die für ihn zu den Formeln des Glücks wurden. Er wünschte sich »jemanden, zu dem man am Abend nach Hause geht«; und noch mehr, »einen Menschen, mit dem und für den man arbeitet«.

Ihm schien, er habe sich sein ganzes Leben vorgezeichnet. Befriedigt setzte er sich zurück, horchte dem Klang der Leere in seinem Zimmer, den das leise Ticken seiner Uhr noch unterstrich.

»Ach – Morton –« rief er aus.

Er sprang auf und zog das Fenster hoch. Es regnete, aber durch das langsame Geriesel kamen die Nachtgeräusche des gehässigen London herauf. Er starrte hinunter und betrachtete den Lichtkreis, den eine Straßenlaterne auf das nasse Pflaster warf. Eine Katze mit schäbigem Fell, grau wie Spülwasser, hager und scheußlich, glitt auf leisen Füßen durch den Kreis, als wäre sie der Geist des Unbehagens, der verkörperte Hohn Londons über einsame Amerikaner in Russel Square-Zimmern.

Mr. Wrenn schluckte. Durch das Licht kamen ein Mann und ein Mädchen, die seiner so wenig gewahr wurden, daß sie lachend stehen blieben und sich um einen Schirm balgten. Dann verschwanden sie wieder; die Straße sah aus wie ein vergessenes Grab. Ein Hansom fuhr, mit scharfen, freudlosen Hufschlägen, vorüber. Der Regen tropfte. Nichts sonst. Mr. Wrenn schlug das Fenster wieder zu.

Er glättete die Seitenwände seines Köfferchens und rechnete sich aus, wieviele Meilen er mit ihm gereist war. Er spielte mit seiner Uhr auf dem Tisch Kreisel und lauschte ihren raschen, spöttischen Tönen: »Freun-de, Freun-de; Freun–de, Freun–de.«

Unglücklich begann er sich auszuziehen, jedes Kleidungsstück ablegend, als müßte er zum Schaffot gehen. Als es finster im Zimmer war, drängten die großen, schattenhaften Gestalten der Angst sich ganz nahe an sein schmales, unbehagliches Bett heran.

Einmal in der Nacht wachte er auf. Irgendein Geräusch bedrohte ihn. Das war London, das jetzt kam, ihn zu holen und ihn zu foltern. Das Licht in seinem Zimmer war unklar, schmutzig, grau und leblos. Er sah, daß die Tür halb offen stand, und blieb eine Weile reglos liegen, erblickte unheimliche körperlose Köpfe, die sich mit grauenhafter Gewandtheit durch die Öffnung schoben – bis er aufsprang und die Tür ganz aufriß.

Aber nicht einen einzigen Blick warf er in den Flur, auf die Gespenster, die sich dort versammelten, hinaus. Eine in ihm verborgene mannhafte Verachtung aller Schwäche ließ ihn laut schimpfen: »Benimm dich nicht wie ein kleines Kind, und wenn du zehn mal einsam bist.«

Seine Stimme klang tiefer als gewöhnlich, und mit derbem, gesundem Spott über seine Nervosität warf er sich aufs Bett, um wieder zu schlafen.

Kurz nach Tagesanbruch erwachte er und rollte sich einen Augenblick glücklich und zufrieden nach dem guten Schlaf zusammen. Dann fiel ihm ein, daß er in dem kalten, freudlosen England war, und lag keuchend da, sehnte sich danach, zu entfliehen, nach Amerika zurückzukehren, wo er in Sicherheit wäre.

Am liebsten wäre er aus dem Bett gesprungen und auf die Bahn geeilt, um nach Liverpool zu fahren und das erste Schiff nach Amerika zu nehmen. Aber es war nicht ausgeschlossen, daß die Beamten, die mit der Beaufsichtigung der Auswanderer und der Zwischendeckpassagiere betraut waren (und selbstverständlich fährt man Zwischendeck, um Geld zu sparen) nach seiner Religion und seiner Haarfarbe fragten – und das flößte ihm ebenso viel Scheu ein wie der Gedanke, sich anheuern zu lassen. Man könnte ihn einige Tage aufhalten. Es gab Quarantänen und Zollschwierigkeiten und allerhand mehr, wovon er gehört hatte. Er mußte vielleicht noch zwei oder gar drei Tage in diesem grauenhaften Kerkerland bleiben.

Das war der Morgen des dritten August neunzehnhundertzehn, zwei Wochen nach seiner Ankunft in London, zweiundzwanzig Tage, nachdem er siegreich England, das Land der Romantik, angesteuert hatte.

Siebentes Kapitel.
Er lernt ein Temperament kennen

Mr. Wrenn frühstückte verdrossen in Mrs. Cattermoles Teestube, die von besagter Mrs. Cattermole im Erdgeschoß eines Hauses, das ganz in der Nähe seines Zimmers auf dem Tavistock Place lag, in vornehmer Weise geleitet wurde. Nach seiner Nacht der Schrecken und tragischen Vorbedeutungen mißfiel ihm die ganze Geblümte-Servietten-Atmosphäre von Mrs. Cattermoles Etablissement. Er knurrte verdrossen beim Anblick des Tellerdeckchens mit den Fransen unter der albernen rosa-weißen Teetasse auf dem grünweißlackierten Tablett, welches ihm eine Kellnerin brachte. Diese beleibte Dame trug ein Rüschenschürzchen, das ganz so aussah, als wäre es für eine Fee aus einem Weihnachtsmärchen gemacht, die alles andere als dick war. Als er die Lämmlein, Radieslein, Kirchlein und Entlein auf Mrs. Cattermoles rosaweißen Wänden betrachtete, kannte seine Übellaunigkeit keine Grenzen mehr.

Am liebsten wäre es ihm gewesen, er hätte – wovon selbstverständlich keine Rede sein konnte – wieder in die Boltwood-Kakaostube zurückkehren dürfen, um sich mit der braven, plattfüßigen, einherschlumpenden Kellnerin zu unterhalten und die Füße unter seinem Tisch auszustrecken. Denn hier wurde er hochmütig, jawohl, hochmütig, von den Stammgästen der Teestube gemustert, von den beiden lauten und gesprächigen amerikanischen Touristen, einer hageren englischen Studentin der Assyriologie, die farbloses Haar hatte und eine große runde Brille vor ihren vorstehenden Augen trug, und von einer Anzahl in der Nachbarschaft Wohnender, die ihn mit Blicken musterten, als wollten sie wissen, ob die Ansichten ihrer lieben Mitmenschen über die National Gallery und das Abstinenzlertum auch korrekt und gesund wären.

Seine Mißbilligung für die Lammhaftigkeit von Mrs. Cattermoles Lokal verwandelte sich in ein Gefühl der Kameradschaft mit den anderen Gästen, als er sich wie diese umwandte, um ein Mädchen, das eben herein kam, feindselig anzuglotzen. Die Gespräche im Zimmer stockten, verstummten.

Mr. Wrenn hielt die Luft an. Er drehte langsam den Kopf herum und verfolgte mit seinen Blicken die junge Dame, die an seinem Platz vorüber ging und sich an einen Tisch ihm gegenüber setzte. »Die sieht ja toll aus! Herrjeh, sowas von rotem Haar!« war sein stiller Kommentar.

Es war ein schlankes Mädchen von acht- oder neunundzwanzig Jahren in einem grasgrünen Kleid aus einem Stück, das ihr, von keinem Gürtel und keiner Agraffe interpunktiert, am Leib saß, als wäre es aufgemalt, und die langen, stolzen Linien ihrer zarten Beine und der sanft geschwungenen Brust ahnen ließ. Der Kragen, aus demselben Stoff wie das Kleid, war so hoch, daß er ihr fein geschnittenes Kinn berührte, und hatte als einzigen Schmuck ein dünnes Silberkettchen, an dem eine kleine La Vallière aus Silber und geschnitztem Nephrit hing. Ihr gescheiteltes und streng zurückgekämmtes Haar, das die Farbe roter Kapuzinerkresse hatte, ließ die schöne Stirn über ihrem blassen, gelangweilten, aber empfindsamen Gesicht frei. Blaugraue Augen, unter ihnen feine, violett getönte Fältchen, und neben ihnen ein kaum wahrnehmbares Gespinst noch zarterer Krähenfüße. Schmale, lange Wangen, eine edel geschnittene Nase, ein gerader, kräftiger Mund mit dünnen, aber erschreckend roten Lippen.

So sah der neue Gast Mrs. Cattermoles aus.

Sie blickte in der Teestube um sich wie ein Offizier, der ungedrillte Rekruten mustert, quittierte das Starren der Studentin mit einer verächtlichen Miene, bestellte sich das Frühstück und musterte dann in aller Ruhe den Toast und die Marmelade. Noch einmal sah sie sich in dem Raum um. Ihre dicken Augenbrauen zogen sich für eine Sekunde zusammen, bildeten eine tiefe Falte gelangweilten Ärgers über der Nase und zwei kleine Einschnitte rechts und links davon auf der Stirn.

Mr. Wrenn betrachtete sie genau und staunte ihre Hände an, die mit dem schweren Buttermesser hantierten, als wäre es eine leichte Schreibfeder. Lange, elfenbeinfarbene Hände mit gelben Flecken vom Zigarettenrauchen am zweiten Finger; die Nägel –

Er stierte sie an. Dann dachte er: »Herrjeh. So komische Nägel hab ich noch nie in meinem Leben gesehen.« Die Nägel dieser jungen Dame waren nicht kurz und rund wie die Theresa Zapps, sondern schmal und scharf zugespitzt, mit Enden, die kleinen Dreiecken steifen weißen Papiers glichen.

Während des Frühstücks warf sie einen Blick auf Mr. Wrenn. Er wurde zu offensichtlich dabei ertappt, daß er sie unverwandt anstarrte, um die Augen senken zu können. In ihren Augen war ungefähr ebenso viel Interesse, wie ein Polizist an einen vorüberfahrenden Omnibus wendet; sie gähnte zierlich und dachte nicht mehr an ihn.

Man könnte ins Innerste Grönlands reisen, man könnte sich erkühnen, mit der Tochter eines reich gewordenen Gemüsehändlers über Anarchismus zu sprechen – es wäre unmöglich, so zu Eis zu erstarren wie Mr. Wrenn in dem Augenblick, da die junge Dame von ihm fortblickte, zahlte und anmutig aufstand, um fortzugehen. Sie kam an seinem Tisch vorbei, machte aber nicht einen Bogen darum, wie Theresa es getan hätte, sondern wich mit einer Bewegung aus der Hüfte aus. So wurde es Mr. Wrenn offenbar, daß – –

Er war fast zu entsetzt, um seine Gedanken in Worte zu kleiden ... Es war ihm aufgefallen, daß etwas an ihrer Taille sehr merkwürdig war; er hatte einen Eindruck von besonders weichen und glatten Linien gehabt. Und nun sah er, daß – Es war unerhört; ganz anders als bei Lee Theresa Zapp oder den Damen in der Untergrundbahn. Dieses absonderliche Geschöpf trug kein Korsett!

Als sie seinen Tisch passiert hatte, studierte er aufmerksam ihren Rücken. Nein. Es stand ganz fest. Niemand konnte leugnen, daß dieses Mädchen ein ausgesprochenes Monstrum war, denn trotz aller Nächstenliebe, die ihn auszeichnete, mußte Unser Herr Wrenn sich eingestehen, daß nichts zu merken war von den steifen Rippen und Knöpfen miederverhüllter Wohlanständigkeit. Und jetzt konnte er auch das Gewebe ihres grünen Leinenkleides ganz aus der Nähe sehen.

»Herr Gott!« sagte er sich; »ein ganzes Kleid aus sonem Stoff! Das ist ja richtige Sackleinwand. Und mager ist sie auch. Sowas von rotem Haar! Das ist ja toll. Ganz hübsch ist sie, ja aber – bei der piepts!«

Es war ihm nicht angenehm, ein so scharfes Urteil über eine Frau zu fällen. Aber er gedachte des messerscharfen Blicks, den sie ihm zugeworfen hatte, und sein kleines weiches Herz wurde sehr hart.

Wie hinfällig sind unsere festesten Entschlüsse! Als Mr. Wrenn aus Mrs. Cattermoles ausgezeichnetem Lokal heraustrat und die stille Bloomsbury Street entlang blickte, über die gerade langsam ein Katzenfutterhändler stapfte, als die Einsamkeit wieder über ihn kam und er sich den Kopf darüber zerbrach, was er denn anfangen könnte, da dachte er: »Herrjeh! es wär doch sicher recht interessant, die rothaarige Dame kennen zu lernen.«

Einen Teil des Tages verbrachte er damit, daß er immer wieder dazu ansetzte, London zu besichtigen, und es doch nicht tat. Dann ging er in den Zoologischen Garten, schloß Freundschaft mit einem Tiger, und glaubte bald, in ihm das freundlichste Wesen zu sehen, das ihm seit einer Woche vor Augen gekommen war. Der Tiger gähnte fürchterlich, erlaubte ihm aber, sich lange mit ihm zu unterhalten. Mr. Wrenn stand vor dem Gitter, blickte hinein, und wenn niemand in der Nähe war, murmelte er: »Armer Kerl, die wollen dich nicht raus lassen, was? Dein Boss ist noch schlimmer als der alte Gallenvogel, was? Armer alter Kerl.«

Die Unordnung und der scharfe Geruch störten ihn nicht im mindesten, und die geschmeidige, mörderische Kraft des Tigers flößte ihm keine Angst ein. Aber er erschrak ein wenig vor seiner eigenen, unsicheren Stimme. Er hatte in der letzten Zeit so selten laut gesprochen.

Dann kam wieder jemand und stellte sich vor den Käfig. Mr. Wrenn, seines neuen Freundes, des Tigers, beraubt, schlich sich, der einsamste Mensch in ganz London, fort und stieß mit dem Fuß nach den Kieseln auf dem Weg.

In der Halbdämmerung wirkte die stille Straße noch verlassener als sonst; er setzte sich auf eine der Stufen vor seiner Pension auf dem Tavistock Place und kämpfte dagegen an, das Einzige zu tun, was er ganz entschieden wollte – zur Euston Station hinüber zu laufen und nachzusehen, wann und wo er mit der Bahn nach Liverpool fahren und sich dann nach Amerika einschiffen könnte.

Ein Mädchen kam auf das Haus zu. Er sah sie zunächst unaufmerksam, dann höchst interessiert an. Es war die absonderliche Dame aus Mrs. Cattermoles Teestube – das miederlose Mädchen mit dem enganliegenden Leinenkleid und dem feuerfarbenen Haar. Sie näherte sich den Stufen seines Hauses.

In fieberhafter Höflichkeit machte er ihr Platz. Sie wohnte in demselben Haus – – Augenblicklich erfand er sich, ohne daß die Gleichgültigkeit, mit der sie die Tür zuschlug, ihm den geringsten Anlaß dazu gab, einen ganzen Roman über sie. Herrjeh! Sie war eine französische Gräfin, die in einem richtigen Château lebte, und jetzt war sie inkognito in Bloomsbury, um die Stadt zu besichtigen. Sie war von hohem Adel. Sie war – –

Über ihm wurde ein Fenster geöffnet. Er blickte hinauf. Die Gräfin inkognito lehnte sich hinaus und beobachtete die Straße mit gleichgültigen Blicken. Aber ihr Fenster lag ja direkt neben seinem! Tür an Tür mit ihm wohnte ein ganz außerordentlicher Mensch – ein Mensch, der so außerordentlich war wie Dr. Mittyford.

Mit einem kühnen, aber ganz unbestimmten Plan, sie kennen zu lernen, eilte er hinauf. Vielleicht war sie wirklich eine französische Gräfin oder so etwas. Den ganzen Abend, den er am Fenster sitzend verbrachte, tat es ihm wohl, sie nebenan in ihrem Zimmer umhergehen zu hören. Er war nicht mehr freundlos. Er hatte mit dem großen Werk, Bekanntschaften zu machen, angefangen – nun, nicht angefangen, aber mit dem Anfangen angefangen – dann wurde er verwirrt, aber immer träumte er von einer schönen Flamme, welche die Nebelkälte der Londoner Straßen erwärmte.

Bei seinem Frühstück in der Teestube wartete er lange. Sie kam nicht. Noch ein Tag – aber wozu noch einen Tag schildern, der grau und freudlos war? Ein drittes Frühstück, und die rätselhafte Dame erschien. Bevor ihm recht bewußt war, daß er es tat, hatte er ihr eine Verbeugung gemacht, mit einem leichten, verlegenen Neigen des Halses. Sie blickte über ihn hinweg und setzte sich mit dem Rücken zu ihm.

Es bereitete ihm recht viel Befriedigung, sie gewaltsam aus dem französischen Château zu vertreiben, mit dem er sie bedacht hatte, und sich ins Gedächtnis zu rufen, daß sie nicht mehr als eine »alberne, verdrehte Engländerin – wahrscheinlich ne verrückte Studentin« sei. Er teilte ihr auch noch auf telepathischem Wege mit, daß ihr neues Kleid noch unmöglicher sei als das andere – es war etwas Blaßgrünes mit großen weißen Knöpfen.

Als er am Abend dieses Tages nach Hause kam, begegnete er ihr unten im Flur. Sie hatte ein Kleidungsstück an, das er Bademantel und sie einen arabischen Burnus nannte, ein schwarzes, mit mattgoldenen Halbmonden und Sternen besticktes Gewand, dessen spitzer Ausschnitt ihre zarte Haut zeigte. Ihr Haar, das wirr über der Stirn lag, funkelte unter den Strahlen der Gaslampe, als sie an die Wand trat und dort stehen blieb, um ihn vorübergehen zu lassen. Sie lächelte sehr zweifelhaft und reserviert – es war, so dachte er, das Lächeln einer großen Dame vom Mayfair. Er sah mit einem Blick, daß sie ungezählte silberne Toilettegegenstände und ein ungeheures türkisches Badetuch von solcher Dicke, wie es ihm noch nie vor Augen gekommen war, mit dem Arm an sich preßte.

Er lag wach in seinem Bett und dachte an ihren schönen Hals und ihr leuchtendes Haar. Er tadelte sich sehr, weil er sich mit »diesem Geschöpf, das nicht mal fürn Gruß dankt,« beschäftigte. Doch ihr funkelndes Haar war der Stern seiner Träume.

Als Mr. Wrenn am nächsten Nachmittag ein kleines Schläfchen in seinem Zimmer machte, hörte er plötzlich von nebenan leise Geräusche, die auf einen Aufbruch zu deuten schienen. Er eilte rasch zur Eingangstür hinunter.

Sie stand neben ihm auf der Schwelle und blickte, ebenso gelangweilt und sprungbereit wie der Tiger im Zoo, die Straße hinauf und hinunter. Mr. Wrenn hörte sich plötzlich zu dem Mädchen sagen: »Bitte, Fräulein, könnten Sie mir vielleicht sagen – ich bin Amerikaner; ich bin fremd in London – ich möcht in ein Theater gehen oder sowas, und wohin soll ich – wo kann ich was Gutes – –«

»Ich weiß wirklich nicht«, antwortete sie. »In dieser Saison ist eigentlich alles ziemlich miserabel, finde ich.«

»Oh – oh – S – sie – sind also doch Engländerin?«

»Ja!«

»Aber – äh – —«

»Ja!«

»Ach, und ich hatte sone komische Vorstellung, daß Sie vielleicht Französin sind.«

»Vielleicht bin ich das sogar, wissen Sie. Ei–gentlich bin ich nicht Engländerin«, meinte sie freundlich.

»Wieso – äh – —«

»Wie sind Sie auf den Gedanken gekommen, mich für eine Französin zu halten? Sagen Sie es doch; das interessiert mich.«

»Ach, das war wohl bloß – also, ich hab mir nur was vorgespielt – daß Sie n Schloß in Frankreich haben – bloß son dummes Spiel von mir.«

»Ach, schämen Sie sich um Gotteswillen nicht, daß Sie Phantasie haben«, rief sie, mit dem Fuß aufstampfend. »Erzählen Sie mir Ihre ganze Geschichte über mich.«

Sie saß jetzt vor ihm auf dem Treppengeländer. Während des Sprechens stützte sie das Kinn in die Handfläche und betrachtete ihn neugierig.

»Ach, das war weiter nicht viel. Sie waren ne Gräfin – —«

»Bitte! Nicht bloß ›waren‹ Bitte, kann ich nicht auch jetzt noch Gräfin sein?«

»Aber ja, natürlich sind Sie das!« rief er, und die Freude übermannte seine Schüchternheit. »Und Ihr Vater war krank, er hatte irgend eine rätselhafte Krankheit, und alle Doktoren schüttelten den Kopf und sagten: ›Herrjeh! Wir wissen nicht, was das ist‹, und dann sind Sie heimlich in die Schatzkammer hinuntergegangen – wissen Sie, Ihr Vati – Ihr Vater, sollte ich sagen – war n verdrehter alter Franzose – natürlich nur in der Geschichte. Er meinte, Sie könnten gar nichts tun, weil er krank war. Und deshalb gingen Sie einmal in der Nacht – —«

»Oh, war es dunkel? Sehr, *sehr* dunkel? Und still? Und meine Schritte dröhnten auf den hohlen Steinplatten? Und ich stibitzte das Gold und ging in die Nacht hinaus?«

»Ja, ja! So wars.«

»Aber warum habe ich es stibitzt?«

»Das will ich ja eben sagen!« antwortete er streng.

»Ach, bitte, es tut mir sehr leid, daß ich unterbrochen habe.«

»Die Sache war die: Sie wollten hierher fahren und Medizin studieren, damit Sie Ihren Vater gesund machen können.«

»Aber bitte«, fragte das Mädchen in unendlicher Ernsthaftigkeit, »darf ich ihn nicht sterben lassen und *nicht* herausfinden, was ihm fehlt, damit ich den *Maire* heiraten kann?«

»Nein,« erklärte er fest, »Sie müssen – Aber hören Sie! Ich wollt Ihnen ja gar nicht die ganze Geschichte erzählen … Sie finden das wohl fürchterlich frech von mir.«

»Aber, ich finde es reizend von Ihnen, wirklich – weil Sie die ganze Geschichte über die arme Istra erfunden haben. (Ich heiße Istra Nash.) Leider muß ich Ihnen sagen, daß ich in Wirklichkeit keine Gräfin bin, wissen Sie. Sagen Sie – Sie wohnen doch auch hier? Bitte, sagen Sie mir, daß Sie kein Interessanter Mensch sind. Bitte!«

»Ich – herrjeh! Ich glaub, ich versteh Sie nicht ganz.«

»Aber, Kindchen, ein Interessanter Mensch ist ein Schriftsteller oder ein Künstler oder ein Zeitungsherausgeber oder ein Mädel, das wegen Straßendemonstrationen in Holloway oder Canongate im Gefängnis gesessen hat, oder irgend jemand anderer, der nur erträglich werden kann, wenn ihm ein Unglück passiert.«

»Nein, leider nicht; ich bin bloß ein Büroangestellter.«

»Gut! Sehr gut! Mein lieber Freund – den ich noch nie gesehen habe – nicht wahr? Übrigens, glauben Sie, bitte, nicht, daß ich die Gewohnheit habe, fremde Herren von der Straße aufzulesen und mit ihnen über meine weiße Seele zu sprechen. Aber Sie, wissen Sie, Sie haben sich ja eine Geschichte über mich erfunden … Was ich sagen wollte: Sie können gar nicht ahnen, wie sehr ich gerade jetzt die Interessanten Menschen verabscheue und hasse und verachte! Sie reden und reden und reden, und nichts kommt dabei heraus. Es ist abscheulich!«

Dann ließ sie ihre Finger wie weiße Schmetterlinge durch die Luft fliegen, zuckte kunstvoll die Achseln, stieg vom Geländer herunter und setzte sich mit der größten Selbstverständlichkeit zu ihm auf die Treppe.

Er spürte, wie seine Schläfen vor Aufregung pulsierten.

Langsam drehte sie ihm ihr blasses, lebhaftes Gesicht zu.

»Wann haben Sie mich gesehen – und mit der Geschichte angefangen?«

»Beim Frühstück. In der Teestube.«

»So … Wie kommt es, daß Sie nichts besichtigen? Oder sollten Sie etwa, das wäre ja wunderbar, kein Tourist sein?«

»Ja, ich weiß nicht recht.« Er suchte verlegen nach der richtigen Antwort. »Eigentlich nicht. Ich bin auf einem Viehdampfer rübergekommen.«

»Das ist gut. Das ist viel besser.«

Sie saß still da, und er studierte unter kolossalen Anstrengungen, sich nicht dabei ertappen zu lassen, ihre festen, schmalen, leuchtendroten Lippen. Endlich begann er:

»Bitte, erzählen Sie mir was über London. Etwas über die Engländer – Ach, ich weiß nicht. Ich mach so schwer Bekanntschaften.«

»Mein liebes Kind, ich bin keine Engländerin! Ich bin genau so amerikanisch wie Sie. Ich bin in Kalifornien auf die Welt gekommen. England habe ich vor zwei Jahren, auf der Reise nach Paris, zum erstenmal gesehen. Ich bin Kunstschülerin … Deshalb ist mein Akzent auch so betont englisch – ich kann mirs nicht leisten, ganz gewöhnlich britisch zu sein.« Ihr Lachen klang ein wenig bitter. »Erzählen Sie mir etwas von sich – da wir ja jetzt einmal mit einander bekannt zu sein scheinen … Das heißt, wenn Sie nicht in Ihr Theater gehen wollen?«

»O nein, nein, nein! Ich mußte nur unbedingt jemand haben, mit dem ich reden kann – jemand Nettes – ich war ja beinah schon übergeschnappt, so einsam war ich«, brach er los. Zögernd fügte er hinzu: »Mit den Engländern wird man wohl recht schwer bekannt.«

»Einsam, so?« sagte sie mit der unsentimentalen Freundlichkeit eines Mannes. »Sie kennen niemand hier im Haus?«

»Nein. Hören Sie, ich glaub, wir haben die Zimmer nebeneinander.«

»Wie romantisch!« spottete sie.

»Wrenn heiß ich; William Wrenn. Ich arbeite für – ich hab für die Kunstartikel- und Nouveautés-Gesellschaft gearbeitet, in New York.«

»Aha. Nouveautés? Nette kleine Aschenschalen, auf denen steht: ›Zum Andenken an den Eriesee?‹ Und komische Nadelkissen?«

»Ja! Und dicke Möpse mit schwarzen Augen.«

»O nein! Bitte, nicht schwarz! Freundliche hellblaue Augen – nette, ehrliche blaue Augen!«

»Nein. Schwarz. Fürchterlich schwarz … Aber sagen Sie, red ich nicht zu dumm daher?«

»Ja, natürlich; es ist Ihnen sehr gut gelungen, nett und dumm daher zu reden.«

»Ach hören Sie, ich wollt wirklich nicht – Wo Sie so freundlich zu mir waren –«

»Entschuldigen Sie sich nicht!« rief Istra Nash wütend. »Haben Sie das nicht gelernt?«

»Ja«, murmelte er entschuldigend.

Wieder saß sie schweigend da, anscheinend höchst unzufrieden mit der Architektur auf der anderen Seite des Tavistock Place. Schüchtern begann er zu sprechen:

»Wirklich, ich hab Sie für eine Engländerin gehalten. Sie sind aus Kalifornien? Sagen Sie, haben Sie vielleicht mal was von Dr. Mittyford gehört? Er ist sone Art Lehrer. Ich glaub, er unterrichtet am Leland Stanford College.«

»Leland Stanford? Kennen Sie ihn?« Sie wurde ganz interessiert.

»Ich hab ihn in Oxford kennen gelernt.«

»Wirklich? … Mein Bruder war in Stanford. Ich glaube, er hat einmal davon erzählt – Ach ja. Er hat gesagt, Mittyford ist gesellschaftlich sehr ehrgeizig, wenn Sie mich recht verstehen; ziemlich – ach, wie soll ich es denn ausdrücken? – ach, sagen wir, etepetete in allen Sachen, von denen man ihm gesagt hat, daß man etepetete darin sein muß.«

»Ja!« staunte Mr. Wrenn.

Der Freude darüber, daß er die außerordentliche Miss Istra Nash kannte, opferte er erbarmungslos Dr. Mittyford mitsamt Professur und Augengläsern und Shelley und allem anderen.

»Ja, er war schrecklich komisch. Ich hab mir nicht viel aus ihm gemacht.«

»Sie wissen natürlich, daß er ein sehr großer Mann ist?« Das sagte Istra in einem Ton, als bewunderte sie den großen Mann wirklich, so daß Mr. Wrenn schließlich keine Ahnung davon hatte, was sie eigentlich meinte. Unvermittelt erhob sie sich, warf ihm ein »Gu' Nacht« zu und war auch schon verschwunden.

Allein geblieben, außer sich vor Glück und Erregung, murmelte Mr. Wrenn: »Sie ist doch wunderbar! Donnerwetter! Sie sieht wirklich fabelhaft aus! Herrjeh!«

Einige Stunden später wälzte er sich im Bett herum und sagte ganz laut: »Ob ich zu frech war? Hoffentlich nicht. Ich muß achtgeben.«

Das bekümmerte ihn dermaßen, daß er aufstand und sich eine Zigarette anzündete, wobei ihm wieder einfiel, daß er noch eine Regel durchbrach und zu viel rauchte; dann wurde er böse und schrie erbittert seinem Köfferchen zu: »Na, und was liegt schon dran, wenn ich wirklich zu viel rauch? Und ich werd so frech sein, wie mirs paßt.« Er warf dem kritischen Köfferchen eine Zeitung an den Kopf und ging sehr erleichtert in sein Bett, wo er davon träumte, er sei ein Kaninchen, das die amüsantesten Possen treibe; darüber mußte er im Halbschlaf vergnügt lachen, bis er merkte, daß ihn ein Schluchzen, das aus dem Zimmer Istra Nashs kam, aufgeweckt hatte.

Nachmittag; Mr. Wrenn saß in seinem Zimmer. Miss Nash war von ihrem Tee zurück, aber kein Ton war von nebenan zu hören, so angestrengt er auch mit offenem Mund lauschte; er beugte sich in seinem Stuhl vor, klammerte sich mit den Händen unter dem Sitz an und ließ seine Finger nervös auf dem Holz auf- und ablaufen. Er wollte ihr helfen – der wunderbaren Dame, die in der Nacht geweint hatte. Höchst ernsthaft nahm er sich vor, ihr zu sagen: »Bitte, lassen Sie sich von mir helfen, Prinzessin, ganz wie wenn ich ein Ritter wäre.«

Endlich hörte er, daß sie sich bewegte. Er lief hinunter und wartete auf der Treppe.

Als sie aus der Tür trat, warf sie einen Blick auf ihn und lächelte zufrieden. Aber sein Vorsatz, ihr Hilfe anzubieten, verflüchtigte sich augenblicklich, als er sah, was für eine ungeduldige Miene sie aufgesetzt hatte und wie wunderbar sie angezogen war – wieder ein enganliegendes Kleid, diesmal rauchgrau mit einem zarten Silberschimmer auf dem Gewebe.

Sie nahm augenblicklich ihren Platz auf dem Geländer ein und beantwortete vergnügt sein schüchternes »Abend«.

Er wollte sich so gern zu ihr setzen, gut Freund mit ihr sein. Aber es gehörte sehr viel Mut dazu, das zu tun. Es war möglich, daß sie ihn dann ganz hochmütig ansehen würde. Trotzdem ging er zum Geländer, schwang sich hinauf und baumelte schüchtern mit den Beinen; sie sah ihn durchaus nicht hochmütig an, sondern rückte ein paar Zentimeter näher, schaute ihm in die Augen, fast so, als hätten sie ein Geheimnis miteinander, und sagte ganz ruhig:

»Ich habe gestern abend noch ein bißchen über Sie nachgedacht. Ich glaube, Sie haben wirklich Phantasie, obwohl Sie Kaufmann sind – ich meine, viele haben das nicht; Sie wissen ja, wie es ist.«

»O ja.«

Mr. Wrenn wußte nämlich nicht, daß er gewöhnlich war.

»Ich bin dann gestern noch zu Olympia Johns gegangen, und sie hat mich in ein Theater geschleppt. Dort mußte ich an Sie denken, weil ein Hausmeister mit Phantasie drin vorkam. Sie sind doch nicht böse, weil ich Sie mit einem Hausmeister vergleiche, nicht wahr? Er war weitaus der netteste Mensch im ganzen Stück, wissen Sie. Im Grunde war es fürchterlich. Das Stück scheint ursprünglich eine französische Posse gewesen zu sein, aber man hat es dann in die Sonntagsschule geschickt und neu eingekleidet. Die Sache war ungefähr so. Eine alte Jungfer von Mann wollte zwischen seinem Neffen und seinem Mündel eine Ehe stiften. Das Mündel machte in Kunst. Ich für meine Person glaube, in Friseurkunst. Na, wie dem auch sei, der Onkel wußte recht gut, daß nichts zwei Menschen mehr zueinanderbringen kann als Abneigung gegen eine und dieselbe Person. Wissen Sie, genau so, wie man als Kind die Cousine nicht leiden kann, weil sie immer saubere Fingernägel hat.«

»Ja! Das ist wirklich so!«

»Deshalb wurde er also ekelhaft, und so hielten der Neffe und das Mündel zusammen und wollten sich nicht trennen lassen, bevor der Tod sie scheidet – und zu meinem Bedauern muß ich sagen, daß der Tod nicht so anständig war, das noch auf der Bühne zu tun. Wenn das Stück wenigstens damit geendet hätte, daß alle begraben werden, dann könnte ich von einem richtigen Happy End sprechen.«

Mr. Wrenn lachte dankbar, wenn auch unsicher. Er wußte, daß sie Späße für ihn machte, aber er wußte nicht recht, was diese Späße eigentlich waren.

»Der Hausmeister mit Phantasie, der war recht gut. Aber das Übrige – – Uff!«

»Das muß ein komisches Stück gewesen sein«, sagte er höflich.

Sie sah ihn von der Seite an und fragte zutraulich: »Wollen Sie mir einen Gefallen tun?«

»O ja, ich – –«

»Waren Sie einmal verheiratet?«

Diese Frage erschreckte ihn sehr. Sein »Nein« klang so, als könnte er sich nicht mehr recht darauf besinnen.

Sie sah sehr belustigt aus. Niemals hätte man auf den Gedanken kommen können, daß diese überlegene, ironische junge Dame, die gerade mit achtloser Gebärde ihr schönes Knie streichelte, jemals in der Nacht geweint hatte.

»Ach, die Frage war nicht persönlich gemeint«, sagte sie. »Ich wollte nur wissen, wie Sie sind. Sammeln Sie nie Menschen? Ich tue es – ich chloroformiere sie ganz grausam und spieße dann ihre armen kleinen Leichen auf hübsche saubere Korken … Sie leben allein in New York?«

»J–ja.«

»Mit wem spielen Sie da – Sie wissen schon.«

»Gar nicht – eigentlich mit niemand. Nur vielleicht mit Charley Carpenter. Das ist der Hilfsbuchhalter in der Kunstartikel-Gesellschaft.« Er hatte die Absicht gehabt – die Ausführung aber sofort von sich gewiesen – ihr von einer großen Welt vorzulügen, in der er ein- und ausging.

»Was machen – Sie verstehen schon – die Menschen in New York, wenn sie nicht in Gesellschaft gehen oder viel lesen

– was machen sie, um sich zu amüsieren? Ich interessiere mich so für Typen.«

»Also –« sagte er.

Mehr konnte er nicht antworten, solange er nicht einige Gedanken verdaut hatte: Was meinte sie denn mit »Typen«? Hatte das etwas mit Buchdruck zu tun? Und was konnte er überhaupt über die Menschen sagen? Er erklärte:

»Ach, ich weiß nicht – man redet eben – ach, man redet über die Arbeit und über die Menschen und alles Mögliche und so – ach, wissen Sie; man geht ins Kino oder in die Operette und nach Coney Island und – ach, man schläft.«

»Aber Sie –?«

»Ich, ich les ziemlich viel. Gar nicht wenig. Shakespeare und Geographie und alles Mögliche. Ich les sehr gern.«

»Und wie ordnen Sie Nietzsche ein?« fragte sie ganzernsthaft.

»?«

»Nietzsche. Sie wissen ja – der deutsche Humorist.«

»Ach ja – äh – warten Sie; er ist – äh –«

»Aber Sie erinnern sich doch, nicht wahr? Haeckel und er haben zusammen die große komische Oper des Jahrhunderts geschrieben. Und die Musik ist von Matisse – von Matisse und Rodin.«

»Das hab ich nicht gesehen«, sagte er unsicher. »… Ich kann nicht viel deutsch. Ein paar Worte kenn ich natürlich, so wie *Spricken Sie dötsch* und *bitty, Sir*, das hat mir Rabin in der Kunstartikel-Gesellschaft beigebracht – ich glaub, er ist n deutscher Jud … Aber sagen Sie, ist Kipling nicht großartig! Herrjeh! Wie ich Kim gelesen hab, da hab ich mir immer einbilden müssen, daß ich auf soner großen Straße in Indien wander, ganz, als ob ich dort war – wissen Sie, die ganzen wunderbaren Zauberer und so weiter … Lesen ist wunderbar, nicht!«

»O ja.«

»Sie lesen sicher sehr viel.«

»Eigentlich recht wenig. Ach, D'Annunzio und etwas Turgenieff … Was für Stücke sehen Sie sich denn an, Mr. Wrenn?«

»Ich geh meistens ins Kino«, antwortete er rasch, und dann tat es ihm leid, daß er sich zu einer so minderwertigen Gewohnheit bekannt hatte.

»Ach – sagen Sie mir – – es macht Ihnen doch nichts, daß ich Ihnen so abscheulich persönliche Fragen stelle, nicht wahr? Ich habe ein solches Interesse für Menschen ... Und jetzt muß ich hinaufgehen und einen Brief schreiben. Ich wollte eigentlich zu Olympia gehen – sie ist einer von den Interessanten Menschen, von denen ich gesprochen habe – aber mit Ihnen war es viel amüsanter, wissen Sie. Gute Nacht. Sie sind immer allein in London, nicht wahr? Wir werden einmal gemeinsam etwas besichtigen müssen.«

»Ja, ich bin immer allein!« explodierte er. Dann sagte er sehr bescheiden: »Oh ich danke Ihnen! Ich werd mich schrecklich freuen, wenn ... Haben Sie schon den Tower gesehen, Miss Nash?«

»Nein. Nie. Und Sie?«

»Nein. Wissen Sie, ich hab mir gedacht, s wird n bißchen langweilig sein, sich so was ganz allein anzusehen. Sind Sie auch deshalb noch nicht dort gewesen?«

»Mein Lieber, ich sehe, ich werde Sie erziehen müssen. Soll ich? An mir haben so viele Leute herumgearbeitet – ich stelle es mir sehr schön vor, das auch einmal weitergeben zu können. Soll ich?«

»Bitte, ja!«

»Man geht sich nicht einfach den Tower ansehen, weil alle Touristen es so machen. Begreifen Sie das nicht? Solche Dinge wie den Tower sehen sich Schulmeister an, die dann wieder nach Hause gehen und darüber einen Vortrag in ihrem Unterrichtsraum halten. Ich werde Sie in die Tate Gallery führen.« Dann sagte sie ganz plötzlich: »Gu' Nacht«, und war auch schon fort.

Er starrte ihr nach und dachte »Herrjeh, ob sie vielleicht über irgendwas bös ist, was ich gesagt hab? Ich glaub, diesmal war ich nicht frech. Aber sie ist so rasch weggegangen ... Die Lippen, die sie hat – ich hab gar nicht gewußt, daß es so rote Lippen geben kann. Und Künstlerin ist sie – malt Bilder! ... Gelesen hat sie sehr viel – Nitschy – ne deutsche komische

Oper. Ob das die ›Lustige Witwe‹ ist? … Das graue Kleid, das sie anhat – ich hab immer an Nebel denken müssen. Komisch.«

In ihrem Zimmer betrachtete Istra rasch ihre Nase in einem Spiegel, dann puderte sie sich, setzte sie nieder und schrieb auf dickem, hellgelbem Papier:

»Lieber Skilly, ich bin in einer scheußlichen Bloomsbury-Pension – furchtbar langweilig – außer einem Phänomen, einem kleinem Männchen von fünfunddreißig bis vierzig Jahren mit embryonaler Phantasie und jungfräulicher Seele. Ich halte mich mühsam zurück, um nicht radikale Gedanken in die jungfräuliche Seele zu versenken, aber die Versuchung ist sehr groß.

Ach, liebster Skilly, ich bin maßlos einsam. Wäre es zu abgedroschen, wenn ich sagte, ich möchte Dich hier haben? Ich habe meine Hand im Dunkeln ausgestreckt und Deine war nicht da. Lieber, ach Lieber, wie trostlos – – Ach, Du verstehst das nur zu gut mit Deinem hochnäsigen Grinsen und Deinen überlegenen Augengläsern und Deiner wunderbaren Oxforder Ahnungslosigkeit in allem, was mit dem armen strebsamen Amerika zu tun hat.

Ich bin wohl wirklich nichts weiter wie eine kleine kalifornische Barbarin. Es ist schon so, wie Père Duréon im Atelier gesagt hat: ›Sie 'aben ein wenig Verständnis für die 'öere Unmoral, aber ick 'offe, daß Sie kocken können – vom Malen 'aben Sie keine Ahnung!‹

Er behält recht. Ich kann auch nicht ein Stück hier bei den Kunstzeitschriften anbringen, ich kann nicht einen einzigen Auftrag bekommen. Ein scheußlicher, bebrillter, ernsthafter Jüngling, der in einer Redaktion die Besuche zu empfangen hat, erklärte mir, sie ›könnten keine Outsider brauchen‹. Outsider! Und sein Haar war fast ebenso rot wie meine abscheuliche Mähne. Und da ging ich eben nach Hause und heulte und zündete Wachskerzen vor Deinem Bild an. Ja, das habe ich wirklich getan, obwohl Du es durchaus nicht verdienst.

Ach verflucht, werde ich sentimental? Du liest das sicher bei Petit Monsard bei Deinem Kaffee und grinst über Deine armselige unnietzschesche Barbarin.

I. N.«

Achtes Kapitel.
Er delektiert sich an einem »Tiffin«

Am nächsten Abend grübelte und sinnierte Mr. Wrenn in seinem Zimmer, bis er sich schließlich im Lauf einer Stunde zwei Dinge klar gemacht hatte; nämlich:

(a) Er wollte nur eines: sofort nach Amerika zurückfahren, weil in England jedermann – ob Brite oder Amerikaner – so unfreundlich und so unermeßlich klug war, daß ihm die Menschen ewig unverständlich bleiben mußten.

(b) Er wollte nur eines: hier bleiben, weil die Bekanntschaft mit Miss Nash das wunderbarste Ereignis seines Lebens war. Wechselnd wie Flut und Ebbe nahmen diese beiden Gedanken seinen Kopf ein. Er konnte ihnen gerade lang genug entrinnen, um sich darüber zu freuen, daß er auf irgendeine Weise – wie, wußte er nicht – ihr bester Freund werden würde, denn sie beide waren ja Amerikaner in einem fremden Land, und sie beide konnten »spielen«.

Hierauf bewies er sich, daß Istra ein idealer Kamerad sei, dann wiederum, daß sie es nicht sein würde – und in diesem Augenblick klopfte es.

Elektrisiert sprang er aus seiner hockenden Stellung auf und eilte zur Tür.

Auf der Schwelle stand Istra Nash, ungeduldig mit der Fußspitze wippend, und sagte hastig:

»Entschuldigen Sie, daß ich Sie störe. Ich wollte nur fragen, ob Sie mir ein Streichholz geben können. Ich habe keine mehr.«

»Aber natürlich. Da ist eine ganze Schachtel. Bitte, nehmen Sie sie. Ich habe noch eine ganze Menge.« (Was ganz und gar erlogen war.)

»Danke schön. Sehr lieb von Ihnen«, antwortete sie rasch. »Gu'Nacht.«

Sie drehte sich um, aber er ging ihr auf den Flur nach und fragte eifrig: »Waren Sie wieder im Theater? Hoffentlich sehen Sie das nächste Mal was Netteres als das Stück mit dem Menschen, der einen Neffen gehabt hat.«

»Danke schön.«

Sie stand im schwach erhellten Flur vor ihrer Tür – etwa fünf Meter von ihm entfernt. Er kratzte verlegen mit dem Finger an der Tapete herum und hoffte, daß es zu einem kleinen Gespräch kommen würde.

»Wollen Sie nicht zu mir herein kommen?« fragte sie endlich.

»Oh, vielen Dank, aber ich glaube, das wird nicht gut gehen.«

Mit einem Mal lächelte sie sehr menschlich, in ihren blaugrauen Augen strahlte lustige Freundlichkeit. »Kommen Sie herein, Sie Kindskopf, kommen Sie herein.« Als er zögernd eintrat, rief sie: »Wir brauchen doch wirklich nicht beide immer allein zu sein, nicht wahr? Selbst wenn Sie die arme Istra gar nicht leiden können. Sie haben nichts für mich übrig – nicht wahr?« Eine Antwort auf ihre Frage schien sie nicht zu erwarten, denn sie zündete sich, ohne ihm Gelegenheit dazu zu geben, eine Zigarette an. Zum ersten Mal in seinem Leben sah er eine Frau rauchen.

Als sie den Kopf zurückwarf und tief inhalierte, wandte er in verlegener Höflichkeit die Augen von ihr ab und sah sich errötend im Zimmer um.

In einer Ecke hinten standen zwei offene Koffer. Aus dem einen war der Einsatz herausgenommen, und unten lag ein Durcheinander von spitzenbesetzten Dingen, von denen er mit einem unbehaglichen Gefühl fortblickte. Er erkannte den schwarzgoldenen Burnus wieder, der jetzt in traulichem Verein mit einem spitzenbesetzten Batistnachthemd, einem grünen Buch, auf dessen Papierumschlag der Titel »Drei Stücke für Puritaner« stand, mit einem roten Pantoffel und einer offenen Pralineschachtel auf dem Bett lag.

Auf dem Tisch, über den eine resedagrüne Decke gebreitet war, trieb sich ein Wirrwarr von Papier und zerrissenen Couverts herum, eine riesengroße Füllfeder, eine Flasche Crême Yvette und das Bild eines hageren, lächelnden Mannes mit Einglas in einem Silberrahmen.

Mr. Wrenn sah in Wirklichkeit gar nicht alle diese Einzelheiten, er hatte nur einen allgemeinen Eindruck von Luxus und überaus künstlerischer Einrichtung. Das Yvette-Flacon schien ihm die größte Parfumflasche zu sein, die er in seinem ganzen Leben gesehen hatte; und es fiel ihm auf, daß »n Bild von irgendwem« auf dem Tisch stand. Er hatte nur einen Augenblick Zeit, Umschau zu halten, denn sie fragte zu seinem Erstaunen:

»Sie haben sich also einsam gefühlt, als ich hinüberkam?«

»Ja, wieso – —«

»Ach, das konnte ich sehen. Wir fühlen uns alle einmal einsam, nicht wahr? Mir geht es oft so. Ich muß mich immer mehr über die Interessanten Menschen ärgern. Ich glaube, ich werde nach Paris zurückfahren. Dort sind sogar die Interessanten Menschen – na ja, also interessant.«

»Ich – äh – äh – äh – ich versteh nicht ganz, was Sie meinen. Was heißt das, das mit den ›Interessanten Menschen‹?«

»Mein liebes Kind, natürlich verstehen Sie mich nicht.«

Sie ging zum Spiegel und strich sich über das Haar, dann rollte sie sich auf dem Bett zusammen, sagte ganz nebenbei: »Wollen Sie sich nicht setzen?« rauchte behaglich weiter und nahm das Gespräch wieder auf. »Natürlich verstehen Sie das nicht. Sie sind ein netter, vernünftiger Büroangestellter, der so viel wirkliche Arbeit hat, daß es ihm erspart bleibt, Angst davor zu haben, daß andere Leute ihn vielleicht für gewöhnlich halten könnten. Sie müssen sich nicht dazu zwingen, sich unter gewaltigen Anstrengungen Ihr Brot damit zu verdienen, daß Sie kluge Reden über Temperament und Stimmungen führen.

Ja, diese Interessanten Menschen – – Die gibt es überall, in London, in New York und in San Francisco, und überall sind sie gleich. Sie sind überzeugt davon, die klügsten Menschen auf der ganzen Erde zu sein. Immer sind ein paar Künstler, ein oder zwei langweilige Romanschriftsteller und einige Fürsorgearbeiter dabei. Die Clique, die ich gerade jetzt zu meinem Vergnügen hasse – und ohne so etwas kann ich anscheinend nicht leben – diese Leute also versammeln sich bei Olympia Johns, die in ihrer Wohnung in der Great James Street, gleich bei der Theobald's Road, eine Art Salon macht … Das Ganze könnte ebenso gut in New York sein. Nur halten es die Leute hier länger aus, sich auf intellektuellen Höhen zu bewegen, als die New Yorker.

Ich werde Sie einmal dorthin bringen müssen. Es ist eine wunderbare Sensation, wissen Sie, einen Menschen zu finden, der ein wenig Phantasie hat, aber noch nicht von den Interessanten Menschen verdorben ist, und ihm diese Blase vorzuführen. Die Leute sitzen herum und schimpfen und trinken und frohlocken darüber, daß sie freie Geister sind. Da sie frei sind, dürfen sie natürlich nicht mit netten Menschen spielen, denn wenn ein Mensch frei ist, müssen Sie wissen, hat er nie die Freiheit, etwas anderes zu tun als frei zu sein. Das klingt vielleicht verwirrend, aber die Leute bei Olympia verstehen es.

Natürlich gibt es verschiedene Unterarten von Intellektuellen, und jeder einzelne Kult verachtet alle anderen. Für gewöhnlich besteht ein Kult aus einem einzelnen Menschen, aber manchmal sind auch zwei da – einer, der redet, und einer, der zuhört – oder sogar drei. Sie können zum Beispiel aktivistische Frauenrechtlerin und Vegetarierin sein, aber wenn Sie Frauenrechtlerin sind und eine gute Figur haben, ja, dann – wehe Ihnen! … Das meine ich also mit den Interessanten Menschen. Ich verabscheue sie! Und deshalb gehe ich, ich gehöre ja selber dazu, von einer Clique zur anderen und bilde mir – das ist wirklich wahr – immer wieder ein, daß die neue Clique wirklich interessant ist!«

Dann rauchte sie verdrossen schweigend, bis Mr. Wrenn nach etlicher geistiger Anstrengung bemerkte: »Die Leute werden wohl ebenso sein wie die Viehwärter – je viehischer sie sind, desto romantischer sehen sie aus, und wenn man sie mal richtig kennen gelernt hat, ist das schlimmste an ihnen, daß sie Viehwärter sind.«

»Ja, das ist es. Sie sind – also sie sind – ach, lassen wir das. Schluß mit allen intellektuellen Diskussionen! … Ich glaube, Sie sind wirklich ein netter Mensch, und wissen Sie, was wir jetzt tun werden? Wir werden uns ein kleines Feuerchen machen lassen. Ja? Im Kamin.«

»Ja!«

Sie zog an der altmodischen Klingelschnur, und die altmodische Pensionswirtin kam herein – groß, mager, blaß, antiquiert aussehend, als hätte man sie im Jahre 1880 in viktorianische Kleider gesteckt und dann in einem ungelüfteten

Wohnzimmer stehen lassen. Sie setzte eine mißbilligende Miene auf, als sie Mr. Wrenn in Istras Zimmer erblickte, schickte aber ein Dienstmädchen herauf und ließ Feuer machen – »Sixpence extra«. Mr. Wrenn hatte ein schlechtes Gewissen, bis das Mädchen heraufkam – ein Mädchen wie aus einem Weihnachtsmärchenbuch, klein, lustig, schmutzig – das vergnügt rief: »Kalt heut abend, nicht wahr?« und ein Feuerchen anzündete, das bald genau so wie das Mädchen »Kalt heut abend« rief.

Istra setzte sich mit gekreuzten Beinen vor dem Feuer auf den Fußboden und trommelte mit ihren schmalen Fingern nervös auf den Knien.

»Kommen Sie, setzen Sie sich zu mir. Sie müßten mit Ihrem Sinn für Romantik etwas dafür übrig haben, vor dem Feuer zu sitzen. Das wird immer so gemacht, wissen Sie.«

Er ließ sich schüchtern neben ihr nieder, schlang die Hände um die Knie und gab sich Mühe, so auszusehen wie ein würdiger amerikanischer Geschäftsmann in seinem Landhaus.

Sie lächelte ihm freundlich zu und zirpte:

»Jetzt müssen Sie mir erzählen, wie es war, als Sie das letzte Mal mit einem Mädchen vor dem Kamin saßen. Verraten Sie der armen Istra das furchtbare Geheimnis. War sie die Schönste unter allen Rosengesichtern?«

»Ich bin – noch nie – mit – irgendwem – vor – einem – Kamin gesessen! Nur einmal, wie ich neun Jahre alt war – am Abend vor Allerheiligen – bei einem Vergnügen in Parthenon – das ist eine kleine Stadt oben in York.«

»Wirklich? Armes Kerlchen!«

Sie streckte die Hand aus und nahm ihn bei der seinen. Mit einem angenehmen Schrecken fühlte er die warme Glätte ihrer Finger auf seinem Handrücken, während sie fragte:

»Aber verliebt waren Sie schon? Fürchterlich verliebt?«

»Noch nie.«

»Armes Kind, dann haben Sie aber viel vom Tee und Kuchen des Lebens versäumt. Und Sie sind doch neugierig auf das Leben, nicht? Wissen Sie, wenn ich an diese kostbaren Interessanten Menschen denke, die ich kenne – Warum lasse ich eigentlich zu, daß Sie von irgendeinem Ladenmädchen, das einen

Hut mit Blumen trägt, verdorben werden? Sie wird Sie ins Kino schleifen … Oh, Sie haben mir doch nicht gesagt, daß Sie ins Kino gehen, nicht wahr?«

»Nein!« log er mit Feuer, um gleich schuldbewußt hinzuzufügen: »Früher hab ich das getan, aber jetzt nicht mehr.«

»Ich *werde* aber mit Ihnen ins Kino gehen, wenn Sie wollen. Sie müssen mich überhaupt hinführen. Dort werden wir eine Weile allen Unsinn wie Syndikalismus und Farbgebung vergessen, ja? Und die Rotkehlchen werden uns mit Blättern zudecken.«

»Wie die verirrten Kinder im Wald? Aber wissen Sie, ich fürchte, Sie sind allerhand mehr als n verirrtes Kind im Wald! Sie sind der – äh – der erste – also der erste *kluge* Mensch, den ich kennen gelernt hab, außer Dr. Mittyford vielleicht; und der Doc würde nie spielen. Wirklich, der erste.«

»Danke schön!« Der warme Druck um seine Hand wurde fester. Sein Herz machte die verrücktesten, fröhlichsten Sprünge, und schüchtern, mit dem Gefühl, etwas ganz Unerhörtes zu wagen, begann er mit der Spitze seines Daumens die feinen Linien an ihrer Handseite zu erforschen … Das war wirklich er und kein anderer, der hier neben einer Prinzessin saß, und er fühlte wirklich ihre weiche Hand, versicherte er sich atemlos.

Plötzlich gab sie seiner Hand einen verabschiedenden Druck und sprang auf.

»Kommen Sie. Jetzt wollen wir uns an einem kleinen Tiffin delektieren, und dann schicke ich Sie weg, und morgen werden wir in die Täte Gallery gehen.«

Während Istra dem Mädchen den Auftrag gab, Kuchen und einen halben Liter leichten Weins zu bringen, saß Mr. Wrenn in einem Stuhl – er saß bloß darin; er wollte zeigen, daß er sich würdevoll benehmen konnte und Miss Nashs Freundlichkeit nicht ausnützte, indem er herumlümmelte. Da er seinen Kipling gut kannte, wußte er ungefähr, daß ein Tiffin eine Art Gabelfrühstück am Nachmittag sei, aber wenn Miss Nash ein spätes Abendessen so nannte, dann irrte er sich natürlich.

Istra setzte das Tischchen mit der resedagrünen Decke vor den Kamin, warf alles, was auf ihm lag und stand, auf das Bett und stellte Rosen darauf; dann rückte sie die kleine blaue Vase fünf Zentimeter weiter nach rechts, und fünf Zentimeter weiter nach vorn. Den Wein goß sie in eine Karaffe.

Wein war entschieden ein Problem für ihn. Daß er mit einem Mal zu einer Gesellschaftsschicht Zutritt hatte, die im Wein etwas ganz Selbstverständliches sah, regte ihn auf. Für Mrs. Zapp wäre das kein selbstverständliches Getränk. Er frohlockte darüber, daß er nicht so beschränkt war wie Mrs. Zapp – und es kostete ihn eine solche Anstrengung, nicht so beschränkt zu sein, daß er ordentlich zusammenschrak, als eine spöttische Stimme ihn aus seinen Träumereien zurückrief:

»Aber Sie könnten auch einmal das Gebäck ansehen. Nur ein einziges Mal. Es ist wirklich sehr netter Kuchen.«

»Äh –«

»Ja, ich weiß, der Wein ist Wein. Abscheulich von ihm.«

»Hören Sie, Miss Nash, diesmal habe ich Sie aber verstanden.«

»Ach, sagen Sie mir nicht, daß es mit meiner göttlichen Präsidentschaft schon vorbei ist.«

»Äh – aber sicher! Jetzt werd ich ein grausamer Boss sein.«

»Wunderbar! Werden Sie ein Höhlenmensch sein?«

»Tut mir leid. Jetzt hab ich Sie wieder nicht verstanden.«

»Das ist aber schlimm. Ich möchte so gern einmal einen Höhlenmenschen sehen.«

»Ach ja, jetzt weiß ich, was mit dem Höhlenmenschen ist – das ist so was wie die Burschen bei Jack London. Sowas bin ich leider nicht. Aber – auf dem Viehdampfer – Wissen Sie, das hätten Sie sehen sollen, wie die Stiere hochgebunden worden sind. Im Zwischendeck alles ganz dunkel, und die Stiere, die ganz eng zusammengepfercht sind, brüllen, und die Wärter werden alle seekrank – so seekrank, daß wir bloß so rumgetaumelt sind; und dann haben wir irgendeine Leine gefaßt und geschimpft und wieder losgelassen, und die Meister haben geschrien: ›Zieh, oder ich schlag dir den Schädel ein.‹ Und dann die Back – die Menschen zusammengepackt wie die Heringe.«

Sie beugte sich über den Tisch, spielte mit den Korinthen aus einem Kuchenstück und hörte gespannt zu. Er hatte das Gefühl, zu lange zu sprechen, und hörte höflich auf. Aber sie sagte: »Erzählen Sie weiter, bitte«, und er schilderte, wobei ihm selbst alles immer deutlicher wurde, Satan und den Grenadier, die Feen, die ihm von den irischen Küstenhügeln zugewunken hatten, und die Kameradschaft mit Morton.

Sie unterbrach ihn nur einmal, um zu murmeln: »Mein Lieber, es ist sehr schön, daß Sie alles beim Namen nennen, aber –« was nicht den geringsten Zusammenhang mit Heuballen zu haben schien.

Schließlich schickte sie ihn mit den Worten weg: »Es ist sehr nett gewesen, nicht wahr, Höhlenmensch? (Wenn Sie wirklich ein Höhlenmensch sind.) Holen Sie mich morgen um drei Uhr ab. Wir werden in die Tate Gallery gehen.«

Mit einem ganz flüchtigen Druck berührte sie seine Hand.

»Ja. Gute Nacht, Miss Nash«, stammelte er.

Den ganzen Vormittag hindurch überlegte er, wie er sich in der Tate Gallery mit Istra Nash benehmen könnte, um der getreue Schatten und die schöne Kopie Dr. phil. Mittyfords zu sein. Das Resultat war, daß er sich, als er vor den großen Gemälden in der Galerie stand, so plump und korrekt wißbegierig benahm, so durchaus bereit, sich über nichts zu freuen, daß Istra plötzlich erklärte:

»Mein liebes Kind, ich habe eine schwere Aufgabe auf mich genommen. Sie müssen spielen lernen. Sie wissen nicht, wie man spielt. Kommen Sie, ich werde es Ihnen beibringen. Ich weiß zwar nicht warum, aber – kommen Sie.«

Als sie die Galerie verließen, setzte sie ihm auseinander:

»Erstens die Kunst, Bus zu fahren. Oh, das *ist* eine Kunst, wissen Sie. Sie müssen die Blumenmädchen und die großartigen jungen Bobbies bewundern. Sie müssen es lernen, die Blüten auf den Restaurantterrassen zu sehen und sich im Park auf dem Gras zu wälzen. Sie sind natürlich viel zu wohlerzogen, um sich auf dem Gras zu wälzen, nicht wahr? Ich werde mich sehr bemühen, Ihnen beizubringen, wie man das nicht ist. Und dann werden wir Tee trinken gehen. Wie viele Arten Tee gibt es?«

»Ach, Ceylon- und englischen Frühstücks- und – ach – Chinesischen Tee.«

»Ab – –«

»Und das harte T«, fügte er aufgeregt hinzu, als sie sich auf dem Verdeck des Omnibus auf die vorderste Bank setzten.

»Sie fangen wenigstens an, Witze zu machen«, sagte sie nachdenklich.

»Aber wie viele Arten Tee gibt es wirklich, Istra? … Ach, ich hätte nicht – –«

»Natürlich; sagen Sie Istra zu mir, oder was Sie wollen. Nur eines, Sie dürfen nicht zu genau fragen. Was ich weiß vom Tee? Wir alle, die wir immer mehr oder weniger angeben, sind immer so höflich, so zu tun, als wüßten wir nicht, daß die Anderen auch angeben … Also, es gibt alle möglichen Arten Tee. Im New Yorker Chinesenviertel habe ich einmal – Kennen Sie das Chinesenviertel? Da Sie New Yorker sind, werden Sie es wahrscheinlich nicht kennen.«

»O doch. Und das italienische Viertel auch. Ich bin da sehr viel spazieren gegangen.«

»Also, dort bekommt man in einem Chinesischen Lokal für fünf Dollar eine Tasse Tee, von dem behauptet wird, daß er auf wolkenverhüllten Berggipfeln gewachsen ist. Wenn die Gipfel nicht wolkenverhüllt sind, glaube ich, kostet die Tasse nur drei Dollar. Aber, ganz im Ernst, in Wirklichkeit gibt es nur zwei Arten von Tee – den Tee, zu dem man geht, um den Mann zu treffen, den man liebt und den man hassen sollte, und den Tee, den man gibt, um die Frauen zu ärgern, die man haßt, aber – auch wirklich hassen soll! Ist das nicht reizend und kompliziert? Das ist Spielen. Mit Worten. Mein betagter Erzeuger nennt das ›zu viel reden und nicht das Geringste sagen‹. Das letzte ist sehr wichtig. Nicht das *Geringste* sagen! Das ist eine von den Spielregeln, die nie verletzt werden dürfen.«

Das verstand er viel besser als die meisten anderen Dinge, die sie sagte. »Ja«, rief er aus, »man muß sozusagen daneben herreden.«

»Eben, natürlich. Das ist es gerade. Daneben herreden. Verstehen Sie jetzt nicht?«

Als galanter Herr ließ er sie bei dem Glauben, sie hätte die Phrase selbst erfunden.

Sie sagte noch vieles andere; sehr vieles, zu dessen Verständnis so große Gelehrsamkeit gehörte, daß er den heldenhaften Entschluß faßte, »auf Deibelkommraus zu lesen«.

Die größte Lektion aber war die Kunst des Teetrinkens. Zu seiner Überraschung merkte er, daß sie sich nicht wirklich im Park auf dem Gras wälzen und ihre Kleider in Gefahr bringen mußten. Sie führte ihn vielmehr in eine Teestube hinter einem Konfektionsgeschäft in der Tottenham Court Road, ein niedriges Zimmer mit weißen Korbmöbeln, bunten Kacheln an den Wänden und grünen irdenen Vasen mit weißen Rosen. Eine Kellnerin mit roten Backen brachte ihr Orange Pekoe mit Zitrone, und ihm Ceylon und Russischen Karawanentee mit einem Kännchen Sahne, und dazu einen Teller Zimtküchelchen.

»Aber – –« sagte Istra. »Ist das nicht wie im Märchenland! Vor allem müssen Sie lernen, wie man englische Muffins mit Butter füllt. Wenn Sie das sehr gut können, werden die feinen Lakaien Ihnen erlauben, im Carlton den Tee zu nehmen. Es sind hyperkritische Lakaien, und der, der Ihnen das goldene Buttermesser bringt, um Ihre Geschicklichkeit auf die Probe zu stellen, ja, der hat sogar immer silbergraue Kniehosen an. Sie sehen also, Billy, wie vorsichtig Sie sein müssen. Und essen Sie sie, ohne sich Butter auf die Nase zu schmieren. Wenn Sie sich nämlich Butter auf die Nase schmieren, wird man Sie für einen Griechischprofessor halten. Und das wäre Ihnen doch gar nicht recht, nicht wahr?«

Er lernte die Kunst, das knusprigbraune Innere der Muffins, die von außen so kalt und mehlig aussahen, mit Butter zu füllen. Aber Istra schien alles Interesse daran verloren zu haben, und er konnte sie nicht im mindesten begreifen, als sie sagte:

»Sicherlich war es wirklich die allerbeste Butter. Aber wo, wo, liebes Haselmäuschen, sind der Hutmacher und der Hase? Wo ist vor allem das süße komische Kaninchen, das mit den Ohren wackelte und Gralice, die Prinzessin von jenseits der Meere, liebte?

»Wo, wo sind der Hutmacher und der Hase, Und wohin kam die allerbeste Butter?«

Bald rief sie: »Gehen wir. Wir wollen unten in Soho abend-essen. Oder – nein! Jetzt sollen Sie mich führen. Zeigen Sie mir, wo Sie abendessen würden. Und dann werden Sie mich in ein Varieté führen und mir zeigen, wie man sich dort amüsiert. Jetzt sind *Sie* an der Reihe, *mich* spielen zu lehren.«

»Herrjeh! Ich fürchte, ich weiß gar nichts, was ich Sie lehren könnte.«

»Ja, aber – – Passen Sie auf! Wir sind zwei einsame Barba-ren aus dem wilden Westen in einem fremden Land. Wir wer-den ein kleines Weilchen miteinander spielen. Wir kennen un-sere verschiedenen Arten zu spielen nicht, aber gerade das wird die Monotonie unseres Lebens angenehm unterbrechen. Ich weiß nicht, wie lange wir spielen werden, oder – – Sollen wir?«

»O ja!«

»Und jetzt zeigen Sie mir, wie Sie spielen.«

»Wirklich, ich glaub, ich hab nie viel gespielt.«

»Also Sie sollen mich in eines von Ihren Restaurants füh-ren.«

»Ich glaub nicht, daß Sie sich sehr um Einpenny-Pasteten reißen werden.«

»Kleine Pasteten?«

»Mhm.«

»Kleine zarte? Mit dünnem Teig?«

»Mhm.«

»Aber natürlich! Und Tee um einen halben Penny? Führt mich dahin, o tapferer Ritter. Und in ein Varieté.«

Er merkte, daß diese eifrige Theaterbesucherin niemals die schönen Italiener gesehen hatte, die mit kleinen Kolben auf wi-derstrebende Xylophone einschlagen, niemals den zum Brüllen komischen Jongleurassistenten, der unbeschreibliche Mengen von Tellern zerbricht. Und von dem Zylinderhut, der sich in eine Ziehharmonika verwandelt und so viele Melodien spielt, war sie ganz begeistert.

Bei dem Imbiß nach der Vorstellung sprach er von Theresa und South Beach, von Charley Carpenter und Morton – Mor-ton – Morton.

Um Mitternacht saßen sie auf den Stufen des Hauses am Tavistock Place.

»Jetzt kenne ich Sie«, sagte sie nachdenklich. »Es ist eigentlich seltsam, wie zwei verirrte Kinder in einem ganz fremden Wald mit einander bekanntwerden. Sie sind doch ein einsames Kind?« Ihre Stimme hatte alle Muttersanftheit. »Wir werden ein ganz klein wenig spielen – –«

»Ich würde Ihnen auch so gern was zeigen. Aber Sie wissen ja so viel.«

»Und ich bin eine vollendete Schönheit, nicht wahr?« fragte sie ganz ernsthaft.

»Ja, das sind Sie auch!«

»Ich dachte mir ja, daß ich mich auf Sie verlassen kann … Und ich kann ein wenig Bewunderung sehr gut brauchen … In Paris und London lacht man die arme Istra meistens aus.«

Er nahm ihre Hand. »Sagen Sie das nicht! Man muß Sie doch schätzen. Ich würde am liebsten jeden umbringen, ders nicht tut.«

»Danke.« Sie drückte seine Hand wieder und zog dann ihre rasch zurück. »Sie werden zu dem gewissen Rosengesicht sehr gut sein … Und ich werde weiter unzufrieden bleiben. Ach, das Leben ist doch wirklich eine ganz abscheuliche Einrichtung! … Wir scheinen verschieden zu sein, Sie und ich, aber das liegt vielleicht zum größten Teil nur an der Oberfläche – tief drinnen sind wir beide gleich verzweifelt unglücklich, weil wir nie recht wissen, worüber wir eigentlich unglücklich sind. Na – –«

Am liebsten hätte er ihren Kopf auf seine Knie herunter gezogen und dort ruhen lassen. Aber er blieb still sitzen, und bald fanden ihre kalten Hände einander.

Nach einem Schweigen, in dem jeder von sich selbst sprach, brach er los: »Aber ich kann nicht begreifen, wieso man Sie in Paris nicht schätzt. Ich geh jede Wette ein, daß Sie eine der besten Künstlerinnen sind, die die Leute überhaupt kennen … Wie Sie das Bild von dem Jongleur im Kopf entworfen haben!«

»Nein, nein. Da ist nichts zu machen. Ich kann eben einfach nicht malen.«

»Ach Blech! Ich geh jede Wette ein, daß Ihre Bilder blendend sind.«

»Mm.«

»Bitte zeigen Sie mir doch mal ein paar. Wenn das nicht –
–«

»Gehen wir hinauf. Ich bin jetzt inspiriert. Sie sollen einige
prächtige, wenn auch niederträchtige kritische Bemerkungen
über die Werke der unglückseligen Miss Nash hören.«

Als sie oben waren, ließ sie ihm nicht so viel Zeit, daß er ob
der Unschicklichkeit, das Zimmer einer Dame um Mitternacht
zu betreten, rot werden und unschlüssig zaudern konnte, sondern ging mit einem kurzen »Kommen Sie« voraus.

Sie öffnete eine große, mit grüngeädertem schwarzem Papier eingeschlagene Mappe und zerrte ein Dutzend ungerahm-
ter Pastell- und Tuschzeichnungen heraus, warf sie verächtlich
auf das Bett und sagte, auf ein Durcheinander von Marseiller
Dächern weisend:

»Sehen Sie diese Skizze? Das einzige Gute daran ist wahrscheinlich das, was dem letzten Redakteur, der sie gesehen hat,
dem rothaarigen Jüngling, nicht gefallen hat. Finden Sie rotes
Haar nicht scheußlich? Sehen Sie diese lächerlichen grellroten
Schatten unter dem Kirchturm?«

Sie blickte interessiert auf das Bild hinunter, vergaß ihn
ganz, rieb sich nachdenklich das Kinn und murmelte: »Sie sind
recht ordentlich. Eigentlich ganz gut. Ganz gut.«

Dann machte sie eine rasche Bewegung mit den Schultern
und legte los:

»Aber sehen Sie sich das da an. Der Bogen da. Ist der nicht
elendiglich verzeichnet? Und können Sie sehen, wie ich die Gestalt verfälscht habe? Das ist ja überhaupt kein richtiger
Mensch. Merken Sie nicht, was für Unfug ich mit der Treppe
getrieben habe? Ja, mein lieber Freund, der kleinste Strich hier
wäre eine Schmach für eine siebentrangige Zeichenklasse in
Dos Puentes. Und hier, die Pappeln auf dem Bild da. Die sehen
doch aus wie umgekehrte Regenschirme in einem blödsinnigen
Waschbecken. Uff! Schrecklich. *Affreux!* Tun Sie nicht so, als
ob es Ihnen gefiele. Das ist gar nicht notwendig, wissen Sie.
Sehen Sie denn nicht, daß alles schauderhaft verzeichnet ist?«

Mr. Wrenns Phantasie wanderte auf einem grünen Pfad im
alten Frankreich zu einem weißen Dörfchen, vor dessen

Mauern leuchtende Orangenbäume standen. Auf ihren Bildern hatte er das Land all seiner Träume gefunden.

»Ich – ich – ich – –« Das war alles, was er sagen konnte, aber es bebte Bewunderung darin.

»Ich danke Ihnen … Ja, wir *werden* spielen. Gute Nacht. Auf Morgen!«

Neuntes Kapitel.
Er stößt auf die Intellektuellen

Er spielte mit dem Gedanken, ein Postamt aufzusuchen, stolz einzutreten und seiner Bank um Geld zu telegraphieren. Er konnte sich sehen, wie er das tat. Vielleicht würde der Postbeamte ihn für einen reichen Amerikaner halten. Was lag ihm daran, alles auszugeben, was er besaß? Jemand, der mit einem Mädel wie Miss Istra geht, muß eben Geld herausrücken, ermahnte er sich. Mindestens sieben Mal eilte er von der Eingangstür, vor der er auf dem Posten stand, um sie zu erwarten, fort und trabte eifrig bis zur Ecke. Jedesmal verließ ihn sein Mut, und er schlich wieder zur Tür zurück. Um Geld telegraphieren – das war doch ziemlich gefährlich.

Außerdem wollte er gar nicht fortgehen. Istra konnte ja herunterkommen, um mit ihm zu spielen.

Drei Stunden lang wartete er, bis er die Haustür haßte; sie war ebenso sehr ein Gefängnis, wie sein Zimmer bei den Zapps es gewesen war. Er haßte das Vorgärtchen und einen großen braunen Fleck auf dem Pflaster, und wie ein Rollwagenkutscher einen Chauffeur haßt, so haßte er die dicke Frau auf der anderen Straßenseite, die aus einem Fenster im zweiten Stockwerk heraussah und ihn mit zynischem Interesse beobachtete. Schließlich konnte er der Kritik der Welt, die in der Frau gegenüber verkörpert war, nicht länger standhalten. Er machte sich auf den Weg, als wollte er unverzüglich irgendeinem Ziel zustreben, an das er schon die ganze Zeit gedacht hatte.

Er nahm einen Omnibus, dann einen anderen, und schließlich ging er ein Stück zu Fuß. Jetzt, da er sich bewegte, dachte er bekümmert über sein Problem nach: was war Istra ihm wirklich? Was konnte er ihr sein? Er war eben nicht mehr als ein kleiner Angestellter. Niemals konnte sie ihn lieben. »Und«, so setzte er sich auseinander, »man darf ein Mädel nicht lieben, wenn man nicht glaubt, daß man sie heiraten wird; man darf dann nicht einmal ihre Hand berühren.« Und doch wollte er ihre Hand so gern berühren. Mit einem Mal warf er trotzig und entschlossen das Kinn hoch. Es sei ihm ganz gleichgültig, ob er verrucht sei, erklärte er. Am liebsten hätte er Istra über die ganze Stadt hinweg zugeschrien: Wir wollen große Liebende sein! Wir wollen toll sein! Wandern wir über alle Gipfel. Allerdings drückte er sich ganz anders aus.

Dann rannte er in eine Gruppe, die auf dem Bürgersteig stand, und kam mit einem Ruck von seinen Gipfeln wieder auf den ebenen Boden zurück.

Die Menschen drängten sich vor der Rothsey Hall um ein Schild, auf dem zu lesen war:

GLORIA – GLORIA – GLORIA AUSSERORDENTLICHE JUBILÄUMSVERSAMMLUNG DER HEILSARMEE
ERLEBNISSE DES ADJUTANTEN CRABBENTHWAITE IN AFRIKA.

Er starrte das Schild an. Ein Heilsarmeesoldat fragte ihn: »Wollen Sie nicht hineinkommen, Bruder?«

Mr. Wrenn folgte ihm demütig in den Saal. Von Bill Wrenn war weit und breit nichts zu sehen.

Nun kam es so, daß der Adjutant Crabbenthwaite wohl sehr viel von den Houssas und den N'Gombi, von Karawanen und wochenlangen Wanderungen erzählte, Mr. Wrenns Phantasie jedoch nicht für eine Sekunde nach Afrika gelockt wurde; er warf nicht einmal einen einzigen Blick auf die Heilsarmeesoldatinnen, die sich im Saal drängten. Ihn beschäftigten einzig und allein die abfälligen Bemerkungen, die der Adjutant über das Flirten der Engländer und Engländerinnen auf dem Schiffe machte.

Angenommen, er selbst wäre es, er und sein Wahnsinn um Istra – in diesem Augenblick nannte er es tatsächlich Wahnsinn – wovon der Adjutant da sprach!

Ein Heilsarmeesoldat, der in seiner Nähe stand, starrte ihn anklagend an …

Nachdenklich ging er von der Jubiläumsversammlung fort. Er verzehrte sein Essen mit ernsthafter Höflichkeit gegen die

Speisen und den Kellner. Auch seine Gabel behandelte er sehr höflich. Denn er war eben gebessert worden. Er hatte vor, allen verrückten Künstlerinnen »aus dem Weg zu gehen« – allen vom anderen Geschlecht, außer netten guten Mädchen, die er heiraten konnte. Noch donnerten ihm die Worte des Adjutanten in den Ohren:

»Flirten nennt ihr es – Flirten! Schauet in eure Herzen. Gott der Herr hat in sie hineingeblickt und im Flirt das Tor zur Hölle erkannt. Und ich sage euch, diese Offiziere und üppig gekleideten Weiber mit ihrem Wein und ihren Zigaretten, mit ihren teuflischen Karten und ihren Juwelen, mit ihren höllischen Gesprächen über die gotteslästerlichen Torheiten des Sozialismus' und der Kunst und der Pferderennen – o meine Brüder, das alles war nur ein Vorwand, damit sie einander lüstern betrachten und nach einander begehren könnten. Verfault ist dieses Reich, und zusammenstürzen wird es, wenn unsere Soldaten dem Flirt nachgehen, statt im Gebet zu knien wie die Eisenmänner Cromwells.«

Istra … Kartenspielen … Gespräche über Sozialismus und Kunst. Mr. Wrenn hatte ein sehr schlechtes Gewissen. Istra … Rauchen und Wein trinken … Aber seine moralischen Reflektionen brachten ihm das Bild Istras nur um so deutlicher vor Augen – die überzeugende Wärme ihrer vollkommenen Finger; die Linien des rückwärts gebogenen Halses, wenn sie mit ihrer melodischen Stimme von all den schönen Dingen sprach, welche die klugen Hände großer Männer geschaffen haben.

Er stürzte aus dem Restaurant. Was immer daraus wurde, Gutes oder Böses, er mußte sie sehen. Während er zum Verdeck eines Omnibus' hinaufstieg, suchte er nach einem Vorwand für einen Besuch bei ihr … Man konnte natürlich nicht »einfach hingehen und Damen in ihrem Zimmer besuchen, wenn man nicht einen besonderen Grund hat; sie würden einen ja für schrecklich frech halten«.

Mitten auf dem Weg sprang er vom Omnibus ab, weil er eine Buchhandlung sah, und erstand dort ein *Blackwood's* und ein *Nineteenth Century*. Morton hatte ihm gesagt, diese beiden wären die wichtigsten englischen »gebildeten Zeitschriften«.

Er brachte sie in sein Zimmer, rieb sich Ruß von der Gaslampe auf den Daumen und verschmierte die Umschläge der Zeitschriften, dann schnitt er sie auf und verkrumpelte die Ränder, um ihnen ein zerlesenes Aussehen zu geben; er tat das nicht, weil er den Eindruck erwecken wollte, sie gelesen zu haben, sondern weil er das Gefühl hatte, Istra würde nicht erlauben, daß er etwas eigens für sie kaufe.

Die Einzelheiten dieser Beschäftigung beruhigten ihn so sehr, daß er nicht mehr recht wußte, ob ihm wirklich etwas daran lag, sie aufzusuchen. Außerdem war es so spät – schon nach halb neun.

»Dreck! Teufel noch mal! Am liebsten wär ich tot. Ich weiß nicht, was ich will«, stöhnte er und warf sich auf sein Bett. Nur eines war ihm sicher – daß er unglücklich war. Er dachte höchst würdevoll an Selbstmord, aber nicht lange genug, um sehr darüber zu erschrecken.

Während er auf dem Bett lag, dachte er über Istra nach. Dann stürzte er zum Tisch und bürstete sein dünnes Haar so nervös, daß er den Scheitel dreimal ziehen mußte. Während er sich Augenbrauen und Schnurrbart bürstete, betrachtete er sich ernsthaft im Spiegel.

»Ich seh aus wie ein idiotisches Kaninchen«, brummte er, und dann machte er sich auf den Weg zu Istras Zimmer. Er ging wieder zurück, um sich eine andere Krawatte umzubinden, eine marineblaue, die ihn jünger machte. Als er schließlich an ihre Tür klopfte und sie »Ja? Herein!« rufen hörte, zürnte er der ganzen Welt, von der er nicht einmal Istra ausnahm.

In ihrem Zimmer lümmelte, ein Bein über die Lehne des Fauteuils gelegt, ein wundersames Wesen; ein junger, ganz junger Mann mit schlechten braunen Zähnen, die stets zu sehen waren, weil er ununterbrochen grinste; aber er hatte eine göttliche griechische Nase, eine hohe Stirn und borstiges strohgelbes Haar. Dieses Wesen trug eine große, runde Schildpattbrille, ein weiches Hemd mit goldener Kragennadel und einen schönen grauen Anzug.

Istra lag in einem grasgrünen Seidenkimono, ein großes goldenes Medaillon an der Brust, zusammengerollt auf dem Bett.

Mr. Wrenn gab sich Mühe, am Kimono nicht Anstoß zu nehmen.

Als er hereinkam, hatte sie stirnrunzelnd in einem schmalen, dünnen, grüneingebundenen Gedichtband geblättert, aber sie empfing Mr. Wrenn mit einem strahlenden Lächeln, als wäre er ihr vertrautester Freund, und murmelte: »Liebes Mäuschen, ich bin ja so froh, daß Sie kommen können.«

Mr. Wrenn stand verlegen da. Er war nicht darauf gefaßt gewesen, Besuch vorzufinden. Er glaubte gehört zu haben, daß sie ihm »Mäuschen« sagte. Ja, aber was bedeutete denn dieses Mäuschen? So hieß er ja gar nicht. Das alles war sehr verwirrend. Aber wie sie sich freute, ihn zu sehen!

»Liebes Mäuschen, das hier ist einer unserer besten kleinen unzüchtigen Dichter, Mr. Carson Haggerty. Auch aus Amerika – Kalifornien. Mr. Hag'ty, Mr. Wrenn.«

»Sehr angenehm«, sagten beide Männer im gleichen geärgerten Ton.

Mr. Wrenn stammelte: »Ich – äh – ich dachte, Sie werden sich vielleicht gern die Zeitschriften da ansehen. Ich hab nur mal reingeschaut, um sie Ihnen zu geben.« Er war bereit, sofort zu gehen.

»Danke schön – sehr lieb von Ihnen. *Bitte*, setzen Sie sich. Ich habe mich mit Carson nur gezankt – er geht sehr bald. Wir haben uns auf der Kunstschule in Berkeley kennengelernt. Jetzt ist er mit allen großen Tieren in London bekannt.«

»Mr. Wrenn«, sagte der beste kleine Dichter, »ich zähle darauf, daß Sie meine These verfechten. Izzy sagt, d – –«

»Carson, ich habe Ihnen doch oft genug gesagt, daß ich mir nicht Izzy sagen lassen will!«

Mr. Haggerty zeigte alle seine häßlichen Zähne und sprach weiter, ohne sich stören zu lassen: »Miss Nash behauptet, die Ansichten der besten europäischen Denker, die sich in den besten Salons versammeln, zeigen, daß die Rodin-Mode bei allen wirklich in Betracht Kommenden abgetan und erledigt ist. Wie denken Sie darüber?«

Mr. Wrenn sah Istra schutzflehend an. Sie erklärte augenblicklich: »Mr. Wrenn ist ganz und gar meiner Meinung.

Übrigens, er arbeitet jetzt an einem großen Werk über die Rehabilitierung Kiplings nach seinem Abstieg, und – –«

»Aber, aber, ich bitte Sie! Kipling! Ein blökender Imperialist, ein Anti-Stirnerianer!« rief Carson Haggerty, jedes Wort mit einer Schwingung seines linken Beins unterstreichend.

Ganz erlöst, weil das Sturmzentrum über ihn hinweggegangen war, saß Mr. Wrenn auf der Kante eines Rohrstuhls, die Zeitschriften zwischen die Hände, und die Hände zwischen die Knie gepreßt. Immer wieder, wenn er später an diese Szene dachte, erinnerte er sich daran, wie kühl und glatt sich die Zeitschriften zwischen den Flächen seiner ausgestreckten Hände angefühlt hatten. Denn die Zeitschriften waren in seinen Gedanken stets mit der Vorstellung verknüpft, die er damals hatte, mit der Vorstellung, Istra könnte ihn dem scheußlichen Grinsen Carson Haggertys ausliefern, der ihn dann unter Gelächter aus dem Zimmer und aus Istras Welt vertreiben würde.

Er haßte den Dichterjüngling und hätte ihm mit dem größten Vergnügen die wenigen Zähne, die er noch besaß, ausgeschlagen. Aber aus lauter Angst davor zwang er sich dazu, die Großartigkeit zu bewundern, mit der Carson lange, seltsam klingende Worte in die Luft warf, wie ein Waldaffe, der mit roten Spinnen spielt. Er sprach herabsetzend über Yeats und den Austausch der Geschlechtsenergien, über Isadora Duncan und die Gedichte Carson Haggertys.

Istra gähnte ungeniert auf dem Bett und versetzte einem Kissen Fußtritte, wurde aber hin und wieder zu ihrer eigenen Überraschung in eine eifrige Diskussion gelockt, bis Haggerty sie absichtlich wieder Izzy nannte, und in diesem Augenblick setzte sie sich auf und sagte zu Mr. Wrenn: »Ach, gehen Sie noch nicht. Sie können mit mir über den Artikel sprechen, wenn Carson fort ist. Der liebe Carson hat gesagt, daß er nur bis zehn Uhr bleibt.«

Mr. Wrenn hatte durchaus nicht die Absicht zu gehen, er lächelte also bloß, sah sich im Zimmer um und stotterte: »J–ja«, während er sich darauf zu besinnen suchte, was er ihr von einem Artikel erzählt hatte. Artikel. Vielleicht handelte es sich um einen Nouveauté-Artikel von der Kunstartikel-Gesellschaft. Eine großartige Idee! Vielleicht wollte sie ein Motto für die Firma entwerfen. Er hoffte sehr, daß er ihr das verschaffen könnte – jedenfalls wollte er sein allerbestes tun. Nur zu gern wollte er Mr. Guilfogle darüber schreiben. Die Hauptsache jedoch war, daß es ihr lieb zu sein schien, wenn er blieb.

Als aber der liebe Carson mit vielem Lachen gegangen war, schien Istra ganz vergessen zu haben, daß Mr. Wrenn auf der Welt war, und warf einem Buch auf ihrem Bett wütende Blicke zu, als hätte es sie beschimpft. Er blieb also ganz still sitzen und zerdrückte die Zeitschriften noch mehr, bis das Schweigen ihn am Hals würgte und er zu äußern wagte: »Mr. Carson ist ein schrecklich wohlerzogener Mensch.«

»Er ist ein alberner Bursche«, schrie sie. Dann sprach sie mit leiserer Stimme weiter: »Er war zur gleichen Zeit wie ich auf der Kunstschule in Kalifornien, und deshalb glaubt er sich etwas herausnehmen zu dürfen … Es war sehr lieb von Ihnen, daß Sie geblieben sind und mir geholfen haben, ihn los zu werden … Ich werde – – Es tut mir leid, daß ich heute abend so langweilig bin. Wenn ich nicht amüsanter sein kann, werde ich wohl gleich ins Bett geschickt werden. Es war sehr nett von Ihnen, daß Sie gekommen sind, Mäuschen … Es ist Ihnen doch nicht unangenehm, daß ich Mäuschen zu Ihnen sage, nicht wahr? Wenn es Ihnen unangenehm ist, werde ich es nicht tun.«

Er ging schüchtern zu ihr und legte die Zeitschriften auf das Bett. »Aber nein, das macht nichts … Was war das mit der Nouveauté – mit dem Artikel? Wenn ich irgendwas – tun – –«

»Artikel?«

»Ja, natürlich. Sie wollten doch mit mir darüber sprechen.«

»Ach! Ach, das war ja nur, damit wir Carson los werden … Seine *unerträgliche* Familiarität! Das ist die Strafe dafür, daß ich einmal naiv und verhungert nach Freundschaft war. Und jetzt, gute N – – Ach, Mäuschen, er sagt, meine Augen – selbst wenn ich diesen grünen Kimono anhabe – – Kommen Sie her, mein Lieber, sagen Sie mir, was für Farbe meine Augen haben.«

Sie setzte sich mit einer raschen Bewegung im Bett auf, streckte die Arme aus und legte die Hände auf seine Schultern. Er stand zitternd da und vergaß alle Wrenn-Regeln, denen er sein ganzes Leben hindurch gefolgt war. Schüchtern streckte er seine Hände zu ihren Schultern aus, aber seine Arme waren kürzer als ihre, und so mußte er die Hände auf ihre warmen Oberarme legen. Er sah ihr in die so sehr geliebten blaugrauen Augen, aber er war viel zu unruhig, um zu sehen, ob sie kobaltblau oder tiefschwarz waren.

»Sagen sie«, verlangte sie; »sind sie nicht grün?«

»Ja«, antwortete er bebend.

»Sie sind süß«, sagte sie.

Sie beugte sich vor und gab ihm einen Kuß. Dann sprang sie auf, lief zum Fenster, lachte nervös und rief: »Das hätte ich nicht tun sollen! Ich hätte es nicht tun sollen! Verzeihen Sie mir!« Sie jammerte wie ein kleines Kind: »Istra war so schlimm, so schlimm. Jetzt müssen Sie gehen.« Als sie ihm die Augen wieder zuwandte, war in ihnen nichts anderes als der Blick alter Freundschaft.

Weil Mr. Wrenn sich immer bemüht hatte, freundlich zu den Menschen zu sein, weil er Mitleid mit Goaty Zapp gehabt hatte, war er imstande zu begreifen, daß sie ihm eine freundliche große Schwester sein wollte, und so sagte er: »Gute Nacht, Istra«, lächelte munter und ging hinaus. Er mußte seine ganze Kraft zusammen nehmen, um sich zu diesem Lächeln zu zwingen, und nachher mußte er unter Schmerzen dafür bezahlen, als er an seinem Bett kniete und sich klar machte, daß Istra ihn nie lieben würde, daß er sie also nicht lieben durfte, ein Narr wäre, wenn er sie liebte, sie niemals lieben würde – und dann waren wieder die weißen Arme im Schatten der grünen Kimonoärmel vor seinen Augen.

Zwei Tage lang sah er Istra nicht, roch er nicht den Duft ihres Haares, hörte er nicht den Klang ihrer Stimme. Zweimal bemerkte er einen Lichtstreifen unter ihrer Tür, wenn er über die finstere Treppe heraufkam, und klopfte an ihre Tür, aber es kam keine Antwort, und er marschierte mit der Würde des Zorns in sein Zimmer.

Ungezählte Male gab er sie ganz auf, faßte er den Entschluß, sie nie wieder zu sehen. Aber als er nach einem der wildesten dieser Verzichtschwüre die Tottenham Court Road entlang wanderte, sah er in einem Schaufenster einen Spazierstock, bei dessen Anblick er denken mußte, er würde ihre Billigung finden. Und er kostete nur zweieinhalb Schillinge. Hastig, bevor er es sich anders überlegen konnte, lief er hinein und warf sein Geld auf den Ladentisch. Es war wirklich ein sehr schöner Stock, so anspruchslos, daß er Istra gefallen mußte, ein ganz einfacher glatter Stock mit einer kleinen Metallkappe, die seltsamerweise wie silbern wirkte. Er hatte das Gefühl, daß alle Welt ihn höhnisch musterte und fragte: »Wozu trägst du einen Stock?« Aber er – der Mißverstandene – wollte gern auf den Lohn für dieses Märtyrertum warten, das Istras Lob ihm bringen mußte.

Am dritten Abend, als er hinter seinem Fenster stand und zwei Kindern zusah, die in der Dämmerung spielten, klopfte es an seine Tür. Es war Istra. Sie stand auf der Schwelle in einem eleganten, diskreten schwarzen Kostüm, auf dem Kopf eine kleine Mütze, die ihr rotes Haar verbarg.

»Kommen Sie«, sagte sie kurz. »Ich möchte, daß Sie mit mir zu Olympia – zu Olympia Johns gehen. Ich habe alles gelesen, was Balzac geschrieben hat. Ich möchte sprechen. Können Sie mitkommen?«

»Aber natürlich – –«

»Dann machen Sie rasch.«

Er nahm seinen kleinen, komischen runden Hut; klemmte den neuen Spazierstock unter den Arm, ohne ihn zu stolz vorzuführen, und wartete auf ihr Lob.

Vor ihm ging sie die Treppe hinunter und durch die vielen Straßen und Plätze Bloomsburys zur Great James Street. Den Stock sah sie gar nicht.

Sie sagte kaum mehr als:

»Mir hängt die Olympiaclique zum Hals heraus. Ich will nie mehr in Soho mit einer Hemmung und einem bisexuellen Instinkt essen – *jamais de la vie*. Aber man muß doch mit irgendjemand spielen.«

Und dann wurde er so vergnügt, daß er mit seinem Stock kühn auf das Pflaster einschlug und sie sacht am Arm anfaßte, als sie über den Damm gingen. Denn sie fügte hinzu:

»Wir wollen bloß hineinschauen und ihnen ein Weilchen zusehen, und dann können Sie mich wieder wegführen und zu einer Flasche Rheinwein und Mineralwasser einladen … Armes Mäuschen, es soll zu seinem Spiel kommen!«

Olympia Johns' Wohnung bestand aus vier kleinen Räumen. Als Istra, nachdem sie angeklopft hatte, die Tür öffnete, waren sieben Menschen im Wohnzimmer, die einander fortwährend unterbrachen und billiges Bier tranken; sieben Menschen, ein Nebel von Zigarettenrauch und ein Durcheinander von Manuskripten, Büchern und Hüten. Im nächsten Raum, den ein mit Frauenrechtlerknöpfen und Medaillen geschmückter Crétonnevorhang vom Wohnzimmer trennte, stand ein Haufen ungewaschenen Geschirrs auf einem großen Tisch. Daran mußte er später immer wieder denken, denn die glitzernden Medaillen gaben seinen Augen einen Ruhepunkt, wenn ihm die Blicke der Menschen, denen er hastig vorgestellt wurde, unerträglich wurden. Er hatte Angst davor, in ein Gespräch gezogen zu werden, und setzte sich still an die Seite, die Mauern betrachtend, an denen Plakate mit mächtigen, hammerschwingenden Fäusten und flammenden Fackeln hingen, Plakate mit schweinsgesichtigen Menschen, die Arbeitern auf der Brust saßen, was ihnen viel mehr Freude zu machen schien als den Arbeitern. Allmählich erst wagte er es, die Gruppe zu betrachten.

Carson Haggerty, der amerikanische Dichter, war da. Der Mittelpunkt aller aber war Olympia Johns selbst, altjüngferlich, vierunddreißig Jahre alt, klein und lebhaft und aufgeregt energisch wie eine Ameise, die sich mit einem Streichholz abmüht. Sie war auch so braun und glatt wie eine Ameise. Immer saß eine etwas zerzauste Locke zwischen ihren Augen, die sie mit einer ungeduldigen Handbewegung zurückstrich, ohne jemals eine Pause zwischen ihre unaufhörlich strömenden Worte zu setzen.

»Ja, ja, ja, ja«, schnatterte sie. » *Begreifen* Sie denn nicht? Wir müssen etwas tun. Ich sage Ihnen, die Zustände sind unerträglich, einfach unerträglich. Wir müssen etwas *tun.*«

Unerträglich schienen die Zustände zu sein, was die einzelnen Zweige der Mädchenerziehung, die Wasserkosten in Bloomsbury, das Messerschmiedgewerbe und das Balladensingen betraf.

Und meistens hatte sie recht. Nur war ihr Rechthaben so anspruchsvoll, so unruhig, daß Mr. Wrenn überhaupt keine Luft bekam.

Olympia schien vor allem Zustimmung von Carson Haggerty zu erwarten, aber ab und zu warf sie einer Anderen Blicke zu, einem jungen, faul aussehenden, lächelnden, hübschen Mädchen von zwanzig Jahren, das, wie Istra Mr. Wrenn erzählte, am Museum griechische Archäologie studierte. Sie schien in allem Frieden außer ihren eigenen küssenswerten Lippen nichts zu kennen und flirtete mit Carson Haggerty, was Olympia dazu veranlaßte, sich achselzuckend den Anderen zuzuwenden.

Ein Mr. und eine Mrs. Stettinius waren da – sie eine Dichterin; er ein vertrockneter Mann mit Ziegenbart und frömmlerischer weißer Krawatte, ein puritanischer, ethischer, verdrossener religiöser Atheist. Dann gab es noch einen jungen Mann, der an einer Privatschule unterrichtete, und einen Missionar der Staatskirche aus Whitechapel, der mit Vorliebe Anstoß nahm.

In Wirklichkeit jedoch nahm Mr. Wrenn Anstoß, nicht an dem Lärm und dem Geruch, nicht daran, daß die Frauen rauchten, nicht an der Aufforderung, den Staat zu zertrümmern; nein, nicht an alledem nahm Unser Herr Wrenn von der Kunstartikel-Gesellschaft Anstoß, sondern an seinem eigenen faszinierten Interesse für die offenen Gespräche über Sexualia. Er hatte immer einen ganz unbestimmten Argwohn gehabt, wenn es sich nicht gerade um einen Witz handle, sei es eine Ruchlosigkeit, von Dingen des Geschlechts zu sprechen.

Dann kamen die Hyper-Radikalen, um die Radikalen zu verwirren, die Mr. Wrenn verwirrten.

Denn immer gibt es eine noch größere Rebellion; man mag sein Gebetbuch verkauft haben, um Bakunin lesen zu können, und sich selbst für einen geradezu wahnwitzigen Revolutionär halten – man findet stets einen, für den man ein Reaktionär ist. Die Verächter kamen zusammen herein – Moe Tchatzsky, der Syndikalist und Aktivist, und Jane Schott, die Verfasserin impressionistischer Prosa – und setzten sich, stillen Hohn ausdünstend, auf einen Diwan.

Istra stand auf, nickte Mr. Wrenn zu und ging, so gastfreundlich Olympia ihnen auch nachrief: »Ach, bleiben Sie doch! Es ist ja erst kurz nach zehn. Bleiben Sie und essen Sie noch eine Kleinigkeit.«

Istra schloß resolut die Tür. Im Flur war es finster und erfreulich still. Sie nahm Mr. Wrenns Hand und führte sie an ihre Brust.

»Ach, liebes Mäuschen, ich bin ja so gelangweilt! Ich will endlich einmal etwas Wirkliches erleben. Da drin reden sie und reden sie, und in jeder Nacht richten sie die Geschicke aller Völker ein, und immer auf dieselbe Weise. Ich glaube, es gibt keine zweite Gruppe von Menschen, die mehr Dinge ungenau wissen. Ihnen waren sie auch fürchterlich, nicht wahr?«

»Ja, ich weiß nicht, ob Sie so streng über die Leute reden sollten«, flehte er, während sie hinuntergingen. »Ich glaube, die sind ganz anders als Sie. Die wissen nicht so viel wie Sie. Ich mein das wirklich! Aber es war schrecklich interessant, was diese Miss Johns von den Kindern erzählt hat, die in der Schule ›vergewaltigt‹ werden. Herrjeh! das stimmt doch, nicht? Ich hab vorher nie dran gedacht. Und diese Mrs. Stettinius hat so schön über Yeats geredet.«

»Ach mein Lieber, Sie machen mir meine Aufgabe noch schwerer. Ich möchte Sie ganz anders haben. Sehen Sie denn nicht ein, daß Ihre Erlebnisse auf dem Viehdampfer viel wirklicher sind als alles zusammen, was diese halbausgebackenen Denker getan haben? Ich muß es wissen. Ich bin selbst halbausgebacken.«

»Oh, ich hab nie was Richtiges getan.«

»Aber Sie sind wenigstens bereit dazu. Ach, ich weiß nicht. Ich will – – Ich möchte Jock Seton – der Obstruktionist, den ich in San Francisco kennen gelernt habe – den würde ich jetzt gern hier haben. Mäuschen, vielleicht kann ich einen Obstruktionisten aus Ihnen machen. Irgendetwas muß ich schaffen. Ach, diese Leute! Wenn Sie sie nur kennen würden! Diese alberne Mary Stettinius ist verrückt nach dem Tchatzsky, und ihr Mann lädt ihn immer zum Tee ein. Stettinius ist verrückt nach Olympia, die wahrscheinlich Carson beim Kragen nehmen und heiraten wird, und der wird nicht aufhören, dem griechischen Mädel nachzulaufen. Pfui Teufel!«

»Ich weiß nicht – ich weiß nicht – –«

Da er jedoch nicht wußte, was er nicht wußte, streichelte sie seinen Arm und sagte beruhigend: »Ich werde an den ersten Radikalen, die Sie in Ihrem Leben gesehen haben, keine Kritik mehr üben. Die Leute wollen ja wenigstens etwas.« Dann fügte sie in gleichgültigem Ton hinzu: »Sie haben genau dieselbe Größe wie ich. Sie sollten größer sein, Mäuschen.«

Als sie nach langem Schweigen auf den Tavistock Place kamen, rief sie aus: »Mäuschen, mir ist ja alles *so* über. Ich möchte weggehen, fortgehen, irgendwohin, und etwas tun, irgend etwas, nur damit es anders wird. Sogar aufs Land. Ich möchte – – Warum können wir denn nicht?«

»Wollen wir morgen einen Ausflug mit Picknick machen, Istra?«

»Ein Picknick-Picknick? Mit Pickels und einem rosa Kissen und verschiedenen Arten Kuchen? … Ich fürchte, der Bois Boulogne hat mir die Freude an so etwas verdorben … Das muß ich mir noch überlegen.«

Sie ließ sich auf die Treppe vor dem Haus sinken und trank mit zurückgeworfenem Kopf das Sternenlicht des Himmels in sich hinein.

»Sterne«, sagte sie. »Draußen auf den Mooren würden sie jetzt zu uns herunterkommen … Was ist *Ihr* großes Erlebnis – Ihre Formel dafür? … Warten Sie; Sie nehmen ganz gewöhnliche Alltagsdinge ernst; Sie werden wahrscheinlich ganz entzückend über einen Gasthof zum Roten Löwen in Aufregung geraten.«

»Gibts denn mehr als einen Roten Lö – –«

»Mein liebes Mäuschen, ganz England ist eine Menagerie von Roten Löwen und Weißen Löwen und wuschligen Grünen Einhornen … Warum nicht, warum nicht, *warum nicht*! Gehen wir nach Aengusmere. Das ist eine verrückte Künstlerkolonie mit allem, was dazu gehört, oben in Suffolk; aber die Leute haben dort ein paar schöne Häuschen, und sie sind noch viel keltischer als das ganze Dublin … Brechen wir gleich auf; fahren wir mit der Bahn bis, sagen wir bis nach Chelmsford, und laufen wir die ganze Nacht. Wir werden ein paar Tage brauchen, um hinzukommen. Denken Sie doch! Durch die Dämmerung wandern, an englischen Feldern entlang. Bedenken Sie das, Sie Yankee. Und sich gar nicht drum kümmern, was die anderen Leute denken. Wie die Zigeuner. Sollen wir?«

»A–a–a–a–ber – –« Er war überzeugt davon, daß sie den Verstand verloren hatte. Die ganze Nacht laufen! Das durfte er sie nicht tun lassen.

Sie sprang auf. Wütend und empört sah sie zu ihm hinunter, ihre Hände ballten sich zu Fäusten. Ihre Stimme klang feindselig, als sie fragte:

»Was? Sie wollen nicht? Mit *mir*?«

Er stand neben ihr, zornig, beherrscht; ein Mann.

»Passen Sie auf. Sie wissen ganz genau, daß ich möcht. Sie sind die eleganteste – ich meine, Sie sind – – Ach, Sie müssen es ja wissen! Merken Sie denn nicht, was Sie für mich sind? Du lieber Gott, es gibt doch nichts, was ich lieber tun würde als das. Aber ich will eben nichts tun, was Sie bei den Leuten ins Gerede bringen kann.«

»Wer soll denn etwas davon erfahren? Außerdem, mein lieber Freund, kann ich es nicht ganz so ruchlos finden wie Sie, anständig und manierlich über eine Landstraße zu wandern.«

»Ach, das ist es ja nicht. O bitte, Istra, sehen Sie mich nicht so an – als ob Sie mich hassen würden.«

Sie beruhigte sich sofort, streichelte seinen Arm, setzte sich aufs Geländer und zog ihn neben sich.

»Natürlich, Mäuschen. Es ist albern, sich so zu ärgern. Ja, ich glaube Ihnen, daß Sie auf mich acht geben wollen. Aber machen Sie sich keine Sorgen … Kommen Sie! Sollen wir gehen?«

»Aber wollen Sie nicht vielleicht lieber bis morgen warten?«

»Nein. Das Ganze ist so verrückt, daß ich die Lust daran verlieren werde, wenn ich so lange warte. Und Sie müssen mitkommen, damit ich jemand habe, mit dem ich streiten kann … Ich hasse die Bequemlichkeit Londons, vor allem die Bequemlichkeit der Bequemlichkeitsgegner und Bürgergegner, der Radikalen, und jetzt bin ich in der schönsten verrückten Stimmung! Kommen Sie, wir werden gehen.«

Selbst diese logische Darstellung hatte ihn nicht überzeugt, aber er widersprach nicht, als sie in den Flur kamen und Istra nach der Wirtin klingelte. Ihm wurde ganz elend und alt und zittrig in den Knien, als er die Wirtin unten laut rufen hörte: »Na, was gibts denn jetzt wieder? Es ist elf Uhr. Hört denn dieses ewige Geklingel nie auf?«

Die Wirtin, die abgerackerte, müde, bleiche Nordengländerin, deren Gottheit die Wohlanständigkeit der Pensionen war, hörte sich entsetzt Istras überlegen-freundliche Mitteilung an: »Mr. Wrenn und ich sind zu einem Ausflug eingeladen worden und müssen noch heute nacht fort. Wir werden die Miete bezahlen und unsere Sachen hier lassen.«

»Sie wollen zusammen – –«

»Meine liebe Frau, wir gehen nach Aengusmere. Hier sind zwei Pfund. Lassen Sie niemand in mein Zimmer. Es ist übrigens möglich, daß ich meine Sachen holen lasse. Sie müssen darauf vorbereitet sein, eventuell meine Koffer zu packen und mir nachzuschicken. Verstehen Sie?«

»Ja, Miss, aber – –«

»Meine liebe Frau, wissen Sie, daß Ihre ›aber‹ beleidigend sind?«

»Oh, ich wollte nicht beleidigend – –!«

»Dann wäre ja alles erledigt … Rasch jetzt, Mäuschen!«

Während sie über die Treppe hinaufgingen, flüsterte sie ihm aufgeregt, nicht wie eine müde Frau, sondern wie ein tennis- und tanztolles Mädchen zu: »Jetzt geht es los! Packen Sie bloß eine Zahnbürste ein. Ziehen Sie irgendeinen Touristenanzug an – irgendwelche alten Sachen – und eine alte Mütze.«

Sie sprang in ihr Zimmer.

Nun war alles »alte«, was Mr. Wrenn besaß, sowohl als Nachmittags- wie als Abendkleidung, der unansehnliche Anzug, den er immer trug, er setzte also eine Mütze auf und gab sich der Hoffnung hin, sie würde nichts merken. Sie merkte auch nichts. Nach einer Viertelstunde stand sie in schmuckem Khakikostüm, in dicksohligen Halbschuhen, mit einer lustigen blauen Pudelmütze auf dem Kopf, in der Tür.

»Vorwärts. Mein Fahrplan hat mir verraten, daß in einer halben Stunde ein Zug nach Chelmsford geht. Ich könnte vor Freude singen.«

Zehntes Kapitel.
Er geht auf die Wanderschaft

In dem Abteil dritter Klasse, in dem sie London verließen, saßen auf der Bank ihnen gegenüber ein Kurat und zwei stämmige Leute, die ganz einfache Leute waren und (wie Istra Mr. Wrenn vergnügt auseinandersetzte) es unmöglich machten, sie für etwas anderes als einfache Leute zu halten.

»Würden sie nicht die Augen aufreißen, wenn sie wüßten, auf was für eine Dummheit wir aus sind?«

Mr. Wrenn nickte zustimmend. Er versuchte sich ohne den geringsten Erfolg einzureden, das müßte William Wrenn sein, Unser Herr Wrenn, vormals von der Kunstartikel-Gesellschaft, der da mit einer Künstlerin um Mitternacht zu einer Wanderung über Land aufbrach.

Der Mann an der Bahnsteigsperre in Chelmsford starrte sie ungläubig an, als sie ausstiegen und sich wie Fremde umblickten. Mr. Wrenn starrte trotzig zurück und marschierte mit Istra vom Bahnhof durch den schlafenden Flecken aufs Land hinaus.

Ein wenig müde wanderten sie dahin. Mr. Wrenn begann sich zu überlegen, ob sie nicht lieber nach Chelmsford zurückgehen sollten. Blind und still tropfte rings um sie der Nebel, der die ganze Nacht in schweres Grau hüllte. Plötzlich packte Istra ihn am Arm, zeigte auf das Tor eines Gutshofes und rief: »Sehen Sie!«

»Herrjeh … Herrjeh. Wir sind in England. Wir sind unterwegs!«

»Ja – unterwegs.«

Im schwachen Lichtschimmer einer Laterne, die an einem von Jahrhunderten geglätteten Pfosten hing, sahen sie einen gepflasterten Hof mit strohgedeckten Wirtschaftsgebäuden.

»Das könnt nie im Leben Amerika sein«, jubelte er. »Herrjeh! Ich bin ganz glücklich! Ich bin so froh, daß wir hier sind … Das ist wirklich England. Keine Touristen. Es ist das, wonach ich mich immer gesehnt hab – ein Land, das alt ist. Und so ganz anders … Häuser mit Strohdächern! … Und bald wird die

Dämmerung da sein, die Sommerdämmerung; mit Ihnen, mit Istra! *Herrjeh*! Es ist das wunderbarste Abenteuer.«

»Ja … Kommen Sie. Wir müssen rasch gehen, sonst werden wir schläfrig, und dann wird aus Ihrer romantischen Heldin ein mürrischer Interessanter Mensch! … Hören Sie! Dort bellt ein verschlafener Hund, eine Million Meilen weit weg von hier … Mir ist ganz so, als könnte ich Ihnen von mir erzählen. Sie kennen mich nicht. Oder doch?«

»Ich versteh nicht recht, was Sie meinen.«

»Ach, Sie sollen sich Ihre Romantik bewahren! Aber einmal werde ich Ihnen erzählen – vielleicht werde ich es tun – daß ich in Wirklichkeit durchaus keine so kluge Person bin, sondern ganz einfach eine Wilde aus der finstersten Finsternis, die so tut, als ob sie London und Paris und München verstünde, und dabei eine schreckliche Angst davor hat … Bleiben Sie stehen! Horchen Sie! Hören Sie, wie der Nebel von dem Baum tropft. Sind Sie recht schön naß?«

»Äh – ein bißchen. Aber es ist mir unangenehm, daß Sie ganz durchweicht sind.«

»Lassen Sie mich mal sehen. Aber, der Ärmel ist ja durch und durch naß. Mein Khaki hält das Wasser besser ab … Aber ich mache mir nichts draus, wenn ich naß werde. Nur aus Langerweile mache ich mir etwas. Am liebsten würde ich ganz splitterfasernackt den Hügel da hinauflaufen – den guten, gesunden, wirklichen Nebel auf meiner Haut spüren. Aber das schickt sich leider nicht.«

Meile um Meile. Meistens sprachen sie von den Boulevards und Père Duréon, von Debussy und Artischocken, in kleinen lachenden Sätzen, die wie Funken in den trüben Nebel hinaussprühten.

Es dämmerte. Von einem Hügel nahmen sie die Dächer einer Ortschaft wahr und blieben stehen, um sich darüber zu wundern, wie still es da unten war, als wäre seit Jahrhunderten kein Schritt laut geworden. Der Nebel stieg. Der Morgen war neugeboren und frisch, und sie sangen ordentlich, als sie auf einen alten Ausspanngasthof zuschritten und dort von einem erstaunten Landmann, der, mit einer Joppe bekleidet, im Hof herumwirtschaftete, Frühstück verlangten. Der gute Mann hatte keine Ahnung davon, daß er – oder vielleicht auch nur seine Joppe – für einen begeisterten Mr. Wrenn der Held eines englischen Theaterstücks war. Ebensowenig ahnten sicherlich die frischen Eier mit Speck, die ein verschlafenes Mädchen zubereitete, daß sie Theaterrequisiten waren. Ja, es waren englische Eier, des Morgens in einem englischen Gasthof auf den Tisch gebracht – in einem Zimmer mit Steinfußboden und Holzdecke, vor dessen Fenster ein Weidenkäfig mit einem Star hing. Und es waren keine Touristen da, die sie langweilten!

Als er sie auf diese geheimnisvolle Tatsache aufmerksam machte, lachte sie: »Mein liebes Mäuschen, Sie wissen recht gut, daß Sie sich in aller Heimlichkeit wünschen, es wäre wenigstens ein fremder Yankee da, der Sie in Ihrer Glorie bewundern könnte.«

»Da werden Sie wohl recht haben.«

»Aber vielleicht bin ich ebenso schlecht.«

Mit einem Mal sprachen sie nicht mehr wie Lehrer und Schüler miteinander, sondern wie Kameraden. Wie lustige Jungen auf einer Ferienwanderung brachen sie im strahlenden Morgen vom Gasthof auf.

Die Sonne kam heraus, und mit ihr die Wärme und der Staub; Istras Schritte wurden lahmer. Als sie an einem Strohschober vorüberkamen, der inmitten eines Weidengebüsches stand, lächelte Istra und seufzte: »Ich bin ganz schön müde, mein Lieber. Ich werde in diesem Strohschober schlafen gehen. In einem Strohschober zu schlafen, habe ich mir schon immer gewünscht. Das ist *comme il faut* für die feinsten Vagabunden, wissen Sie. Und man kann sich so schön einkuscheln. Aufregend, nicht wahr?«

Sie rollte ihre Khakijacke zu einem Kissen zusammen, während er eine trockene Stelle für sie zurecht machte. Für sich fand er ein Plätzchen auf der anderen Seite des Schobers.

Als er aufwachte, war es Nachmittag. Er sprang auf und lief um den Schober. Istra schlief noch, wie ein kleines Kind zusammengerollt, ihr müdes Gesicht lag auf der braungelben Khakijacke, das rote Haar hatte sich gelöst und lag schimmernd auf ihren Schultern.

Sie sah so zerbrechlich aus, daß er erschrak. Ganz sicher würde sie ihm sehr böse sein, weil er sie diesen Ausflug hatte machen lassen. Er riß ein Blatt aus seinem Adreßbuch – das er seit sechs Jahren, obwohl es nur vier Adressen enthielt, wie eine Reliquie bei sich trug – kritzelte darauf:

Bin Frühstück holen gegangen, komme gleich wieder zurück.
– W. W.

kletterte leise hinauf und legte ihr den Zettel neben den Kopf. Er eilte zu einem Bauernhaus. Die Bauernfrau war ziemlich neugierig. O neugieriges Bauernweib, du mit deinem dicken Essex-Dialekt und den scharrenden Füßen, es war sehr tapfer von dir, daß du Bill Wrenn, dem Großen, Trotz botest, denn es galt Istra, und er wäre unerschütterlich geblieben, hätten ihn gleich alle Augen Englands angestarrt. Mochte er auch ein komisches Kaninchengesicht und einen harmlosen Schnurrbart haben! Wenn Istra erwachte, würde sie hungrig sein. Und deshalb zwang er dich mit gewaltigen Reden dazu, ihm außer dem Tee, den Eiern, einem Laib Brot und einem Krug von der Marmelade, die der Bauernhof deines Mannes seit zweihundert Jahren macht, noch einen Topf und ein Reisigbündel zu verkaufen. Und du hättest Kaffee für ihn haben sollen, nicht Tee, Weib von Essex.

Als er zurück kam, lag der Glanz der Nachmittagssonne auf den üppigen Feldern, die sich weithin breiteten. Istra schlief noch, aber jetzt war ihre Wange in die Krümmung ihres schmalen Arms geschmiegt. Er betrachtete ihr roteingerahmtes blasses Gesicht, die Linien, die Ehrgeiz und Nachdenken eingegraben hatten. Alles, was die rasch wechselnden Mienen zudeckten, wenn sie wach war, lag jetzt nackt und schutzlos vor seinem Auge. Er schluchzte. Wenn er sie nur glücklich machen könnte! Aber er hatte Angst vor ihren Launen.

An einem Wässerchen hinter den Weiden machte er ein kleines Feuer und kochte die Eier, röstete das Brot und bereitete den Tee, neben den er ein Krüglein mit Sahne stellte. Er dachte an seine Kinderzeit in Parthenon und die verlorene Romantik des Lagerlebens. Dann ging er zum Schober zurück und rief: »Istra – ach, Is–tra!« Sie schüttelte den Kopf, preßte sich wohlig ins Heu, und dann setzte sie sich auf. Das Haar fiel ihr über die Schultern. Sie lächelte und rief herunter: »Guten Morgen. Nanu, es ist ja Nachmittag! Gut geschlafen, Mäuschen?«

»Ja. Und Sie? Hoffentlich!«

»So gut habe ich noch nie in meinem Leben geschlafen. Ich bin noch gar nicht richtig wach. Ich habe einen ruhigen Schlaf im Freien so notwendig gebraucht, und hier ist es so friedlich. Frühstück! Ich brülle nach Frühstück! Wo ist das nächste Haus?«

»Das Frühstück ist fertig.«

»Sie sind ein Engel.«

Sie ging zum Bach, um sich zu waschen, und kam mit tanzenden Augen und glattem Haar zurück; dann lachten sie beim Frühstück und sahen auf die goldschimmernden Felder hinaus. Nur einmal begab Istra sich aus dem Land ihrer Freundschaft in irgendein verborgenes Reich der Analyse – als er seinen Tee laut aus dem Töpfchen trank, sah sie ihn an und fragte: »Sind wirklich *Sie* hier bei mir? Aber Sie *sind* doch gar kein Boulevardier. Ich muß sagen, ich verstehe gar nicht, was Sie überhaupt hier machen … Und ein Höhlenmensch sind Sie auch nicht. Ich verstehe das nicht … Aber Sie sollen sich nicht den Kopf über die schlimme Istra zerbrechen. Warten Sie mal; wir sind zusammen in die Volksschule gegangen.«

»Ja, und dann waren wir im College. Wissen Sie noch, wie ich Baseball-Captain war? Nein? Herrjeh, haben Sie ein schlechtes Gedächtnis!«

Dazu lächelte sie, wie es sich gehörte, und dann waren sie wieder unterwegs nach Suffolk.

»Ich glaube, es wird zu regnen anfangen«, sagte Istra verdrossen, als es zu dämmern begann. Die ganze letzte Meile über hatte sie kein Wort gesprochen. Nach einer weiteren Viertelmeile: »Bitte, ärgern Sie sich nicht darüber, daß ich so still bin. Ich bin ein wenig steif, und meine Füße tun mir höchst unromantisch weh. Sie ärgern sich doch nicht, nicht wahr?«

Selbstverständlich ärgerte er sich, und selbstverständlich leugnete er es ab. Er versuchte alle Künste der Konversation und machte ganz echte Westen-Sechzehnte-Straßen-

Bemerkungen über eine Ortschaft, durch die sie kamen, aber sie lächelte bloß müde und antwortete im besten Fall: »Ja, das stimmt«, ob es stimmte oder nicht.

Er dachte: »Istra ist schrecklich müde. Ich muß auf sie achtgeben.« Er blieb an der Eingangstür eines Hospizes stehen und kommandierte: »Kommen Sie! Wir werden hier etwas essen.« Zu ihrer beider Erstaunen gehorchte sie demütig mit den Worten: »Wenn Sie wollen.«

Es könnte nicht behauptet werden, daß Mr. Wrenn sich als Mann mit Weltkenntnissen erwies, als er zum Abendessen ein Hospiz wählte. Istra schien sich nicht sehr daran zu stoßen, daß das Tischtuch grob, und die Wassergläser dick waren, daß man überall mit dem Ellenbogen gegen ganz überflüssige Salz- und Pfefferstreuer fuhr. Als sie aber müde den Kopf hob und sich im Zimmer umsah, fuhr sie zusammen, warf Mr. Wrenn einen finsteren Blick zu und schmälte: »Haben Sie vielleicht ganz zufällig bemerkt, daß dieses Lokal von Touristen überfüllt ist? Gleich hier sind zwei Familienausflüge aus Davenport oder aus Omaha; ich weiß ganz bestimmt, daß sie das sind.«

»Aber, die Leute sehen doch gar nicht so schlecht aus«, protestierte Mr. Wrenn … Er war töricht genug, zu glauben, lediglich damit, daß sie seiner Anordnung gemäß hier herein gekommen war, wäre seine männliche Überlegenheit anerkannt worden.

»Ach, sind sie nicht *schrecklich*? Sehen Sie das denn nicht? Ach, Sie sind *hoffnungslos*.«

»Aber, der große Kerl – der große Mann mit der Brille sieht doch so aus, als ob er ein ganz guter Ingenieur wär, und ich glaube, die Dame gegenüber von ihm – –«

»Es sind Amerikaner.«

»Das sind wir auch!«

»Ich nicht.«

»Ich dachte – aber – –«

»Ich bin natürlich drüben geboren, aber – –«

»Na schön, aber trotzdem, ich find, es sind nette Leute.«

»Hören Sie. Muß ich mit Ihnen streiten? Kann ich nicht Frieden haben, wenn ich so müde bin? Diese Touristen sprechen von ganz ›typisch englischen‹ Dingen. Was kann man mehr verlangen, um sie zu verdammen? Und sie sind im Automobil gekommen – haben sich alle Gasthöfe an der Straße angesehen.«

»Vielleicht macht es ihnen – –«

»Streiten Sie nicht mit mir. Ich weiß recht gut, was ich rede. Warum muß ich denn alles erklären? Die Leute sind hoffnungslos!«

Mr. Wrenn verspürte den sehr gesunden Wunsch, sie durchzuhauen, aber er sagte höchst höflich: »Sie sind furchtbar müde. Wollen Sie nicht hier übernachten? Oder vielleicht in einem anderen Hotel, und ich werd hier bleiben.«

»Nein, ich will nirgends bleiben. Ich will vor mir selbst davonlaufen«, antwortete sie ganz wie ein ungezogenes Kind.

Sie wanderten also weiter.

Die Dunkelheit kam immer näher. Sie waren in eine Landschaft geraten, die in der Nacht aus nichts anderem als verlassenen Sümpfen zu bestehen schien. Während sie schweigend einen Hügel hinauftrotteten, begann es zu regnen. Ein brüllender, erbarmungsloser Guß stürzte auf sie herunter, gegen den sie sich vergeblich zu schützen suchten, er durchnäßte sie, schlug ihnen ins Gesicht, machte ihre Augen blind. Mr. Wrenn nahm sie bei der Hand und schleppte sie weiter. Natürlich würde sie wütend auf ihn sein, weil es regnete, aber jetzt hatte er keine Zeit, daran zu denken; er mußte sie irgendwohin führen, wo es trocken war.

Istra lachte: »Ist das nicht großartig! Jetzt sind wir richtige Vagabunden.«

»Aber! Sind Ihre Kleider nicht pitschnaß? Sind Sie nicht ganz durchweicht?«

»Bis auf die Haut!« rief sie vergnügt. »Und ich mache mir gar nichts daraus. Wir *tun* etwas. Armer Kerl, machen Sie sich Sorgen? Ich werde gleich ganz rasch auf den Hügel da hinauf laufen.«

Ein Gebäude tauchte in der Dunkelheit vor ihnen auf, und darauf steuerten sie nun zu. In diesem Augenblick war Mr. Wrenn durchaus bereit, jeden wütenden Hausbesitzer, der sie vielleicht hinauswerfen wollte, lebendig zu verschlingen. Das Gebäude war ein verlassener Stall – die Tür hing in den Angeln, das Strohdach fiel ein. Er zündete ein Streichholz an und hielt es hoch. Er stand gewaltig da, er, der Herr und Meister, zum ersten Mal in seinem Leben die ganze Wrennhaftigkeit des Mr. Wrenn vergessend, und entdeckte, daß das Dach über der Pferdekrippe einigermaßen wasserdicht war.

»Kommen Sie! Dort auf die Krippe, Istra«, ordnete er an.

»Das ist ja eine ausgezeichnete Stelle für einen Mord«, sagte sie lächelnd, als sie mit baumelnden Beinen saßen.

Er konnte sich sehr gut ihr Lächeln vorstellen. Er war ganz sicher, daß sie lächelte, und freute sich darüber.

»War ich ganz schauderhaft brummig, Mäuschen? Wollen Sie mich nicht ermorden? Ich muß Ihnen eine lange Nadel suchen.«

»Aber nein; es war wirklich nicht schlimm, glaub ich. Jetzt können wir wohl ohne Brummigkeit auskommen.«

»Aber, aber! Das ist ja schrecklich. Sie haben sich schon so an mich gewöhnt, daß Sie gar keine Angst mehr vor mir haben.«

»Na, ich glaub, sobald ich Sie irgendwo ordentlich im Trockenen hab, werd ich schon wieder Angst vor Ihnen haben, aber jetzt ist keine Zeit dazu. Auf einer Krippe sitzen wir! Ist das nicht einfach herrlich! … Jetzt muß ich aber rauslaufen und ein Haus suchen. Irgendwo in der Nähe muß ja eines sein.«

»Und mich hier in der Finsternis und Nässe lassen? Davon kann keine Rede sein. Es muß ja ohnedies bald aufhören zu regnen. Wirklich, ich bin ganz zufrieden hier. Ich finde es eigentlich sehr nett.«

Ihre Stimme klang wieder natürlich, natürlich und kameradschaftlich und tapfer. Als er ihre nasse Schulter streichelte, lachte sie und nahm ihn bei der Hand, blieb ganz still und sagte ihm, er solle auf das sanfte, weiche Geräusch lauschen, mit dem der Regen auf das Strohdach tropfe.

Aber es hörte nicht bald auf zu regnen, und ihr Sitz war alles andere als bequem.

»Jetzt finde ich es nicht mehr angenehm!« klagte Istra.

»Hören Sie mal, Istra, ich glaub, es wird doch besser sein, wenn ich ein Haus suchen geh, wo Sie trocken werden können.«

»Mir ist viel zu elend, um irgendwohin zu gehen. Ich mag mich überhaupt nicht rühren.«

»Also schön, dann werd ich hier ein Feuer machen. Es wird schon nichts passieren.«

»Das Ding wird Feuer fangen«, begann sie streitlustig.

Er unterbrach sie: »Ach, so soll doch das verdammte Ding Feuer fangen! Ich sag Ihnen, ich werd ein Feuer machen.«

»Ich mag mich nicht rühren. Es kann höchstens auf eine andere Art unangenehm werden. Warum geben Sie sich denn gar keine Mühe, ein bißchen für mich zu sorgen?«

»Aber, Istra!« klagte er in kindlichem Entsetzen. »Ich hab doch alles probiert, damit Sie dort in dem Hotel bleiben und sich etwas ausruhen.«

»Sie hätten mich eben dazu zwingen sollen. Begreifen Sie denn nicht, daß ich Sie mitgenommen habe, damit Sie für mich sorgen?«

»Äh – –«

»Fangen Sie jetzt nicht zu streiten an. Ich hasse dieses ununterbrochene Streiten auf den Tod.«

Er mußte sofort an Lee Theresa Zapp denken, die immer mit ihrer Mutter zankte, sagte aber kein Wort. Er sammelte möglichst trockenes Dachstroh und Holz und zündete ein Feuer an, während sie mit verzogenem, müdem Gesicht in dem ungewissen Licht dasaß und ihn böse anblickte. Als das Feuer ruhig und gleichmäßig brannte, breitete er seinen Rock daneben für sie aus und rief munter: »Kommen Sie jetzt, Istra; hier ist n gemütliches Plätzchen für Sie.«

Sie glitt von der Krippe herunter, stellte sich vor ihn und sah ihm in die Augen – die in der gleichen Höhe waren wie die ihren.

»Sie sind wirklich gut zu mir«, sagte sie leise und streichelte seine Wangen, dann ließ sie sich auf den Rock nieder und murmelte: »Kommen Sie; setzen Sie sich zu mir, damit wir beide warm werden.«

Die ganze Nacht hindurch regnete es; aber es kam niemand, der sie von ihrem Feuer vertrieb, und so blieben sie sitzen, Seite an Seite, mit verschlungenen Händen, in dampfenden Kleidern. Istra schlief ein, ihr Kopf fiel auf seine Schulter.

Er machte sich steif, um ihr Gewicht besser zu tragen, obwohl sein Rücken von der unbehaglichen Stellung schmerzte, und blieb eine ganze ungemütliche und glückliche Stunde bewegungslos sitzen; er betrachtete nachdenklich ihre sonderbare Umgebung – das dunkle, schadhafte Strohdach, die alten Mauern, den unsauberen Lehmboden. Seine Hand lag leicht auf ihrer feuchten, glatten Schulter; seine nassen Ärmel klebten an den Armen, und er hätte sie gern gelockert. Seine Augen brannten. Aber er saß steif und starr da, während seine Gedanken sich in Kreisen bewegten, er dachte daran, daß er Istra liebte, und daß es ihm nicht nur leid tun würde, wenn er nicht länger ein Sklave ihrer Launen sein könnte; daß dieses Abenteuer das sonderbarste und romantischeste, aber auch das törichteste und sinnloseste der ganzen Geschichte wäre.

Gegen Morgen machte sie eine Bewegung, und er nahm eine andere Stellung ein; er setzte sie so, daß ihr noch nasser Rücken dem Feuer zugewandt war. Er legte Holz und Stroh nach und blieb bis zum Morgen, einnickend und wieder auffahrend, nachdenklich neben ihr sitzen. Dann fuhr er wieder hoch, erwachte ganz und sah sie aufrecht neben ihm sitzen und ihn verblüfft anblicken.

»Das alles kann doch gar nicht wirklich sein … Haben Sie mich herumgedreht? Ich bin jetzt überall schön trocken. Das war sehr lieb von Ihnen. Sie haben sich wirklich großartig benommen … Aber ich glaube, den Rest unserer Pilgerfahrt machen wir mit der Bahn. Ich fürchte, es war nicht gerade ein Erfolg.«

»Ja, vielleicht ist es besser, wenn wir fahren.«

Einen Augenblick lang haßte er sie, weil sie nach einer Nacht, in der sie abwechselnd unerträglich und menschlich gewesen war, glatte, höfliche Worte sprach. Er haßte ihr verwirrtes, verfilztes Haar und ihr müdes Gesicht. Dann hätte er am liebsten geweint, so innig begehrte er danach, ihren Kopf auf seine Schultern zu ziehen und die Müdigkeitsfalten in ihrem lieben Gesicht zu glätten, ihrem Gesicht, das ihm durch die gemeinsam ertragenen Strapazen nur noch lieber geworden war. Aber er sagte bloß: »Na, erst müssen wir probieren, irgendwie zu nem Frühstück zu kommen, Istra.«

In regenzerdrückten Kleidern, halbschlafend und ziemlich übellaunig kamen sie mit dem Mittagszug in der ästhetischen, aber durchaus wohlanständigen Kolonie Aengusmere an.

Elftes Kapitel.
Er erwirbt eine orangefarbene Kravatte

Die Aengusmere-Karavanserei ist so erbarmungslos heiter und künstlerisch, daß jeder gewöhnliche Mensch, der dort ist, sich nach einem nicht allzu sauberen altmodischen Lokal sehnt, in dem er seine Pfeife rauchen und sein Bier trinken kann, ohne von dem Tapetenmuster, den geistvollen Radierungen und dem polierten Messing mit aufreizender Geduld getadelt zu werden. Alles ist epithetenschwanger. Der gemeinsame Raum ist ganz in Superlativen und Chintz gehalten.

Istra war in ihr Zimmer hinaufgegangen, um zu schlafen, und hatte Mr. Wrenn gebeten, er solle dasselbe tun und sich nicht mit den falschen Leuten in der Karavanserei einlassen; denn, so erklärte sie ihm, außer den falschen, den Interessanten Leuten, seien auch noch ernstzunehmende arbeitende Künstler da. Aber er wollte sich neue Kleider besorgen, um nicht mehr seinen regenzerdrückten Anzug tragen zu müssen. Er durchschritt schüchtern den gemeinsamen Raum und dachte darüber nach, ob er in Aengusmere ein Kleidergeschäft finden könnte, da ertönte ein schriller Ruf aus einem Lehnstuhl vor dem Kamin und hieß ihn stehen bleiben.

»Oh–h–h–h, *Mister* Wrenn; Mr. *Wrenn*!«

Mrs. Stettinius, die Dichterin aus Olympias Wohnung in der Great James Street, saß da.

»Oh–h–h–h, Mr. Wrenn, Sie *schlimmer* Mann, kommen Sie und setzen Sie sich zu mir und erzählen Sie mir *alles* über Ihre *wunderbare* Wanderung mit Istra Nash. Ich habe die *liebe* Istra *eben* oben in der Diele getroffen. Das arme liebe Kind, sie war *so* zerdrückt, aber ihr Haar hat ausgesehen wie ein Sonnenuntergang über Bergesgipfeln – Sie wissen ja, wie Yeats sagt; nur war es natürlich ihr *Haar*, und nicht ihre *Lippen* – und sie hat mir erzählt, daß Sie den *ganzen* Weg von London hierher zu Fuß gemacht haben. Von so etwas Romantischem habe ich noch nie gehört – oder nein, ich will nicht sagen romantisch, ich bin *ganz* einer Meinung mit der lieben Olympia – ist sie

nicht *wirklich* eine groß- *ar*-tige Frau – so furchtlos und fort-
schrittlich – haben Sie sie nicht *anbetungswürdig* gefunden? Sie ist
unsere moderne Jungfrau von Orleans – eine so *edle* Gestalt –
ich bin *ganz* einer Meinung mit ihr, daß die *romantische* Liebe
passé ist, daß wir in die Aera herrlicher Kameradschaft eingetre-
ten sind, die die Varietätik *ebenso* romantisch findet wie die Mo-
nogamie. Aber – aber – wo war ich denn? – ich glaube, Ihre
Wanderschaft von London muß *sehr* aufregend gewesen sein.
Und jetzt erzählen Sie uns *alles* darüber, Mr. Wrenn. Zunächst
aber müssen Sie Miss Saxonby kennen lernen, und Mr. Gutch
und die *liebe* Yilyena Dourschetsky und Mr. Howard Bancock
Binch – Sie kennen selbstverständlich seine Gedichte.«

Und dann holte sie tief Atem und sank wieder zurück in die
Tiefen des Lehnstuhls.

Die ganze Zeit war Mr. Wrenn dagestanden, erschrocken,
schutzlos und regenzerdrückt, preisgegeben den Menschen vor
dem Kamin, und hatte sich ununterbrochen darüber wundern
müssen, daß es Mrs. Stettinius gelang, eine so blaue und gleichzeitig so gepuderte Nase zu haben. Trotz ihrer ermutigenden
Einladung berichtete er über die »Wanderschaft« nicht mehr
als: »Ach – äh – wir sind eben gegangen«, bis die russisch-jüdi-
sche Yilyena ihre ebenholzschwarzen Augen rollend auf ihn
richtete und verlangte: »Ja, Sie müssen uns davon errzällen.«

Nun hatte Yilyena einen hübschen Hals von der Farbe einer leichten Zigarre und einen ganz bestimmten Trick des Lä-
chelns. Sie war es gewohnt, daß Männer ihr gehorchten. Mr.
Wrenn stammelte:

»Ja – äh – wir sind eben gegangen, und dann hat uns der
Regen erwischt. Wissen Sie, Miss Nash war fabelhaft. Sie hat
kein einziges Mal auch nur piep gesagt, wie sie schon ganz naß
war – sie hat bloß gelacht und ist lustig weitermarschiert. Und
unterwegs haben wir eine Menge typisch englische Sachen gesehen – und wir sind auch gar keinen sonen Touristen begeg-
net, wissen Sie.«

Ein völlig Fremder, ein schwerer alter Mann mit Hornbrille
und weichem Hemd, der sich unaufgefordert dazu gestellt
hatte, räusperte sich und unterbrach:

»Ist es nicht ein absonderliches Paradox, daß man auf Reisen niemals der ewigen Bourgeoisie entrinnen kann!«

Der cockney-griechische Chor um den Kamin rief:

»Ja!«

»Nirgends.«

»Äh – –« setzte Mr. Gutch an. Anscheinend hatte er etwas zu sagen. Aber der Chor fuhr fort:

»Und ebenso verheerend monogam in Port Said wie in Birmingham.«

»Ja, so ist es.«

»Mr. Wr–r–renn«, zwitscherte Mrs. Stettinius, die Dichterin, »ist Ihnen nicht aufgefallen, daß diese Menschen von allen wirtschaftlichen Bewegungen keine Notiz nehmen; und daß sie Ruinen nie zu spät datieren?«

»Ich glaub, die Leute wollen immer sicher gehen, daß sie die richtigen Sachen bewundern«, wagte Mr. Wrenn in heimlicher Angst zu sagen.

»Ja, so ist es«, erklang es so anerkennend von dem griechischen Chor, daß der persönliche Schüler Dr. phil. Mittyfords sein erstes Epigramm machte:

»Ob einer n kluger Mensch ist, sieht man eigentlich weniger an dem, was ihm Spaß macht, als an dem, was ihm keinen Spaß macht.«

»Ja«, gurgelten sie alle; und Mr. Wrenn, sehr zufrieden mit sich, lächelte seinen neuen Freunden fürstlich zu.

Mrs. Stettinius wollte eben einige Worte über die Poesie des Industrialismus sagen, aber Mr. Gutch, der schon eine Zeitlang ge-äh-t hatte, versuchte jetzt sein Aperçu anzubringen und bemerkte, Miss Saxonby verschmitzt zublinzelnd:

»Ich glaube aber, ganz tot ist die Romantik noch nicht, wissen Sie. Unsere Freunde hier scheinen ja eine ganz romantische kleine Reise hinter sich zu haben.« Dann blinzelte er noch einmal.

»Hören Sie, was wollen Sie damit sagen?« fragte Bill Wrenn, wütend und mit geballten Fäusten, aber sehr ruhig.

»Ach, ich mache Ihnen und Miss Nash keine *Vorwürfe* – ganz im Gegenteil!« zirpte Mr. Gutch, höchst weise den Kopf schüttelnd.

Dann sprach Bill Wrenn, die Faust unter Mr. Gutchs Nase:

»Hören Sie, Sie blasses, ungesundes, häßliches Stück Mist, ich bin kein großer Kämpfer, aber wenn Sie sich nicht augenblicklich für diese Unverschämtheit entschuldigen, hau ich Sie so windelweich, daß Sie Ihre Ohren überhaupt nicht mehr finden werden.«

»Oh, Mr. Wrenn – –«

»Er wollte nicht – –«

»Ich wollte nicht – –«

»Er hat nur im Spaß – –«

»Ich habe nur im Spaß – –«

Bill Wrenn freute sich an seiner Heldenrolle und an der Aufregung, die er entfesselt hatte. »Sie entschuldigen sich also?«

»Aber selbstverständlich, Mr. Wrenn. Lassen Sie sich erklären – –«

»Ach, nicht erklären«, rief Miss Saxonby.

»Ja!« sagte Mr. Bancock Binch, »Erklärungen sind viel zu konventionell, alter Junge.«

Ein erbauliches Bild – Mr. Wrenn, sehr verlegen und auf dem Sprung, sich bei dem ersten Zeichen von Mißachtung in einen blindwütigen, kriegerischen Bill Wrenn zu verwandeln; die anderen sitzen herum und nehmen, armselige Geschöpfe, Mr. Wrenn ganz ernst, weil er die großartige Wahrheit entdeckt hat, die Hauptsache aller Besichtigungen bestehe darin, daß man das, was zu besichtigen ist, nicht sieht. Er war sehr unglücklich, der gute Mr. Wrenn, und wünschte sich weit weg. Er sprang wie von einer Feder geschnellt fort, als er Istras Stimme rufen hörte: »Kommen Sie doch einen Augenblick her, Billy.«

Sie stand auf eine Stuhllehne gestützt da, müde, aber lächelnd.

»Ich kann noch nicht einschlafen. Soll ich Ihnen ein paar hübsche Häuser zeigen?«

»O ja!«

»Wenn Mrs. Stettinius Sie entbehren kann!«

Diese Worte waren ihr Kommentar zu dem beredten Glotzen der Dichterin.

»G–g–g–g– –« sagte Mrs. Stettinius, womit sie anscheinend ihre Zustimmung auszudrücken wünschte.

Istra führte ihn auf eine kleine Anhöhe, von der man eine schöne Aussicht auf die Wiesen von Aengusmere mit den zerstreuten niedrigen Bungalows und Rosengärten hatte.

»Schön ist das, nicht wahr? Vielleicht könnte man hier glücklich sein – wenn man alle Menschen außer dem Architekten umbringen dürfte«, meinte sie.

»O ja«, sagte er strahlend.

Wie er da neben ihr stand, ganz eingehüllt in glückliche Zufriedenheit, über die weiten Rasenflächen hinblickend, war Bill Wrenn auf der Höhe seines Triumphes. Zugelassen in eine Welt grüner Wiesen, hübscher Bungalows und großer Atelierfenster, auf einem Aussichtspunkt neben seiner Freundin Istra Nash – –

»Liebes Mäuschen«, sagte sie zaudernd, »weshalb ich Sie hier heraus führen wollte, und weshalb ich nicht schlafen konnte: ich mußte Ihnen sagen, wie sehr ich mich schäme, daß ich in der Nacht so streitsüchtig war und mich so schlecht benommen habe. Das tut mir sehr leid, weil Sie so geduldig und so gut zu mir waren. Ich möchte nicht, daß Sie mich ganz einfach für ein launenhaftes Frauenzimmer halten, das Sie nicht zu schätzen weiß. Sie sind ein sehr lieber Mensch, und wenn ich höre, daß Sie mit einem netten Mädel verheiratet sind, werde ich sehr, sehr glücklich sein.«

»Ach, Istra«, rief er, ihren Arm packend, »ich will gar kein Mädel in der ganzen Welt – ich meine – ach, ich möcht immer nur bei Ihnen sein, wenn ich darf –«

»Nein, nein, mein Guter. Heute nacht müssen Sie es doch gemerkt haben; das ist unmöglich. Bitte, reden wir jetzt nicht weiter darüber, ich bin zu müde. Ich wollte Ihnen nur sagen, daß ich Sie – – Und wenn Sie wieder in Amerika sind, wird es Ihnen gar nichts geschadet haben, daß Sie mit der armen Istra gespielt haben, weil sie Ihnen von ganz anderen Dingen erzählt hat, als Sie bisher gekannt haben, weil sie Ihnen davon erzählt hat, wie man Kinder zu Individuen erzieht, wie man mit Temperafarben malt und so weiter, nicht wahr? Und – und ich möchte nicht, daß Sie mich zu lieb gewinnen, weil wir – sehr verschieden sind … Aber wir haben ein Abenteuer erlebt, auch wenn es etwas feucht war.« Sie machte eine kleine Pause; dann sagte sie munter: »Also, jetzt werde ich zurückgehen und wieder zu schlafen versuchen. Leben Sie wohl, liebes Mäuschen. Nein, begleiten Sie mich nicht zurück. Sehen Sie sich noch alles an. Leben Sie wohl.«

Er sah ihrer schlanken Gestalt nach, wie sie sich über die Wiesen entfernte und die Stufen zu dem Gasthaus hinaufging. Er wartete, bis er sie durch die Tür hineingehen sah, und dann erst eilte er zu den Kaufläden, die außerhalb des poetischen Gebietes der eigentlichen Kolonie um den Bahnhof herumstanden.

Unterwegs fiel ihm auf, daß die Männer, denen er begegnete, zum größten Teil Knickerbockers und Norfolk-Jacken trugen, und so kaufte er sich Hosen, in denen seit den Tagen seiner Kindheit seine Waden zum ersten Mal nicht verhüllt waren, und eine Jacke aus grobem Tuch mit einer lustigen Schnalle am Gürtel. Ja, er verstieg sich sogar zu einer orangefarbenen Krawatte.

Er wollte etwas für das Essen mit Istra haben – »eine Überraschung«, wie er sich zuflüsterte. Zum erstenmal in seinem Leben trat er in einen Blumenladen … Die Armen in der Großstadt können sich nämlich Blumen erst leisten, wenn sie tot sind, und dann auch nur für einen Tag … Er kam mit einigen Orchideen heraus und dachte an die Zeiten, da er die Menschen beneidet hatte, die in Blumenläden wirklich Blumen kaufen. Als er schon ganz in der Nähe der Karavanserei war, wäre er lieber zurück gegangen, um die Orchideen gegen einfachere Blumen umzutauschen, gegen Rosen oder Nelken, konnte sich aber nicht dazu entschließen.

Die Tischwäsche, die Gläser und das Silber der Karavanserei waren nahezu ebenso derb wie in einem Hospiz, allem Deckengebälk und allen Radierungen im Speisesaal zum Trotz. Mr. Wrenn suchte die Kellnerin, eine energische junge Dame, die an einem büroartigen Tisch eifrig Keats las, auf und bat: »Könnt ich zum Tee heut abend besonders schönes Geschirr bekommen? Ich hab eine Art Gesellschaft – —«

»Wieviel Personen?« Die Kellnerin stieß die Worte hervor, als hätte er ein Geldstück in den Einwurfschlitz gesteckt.

»Bloß zwei. Sone Art Geburtstagsgesellschaft.« O lügenhafter Mr. Wrenn!

»Bitte schön. Das kostet selbstverständlich etwas mehr. Ich habe ein königliches Satsuma-Teeservice – nahezu königliches Satsuma wenigstens – und einige echte Limoges.«

»Ich denke, königliches Sats'ma wird richtig sein. Und etwas Silber?«

»Selbstverständlich.«

»Und können wir etwas Besonderes zum Essen kriegen?«

»Was wünschen Sie?«

»Ja – –«

O doppelt lügenhafter Mr. Wrenn! Er legte den Kopf zur Seite, rieb sich in hübscher Nachdenklichkeit das Kinn und fragte herablassend: »Was würden Sie denn vorschlagen?«

»Für einen Abendtee? Nun, vielleicht Consommé und Omelette Bergerac und einen Salat und ein Dessert und *Café diable*. Wir haben einen Chef, der Französische Eier geradezu hervorragend macht. Das wäre einfach, aber –«

»Ja, das würde genügen«, erklärte der große Gourmet gnädig. »Um sechs Uhr; für zwei Personen.«

Als er wegging, mußte er lachen. »Herrjeh! Ich hab mit dem Omelette Bergerac geredet, als ob ichs schon mein ganzes Leben lang kenn!«

Er dachte über weitere Überraschungen für Istra nach. Moment mal; wenn sie wirklich Geburtstag hätte, würde sie dann nicht gern nen Brief von irgendeinem wichtigen Menschen kriegen? fragte er sich. Er wollte ihr einen »eingebildeten« Brief von einem Herzog schreiben. Das tat er auch. Er erwarb eine Postmarke, hockte sich vor einen Tisch in dem gemeinsamen Raum, malte mit unendlicher Mühe einen Stempel auf die Marke und adressierte den Brief an »Lady Istra Nash, Mäuseschloß, Suffolk.«

Jemand setzte sich zu ihm an den Tisch, und eifersüchtig ging er mit seinem großen Werk in sein Zimmer hinauf. Er klingelte so königlich nach Tinte und Feder, als wäre er niemals am anderen Ende einer Klingel gesessen. Als er sich eine halbe Stunde lang damit geplagt hatte, sich vorzustellen, wie ein Herzog einen Brief schreibt, brachte er folgendes zustande:

»LADY ISTRA NASH
MÄUSESCHLOSS
SEHR GEEHRTE GNÄDIGE FRAU!

Wie wir von unserem Freund, Sir William Wrenn, hören, wird von einigen Leuten behauptet, daß heute nicht Ihr Geburtstag ist, damit die Feier unterbunden wird; wenn Sie also jemand brauchen sollten, der diesen Gerüchten entgegentritt, haben wir für diesen Fall unseren Sekretär, Sir Percival Montague, abgeschickt. Sir William Wrenn wird sich hinter seinem Stuhl verstecken, und wenn man Sie belästigt, lassen Sie bloß Sir Percival kommen, und er wird den Leuten schon Bescheid sagen. Gestatten Sie uns, sehr geehrte Lady Nash, Ihnen alles, was der Anlaß verlangt, zu wünschen, und verbleiben wir wie immer

in vorzüglicher Hochachtung
HERZOG VERE DE VERE«

Er war sehr müde. Als er sich auf eine Minute hinlegte und sich ein Kissen unter den Kopf steckte, war er in zehn Sekunden eingeschlafen. Aber er sprang auf, wusch sich die Augen mit kaltem Wasser und begann sich anzukleiden. Er fühlte sich ein wenig unbehaglich in den kurzen Hosen und den Golfstrümpfen, aber die orangefarbene Krawatte erschreckte ihn geradezu. Trotzdem wagte er es und ging hinunter, um sich davon zu überzeugen, ob der Tisch auch tatsächlich so schön gedeckt würde, wie er es wünschte.

Als er durch den gemeinsamen Raum kam, beobachtete er die drei oder vier Gruppen, die dort saßen. Sie schienen seine Kleider für etwas ganz Selbstverständliches zu halten. Das freute ihn, denn er legte sehr großen Wert darauf, Istra Ehre zu machen.

Als er vom Speisesaal wieder in den gemeinsamen Raum kam, sah er in einer Fensternische einige Leute stehen, die ihm den Rücken zukehrten. Und da hörte er:

»Wer ist denn der merkwürdige Mensch mit der orangefarbenen Krawatte und der Rokokoschnalle am Jackengürtel – der eben durchgegangen ist? Hat man schon je so etwas Komisches gesehen! Sein Kragen ist ihm mindestens um drei Zentimeter zu weit. Das muß ein Dichter sein. Ob seine Verse ebensowenig taugen wie seine Kleider?«

Mr. Wrenn blieb stehen.

Eine andere Stimme:

»Und der schöne Mangel an Muskeln an seinen Beinen! Ganz wie in den guten alten Zeiten, als jeder Ladenschwengel an den Bankfeiertagen radelte … Ich kenne ihn nicht, aber er wird wohl irgend ein kleiner Illustrator sein.«

»Oder vielleicht ist er ein Jünger der Getrockneten-Bananen-und-Bohnen-Religion. O Aengusmere! Schatten des heiligen Aengus!«

»Gar keine Spur. Die Leute, die so sanft aussehen wie er, hassen immer die Kapitalisten, wie eine Suffragette die Minister haßt. Wahrscheinlich verzehrt er jeden Abend das linke Ohr eines südafrikanischen Millionärs, bevor er auf die Barrikaden geht, um sich Bewegung zu machen … Aber sehen Sie mal dorthin! Da kommt wirklich ein Künstler über die Wiese. Man kann doch sofort sehen, daß er wirklich ein Künstler ist, weil er angezogen ist wie ein Erdarbeiter und – –«

Mr. Wrenn machte sich davon, fest davon überzeugt, daß alle im Zimmer ihn belustigt ansahen. Und jetzt war es auch zu spät, sich umzuziehen. Es war schon sechs Uhr.

Er reckte das Kinn vor und erinnerte sich daran, daß er den »Brief von dem Herzog« in Istras Serviette verstecken wollte, um die Überraschung noch größer zu machen. Er setzte sich an den Tisch und schob den Brief in die Falten der Serviette. Dann rückte er die Vase mit den Orchideen mehr in die Mitte des Tisches und schob diesen näher an das offene Fenster, das einen Ausblick auf die Wiesen bot. Er machte sich Vorwürfe darüber, daß ihm nicht noch etwas einfiel, das zu ändern wäre, und dabei vergaß er seines Anzugs, so daß er wieder glücklich wurde.

Um viertelsieben rief er einen Boy und schickte ihn mit der Botschaft hinauf, daß Mr. Wrenn warte und der Tee fertig sei.

Der Boy kam zurück und brummte: »Miss Nash hat diesen Brief für Sie hinterlassen, Sir, sagt die Kellnerin.«

Mr. Wrenn riß aufgeregt das grünweiße Couvert der Karavanserei auf. Vielleicht kleidete Istra sich auch um. In diesem

Augenblick war er ein großer Freund aller Überraschungen. Er las:

»Liebes Mäuschen, ich bin viel trauriger, als ich Ihnen sagen kann, aber Sie wissen doch, ich habe Sie ja davor gewarnt, daß die schlimme Istra eine Kreatur ihrer Launen ist, und eben jetzt schickt mich meine Laune nach Paris. Ich fahre um 5,17. Ich will nicht Abschied nehmen – ich hasse alle Abschiede, sie sind so albern, finden Sie nicht auch? Schreiben Sie mir ein oder das andere Mal, am besten über die Amer. Express Co. in Paris, weil ich noch nicht weiß, wo ich sein werde. Und bitte, besuchen Sie mich nicht in Paris, es ist doch immer besser, eine Affaire ohne Erklärungen zu beenden, nicht wahr? Sie waren ganz wunderbar freundlich zu mir und ich werde Ihnen ab und zu ein paar Zeilen schreiben, ja?

J. N.«

Still, ohne etwas zu sehen, ging er ins Büro der Karavanserei; dort zahlte er seine Rechnung und merkte, daß er nur noch fünfzig Dollar hatte. Etwas von der wartenden Mahlzeit zu essen, konnte er nicht über sich bringen. Um sieben Uhr vierzehn ging ein Zug nach London. Den nahm er auch. Vorher schickte er noch ein Telegramm an seine New Yorker Bank, um sich hundertfünfzig Dollar kommen zu lassen. Weil er seinen bitteren Gedanken entgehen wollte, sprach er im Zug ernsthaft und freundlich mit einem alten Mann über die guten Zeiten Englands, da die Männer noch das Wurfscheibenspiel übten. Immer wieder dachte er, von der Musik der rollenden Räder begleitet: »Freunde … Jetzt, wo ich weiß, was das ist, muß ich Freunde bekommen … Komisch, daß manche Leute ohne Freunde bleiben. Ja nicht vergessen. Ich muß eine ganze Menge Freunde in New York bekommen. Muß lernen, wie man das macht.«

Um elf Uhr kam er in sein Zimmer auf dem Tavistock Place, und die ganze Nacht dachte er daran, wie sehr ihm jetzt Morton vom Viehdampfer fehlte – jetzt, da er in der ganzen feindlichen Welt wieder keinen Freund hatte.

In einem Londoner ABC-Restaurant sprach Mr. Wrenn mit einem Amerikaner, der sich vor allem durch einen gestutzten Schnurrbart, schlechte Manieren, eine Pythia-Ritter-Nadel und eine Schwäche für Entenjagd, für den Eisenwarenhandel und für Zigarren auszeichnete.

»Bei mir ist England abgemeldet«, rief der Amerikaner strahlend. »Ich mach fort aus dem Nebelloch und hau so rasch, wie ich nur kann, wieder in Gottes Land ab. Ich will wissen, was im Laden los ist, und ich möcht mich wieder zu nem ordentlichen Teller Pfannkuchen niedersetzen. Der ewige Tee mit Marmelade hängt mir schon gehörig zum Hals raus. Mensch, ich würde dieses Affenland nicht nehmen, und wenn man mirs schenken wollte. Nein, mein Lieber! Ich bin immer noch für Gottes Land – Sleepy Eye, Brown County, Minnesota. Klar!«

»Es gefällt Ihnen also in England nicht sehr gut?« fragte Mr. Wrenn intelligent.

»Ob mirs gefällt? Dieses nasse, übervölkerte Loch soll mir gefallen? Wo die Leute nicht englisch reden können und ein ganz besoffenes Münzsystem haben – – Wissen Sie, das metrische System, das die drüben in Frankreich haben, das ist n großartiges System, aber hier – Mensch, die wissen ja nicht mal, ob Kansas City in Kansas oder in Missouri oder in allen beiden ist … Und dann der Tee zum Frühstück! Das ist nichts für mich! Nein, mein Lieber! Ich nehm den allerersten Dampfer!«

Der Mann aus Sleepy Eye stieß eine gewaltige Rauchwolke aus und schritt von dannen, mit dem Schlüsselbund in der Hosentasche klimpernd, die Zigarre kühn in einen Mundwinkel geklemmt, kurz, mit einer Miene, als gehörte das ganze Restaurant ihm.

Mr. Wrenn malte sich aus, wie er von einem ankommenden Schiff das Singer-Gebäude begrüßte.

»Herrjeh! Ich tus auch!«

Er stand auf und floh, direkt von dem Tisch im Londoner Lokal, nach Amerika.

Er hatte kaum die Geduld, an der Kasse darauf zu warten, daß er sein Kleingeld herausbekam, sprang auf einen Omnibus, stürmte in sein Zimmer, warf seine Sachen in das Köfferchen, dem er in aller Hast mitteilte, es ginge nach Hause, und jagte zur North-Western Station. Nervös ging er auf und ab, bis sein Zug aus der Halle fuhr. »Wenn Istra sichs aber anders überlegt hat und nach London zurückkommt?« Dieser furchtbare Gedanke quälte ihn. Er lief in den Wartesaal und schrieb ihr auf einer Ansichtskarte der Westminsterabtei: »Muß dringend nach Amerika zurück – werde schreiben. Adresse: Kunstartikelgesellschaft, Achtundzwanzigste Straße.« Aber er gab die Karte nicht auf.

Als er einmal in seinem Abteil dritter Klasse saß und der Zug in Bewegung war, schien er Amerika schon viel näher zu sein; er summte zum großen Mißvergnügen einer lockengeschmückten Dame vor sich hin und machte Pläne für sein neues großartiges Vorhaben: er würde Freundschaften schließen; eines Tages, wenn Istra nicht nachgab, würde er jemand haben, »zu dem man nach Hause gehen kann«.

In Liverpool blieb er plötzlich an einem Briefkasten stehen und warf seine Karte an Istra ein. Damit war der Fall erledigt. Jetzt mußte er natürlich nach Amerika zurück.

Einen Monat und siebzehn Tage, nachdem er von Portland ausgefahren war, ging er jubelnd wieder an Bord.

Zwölftes Kapitel.
Er entdeckt Amerika

Mr. Wrenn lag in seiner weißgestrichenen Zwischendeck-koje, unter dem Kopf ein kleines Kissen, und auf den aufgestellten Knien eine Schreibunterlage; er entwarf Propagandabriefe, die er der Kunstartikel- und Nouveautés-Gesellschaft vorlegen wollte, und unterbrach seine Arbeit hin und wieder, um der Liste von Büchern, mit deren Bemeisterung er fünf Minuten nach der Landung in New York beginnen wollte, einen weiteren Namen hinzuzufügen. Er dachte angestrengt über Marie Corelli nach. Morton hielt sehr viel von Miss Corelli; aber er wußte nicht, wie Istra Nash darüber dachte.

Viele Stunden hatte er an einem Brief für Istra gearbeitet, in dem er es ängstlich vermied, von so wenig gesellschaftsfähigen Angelegenheiten wie Zwischendeckpassagieren und Auswanderern zu sprechen. Er schrieb ihr, er sei ihr sehr dankbar für »alles, was Sie mich gelernt haben«, er habe Aengusmere sehr schön gefunden, obwohl er jetzt begriffen habe, »was Sie mit den Interessanten Menschen gemeint haben«, und seine New Yorker Adresse sei die Kunstartikelgesellschaft.

Er zerriß die zwei oder drei Seiten, auf denen er den alten Wehmutsschrei aller Liebhaber wiederholte, den Schrei, der unter großen Deodaren, auf Wikingerschiffen und auf den mondbeschienenen Höfen der Provence erschollen war, den Schrei, der Mr. Wrenn, wenn er auf dem Deck auf und ab ging, immer in den Ohren klang: »Ich brauche dich so sehr; ich kann dir gar nicht sagen, wie sehr du mir fehlst; ich sehne mich so nach dir.« Denn weder der strahlende Aucassin noch der hagere Dante haben diesen Schrei in klarere oder edlere Worte gefaßt, als Mr. William Wrenn, Unser Herr Wrenn, es tat.

Ein Steward mit schäbigem Schnurrbart und braunen Hundeaugen kam herunter und blickte vorsichtig in Mr. Wrenns Koje. Er schätzte diesen Mr. Wrenn, der für ihn ein großer Gelehrter war, weil er gebundene Bücher las – eine Geschichte Englands und ein Bändchen mit Aufsätzen über berühmte englische Schriftsteller, das er in Liverpool antiquarisch gekauft hatte; er liebte ihn, weil er in ihm ein stets bereites Publikum für die in Fortsetzungen erzählte Geschichte von seiner Frau, der treulosen Mrs. Wargle, hatte, die in den Zeiten seiner Abwesenheit mit dem Katzenfutterhändler Foddle zusammenlebte und ihm, wenn er zu Hause war, Mahlzeiten kochte, deren Fleisch ganz bestimmt von eben diesem Katzenfutterhändler geliefert war. Jetzt blickte er Mr. Wrenn zärtlich an und verriet ihm flüsternd:

»Land ist in Sicht.«

»Land?«

»Ja.«

Mr. Wrenn richtete sich so heftig auf, daß er sich den Kopf anschlug; er stopfte mit der rechten Hand seine Papiere unter das Kissen, während er mit der linken nach der Kante der Koje tastete. »Land!« schrie er seinen schlummernden Kabinengenossen zu, bevor er hinaussprang.

Das Promenadendeck des Zwischendecks glich mit seinem Eisengeländer, dem schwarzen Boden und den eisernen Aufbauten ganz einer finsteren, unfreundlichen, ölig-sauberen Maschinenhalle; die Außenseite sah nicht anders aus als ein großes Fabrikfenster. Aber er liebte das Deck, er war immer, wenn er nicht schuldbewußt an die Bücher dachte, die er zu lesen hatte, dort geblieben und hatte die naive gute Laune der Auswanderer und die dunkle Wogenpracht und Herrlichkeit des Meeres bewundert.

Jetzt lag ganz fern am Horizont, wie von einem Zauberbleistift gezeichnet, ein blauer Schatten; Land, sein Land, wo er der geliebte Kamerad vieler Freunde sein würde.

Vor sich hinträllernd, ging er zu dem Buffet, an dem Bier und Tabakwaren verkauft wurden, um noch ein Pfund Süßigkeiten für die Kinder der russischen Juden zu besorgen.

Die Kleinen wußten, daß er kam. »Fette Gauner«, sagte er lachend, streichelte ihnen die dunklen Bäckchen und tat so, als wäre er sehr erschrocken, wenn sie mit ihren kleinen Fäusten auf die Eisenwand des Schiffes einschlugen oder sich auf dem Boden herumwälzten. Auch die in Tücher gehüllten Mütter kannten ihn, und während er schüchtern sein Zuckerwerk verteilte, nickten die in einer Reihe stehenden jüdischen Väter mit ihren Bärten, wie ein Wald der Urzeit im Wind, und sprachen in einer fremden Zunge Segensworte.

Er lächelte zurück, gestikulierte und rief, in den verschiedensten Betonungen, um es deutlicher zu machen: »Land! Land!«

Dann aber zog er sich zurück, um allein zu sein, wenn er das Land der Verheißung erblickte, das er neu entdeckte – die Küste Long Islands; die grasbewachsenen Redouten Fort Wadsworths; die sich aneinanderdrängenden New Yorker Wolkenkratzer, die wie ein kolossaler ausgebrannter Wald im Dunst standen.

»Woolworth-Gebäude ... Singer-Turm ... Butterick-Gebäude«, murmelte er, während sie auf den Anlegeplatz zufuhren. »Das dort ... Aber natürlich; ja, weiß Gott, dort zwischen dem Metropolitan-Turm und dem Times-Gebäude – ja, das ist das gute alte Bürohaus von der Kunstartikel-Gesellschaft! ›Um einen Dollar nach Albany‹ – das ist doch *wirklich* mal n Schild, das ist – guter alter Dollar! Zum Teufel mit den verfluchten Shillingen. Zu Hause! ... Herrjeh! dort hab ich doch immer auf dem Kai geträumt! ... Herr Gott! das alte Nest ist doch wirklich schön.«

Und all das wartete darauf, von ihm um der Freundschaft willen erobert zu werden.

Er ging in ein Hotel. Er hatte zwar die Absicht, wieder zu den Zapps zu ziehen, aber den ersten Tag wollte er sich natürlich nicht mit der Begrüßung alter Freunde verderben. Nein, so war es viel schöner, wie er da in seinem billigen Hotel in der Siebenten Avenue an einem Fenster stand und auf die »guten alten Amerikaner« heruntersah – auf die Deutschen, Iren, Italiener und Juden. Er ging zum Nickelorion und drückte dem Billeteur, dem Mann mit den Messingknöpfen, die Hand. »Na, wie gehts denn? Was macht die alte Kiste? ... Bin ein paar Monate weg gewesen.«

»Alles fein und blendend! Weg gewesen, ja? Na, ist wieder schön, im alten Nest zu sein, was? Sommerhotel?«

»Ha?«

»Aber, Sie sind doch der Kellner von Pat Maloney, nicht?«

Am nächsten Vormittag entschloß sich Mr. Wrenn, zu der Kunstartikel- und Nouveautés-Gesellschaft zu gehen. Er wollte die Neckereien, auf die er gefaßt sein mußte, weil er so kurze Zeit fortgeblieben war, so rasch wie möglich hinter sich haben. Das Lehrmädchen, das Prospekte adressierte, schien überrascht zu sein, als er vom Fahrstuhl hereinkam, und errötete wie immer schüchtern und dankbar dafür, daß die Herren des Büros ihr erlaubten, zu existieren und jede Woche sechs Dollar fortzutragen. Dann kam Rabin, einer der Reisevertreter, in den Vorraum gelaufen.

»Nanu, hal–loh Wrenn! Ich wollt gar nicht glauben, daß Sies sind. Schon zurück? Ich dachte, Sie wollen nach Europa.«

»Eben zurück gekommen. Ich konnts ohne Sie nicht aushalten, alter Gauner!«

»Na, Sie scheinen aber im alten Land recht gut gelernt zu haben, wie man keine Antwort schuldig bleibt, was? Kommen Sie zu uns zurück? Also, auf Wiedersehen. Freut mich, daß Sie wieder da sind.«

Er war nicht gerade begeistert davon, daß er Rabin sah; immerhin, er gehörte mit zur guten alten Kunstartikel-Gesellschaft, dem einzigen Ort auf der ganzen Welt, dessen er immer sicher sein konnte, dem einzigen Ort, wo man ihn immer brauchte.

Er hatte geistesabwesend auf die Mustertische geblickt und neue Nouveautés bemerkt. Das Lehrmädchen, das ihn jetzt wie einen Fremden behandelte, fragte: »Wen wünschen Sie zu sprechen, Mr. Wrenn?«

»Mr. Guilfogle natürlich.«

»Er ist zwar beschäftigt, aber wenn Sie Platz nehmen wollen, werden Sie in paar Minuten mit ihm sprechen können, glaub ich.«

Während Mr. Wrenn auf der Besucherbank sitzen mußte, kam er sich vor wie der verlorene Sohn, für den jedoch kein Kalb geschlachtet war; aber er freute sich schon auf die köstliche Überraschung, die Mr. Mortimer R. Guilfogle erwartete. Er hielt Ausschau nach Charley Carpenter. Wenn Charley nicht in den Vorraum käme, würde er in die Buchhaltung gehen und mit ihm darüber reden, wie – –

»Mr. Guilfogle will Sie jetzt sprechen«, teilte ihm das Lehrmädchen mit.

Als er in das Büro des Direktors kam, machte Mr. Guilfogle eine großartige Sache daraus, ihn höchst überrascht und erstaunt zu mustern.

»Nanu, nanu, Wrenn! So rasch zurück? Ich dachte, Sie würden recht lang wegbleiben.«

»Ich konnts nicht gut ohne das Büro aushalten, Mr. Guilfogle«, antwortete er verlegen lächelnd.

»Wars schön?«

»Ja, blendend.«

»Wieso sind Sie so rasch wieder zurück?«

»Ach, ich wollte – – Wissen Sie, Mr. Guilfogle, ich wollt wirklich wieder ins Büro kommen. Ich bin schrecklich froh, daß ich Sie wiederseh.«

»Freut mich, Sie zu sehen. Na, wo waren Sie? Ich hab die Karte bekommen, die Sie mir aus Chesterton geschickt haben, mit dem Bild von der alten Kirche drauf.«

»Also, ich war in Liverpool und in Oxford und London und – ja – in Kew und Ealing und – – Und ich hab ne Wanderung durch Essex und Suffolk gemacht – ganz durch – zu Fuß. Aengusmere und lauter sone Orte.«

»Einen Augenblick. (Na, Rabin, was gibts? Aber natürlich. Das hab ich Ihnen mindestens schon fünfmal gesagt. *Ja*, sag ich – dazu hab ich doch die ganzen Muster herrichten lassen. Sie sollten wirklich besser aufpassen, hören Sie?) In London waren Sie, ja, Wrenn? Sagen Sie, haben Sie irgend was von Nouveautés gesehen, was wir kopieren könnten?«

»Nein, leider gar nichts, Mr. Guilfogle. Tut mir schrecklich leid. Ich hab überall rumgestöbert, hab aber nirgends was finden können, was wir brauchen könnten. Ich meine, ich hab nirgends was finden können, was auch nur halbwegs an unsere Sachen rangereicht hätte. Die Engländer sind ziemlich schwerfällig.«

»So, war nichts da? Na, und was haben Sie jetzt für Pläne?«

»Ja – äh – ich dachte eben – – Wirklich Mr. Guilfogle, ich würde gern auf meine alte Stellung zurück. Sie erinnern sich doch – es war ja verabredet – –«

»Leider ist aber im Augenblick nichts zu machen, Wrenn. Absolut nichts. Natürlich kann ich nicht wissen, wies wird, und Sie werden wohl am besten immer in Kontakt mit uns bleiben, aber wir sind grade jetzt ziemlich voll. Jake macht sich besser, als wir erwartet haben. Er lernt – –«

Von allen lobenden Worten über Jake hörte Mr. Wrenn nicht ein einziges.

Er sollte seine Stellung nicht wieder bekommen? Er setzte sich und stammelte:

»Herrjeh! daran hab ich gar nicht gedacht. Ich hab mich eigentlich ziemlich fest auf die Kunstartikel-Gesellschaft verlassen, Mr. Guilfogle.«

»Ja, ich hab Ihnen doch gleich gesagt, daß es eine Dummheit von Ihnen war, zu gehen. Ich hab Sie gewarnt.«

Er stimmte verlegen und traurig zu: »Ja, das ist richtig; ich weiß. Aber – äh – na ja – –«

»Tut mir leid, Wrenn. Aber so gehts eben im Geschäft. Wenn man rumbummelt – – Auf einem Stein, der rumrollt, setzt sich kein Moos an. Na, lassen Sie den Kopf nicht hängen! Es ist ja nicht ganz ausgeschlossen, daß Sie vielleicht in – –«

»Tr–r–r–r«, sagte das Telephon.

Mr. Guilfogle rief hinein: »Halloh! Ja, ich bins. Was haben Sie denn gemeint, wers ist? Die Katze? Ja. Klar. Nein. Gut, morgen wahrscheinlich. Gemacht. Auf Wiedersehen.«

Dann warf er einen Blick auf seine Uhr und sah Mr. Wrenn ungeduldig an.

»Sagen Sie, Mr. Guilfogle, Sie meinen, s wird also – wann wirds denn wahrscheinlich ne Möglichkeit geben?«

»Ja, woher soll ich das wissen, mein Junge? Wir werden Sie reinnehmen, sobald wir können – Sie sind kein schlechter Buchhalter; das heißt, Sie würden was taugen, wenn Sie etwas sorgfältiger wären. Übrigens, es ist Ihnen natürlich klar, daß es uns allerhand Scherereien machen wird, wenn wir versuchen, Sie wieder reinzunehmen, und daß wir deshalb erwarten, daß Sie nicht mit anderen Firmen rumpoussieren und sich wo anders um eine Stellung umsehen. Ist Ihnen das klar?«

»Aber ja, Mr. Guilfogle!«

»Gut. Wir wissen recht gut, was wir an Ihrer Arbeit haben, aber Sie können natürlich nicht von uns erwarten, daß wir eine von unseren Kräften entlassen, bloß weil Sie die Freundlichkeit haben, zurückzukommen, wann es Ihnen paßt … Nach Europa fahren und ne gute Stellung aufgeben! … Auf den Kontinent sind Sie nicht gekommen, oder doch?«

»Nein, ich — —«

»Na schön … Ach, sagen Sie, wie ist das denn mit dem Essen in London? Billiger als hier? Meine Frau hat mir erst heute morgen gesagt, wenn die hohen Lebenskosten noch weitersteigen, werden wir überhaupt aufhören müssen zu essen.«

»Ja, ne ganze Kleinigkeit ist es billiger. Guten Tee kriegt man für vier und sechs Cent die Tasse. Kleider sind auch billiger. Aber ich mach mir nicht viel aus den Engländern, obwohls alles mögliche Nette dort gibt … Hören Sie, Mr. Guilfogle, Sie wissen ja, daß ich ne Kleinigkeit geerbt hab und deshalb bißchen warten kann. Wenn Sie also so freundlich sein wollen und an mich denken, wenn sich eine Möglichkeit — —«

»Hab ich Ihnen denn nicht gesagt, daß ich an Sie denken werd? Suchen Sie mich heut in einer Woche auf. Und lassen Sie Ihre Adresse bei Rosie. Ich weiß allerdings nicht, obs uns möglich sein wird, Ihnen gleich Ihr altes Gehalt zu zahlen, selbst wenn wir Sie wieder reinnehmen können. Die Saison war sehr flau. Aber ich werd für Sie tun, was ich kann. Kommen Sie ungefähr in ner Woche zu mir. Guten Tag.«

Rabin, der Reisevertreter, lauerte Mr. Wrenn im Korridor auf.

»Sie sehen nicht grade munter aus, Wrenn. Der alte Gallenvogel hat Ihnen wohl zugesetzt. Hören Sie, ich hätt Ihnen das vorher sagen sollen. Habs aber vergessen. Der alte Gauner hat schon die ganze Zeit vorgehabt, Ihnen eins auszuwischen. So ungefähr vor zwei Wochen hab ich mit ihm ein paar Cocktails bei Mouquin getrunken. Sie wissen ja, daß er immer nach ein paar Schlucken zu reden anfängt. Na, er hat so rumgequatscht – ich hab gesagt, daß Sie ne tüchtige Kraft sind, und daß ich hoffe, s geht Ihnen gut – und da hat er gesagt: ›Ja‹, hat er gesagt, ›er ist wirklich ne tüchtige Kraft, aber mit der Reise hat er sich nicht grade genützt. Jetzt hab ich ihn in der Hand‹, hat er zu mir gesagt. ›Ich hab sonen Riecher, daß er in drei bis vier Monaten wieder da sein wird‹, hat er zu mir gesagt. ›Und meinen Sie, er braucht bloß reinzukommen und kriegt schon, was er will? Keine Rede. Ich werd ihn einen Monat warten lassen, bevor ich ihm seine Stellung wieder geb, und dann passen Sie auf, Rabin‹, hat er zu mir gesagt, ›Sie werden sehen, daß er glücklich und zufrieden sein wird, wenn er überhaupt wieder eingestellt wird, bei weniger Gehalt als vorher, und dann wird er auch vernünftig genug sein, nicht wieder Dummheiten zu machen und davon zu laufen. Und die Reise wird ihm auch gutgetan haben – er wird besser arbeiten – Urlaub auf seine eigenen Kosten – spart uns ne Menge Geld. Ich sage Ihnen, Rabin‹, hat er zu mir gesagt, ›wenn einer von euch glaubt, er kann ganz einfach von der Firma oder von mir was rausholen, dann soll ers nur probieren, mehr will ich nicht sagen.‹ Ja, mein Lieber, das hat mir der alte Gauner gesagt. Sie müssen scharf aufpassen, daß er Sie nicht reinlegt.«

»Ja, das will ich auch; ich werd schon – —«

»Hat er Ihnen schon sone Märchengeschichte erzählt?«

»Ja, so was ähnliches. Hören Sie, ich danke Ihnen auch, ich bin Ihnen kolossal verpflichtet – —«

»Hören Sie, um Gottes willen, er darf auf keinen Fall erfahren, daß ich Ihnen das erzählt hab.«

»Nein, nein, Sie können ganz ruhig sein.«

Sie trennten sich. So sehr Mr. Wrenn sich auch auf das Wiedersehen mit seinem Kameraden Charley Carpenter freute – er ging doch langsam und nicht gut gelaunt zur Buchhaltung, um Charley von Guilfogles Schlechtigkeit zu erzählen. Der Hauptbuchhalter schüttelte bei Mr. Wrenns Frage den Kopf:

»Charley ist nicht mehr hier.«

»Nicht *hier*?«

»Nein. Er hat ziemlich übel zu saufen angefangen, und einmal, so ungefähr vor drei Wochen, wie er einen ganz Bösen sitzen gehabt hat, da hat er Guilfogle gesagt, was er über ihn denkt, und da hat Guilfogle ihn natürlich an die Luft gesetzt.«

»Ach, das ist aber wirklich schlimm. Sagen Sie, wissen Sie seine Adresse, ja?«

»— – Osten, Hundertundachtzehnte … Na, freut mich, daß Sie wieder hier sind, Wrenn. Ich dachte allerdings, Sie werden länger fortbleiben, aber ich freu mich immer, Sie zu sehen. Kommen Sie wieder zu uns?«

»Ich weiß noch nicht«, antwortete Mr. Wrenn ein wenig hochmütig; dann drückte er dem Buchhalter warm die Hand, um zu zeigen, daß er nichts gegen ihn persönlich habe.

Als er in der Hochbahn saß, starrte er ziemlich lange ein Plakat an, ohne es zu sehen … Sollte er überhaupt zur Kunst-artikel-Gesellschaft zurück?

Ja. Er würde es tun. So konnte er am besten anfangen, sich Freunde zu erwerben. Aber er würde »unserem Freund Guil-fogle schon eins auswischen«, versicherte er sich, das Kinn vor-stoßend wie der große Bill Wrenn. Jetzt wußte er ja, worauf Guilfogle aus war; er würde diesem feinen Herrn schon zeigen, daß er sich auf das Spiel verstand. Er würde das niedrigere Ge-halt annehmen und so tun, als ob er eingeschüchtert wäre, aber sobald er einmal Gelegenheit hatte – –

Er verkündete nicht einmal sich selbst, was für schreckliche Dinge er dann tun würde. Aber als er aus der Hochbahn aus-stieg, schüttelte er die geballten Fäuste in seinen Rocktaschen und sagte etliche Male:

»Wenn ich mal die Gelegenheit hab – wenn ich sie erst *hab* – –«

Die Mietskaserne, in der Charley Carpenter wohnte, war ei-nes der vielen Preßziegelgebäude, die nach einem und demsel-ben Modell gebaut zu sein scheinen. Es roch nach Wäsche und Bratfisch. Ganz erschöpft von der Hitze kletterte Mr. Wrenn unzählige eiserne Stufen hinauf und klopfte dreimal an Charleys Tür. Keine Antwort. Er stieg wieder hinunter und suchte die Hausbesorgerin auf, die sich in ihrer Beschäftigung – sie starrte einen Eiswagen auf der Straße an – unterbrach und sagte:

»Er wird wohl oben pennen. Den ganzen Tag liegt er im-mer besoffen da. Seine Alte ist ihm durchgebrannt. Der Haus-wirt hat ihm Ende August gekündigt. Warmer Tag. Kommen

Sie mit ner Rechnung? Meistens sinds Leute mit Rechnungen – –«

»Ja, es ist heiß.«

Mit sehr überlegener Miene, aber überaus bekümmert, klingelte Mr. Wrenn unten an der Haustür so lange, daß Charley wach werden mußte, keuchte dann die unzähligen Stufen hinauf und versetzte der Tür Fußtritte, bis Charley drin mit zitternder Stimme fragte:

»Wers da?«

»Ich bins, Charley. Wrenn.«

»Duistn Europa. Mich kannst du nicht zum Narrenalten. Geheg.«

Jetzt standen drei andere Türen im Flur offen, und zerraufte, neugierige Frauen steckten den Kopf heraus. Der Geruch war noch stärker als unten. Mr. Wrenn wurde zuerst verlegen, dann wütend, und verlangte noch einmal:

»Mach auf, sag ich.«

»Ich sag dir ja, das bist nicht du. Ich kenn dich!«

Charley Carpenters Gesicht sah heraus. Sein zerzaustes Haar klebte an der schweißnassen Stirn; seine Augen waren gerötet und glanzlos. Die Kleider, die er anhatte, waren ganz zerdrückt. Er hatte keinen Kragen um, die Manschetten waren verschmutzt und zerdrückt.

»Siss wirklicheralle Wrenn. Komm rein. Komm rasch rein. Siss immer wer da, der Geldam will. Aber mich kriegen sie nicht. *Mich* nicht.«

Er schloß die Tür und eilte durch den langen Korridor der Wohnung zu, wobei er sich sichtlich Mühe gab, gerade zu gehen. Das übelriechende große Zimmer am Ende des Korridors sah ebenso schrecklich aus wie Charleys Augen. Überall summten Fliegen. Der Eichentisch – einst hatte Charley mit seiner Braut vier glückliche Stunden damit verbracht, ihn auszusuchen – war ein wüstes Durcheinander von leeren Whisky-Flaschen, schmutzigen Kragen, zerfetzten Zeitungen, gebrauchten Tellern und Kaffeetassen. Die billige Brokatdecke, an der einmal eine glückliche Braut lange gestickt hatte, hing auf den Fußboden herunter, auf dem Zigarettenstummel, Tabakasche und Speckschwarten herumlagen.

Das alles sah Mr. Wrenn. Dann unterzog er sich der schweren Aufgabe, dem undeutlichen Gebrabbel Charleys zu lauschen:

»Biss aber rasch zurück, aller Wrenn. Biss mich besuchen gekomm, ja? Biss mein Freund, niahr? Ichab ordentlich einen sitzen, niahr? Machdir aber nichts, niahr, aller Wrenn?«

Mr. Wrenn sah ihn verlegen an, aber nur eine Minute lang. Was es ihm jetzt möglich machte, mit einem Betrunkenen, bei dessen Anblick ihm noch vor drei Monaten einfach übel geworden wäre, richtig umzugehen, waren vielleicht seine Erfahrungen auf dem Viehdampfer – vielleicht aber auch seine Bemühungen um eine müde Istra.

»Los, Charley, du mußt dich zusammenreißen.«

»Jaja.«

»Was ist denn los? Wie bist du denn in den Zustand gekommen?«

»Frau is mir durchgebrannt. Zu saufen angefangen. Du meinst, ichab einen sitzen, niahr? Habch aber nich. Mit ihrer Sch'ester weggegangen – hat mich nie leiden können. Hat mir mein Geld voner Sparasse weggenomm – dreihundert; alles, was da war, außer fün'zig Dollar. Werd ihr schon zei'n. Ich bring sie um. Hab zu saufen angefangen. Gallenvogel hat mich rausgeschmissen. Iss-ja egal. Ich sauf, soviel ich will. A'schreckendes Beispiel für'unge Leute! Hör mal, geh runner, hol mir ne Flasche. Hab eben eine ausgetrunken. Muß eine ham – krepier vor Durst. Geh – –«

»Ich werd dir was zu trinken holen, Charley – nur einen Schluck, verstehst du? – wenn du mir versprichst, daß du dich nachher sauber machst – wie ich dirs sage.«

»Jaja.«

Mr. Wrenn eilte mit einer leeren Flasche hinaus und murmelte:

»Herrjeh! Ich muß wieder nen Menschen aus ihm machen.«

Als er zurückgekommen war, schenkte er einen Schluck ein, als handelte es sich um eine Medizin für einen Rekonvaleszenten, und redete ihm gut zu:

»Jetzt werden wir ein kaltes Bad nehmen, nicht wahr? Und uns sauber machen und wieder nüchtern werden. Und dann wollen wir davon reden, wie du wieder Arbeit kriegst, ja?«

»Ach, mag nicht baden. Jetzt is mir wieder besser. Gehen wir wohin was trinken. Gimmir die Flasche. Wo hast du sie denn hingetan?«

Mr. Wrenn ging ins Badezimmer, drehte den Kaltwasserhahn auf, kam wieder zurück und zog Charley aus, der sich lachend wehrte und sein ganzes Gewicht auf Mr. Wrenns Schulter ruhen ließ. An sich hätte Charley mit drei Mr. Wrenns fertig werden können, aber er wurde ins Badezimmer geschleift und in die Wanne gesteckt.

Sofort begann er herumzuplantschen, mit den Händen auf das Wasser zu schlagen und zu singen. Die Wanne floß über, und Mr. Wrenn suchte ihn fest zu halten, aber die feuchten Schultern rutschten ihm aus den Händen wie nasse Teller. Er drehte den Hahn ab und schlug die Badezimmertür zu.

Im Schlafzimmer fand er einen Winteranzug, der nicht zerdrückt war, und ein sauberes Hemd. Dann ging er wieder ins Wohnzimmer, hängte seinen Rock auf, deckte ihn mit einer Zeitung zu, holte den Besen unter dem Tisch hervor und machte sich daran, auszukehren.

Die Unordnung war so groß, daß er die Entdeckung aller Hausfrauen machte: »Man weiß nicht, wo man anfangen soll,«

Er schleppte alle Teller vom Tisch in die Küche, schüttelte die Tischdecke aus und legte sie zusammen, stellte die Stühle auf den Tisch und begann zu fegen.

In der Tür stand eine nasse Gestalt und brüllte:

»Du! Was machst 'u 'nn da? Laß das sein.«

»Ich feg bloß n bißchen, Charley«, antwortete Mr. Wrenn und arbeitete mit dem Besen weiter, ohne sich stören zu lassen.

»Laß'as, sa'ch dir. Wem gehör'n die Wohnung?«

»Du gehst in die Badewanne zurück, Charley.«

»Hör mal, meinssu, daß 'u mim–mir rumkom–anieren kannst? Hör auf damit, oder ischmeißich raus. Die Wohnung wirso sein, wie ich sie will.«

Bill Wrenn, der Viehwärter, ging auf ihn los, verprügelte ihn mit dem Besen, jagte ihn wieder in die Wanne und wartete. Er lachte. Das Ganze war ein guter Witz; sein Freund Charley und er spielten ein kleines Spiel. Charley lachte auch und plantschte noch mehr. Dann begann er zu weinen und sagte, das Wasser sei kalt, und jetzt hätte ihn sein einziger Freund verlassen.

»Ach, halt die Klappe«, bemerkte Bill Wrenn und wischte den Badezimmerboden auf.

Charley ließ das Herumspritzen und begann zu spotten:

»Kleiner Schutzengel, ja? Meinssohl, du'st schrecklich gut, was? Kommsher und läßmich nich in Frieden, wenn mir gar nich gut is! Heilsarmee. Du gottsverdammter Schweihund, laßich in *Frieden*, verstehst du?« Bill Wrenn wischte weiter auf. »Schau, daß du raus kommst, du verfluchtes Aas.«

Die Energie, mit der Charley jetzt sprach, verriet, daß er allmählich nüchtern wurde. Bill Wrenn tauchte ihn noch einmal unter, so gründlich, daß seine eigenen Manschetten naß wurden. Dann zog er Charley heraus, half ihm beim Abtrocknen und trieb ihn ins Bett.

Er ging hinunter und kaufte Geschirrtücher, Seife, Waschpulver und Kragen für Charley. Dann fegte er weiter aus, wischte Staub und wusch das ganze Geschirr. Es machte ihm wirklich Freude.

Ein wütender Gemüsehändler kam und wollte fünfzehn Dollar einkassieren. Mr. Wrenn hörte sich freundlich alle Drohungen an; er spielte sich vor, es handle sich um sein eigenes Heim, dessen Ehre seine Ehre sei. Er zahlte dem Mann acht Dollar an und entließ ihn mit erhabener Gebärde. Dann setzte er sich nieder und wartete auf Charley. Er las eine Zeitung, stand aber immer wieder auf, um wütend Jagd auf Fliegen zu machen, wobei er über Stühle stolperte und wild mit der zusammengefalteten Zeitung um sich schlug.

Als Charley drei Stunden später mit klarem Kopf, aber mit einem üblen Geschmack im Mund, aufwachte, gab Mr. Wrenn ihm sehr wenig Whisky, aber beträchtliche Mengen Kaffee, Toast und Speck. Der Toast war gar nicht schlecht.

»Na, Charley«, sagte er vergnügt, »jetzt bist du deinen Rausch los, nicht wahr, Alter?«

»Hör mal, du hast dich verflucht anständig zu mir benommen. Herr Gott! Du hast ja alles sauber gemacht. Wie war ich – ich war ziemlich voll, was?«

»Sternhagelvoll warst du. Aber jetzt wirds besser werden, nicht?«

»Na, s ist kein Wunder, daß ich so einen sitzen hatte, Wrenn. Ich war bis vier Uhr früh im Ratskeller, und dann hab ich mir noch vor dem Frühstück ein paar hinter die Binde gegossen, und dann hab ich kein Frühstück gegessen. Aber ich kann dir sagen, Wrenn, ich hab mich vielleicht amüsiert. Da war sone kleine Blonde, die – –«

»Paß mal auf, Carpenter; du hörst mich jetzt an. Jetzt bist du nüchtern. Hast du was getan, um ne andere Stellung zu finden?«

»Ja, hab ich schon. Aber mir war richtig eklig. Kein Mensch hat sich um mich gekümmert.«

»Na, jetzt – –«

»Ja, ich weiß, alter Wrennski.«

»Paß mal auf, Charley, du weißt, daß ich keine großen Reden halten kann und nicht predigen will. Aber ich hab dich eben gern, und deshalb möcht ich, daß du wieder wien anständiger Mensch lebst und dich um ne Stellung kümmerst. Bist du pleite?«

»Ja, so ziemlich. Zehn Dollar hab ich noch … Ich werd mich jetzt wirklich zusammenreißen, Alter. Ich weiß, daß du nicht predigst. Wenn du mir so kommen würdest, würd ich natürlich abhauen und mir wieder nen Ordentlichen ansaufen. Ja – ich werd alles tun, damit ich ne Stellung krieg.«

»Da sind zehn Dollar. Bitte, nimms – ach – bitte, Charley.«

»Schön; was kann ich sonst noch für dich tun?«

»Was kannst du denn machen, um wieder Arbeit zu kriegen?«

»Na, ich könnt in einem kleinen Hotel, in dem ich früher Boy war, Nachtportier werden. Der, der jetzt da ist, geht, aber ich weiß nicht genau, wann – wahrscheinlich in ein oder zwei Wochen.«

»Also sei dahinter. Und komm mal zu mir – meine alte Wohnung Westen, Sechzehnte Straße.«

»Was ist denn mit der Alten dort, die immer krank ist? Wie heißt sie denn nur? Die liebt mich ja nicht grade.«

»Mrs. Zapp? Ach – die kann sich auf den Kopf stellen, wenn sie will. Ich werd soviel Gäste haben, wie mirs paßt.«

»Gut. Hör mal, erzähl mir was von deiner Reise.«

»Ach, s war großartig. Aufm Viehdampfer war ne Menge nette Kerle. Ich bin nämlich auf nem Viehdampfer rübergefahren, weißt du. Da war n gewisser Morton – schrecklich netter Kerl. Hör mal, Charley, du hättst sehen müssen, wie ich die Stiere bedient hab. Wie ich ihnen das Heu gegeben hab. Aber weißt du, das Meer war schön. So viel Farben. Fürchterlich dreckig wars natürlich auf dem Viehdampfer.«

»Schwere Arbeit?«

»Ja – ziemlich schwer. Na, nicht sehr schlimm.«

»Was hast du denn in England gesehen?«

»Ach, alles Mögliche. Hör mal, Charley. In Liverpool hab ich n großartiges Varieté gesehen, mit Morton – das ist n feiner Kerl; er arbeitet hier für die Pennsylvania. Muß ihn mal aufsuchen. Und in Oxford hab ich einen Professor von nem amerikanischen College kennen gelernt, der hat n Automobil gemietet und mich in nen schönen alten Gasthof geführt –«

»Schön, schön!«

»– in so einen, wie man in den Büchern immer liest; mit Sand aufm Fußboden.«

»Bist du auch nach London gekommen?«

»Ja. Herrjeh! das ist ne großartige Stadt. Weißt du, die Westminsterabtei ist vielleicht schön. Dort war ich paar mal. Ne Menge von Königsgräbern und so Sachen. Und einen Bischof hab ich gesehen, der hat Ledergamaschen angehabt! Aber ich war ziemlich viel allein. Hab oft an dich gedacht. Ich hab mir oft gewünscht, daß wir zusammen aufn Glas Bier wohin gehen. Und uns vielleicht zwei hübsche Mädels aufzwicken.«

»Na, du bist ja einer! … Sag mal, bist du auch nach Paris gekommen?«

»Nein … Na, jetzt werd ich wohl gehen müssen. Ich muß noch einziehen – ich bin in einem Hotel. Du kommst also heut abend zu mir?«

»Du hast also an mich gedacht? … Ja – klar, Alter! Heut abend komm ich zu dir, und ich werd sehen, daß ich die Stellung krieg.«

Ob Mr. Wrenn zu den Zapps zurückgekehrt wäre, wenn er nicht Charley versprochen hätte, am Abend dort zu sein, ist sehr fraglich. Noch während er, in der Sonnenhitze schwitzend, seinen Koffer in die Sechzehnte Straße brachte, war er drauf und dran, zu Charley zu eilen und ihm zu sagen, er solle lieber ins Hotel kommen.

Lee Theresa, die Kopfschmerzen hatte und zu Hause geblieben war, öffnete die Tür und rief aus:

»Nanu! Sie sind da?«

»Scheint so.«

»Was, so bald sind Sie wieder zurück? Sie waren doch nicht mehr als eineinhalb Monate weg?«

Sei auf der Hut, Tochter des südlichen Stolzes! Der kleine Yankee betrachtet deine vollen Kurven und leeren Augen mit Rebellion, auch wenn er ganz bescheiden sagt:

»Ja, so lang wirds ungefähr gewesen sein, Miss Theresa.«

»Na, ich hab mir ja gleich gedacht, daß Sies ohne uns nicht aushalten können. Sie werden wohl wieder Ihr altes Zimmer haben wollen. Ma, Mr. Wrenn ist zurückgekommen. Mr. Wrenn. *Ma*!«

Unten rief Goaty Zapp: »Mr. Wrenn ist wieder da. Hi! hi! Er hats nicht aushalten können. Natürlich, die Yankees!«

Ein Schlürfen, ein Stöhnen, und Mrs. Zapp wälzte sich langsam über die Treppe aus dem Souterrain herauf. Sie kam, knöpfte sich den Kragen zu und lächelte nahezu freundlich, denn gegen Mr. Wrenn empfand sie etwas weniger Abneigung als gegen ihre anderen Mieter.

»Schon zurück, Mr. Wrenn? Wissen Sie, ich hab Lee Theresa erst gestern gesagt, ich weiß ganz genau, daß Sies nicht lang ohne uns aushalten werden. Kommen Sie doch rein.«

Er schob sich ins Wohnzimmer und fragte: »Was macht die Ischias, Mrs. Zapp?«

»Ich fühl mich gar nicht gut.«

»Mein Zimmer besetzt?«

Er sah sich nicht sehr wohlgefällig in dem ungelüfteten Raum um, und seine kurze Art gefiel dem Oberhaupt des Hauses Zapp durchaus nicht.

»Grade im Augenblick ist es nicht besetzt, Mr. Wrenn, aber ich weiß nicht. Erst gestern war n Herr da, und der hat gemeint, wenn er kommt, bleibt er als Dauermieter. Ich muß Ihnen sagen, Mr. Wrenn, ich weiß nicht, ob mirs recht sein kann, wenn meine möblierten Herren ganz einfach auf und davon gehen, ohne mir zu kündigen.«

Lee Theresa warf ihr einen bösen Blick zu.

Mr. Wrenn erwiderte: »Ich *hab* Ihnen gekündigt.«

»Ich weiß, aber – also, ich glaub, ich kann Ihnen das Zimmer geben, aber ich werd viereinhalb bekommen müssen, nicht bloß vier wie früher. Alles wird so viel teurer. Erst gestern hab ich zu Lee Theresa gesagt, ich weiß nicht, was wir tun sollen, wenn der liebe Gott uns nicht hilft. Und, Mr. Wrenn, ich weiß nicht, ob mirs recht sein wird, wenn Sie abends immer so spät nach Haus kommen. Aber ich denke, ich kann Ihnen das Zimmer geben.«

»Das ist dann wohl eine besondere Gefälligkeit, ja, Mrs. Zapp?«

Mr. Wrenn war gefährlich höflich.

»Ja, aber – —«

Es war unser Held, unser Amokläufer von den siebenundsiebzig Meeren, unser revolutionärer Freund Istras, der jetzt geradewegs von dem salzüberkrusteten Deck seines mit den Wogen kämpfenden Schiffs in das Wohnzimmer sprang und in aller Ruhe, ungerührt, erklärte: »Ja, dann werd ich es vielleicht besser nicht nehmen.«

»So. So behandeln Sie uns also!« schrie Mrs. Zapp. »Sie gehen weg und lassen uns mit nem leeren Zimmer sitzen, und – Oh! Es ist ja einfach – einfach – —«

» *Ma*! Du bist jetzt still und gehst hinunter!« zischte Theresa. »Los.«

Mrs. Zapp watschelte mit der Würde einer verletzten Königin hinaus. Lee Theresa sagte zu Mr. Wrenn:

»Ma fühlt sich heute nachmittag gar nicht gut. Es tut mir leid, daß sie so geredet hat. Sie bleiben doch hier, nicht wahr?«

Sie lächelte ihn besorgt an, und ihre Ängstlichkeit rührte ihn. »Vergessen Sie nicht, daß Sies uns versprochen haben.«.

»Schön, also gut, aber – –«

Bill Wrenn löste sich auf. Das »aber« war sein letztes Lebenszeichen, und Theresa redete eifrig weiter: »Ich hab ja *gewußt*, daß Sie verstehen werden. Ich lauf sofort rauf und bring das Zimmer in Ordnung und überzieh das Bett.«

Ein Monat, ein heißer New Yorker Monat verstrich, bevor der gewaltige Mr. Guilfogle ihm die Stellung wiedergab, und dann auch nur mit einem Wochengehalt von siebzehneinhalb Dollar statt der früheren neunzehn. Mr. Wrenn lehnte unter einem Vorwand die Einladung des Direktors, mit ihm etwas trinken zu gehen, ab und legte ihm zwanzig Vorschläge für neue Propagandabriefe und Nouveautés vor. Er verbesserte wieder die unsystematischen Methoden des jungen Jake, und nach zwei Tagen war er schon so in der Arbeit, als hätte er sich niemals von der Kunstartikel-Gesellschaft entfernt.

Dreizehntes Kapitel.
Er ist wieder unser Herr Wrenn

Liebe Istra, ich bin wieder in New York, wo es mir sehr gut geht, & ich hoffe, daß es Ihnen ebenso geht. Ich wollte Ihnen schon seit langem schreiben, aber es hat nicht viel zu erzählen gegeben & so habe ich Ihnen nicht geschrieben. Aber jetzt bin ich wieder bei der Kunstartikel-Gesellschaft. Ich hoffe, Sie amüsieren sich gut in Paris. Das muß eine sehr hübsche Stadt sein & ich habe mir oft gewünscht, dort zu sein, vielleicht fahre ich auch noch einmal hin. Ich [hier ist einiges ausradiert] habe ziemlich viel gelesen, seit ich wieder zurück bin & ich glaube, es wird immer besser damit werden. Sie haben mir so vieles über Bücher & soweiter gesagt, & das habe ich mir gut gemerkt. Ich schließe

als Ihr sehr ergebener
William Wrenn«

Mehr wußte er nicht zu sagen. Aber es gab erschreckend vieles, was er denken konnte, wenn er an seinem Fenster in der Sechzehnten Straße saß, die noch ebenso langweilig aussah wie vor seinem jahrhundertelangen Aufenthalt in England. Er dachte an ihr Lächeln – und rief aus: »Ach, ich sehn mich ja so nach ihr.« Dann dachte er an die Wanderung im Regen – und wieder kam derselbe Ausruf.

Schließlich beschimpfte er sich: »Warum *mach* ich denn nicht was, womit sie zufrieden sein kann, statt rumzusitzen und wie ein dummer Junge nach ihr zu jammern?«

Er arbeitete an seinem Plan, »den Süden zu erfassen« – für die Kunstartikel-Gesellschaft zu erfassen. Immer wieder sprang er von dem Schreibtisch in seinem heißen Zimmer auf, wenn Istra mit einem Mal zu ihm kam und neben seinem Stuhl stand. Aber er arbeitete.

Die Reisevertreter der Kunstartikel-Gesellschaft waren nicht imstande gewesen, der Firma im Süden die Geschäfte zu bringen, die sie haben mußte, wenn es mit rechten Dingen zuginge. Auf der Überfahrt von England war Mr. Wrenn auf den

Gedanken gekommen, daß ein Dixieland-Tintenfaß mit den kombinierten Flaggen der Konföderierten und der Union ein bewundernswerter Geschenkartikel sein müßte, der die Aufmerksamkeit des Handels im Süden auf sich lenken würde. Dem Tintenfaß sollte eine Serie von Briefen folgen, die bei jedem Anlaß, bei Bestellungen und Nachbestellungen, abzuschicken wären; darin sollte der Hoffnung Ausdruck gegeben werden, daß es um die diversen Gesundheiten im Süden gut stehe und die Baseball-Saison zufriedenstellend sei – alles, um den Reisenden im Süden einen guten Empfang zu sichern.

Er setzte seine Briefe auf; er entwarf sein Tintenfaß; er sammelte den Mut, mit dem Direktor zu sprechen … Um die Liebe und die Geliebte zu vergessen, sind Männer in Flugzeugen aufgestiegen und haben afrikanische Volksstämme unterworfen. Um die Liebe zu vergessen, marschierte ein neuer, eifriger, sehr nachdenklicher Mr. Wrenn in Mr. Guilfogles Büro, warf seine Papiere auf den Tisch und erklärte: »Hier haben Sie die Entwürfe für das Geschäft im Süden, von denen ich Ihnen erzählt hab. Wissen Sie, ich möcht das alles wirklich gern ausprobieren. Deshalb möcht ich auch ein paar Stunden im Tag n Fräulein zur Verfügung haben.«

»Na, Sie wissen, unsere Stenotypistinnen haben ganz genug zu tun. Aber lassen Sie mir die Sachen mal hier. Ich werd sie mir durchsehen«, sagte Mr. Guilfogle.

Noch am selben Nachmittag stimmte der Direktor dem Plan begeistert zu. Begeistert zustimmen heißt in einem Büro, mürrisch sagen: »Ja, wissen Sie, es kann wohl nicht sehr viel Schaden anrichten, wenn wirs probieren, aber seien Sie um Gottes willen vorsichtig, und zeigen Sie mir jeden Brief, den Sie rausgehen lassen wollen.«

Mr. Wrenn diktierte also für jeden der Geschäftsfreunde im Süden einen Brief, übersandte ihm ein Dixieland-Tintenfaß und erkundigte sich nach den Ernteaussichten. Er hatte eine Stenotypistin, eine tüchtige, unduldsame junge Person, die seine zögernd gesprochenen Worte niederschrieb, als wären sie Musterbeispiele eines schlechten Englisch, die sie ihren Freunden zeigen wollte, und auf das nächste Wort mit zynischer Belustigung wartete.

»Herr Gott!« knurrte Bill Wrenn, der Viehwärter. »Ich werd ihr schon zeigen, daß ich der Chef von der Sache bin.« Aber er diktierte so eifrig und war so erpicht darauf, Resultate zu erzielen, daß er an den Hochmut des Mädchens gar nicht mehr dachte.

Er informierte sich in den Zeitungen über die Ergebnisse der Baseballspiele im Süden. Er nahm sich jeden Vertreter, der vom Süden zurückkam, vor und erkundigte sich bei ihm nach der Konfession und den politischen Anschauungen der Kaufleute in seinem Bezirk. Er vergaß sogar, sich über seine nächste Gehaltserhöhung den Kopf zu zerbrechen, und fand es viel interessanter, nach einem raschen Mittagessen zu einem wichtigen Brief zurückzueilen, als die Zeit abzuwarten und sorgfältig jede Minute seiner Mittagspause für sich auszunützen.

Als der Oktober kam – der Oktober der Landstreicher, in dem die Blätter auf den Palissaden draußen in bunten Farben erglänzten und die Kinopaläste in der Sechsten Avenue wieder kühl und einladend aussahen – blieb Mr. Wrenn bis in den späten Abend im Büro und legte sich Verzeichnisse der Kaufleute im Süden mit allen ihren Steckenpferden und Vorurteilen an; er pfiff während der Arbeit vergnügt vor sich hin und unterbrach sich ab und zu, um auf den Tisch zu schlagen und zu murmeln: »Weiß Gott! Ich krieg sie – ich krieg sie.«

An Istra dachte er meistens erst, wenn er mit dem stolzen Bewußtsein, soviel gearbeitet zu haben, daß ihm die Augen weh taten, wieder auf der Straße war. Ja, am meisten Sorge machte es ihm in jenen Tagen, wenn Mr. Guilfogle ihn »eine Idee nicht ausführen lassen« wollte.

Die erste Schlacht ging darum, ob Mr. Wrenn die Briefe persönlich unterzeichnen sollte oder nicht; der Direktor war nämlich der Ansicht, die Briefe kämen mindestens ebenso sehr von der Firma wie von Mr. Wrenn und müßten darum auch von ihr unterzeichnet werden. Mit einiger Anstrengung überzeugte Mr. Wrenn ihn davon, daß die beste Methode, einen Brief persönlich klingen zu lassen, darin bestehe, daß der Brief auch wirklich persönlich gehalten werde. Sie beschimpften einander nahezu, bevor Mr. Wrenn die Erlaubnis bekam, nach eigenem Ermessen zu handeln.

Es ist sehr fraglich, ob Mr. Guilfogle gut daran tat, nachzugeben. Wozu ist ein Direktor da, wenn seine Untergebenen selbständig handeln?

Die nächste Schlacht verlor Mr. Wrenn. Er hatte gefordert, daß seine Stenotypistin in jedem Monat einen Frei-Tag bekomme. Mr. Guilfogle wies daraufhin, daß sie nach einem solchen Frei-Tag nur schlechter zu gebrauchen wäre, daß etwas derartiges sie unzufrieden machen müßte, und daß man ihr eine Wohltat erweise, wenn man für ununterbrochene Beschäftigung ihres Geistes sorge. Immerhin wurde Mr. Wrenn eine neue Schreibmaschine bewilligt, in einer Art jedoch, die ihm sehr deutlich zu verstehen gab, daß die Kunstartikel-Gesellschaft fast zu viel Entgegenkommen zeige, wenn sie einem Angestellten gestatte, seinen eigenen egoistischen und eigensinnigen Wünschen zu folgen.

Man kann diesen Angestellten nie trauen. Mr. Wrenn vertiefte sich so sehr in seine Arbeit, daß er nicht einmal so tat, als würde ihm eine Gnade erwiesen, als Mr. Guilfogle ihm erlaubte, seine Briefe mit Durchschlägen schreiben – und nicht kopieren – zu lassen. Der Direktor gab ihm nach, war aber, sehr mit Recht, über das kurzangebundene Wesen dieses Schurken empört, worauf unser selbstsicherer Revolutionär, unser Freund von Anarchisten und rothaarigen Künstlern, eine »Erhöhung« verlangte und erklärte, es sei ihm höchst egal, ob die [vorzüglichen] Briefe hinausgingen oder nicht. Wie freundlich die Chefs doch sind! Mr. Guilfogle entschuldigte sich und erhöhte das Wochensalär des Wahnwitzigen von siebzehneinhalb Dollar auf die neunzehn, die er schon früher gehabt hatte. (Er war entschlossen gewesen, sich mit achtzehn zufrieden zu geben; er hatte zweiundzwanzigeinhalb verlangt, und sein Wert notierte auf dem Arbeitsmarkt zwischen fünfundzwanzig und dreißig; der Nutzen jedoch, den die Kunstartikel-Gesellschaft aus seiner Arbeit zog, belief sich auf sechzig Dollar, abzüglich seines jeweiligen Gehalts.)

Aber das war noch nicht alles. Mr. Guilfogle klopfte ihm auf die Schulter und erklärte: »Sie machen sich gut, alter Junge. Sehr schön. Sehr schön. Werden Sie nur nicht zu leichtsinnig.«

An diesem Abend arbeitete Wrenn bis acht Uhr.

Seit der Gehaltserhöhung konnte er es sich leisten, ins Theater zu gehen, da er jetzt nicht mehr für eine Reise sparte. Er schrieb kleine Briefe an Istra und las die Bücher, von denen er annahm, sie würden ihre Zustimmung finden – einen Pariser Baedeker und den zweiten Band von Tolstois »Krieg und Frieden«, den er auf einem Bücherwagen um fünf Cent kaufte. Er interessierte sich für volkstümliche und oberflächliche französische und englische Geschichtswerke, dachte fast allabendlich daran, Freundschaften zu schließen, und nahm sich fest vor, damit anzufangen – sobald das schöne Irgendwann zur Gegenwart geworden sei.

An dem Tag, da ihm einer der Kaufleute im Süden über seinen Sohn schrieb – »prachtvoller junger Mensch – hat die besten Aussichten, in der Atlanta-Polizei Leutnant zu werden« – wurden Mr. Wrenns Augen feucht. Da war schon ein Freund. Freilich. Er würde noch viele Freunde gewinnen. Dann war der Krüppel vom Zeitungsstand in Austin, Texas, da. Mr. Wrenn schickte ihm zwei Dixieland-Tintenfässer und ein Banner der Yale-Fußballmannschaft für seine Brüder, die an der landwirtschaftlichen Hochschule waren.

Die Aufträge – ja; sie nahmen von Tag zu Tag zu. Die Kaufleute aus dem Süden luden ihn öfters zum Abendessen ein. Aber er fühlte sich in ihrer Gesellschaft nicht recht wohl. Sie waren so klug und kannten so viele Rauchzimmergeschichten. Noch immer hatte er nicht die Freunde gefunden, nach denen es ihn verlangte.

Miggleton's Restaurant in der Zweiundvierzigsten Straße war eine romantische Entdeckung. Trotz seinen »volkstümlichen Preisen« – einfaches Omelette fünfzehn Cent – hatte es grünrot lackierte Armleuchter und Tische im Missionsstil, und ein spatzenähnlicher Pianist machte mit einem Geiger Musik. Mr. Wrenn hörte die Musik eigentlich nie, sondern vergnügte sich, während sie dahinplätscherte, mit den Witzzeichnungen im *Journal*, das er immer an die Wasserflasche auf seinem Tisch lehnte. Ab und zu ließ er die Zeitung, um die Lichtreklame eines Grundstückmaklers, die wahre Gärten des Paradieses auf Raten versprach, zu bewundern und von einer fernen, köstlichen Zukunft zu träumen, die ihm noch höchst nebelhaft und unklar war. Ein oder zweimal wußte er, daß er an das Mädchen in sanftem Braun dachte, zu dem er »nach Hause gehen« würde. Sie würde ebenso klug sein wie Istra, aber »ach, viel mehr so, daß man sich gar nicht anstrengen muß, wenn man mit ihr zusammen ist« … Bisweilen regte ihn die Musik auch zu guten Einfällen für seine Propagandabriefe an, die er dann auf alten Couverts notierte.

Endlich kommt das historische Streichholzschachtel-Ereignis.

An jenem Oktoberabend aß er früher als sonst bei Miggleton. Das Menu um dreißig Cent befriedigte die höchsten Ansprüche. Die legierte Maissuppe war, wie er zu der Kellnerin bemerkte, »einfach blendend«, und in seiner Portion Waldorfsalat allein fand er zwei ganze Nüsse.

Der dicke Mann mit der weißen Weste, den er schon oft in eben dieser Ecke des Restaurants bemerkt hatte, lächelte ihm zu und sagte: »Schön guten Abend«, als er sich Mr. Wrenn gegenüber setzte und die beiden Locken, die den Vorderteil seines nahezu kahlen Kopfes zierten, glättete und zurückstrich.

Die Musik spielte ein Potpourri aus Melodien der »Lustigen Witwe«, bei dem er die Füße nicht still halten konnte. Die ganze Zeit dachte er daran, daß er das Nouveautés- und Papiergeschäft in Seattle dazu bringen mußte, einen Fünfhundert-Dollar-Auftrag zu erteilen.

Das *Journal* brachte ein Feuilleton über »Die Freundschaft«, das Cicero alle Ehre gemacht hätte, und auch machte.

Er legte die Zeitung aus der Hand, rührte seine große Tasse Kaffee um und betrachtete die Perlmutterknöpfe auf der Weste des dicken Manns, der jetzt seine Suppe schlürfte. »Mein Land!« dachte er, »Freundschaft! Ich hab noch nicht mal damit angefangen, Freunde zu suchen. Nichts hab ich getan. Ich muß endlich damit anfangen.«

»Hübscher Abend«, sagte der dicke Mann.

»Ja – freilich«, stimmte Mr. Wrenn eifrig zu.

»Richtiges Spätsommerwetter.«

»Ja, nicht wahr! Ich bekomm richtig Lust, auf dem Riverside Drive spazieren zu gehen – ja, das werd ich auch tun.«

»Ich wollte, ich hätt Zeit dazu. Aber ich muß in meinen Laden machen – Zigarren. Dreimal in der Woche hab ich Abenddienst.«

»Ja, ich seh Sie fast immer hier, wenn ich mal bißchen früher eß.«

»Ja. An den anderen Abenden eß ich in meiner Pension.«

Schweigen. Aber Mr. Wrenn suchte verzweifelt nach Dingen, von denen er sprechen könnte, nach Annäherungsmethoden, denn eine solche Gelegenheit, mit einem neuen Menschen bekannt zu werden, hatte er in allen seinen Nächten der Einsamkeit herbeigesehnt.

»Wann die wohl mit dem Grand Central fertig sein werden?« fragte der Dicke.

»Das wird wahrscheinlich noch paar Jährchen dauern.«

»Ja. Wird wohl so sein.«

Schweigen.

Mr. Wrenn saß da und dachte angestrengt darüber nach, was er noch sagen könnte. Einsame Menschen in Großstadtrestaurants werden eben nicht miteinander bekannt. Immerhin gelang es ihm, in höchst freundlichem Ton zu sagen: »N großartiges Gebäude wird das sein.«

Schweigen.

Dann redete der Dicke wieder:

»Bin neugierig, wie Wolgast bei seinem Boxen abschneiden wird. Ich glaube nicht, daß er sich halten kann.«

Mr. Wrenn stimmte zu:

»Er wirds nicht leicht haben.«

»Gehen Sie zu dem Schaufliegen hinaus?« fragte der Dicke.

»Nein. Aber ich würd mirs gern ansehen. Herrjeh! das muß ja ganz – ganz aufregend sein, nicht?«

»Ja – na selbstverständlich. Aber die erste Maschine, die ich gesehen hab – ich war grade in Belmont Park aus dem Zug gestiegen, und da war n Aeroplan oben in der Luft, der hat ganz genau so ausgesehen wie einer von den großen mechanischen Käfern, die die Leute auf der Straße verkaufen. Ich war eigentlich bißchen enttäuscht. Aber was meinen Sie? Das war der J. A. D. McCurdy in nem Curtiss-Biplan – ich glaub wenigstens, das wars – und Herrgott! der hat Schleifen gemacht und ist gekippt, so daß ich vor lauter Aufregung geglaubt hab, mir wird der Hut vom Kopf fallen. Und hören Sie, was meinen Sie? Nachher hab ich den McCurdy selber gesehen, er ist neben einem von den – den Hangars gestanden, n hübscher, junger Kerl, nicht mehr als achtundzwanzig oder dreißig Jahre, und ausgesehen hat er wien Langstreckenläufer. Und dann hab ich noch Ralph Johnstone gesehen und Arch Hoxey – –«

»Herrjeh!« keuchte Mr. Wrenn.

»– die haben sone – wie heißt das nur? – sone Sturzflüge und alle die Sachen gemacht. Ich hab mir die Gurgel ausm Hals geschrien.«

»Ach, das muß ja was Großartiges gewesen sein!«

»Ja – das wars auch wirklich.«

Und damit schienen alle Gesprächsthemen erschöpft. Mr. Wrenn faltete langsam seine Zeitung zusammen, jagte seinem Scheck unter drei Tellern und der Speisekarte nach, bis er ihn in seinem Versteck unter dem Senftigel gefunden hatte, und stand mit einem bedauernden »Guten Abend« auf.

Vor dem Pult der Kassiererin, einer stattlichen Blondine, steckte er ein Centstück in den Apparat, der gutmütig Streichholzschachteln ausspuckte. Diesmal kam keine Schachtel heraus, obwohl er lärmend an dem Hebel zog.

»Funktioniert nicht?« fragte die Kassiererin. »Da sind zwei Schachteln Streichhölzer. Sie haben sie sich verdient.«

»Na na, na na!« rief sein Freund, der Dicke, der jetzt auch dastand und seine Rechnung bezahlte. »Ganz leicht, was? Zwei Schachteln für einen Cent! Das Restaurant reinlegen.« Er warf den Kopf zurück, steckte sorgfältig einen Cent in den Schlitz, zog an dem Hebel und sah sich grinsend nach Mr. Wrenn um, der vergnügt zurückgrinste, als der Apparat wieder nicht funktionierte.

»Lassen Sie mich mal probieren«, rief Mr. Wrenn vergnügt und zog mit der Begeisterung der Kameradschaft am Hebel.

»Nichts zu machen«, krähte der Dicke der Kassiererin zu. »Ich krieg jetzt wohl auch zwei Schachteln, nicht? Und ich bin noch dazu in nem Zigarrenladen. Da hab ich die Konkurrenz mal reingelegt, was? Hohoho!«

Die Kassiererin reichte ihm mit einem verlegen albernen Lächeln zwei Schachteln, und der Dicke klopfte Mr. Wrenn vergnügt auf die Schulter.

»Jetzt bin ich dran!« rief ein junger Mann in hellbraunem Anzug, der interessiert zugesehen hatte.

Mr. Wrenn setzte eine finstere Miene auf. »Keine Rede – ich! Ich hab das Spiel erfunden.« Noch niemals war er so entschlossen aufgetreten. Er war wieder Bill Wrenn, aber jetzt mit der weltmännischen Glätte eines Abteilungschefs in einem Warenhaus. Er stand neben seinem Freund und Schicksalsgefährten, dem dicken Mann, einer Persönlichkeit, die durchaus ernst zu nehmen war.

Allerdings fügte er diesem geistigen Triumph nicht den Triumph hinzu, noch zwei Schachteln zu bekommen, denn die Kassiererin rief: »O nein; ich bin jetzt dran!« und stellte den Automaten auf ein Brett hinter der Theke. Aber Mr. Wrenn trat mit seinem alten Freund, dem Dicken, aus dem Restaurant und sagte höchst witzig: »Jetzt sind wir reingelegt, was?«

»Ja!« kicherte der Dicke.

»Sie gehen in Ihren Laden?«

»Ja – natürlich – wollen Sien Stück mitkommen?«

»Ja, sehr gern. Wo ist das?«

»Vierte Avenue, Ecke Achtundzwanzigste.«

»Da komm ich mit.«

»Fein!«

Und der dicke Mann schien das ernst zu meinen. Er vertraute Mr. Wrenn an, daß man in Trulen in New Jersey ausgezeichnet angle; daß er sehr tüchtig beim Auswerfen der Angelschnur sei; daß er am liebsten auch jetzt in Trulen wäre, um zu angeln, aber vom Geschäftsführer des Zigarrenladens daran verhindert werde; daß der Geschäftsführer ein alter Teufel wäre; daß er (der Dicke) Tom Poppins heiße; daß der Laden eine ausgezeichnete neue Sorte Manilazigarren führe, die in einem auf seinen (Mr. Poppins') Rat angeschafften luft- und feuchtigkeitsdichten Kasten aufbewahrt würden; daß es ihm ein großes Vergnügen sein würde, Mr. – Mr. Wrenn, ja? – eine von diesen Manilazigarren anzubieten – es seien übrigens sehr große Zigarren; und daß er schon lange nicht so gelacht hätte wie darüber, daß sie das Restaurant mit den Streichhölzern so hereingelegt hätten.

All das sagte er in der leichten, zärtlichen, etwas melancholischen Art dicker Menschen. Mr. Poppins' große, runde, freundliche Kinderaugen hatten nie etwas Ironisches. Er war der Mann, der in einem Raucherabteil in der Eisenbahn alle Menschen im Laufe einer halben Stunde zu alten Freunden macht. Die Folge war, daß Mr. Wrenn sich nicht schüchtern zurückzog; er deutete sogar einiges von den Sehnsüchten und Sorgen seines Lebens an, und als sie zum Laden kamen, nahm er eine von den »blendenden neuen Manilazigarren« nicht nur an, er rauchte sie auch vergnügt.

Als er fortging, wußte er, daß das goldene Zeitalter angebrochen war. Er hatte einen Freund!

Er sollte Tom Poppins am nächsten Donnerstag bei Miggleton treffen. Und jetzt wollte er Morton aufsuchen! Er lachte so laut, daß der Polizist in der Vierunddreißigsten Straße ganz verlegen wurde und heimlich festzustellen suchte, was an seiner Uniform nicht in Ordnung sei. Noch jetzt, noch an diesem Abend, wollte er versuchen, Morton auf die Spur zu kommen. Nun, am Abend wohl nicht mehr – die Büros der Pennsylvania waren ja nicht mehr offen, aber auf jeden Fall noch in dieser Woche.

Zwei Abende später, als er bei Miggleton auf Tom Poppins wartete, machte er sich Vorwürfe darüber, daß er noch nichts getan hatte, um Morton zu finden; den guten alten Morton vom Viehdampfer. Aber das alles vergaß er bei Tom Poppins' wunderbarer Erzählung von Mrs. Artys Pension, »wo alle einander gern« hatten.

»Sie haben noch nie in ner Pension gegessen, nicht wahr?« fragte Tom. »Ich glaube ja, in den meisten wird man nen ziemlichen Fraß kriegen. Und die Leute werden auch nicht grade nett sein. Aber bei Mrs. Arty ist man wie zu Hause. Sind auch nette Leute dort. Wenn Mrs. Arty – sie heißt eigentlich Mrs. R. T. Ferrard, aber wir nennen sie immer Mrs. Arty (R.T.) – wenn Sie ihr nicht gefallen, sagt sie Ihnen in aller Seelenruhe, daß sie Sie gar nicht nimmt; wenn Sie ihr aber sympathisch sind, dann stopft sie Ihnen die Socken, als ob Sie ihr Mann wären. Und jeder, der nach Haus kommt, sieht erst noch mal ins Wohnzimmer, ganz egal wie späts ist – bis halb eins, und dann wird geredet und gelacht und n Glas Bier getrunken und Fünfhunderter-Préférence gespielt. Ganz wie zu Haus!

Mrs. Arty ist beinah genau so dick wie ich, aber wenn sie was für einen tun kann, ist sie sehr rasch. Lauter nette Leute wohnen da – außer dem Teddem – das ist son weibischer Komödiant, der nie Arbeit hat; ich glaub, Mrs. Arty hat immer son bißchen Mitleid mit ihm. Hören Sie, Mr. Wrenn – Sie scheinen doch wirklich n netter Kerl zu sein – wollen Sie nicht mit den ganzen Leuten da bekannt werden? Vielleicht wollen Sie auch mal einziehen. Sie haben mir doch davon erzählt, was für ne ekelhafte alte Pute Ihre Wirtin ist. Kommen Sie doch mal zum Abendessen rauf. Eingeladen. Haben Sie nächsten Montag abends was vor?«

»N–nein.«

»Also dann kommen Sie – Osten, Dreizehnte.«

»Ich komm wirklich gern!«

»Na also, dann ist ja alles in Ordnung. Kommen Sie so gegen sechs. Fragen Sie nach mir. Am Montag. Montag, Dienstag und Freitag brauch ich abends nicht in den Laden gehen. Kommen Sie nur; Sie werden ja dann sehen, obs Ihnen dort gefällt.«

»Donnerwetter ja, ich komm!« Mr. Wrenn schlug begeistert auf den Tisch.

Endlich hatte er es »hinter sich, wirklich *hinter* sich, bloß so rumzubummeln und keine Bekanntschaften zu machen«, sagte er sich. Er hatte genug von den Zapps. Er wollte zu Mrs. Arty gehen und jetzt – wollte er Morton finden. Am nächsten Vormittag telephonierte er, ganz erstaunt darüber, daß er diese leichte Aufgabe nicht schon früher gelöst hatte, mit dem Pennsylvaniabüro, fragte nach Morton und hörte nach einer halben Minute:

»Ja? Hier Harry Morton.«

»Hallo, Mr. Morton! Was meinen Sie wohl, wer da ist?«

»Keine Ahnung.«

»Na, was glauben Sie –«

»Jack?«

»Falsch.«

»Onkel Henry?«

»Nein.« Mr. Wrenn hatte ein unbehagliches Gefühl, als er merkte, er sei so vollständig aus Mortons Welt verschwunden, daß an ihn überhaupt nicht gedacht wurde. Er beeilte sich, einen Teil dieser Welt für sich in Anspruch zu nehmen:

»Sagen Sie, Mr. Morton, haben Sie schon mal was von einem Viehdampfer gehört, der *Merian* heißt?«

»Ich – – Ja! Ist dort Bill Wrenn?«

»Ja.«

»Aber, nanu! Wieder im Lande?«

»Ach, ich bin schon ne ganze Weile wieder da, Morty. Ich hab dich schon paar mal erreichen wollen – hab schon öfter angerufen – ich bin wieder in meiner alten Stellung – Kunstartikel-Gesellschaft. Hör mal, ich möcht dich gern sehen.«

»Na, ich dich doch auch, alter Bill!«

»Hast du für heute abend schon was vor, Morty?«

»N–nein. Nein, ich glaub, ich hab nichts vor.«

Das kam ein wenig zögernd. Mr. Wrenn zog daraus den Schluß, daß Morton gesellschaftlich sehr in Anspruch genommen sei; er formulierte also seine Einladung überaus höflich:

»Also hör mal, alter Junge, es würde mir n großes Vergnügen sein, wenn du heute abend mit mir essen könntest. Können wir uns irgendwo treffen, Morty?«

»J–ja, ich denk schon. Ja, gut. Wo sollen wir uns treffen?«

»Wie wärs Sechste Avenue Ecke Achtundzwanzigste?«

»Ausgezeichnet, Bill. Gegen sechs Uhr?«

»Schön! Ich freu mich schon sehr, dich wiederzusehen, Morty.«

»Ich auch. Bis dahin.«

Als Mr. Wrenn am Tisch bei Miggleton das ihm bekannte Gesicht Mortons vom Viehdampfer studierte, sah er einen sich nicht allzu behaglich fühlenden Fremden vor sich, dessen Eleganz durchaus nicht an Viehdampfer denken ließ – er trug eine rote Krawatte mit einer Hufeisennadel aus »brasilianischen Diamanten« und einen hübschen braunen Anzug mit elegant geschwungenen Ärmeln und Taschenklappen.

Morton erzählte von seinen Wanderungen nach dem Abschied in Liverpool nicht mehr als: »Ach, ich bin rumvagabundiert. So überall … Warm heut abend. Für die Jahreszeit.« Dreimal erklärte er: »Ich hatte bißchen Angst, daß du bös sein wirst, weil ich so davongegangen bin. Deshalb hab ich dich auch nicht aufgesucht.« Dreimal versicherte Mr. Wrenn, daß er nicht »bös« gewesen sei.

Das Gespräch stockte. Beide spielten ziemlich oft mit ihrem Besteck. Morton baute Zahnstocherpyramiden, während er angeblich aufmerksam der Musik zuhörte und Mr. Wrenn zum Fenster hinausstarrte, als warte er darauf, daß das Haus gegenüber augenblicklich zu brennen anfange. Wenn einem von ihnen etwas einfiel, was er sagen konnte, begannen sie mit schuldbewußter Hast zu plaudern und versicherten einander immer wieder ganz aufgeregt, daß sie durchaus einer Meinung wären.

Mr. Wrenn ertappte sich bei dem Gedanken, daß Morton nicht sehr viel Neues zu sagen habe, und dabei bekam er ein so schlechtes Gewissen, daß er ganz energisch rief:

»Hör mal, jetzt leg aber los, alter Junge; ich muß unbedingt wissen, was du gemacht hast, wie du mal von Liverpool fort warst.«

»Ich — —«

»Na — —«

»Ich bin überhaupt nicht aus Liverpool rausgekommen. Ich hab dort in einem Restaurant gearbeitet … Aber das nächste Mal — — Da fahr ich direkt bis nach Konstantinopel!« explodierte Morton. »Und auf jeden Fall hab ich das englische Leben in Liverpool ganz gut kennen gelernt.«

Mr. Wrenn sprach lange und mit großer Zungenfertigkeit über die großen Baseballspiele und über die Vorzüge der Schuhe von Regal gegenüber denen von Walkover.

Er zerbrach sich den Kopf darüber, was sie anfangen könnten.

Plötzlich rief er:

»Hör mal, Morty, ich kenn nen schrecklich netten Menschen, gleich in der Nähe hier, in nem Zigarrenladen. Gehen wir doch zu dem.«

»Gemacht.«

Tom Poppins empfing die beiden sehr herzlich. Er holte braune Klappstühle aus dem Raum hinten, in dem Zigarren gedreht wurden, hervor, und die drei setzten sich hinter den Ladentisch, wo Tom von den Rennen in Juarez, von Taft, Zigarrenbauchbinden und Juden plapperte. Morton wurde dazu angeregt, die alles andere als neue Geschichte von dem Richter und dem Farbigen zu erzählen. Er war sehr lustig, lachte viel und rief häufig: »Ah Donnerwetter!« Aber er sah immer wieder auf die Uhr an der Wand. Um zehn Uhr stand er verlegen auf, zauderte einen Augenblick und murmelte: »Jetzt muß ich aber nach Hause.«

Mr. Wrenn: »Aber, Morty! So früh?«

Tom: »Warum denn so eilig?«

»Ich muß bis nach Jersey City rüber.« Morton sprach sehr herzlich, aber keineswegs überzeugend.

»Hören Sie – äh – Morton«, sagte Tom mit strahlend freundlicher Miene, »am nächsten Montag kommt Wrenn zu mir in die Pension zum Abendessen. S wär nett, wenn Sie auch mit dabei sein könnten. Ist sehr nett da – Mrs. Arty – das ist die Wirtin – ist wirklich wunderbar. S wird bald n Zimmer frei werden – vielleicht könntet ihr beide das nehmen, wie wär das? Sie dürfen nicht glauben, daß ich da irgend was dran verdien. Aber wir tun für Mrs. Arty gern alles, was wir – –«

»Nein, nein!« sagte Morton. »Tut mir leid. Kann ich nicht machen. Ich wohn bei meinem Schwager – das kostet mich nur halb so viel, als ich sonst anlegen müßte – – Ich muß nämlich für ne ordentliche große Reise Geld sparen. Ich will direkt nach Petersburg fahren … Aber heut abend wars sehr nett.«

»Fein. Großartige Sache das, wie ihr da auf dem Viehdampfer wart«, erklärte Tom. Morton bemerkte noch rasch ein wenig kritisch:

»Ihr unternehmt wohl allerhand? Ich kann mir das nicht leisten … Na, gute Nacht. Hat mich gefreut, Sie kennen zu lernen, Mr. Poppins. Gute Nacht, alter Wr – –«

»Gehst du zur Fähre? Nach Jersey? Ich bring dich noch hin«, sagte Mr. Wrenn.

Sie redeten nicht viel, und für Mr. Wrenn war der Weg sehr traurig. Er sah, wie Morton (voraussichtlich) die großen Reisen machte, die er einst geplant hatte. Er merkte, daß er, während er neue Freunde gewann, die ganze wilde Abenteuerlustigkeit Bill Wrenns verlor. Und er nahm Abschied von seinem ersten Freund.

An der Fähre sagte Morton: »Also, auf Wiedersehen, alter Junge«, mit einer Zärtlichkeit, die den endgültigen Abschied bedeutete.

Mr. Wrenn floh zurück zu Tom Poppins' Laden. Auf dem Weg konstatierte er zu seinem Entsetzen, daß es eine Erlösung für ihn war, sich von Morton getrennt zu haben. Der Laden war schon geschlossen.

Zu Hause erwartete ihn Mrs. Zapp wegen der Miete (die um einen Tag überfällig war) und er war sehr kurz angebunden. Damit rettete er sich davor, in der Einsamkeit seines Zimmers allzu unglücklich zu werden.

Das Gespenst Mortons war den ganzen nächsten Tag um ihn, bis er nach Hause kam und zu seiner Überraschung einen Brief aus Paris vorfand, auf dessen grauem, ausländisch aussehendem Couvert er Istras Schrift erkannte.

Er schob die Wonne des Brieflesens hinaus, bis er sich die Zähne geputzt, die Pantoffeln angezogen und die Kissen des Schaukelstuhls zurechtgelegt hatte. Atemlos in der Erwartung der kommenden Freude starrte er zum Fenster hinaus und sah eine riesige, wunderbare Istra vor sich, die lachende Istra vom Frühstück am Lagerfeuer. Er seufzte froh und glücklich auf und las:

»Liebes Mäuschen, nur ein ganz kurzes Wort, damit Sie wissen, daß ich Sie nicht vergessen habe und mich sehr, sehr mit Ihren Briefen freue. Von hier ist nicht viel zu schreiben. Ich bin sehr beschäftigt, mit Arbeit und mit albernen Gesellschaften. Sie sind wirklich eine liebe, gute Seele und hoffentlich schreiben Sie mir weiter. In aller Eile

I. N.

Das nächste Mal einen längeren Brief.«

Er war zu rasch beim Ende angelangt. Istra war wieder fort.

Vierzehntes Kapitel.
Er findet Zutritt zur Gesellschaft

In England, mit all seinem Istratum, war Mr. Wrenn niemals in solche Begeisterung geraten, wie bei dem Anblick der weißen Eingangstür zu Mrs. Ferrards Pension in der Dreizehnten Straße, nahe der Lexington Avenue.

Das Haus liegt in einem Block, dessen Bewohner Bürgerstolz haben. Keine Zeitung dürfte hoffen, auf dem Asphalt herumliegen zu können – irgendein Hausherr mit gut gepflegtem Schnurrbart würde sich, noch bevor eine Stunde um ist, empört auf sie stürzen. Die Flure mit den schwarzweißen Marmorfußböden werden nicht von Zimmervermieterinnen, sondern von Dienstmädchen gescheuert. In den Parterrewohnungen sind an den Fenstern Spitzenvorhänge zu sehen. In einer Reihe von nicht ganz acht Häusern haben zwei Haustüren polierte Messingschilder. Ganz entschieden ist es nicht ein Viertel, in welchem Kinder schreiend und lärmend auf der Straße spielen.

Hin und wieder hält vor einem Haus eine Autodroschke, ohne daß kleine Jungen sich darum versammeln, und häufig sieht man junge Männer im Frack junge Damen abholen, die enganliegende schwarze Abendmäntel tragen und den Kopf in leichte Schals gehüllt haben. Die Bundesbruderschaft eines College im Mittelwesten hat hier ihr Klubhaus, und vier der Häuser sind Privatbesitz – eines darunter gehört dem Polizeiinspektor, und eines einem Schulleiter, der Gamaschen trägt.

Es ist ein Block, der mit sich sehr zufrieden ist; er unterscheidet sich vom Zapp-Viertel, wo die Wirtinnen in ihren Kattunkleidern auf die Straße laufen, um mit Krämern zu klatschen, nicht weniger als das Zapp-Viertel vom Ghetto.

Mrs. Arty Ferrards Haus ist ein armer Verwandter der anderen Gebäude dort. Das kleine Gitter des Vorgärtchens ist zerbrochen, die Eisenstäbe vor dem Fensterchen in der Haustür sind verrostet. Aber an den Fenstern hängen rotweiße Chintz-Vorhänge, und dazwischen steht die Porzellanfigur einer unbekleideten Dame zu $ 2,98; die Haustür ist makellos weiß, der Klingelzug aus poliertem Messing.

An diesem Klingelzug riß Mr. Wrenn mit großstädtischer Flottheit; er hoffte mit dieser energischen Geste cachieren zu können, daß er bloß deshalb, weil er einmal zum Essen eingeladen war, aus dem Häuschen geriet. Denn er gehörte zu den einsamen Männern New Yorks und hatte im Lauf der letzten acht Jahre ganze vier Einladungen zum Essen erhalten.

Die fünf- bis achtunddreißigjährige Frau, die ihm öffnete, war sehr dick, es fehlte ihr nicht viel zu Mrs. Zapps Umfang – aber sie hatte junge Augen. Ihr Mund war klein und lächelte freundlich.

»Sie sind Mr. Wrenn, nicht wahr?« begrüßte sie ihn, sich an den Türpfosten lehnend. »Ich bin Mrs. Ferrard. Mr. Poppins hat Sie schon angekündigt; er hat mir auch gesagt, Sie sind ein schrecklich netter Mensch, den ich recht gut aufnehmen soll. Kommen Sie nur herein.«

Sie ging rasch zu der großen Doppeltür rechts in der Diele voraus und riß sie auf; er erblickte ein Bild abendlicher Herrlichkeit und Schwelgerei.

Man sang (es ging so lustig zu, daß er den Eindruck hatte, Dutzende von Menschen zu sehen) laut und vergnügt zu den Klängen eines Klaviers, in einem Raum, der ganz in Rot erstrahlte – rote Tapeten, ein etwas abgetretener roter Teppich und eine hohe Decke mit rosa gefärbten Stuckverzierungen. Die Wände waren mit Originalgemälden geschmückt: alte Mühlen, Damen, die lachsfarbene Sonnenuntergänge bewunderten, und das Schönste von allem – eine Weihnachtslandschaft, deren Schnee aus echtem Perlmutter gemacht war. Auf dem großen Eichentisch in der Mitte des Zimmers stand eine schöne Lampe mit einem bunten Glasschirm, der das Licht des Glühstrumpfes in viele Farben brach.

Das übrige Mobiliar bestand aus einer Unzahl von Plüsch- und Kunstlederstühlen, kleinen Tischchen und Etagèrechen, einem Divan und einem Damenschreibtisch. Grüne, rote und gelbe, mit den Figuren junger Liebender verzierte Vasen drängten sich auf dem Klavier am anderen Ende des Zimmers und auf dem schimmernden schwarzen Marmorsims des Kamins.

Tom Poppins sprang von dem mit erschreckend neuem roten Leder bezogenen Divan auf, und Mr. Wrenn wurde in schauerlicher Geschwindigkeit den fünf unbekannten Menschen im Zimmer vorgestellt. Ihm schienen es fünfzig mal fünf unnahbare und großmächtige Fremde zu sein, vor denen er am liebsten davongelaufen wäre. Nur zwei davon nahm er mit einiger Klarheit aus – eine Miss Nelly Soundso und einen Mann, dessen Name ungefähr so klang wie Horatio Hood Tem (in Wirklichkeit war es Teddem).

Das süße Lächeln, mit dem Miss Nelly ihm ihre hübsche Hand entgegenstreckte und sagte: »Es freut mich sehr, Sie kennen zu lernen, Mr. Wrenn«, war so gewinnend, daß er es schon sehr bedauerte, ihren Zunamen (wie sich beim Essen herausstellte, Croubel) nicht verstanden zu haben.

Sie ging auf ihren Platz zurück und nahm das unterbrochene Gespräch über Strickarbeiten, das sie mit einer hageren alten Jungfer geführt hatte, wieder auf, aber Mr. Wrenn war es, als kennte er sie schon lange und so gut, wie man eine so gescheite junge Dame überhaupt kennen kann.

In Nelly Croubel glaubte er die zarte und vornehme Schönheit wieder zu erkennen, die er seinerzeit in Parthenon an der Tochter des Friedensrichters in dem Großen Weißen Haus auf der Anhöhe bewundert hatte; und dabei konnte Nelly nicht einmal besonders hübsch genannt werden. Ja, wenn man sie genau ansah, wirkte ihr Mund eigentlich zu groß und die braune Farbe ihres Haares einigermaßen gewöhnlich. Aber ihr Gesicht war stets der Spiegel ihrer munteren und freundlichen Seele. Sie hatte eine vollkommene Haut und regelmäßige, nahezu griechische Züge; ihr Lächeln schien aus einem zarten Gemüt zu kommen. Sie war etwas kleiner als Mr. Wrenn und bei aller Schlankheit rundlich. Ihre weiße Seidenbluse, in der Taille von einem feschen schwarzen Lackledergürtel umschlossen, schmiegte sich zärtlich an die jungen weichen Schultern. Die hübschen kleinen Füße mit den dünnen schwarzen Zwirnstrümpfen staken in schwarzen Pumps. Sie sah ganz so aus, als wäre sie für Arbeit und Beruf erzogen: wach, voll Sicherheit, Selbstachtung und Energie; und doch wirkte sie unerschütterlich freundlich, unerschütterlich gut und vertrauensselig, und ein ganz klein wenig schüchtern.

Nelly Croubel stand im fünf- oder sechsundzwanzigsten Jahr, aber im Beruf war sie älter, und in der Liebe viel jünger. In ihrem Heimatstädtchen, in Upton's Grove in Pennsylvanien, hatte sie achtzehn Jahre lang vergnügt und behaglich gelebt, die kleinen Briefe versteckt, mit denen junge Leute sie zu Picknicks einluden, und hin und wieder in der Sonntagsschule unterrichtet. Als sie ihr viertes Jahr an der Höheren Schule begann, starben ihre Eltern; sie ging nach New York und kam in der Weihnachtssaison in die Spielzeugabteilung bei Wanamacy, wo sie für ein Wochengehalt von sechs Dollar arbeitete. Ihre unermeßliche Geduld mit umständlichen und anspruchsvollen alten Kunden und der große Absatz, den sie erzielte, sicherten ihr eine dauernde Anstellung im Warenhaus.

Allmählich war sie zum Posten der zweiten Hilfseinkäuferin in der Wäscheabteilung emporgestiegen, der ihr vierzehn Dollar und achtzig Cent wöchentlich einbrachte. Sonst wäre von ihr wohl nur noch zu berichten, daß sie fast jeden Sonntag dem Gottesdienst in einer Presbyterianer-Kirche beiwohnte. Der einzige Mensch, den sie haßte, war Horatio Hood Teddem, der kleine Schauspieler, der, als Mr. Wrenn kam, gerade am Klavier saß.

Eben jetzt spielte Horatio, mit erstaunlicher Fixigkeit den Takt stampfend und sich immer wieder mit albernem Grinsen umdrehend, einen Ragtime.

Mrs. Arty führte ihre durcheinander schwatzende Herde in das Speisezimmer, das sich durch rosa Tapeten und ein gewaltiges Buffet auszeichnete. Mr. Wrenn wurde zwischen Mrs. Arty und Nelly Croubel gesetzt. Aus dem Nebel der Fremdheit tauchte bald Miss Mary Proudfoot auf, ein munteres, aber frommes älteres Mädchen von vierzig Jahren, das Dessert-Servietten für die Frauenarbeits-Vermittlungsstelle der Dorcas-Liga machte und ein Familieneinkommen von zweihundert Dollar im Jahr hatte. Rechts von der rotgläsernen Kompottschüssel saß das ältliche Ehepaar Ebbitt – Samuel Ebbitt, Esqu., und Mrs. Ebbitt. Mr. Ebbitt war vor fünf Jahren aus Hartford nach New York gezogen, sah aber immer noch so aus, als wäre er eben erst angekommen. Er arbeitete im Büro eines Grundstücksmaklers; er war grauhaarig, übellaunig, unduldsam ehrlich und befaßte sich mit Rheumatismus und Zeitungen. Mrs. Ebbitt befaßte sich einzig und allein mit Mr. Ebbitt.

Auf der anderen Seite des Tisches saß der ehrfurchteinflößende James T. Duncan, der aussah wie ein würdiger Sonntagsschulleiter mit rotem Schnurrbart, aber für ein Konfektionshaus reiste, im Ruf eines gewaltigen Poker- und Whistspielers stand und für seine gerade Haltung und seine Fahrplankenntnisse berühmt war.

Und das waren alle.

Sobald Mrs. Arty Annie, das schüchterne Dienstmädchen, mit gutem Zureden dazu gebracht hatte, die Gemüsesuppe aufzutragen und Mr. Wrenn eine frische Serviette zu bringen, sorgte sie für die Unterhaltung. Mr. Poppins, sagte sie, hätte davon gesprochen, daß er einen Freund von Mr. Wrenn kennen gelernt habe; Mr. Morton, nicht wahr? Ein sehr netter Mann, so viel sie gehört habe. Ob es richtig sei, daß Mr. Wrenn und Mr. Morton tatsächlich den ganzen Atlantischen Ozean auf einem Viehdampfer überquert hätten? Ob das tatsächlich wahr sei?

»Ach, wie interessant!« rief die hübsche Nelly Croubel neben Mr. Wrenn; der bewundernde Blick aus ihren jungen Augen ließ sein Herz höher schlagen und machte es ihm schwer, seine Suppe zu essen. Dann geriet er in Verwirrung; der alte Samuel Ebbitt erklärte:

»Äh–h–h – achtzehn – äh – achtzehnhundertzweiundsiebzig ist die *Prissie* – nein, achtzehnhundertdreiundsiebzig war es, nein, es muß doch zweiundsiebzig gewesen sein –«

»Es war achtzehnhundertzweiundsiebzig, Vater«, sagte Mrs. Ebbitt.

»Achtzehnhundertdreiundsiebzig. Ich war auf einem Küstenfahrzeug, junger Mann. Aber Vieh haben wir nicht transportiert.«

Mr. Ebbitt warf Horatio Hood Teddem einen finsteren Blick zu, ließ sein Brillenfutteral mit einem scharfen Knall zuklappen und aß weiter, als hätte er den ganzen Unsinn erledigt.

Ab und zu von Witzen des Schauspielers unterbrochen, erzählte Mr. Wrenn von der Arbeit auf dem Schiff, von der Klugheit Mortons und der Bösartigkeit des Obermeisters Satan.

»Aber Sie erzählen uns ja gar nichts von den großartigen Sachen, die Sie gemacht haben«, gurrte Mrs. Arty. Sie wandte sich an Nelly Croubel: »Ich bin ganz sicher, daß er ein recht wilder Kerl war. Glauben Sie nicht auch, Nelly?«

»O ja, aber sicher.« Nellys Stimme klang wie eine Flöte.

Mr. Wrenn wußte, daß es jetzt nur eines auf der Welt gab, wonach es ihn verlangte: Miss Nelly Croubel davon zu überzeugen, daß er (obwohl er ein sehr solider, jawohl, und ein überaus ehrenhafter Geschäftsmann war) ein ganz wilder Bursche sei, der sich bei seinen Wanderungen über diese Welt mit Feuereifer in die größten Gefahren und schlimmsten Situationen gestürzt hätte. Er dachte darüber nach, was er für eine bescheidene, und doch imponierende Geschichte vorbringen könnte, während Tom mit Miss Mary Proudfoot, der gesetzten alten Jungfer, darüber debattierte, ob es sittlich zu billigen sei, wenn man Straßenbahnfahrkarten weitergebe.

Als sie den köstlichen Eierrahm gegessen hatten, wagte Mr. Wrenn zu fragen: »Sind Sie New Yorkerin, Miss Croubel?« und lauschte dann ihren Erzählungen von Schlittenpartien in Upton's Grove in Pennsylvanien. Er war restlos glücklich.

»Das heißt wirklich nach Hause kommen«, dachte er. »Und's sind auch wirklich feine Leute – jetzt wo ich sie auseinanderhalten kann. Herrjeh! Miss Croubel ist ne Schönheit. Und gescheit ist sie – Donnerwetter!«

Ganz schüchtern hoffte er, daß es ihm nach dem Essen gelingen könnte, sich mit Nelly in eine Ecke zu setzen und mit ihr zu plaudern, aber Tom Poppins konferierte mit Horatio Hood Teddem und rief dann Mr. Wrenn auf die Seite. Teddem hatte eine Woche lang für eine Filmgesellschaft gearbeitet und war jetzt glücklicher Besitzer dreier Freikarten für den berühmten Waldorf-Filmpalast.

Mr. Wrenn hatte voll Empörung Horatio Hoods weibische Äußerungen, wie »Hi hi« und »Ach, Sie Schlimmer«, mißbilligt, als er aber hörte, daß dieses Knäblein in einem Film mitspielte, ging er voll Stolz mit ihm und Tom fort. Mit Mrs. Arty über das freie Zimmer zu sprechen, hatte er keine Gelegenheit.

Er wünschte sich sehr, daß Charley Carpenter oder die Zapps ihn sehen könnten, wie er da unmittelbar neben einem Schauspieler saß, der höchst wunderbarerweise in dem Film auf der Leinwand zu sehen war, wie er ihn nach der Herstellung der Filme fragte, in einem so selbstverständlichen Ton, als kennten sie einander schon seit jeher.

Er wollte etwas mehr zur Unterhaltung seiner Freunde tun als sie bloß in ein Lokal führen. Er forderte sie auf, zu ihm zu kommen, und sie gingen mit.

Teddem war wunderbar in Form; er kopierte alle Menschen, die sie sahen, so ausgezeichnet, daß Tom Poppins genau wußte, der Schauspieler sei auf einen Pump aus. Alle drei sangen sie den Schlager der Saison – »Jedes kleine Mädel, das n nettes kleines Mädel ist, ist das richt'ge kleine Mädel für mich« – während sie die Treppe zur Eingangstür hinaufstiegen. Im Hause nahmen Poppins und Teddem komische Stellungen ein und sangen mit schallender Stimme.

Mr. Wrenn schwante nichts Gutes von Mrs. Zapp. Während er sie hinaufführte und in seinem Zimmer die Gaslampe anzündete, lauschte er ununterbrochen. Aber Teddem lieferte mit zwei Wassergläsern als Brille und einer kleinen Hutbürste als Schnurrbart eine so köstliche Kopie Oberst Roosevelts, daß Mr. Wrenn begeistert ausrief: »Hört mal, ich geh Bier holen. Oder wollt ihr lieber was anderes? Käsebrötchen? Wie wär das?«

»Fein«, riefen Tom und Teddem gleichzeitig.

Mr. Wrenn kaufte nicht nur sehr viele Flaschen Bier und Brötchen mit Schweizer Käse, sondern auch noch ein kleines Büchschen Kaviar und Salzbretzel. Als er wieder in seinem Zimmer war, legte er ein sauberes, dann zwei saubere Handtücher auf die Kommode und breitete das Festmahl aus, bei dem zwei Wassergläser und ein Rasiernapf als Trinkgefäße dienten.

Horatio Hood Teddem strich Kaviar auf ein Brötchen, sang mit großem Stimmaufwand sein Lieblingslied, brach plötzlich ab und starrte verblüfft auf die Tür.

Mr. Wrenn drehte sich rasch um. Das Licht fiel – wie auf eine Klippe aus grauem Gestein – auf Mrs. Zapp, die mit gekreuzten Armen und sprachlos vor sich hinglotzend, in ihrem gürtellosen grauen Schlafrock eine ungeheure Gestalt, auf der Schwelle stand.

»Mr. Wrenn«, begann sie mit einer hohen Stimme, die eine Flut leidenschaftlicher Worte versprach.

Aber sie hatte den furchtbaren Abenteurer Bill Wrenn vor sich. Er mußte seine Freunde schützen. Er sprang auf und ging auf sie zu.

Ganz ruhig sagte er: »Ich habe Sie nicht klopfen gehört, Mrs. Zapp.«

»Ich hab auch nicht geklopft, und ich wollte, Sie – –«

»Dann klopfen Sie, bitte, wenn Sie nicht wollen, daß ich kündige.«

Er zitterte. Seine Stimme klang schrill.

Von unten rief Theresa herauf: »Ma, komm her. Ma!«

Aber Mrs. Zapp war gut in Fahrt. »Wenn Sie meinen, daß ich mir gefallen lassen werd, daß n fauler, ekelhafter, kleiner besoffener Kerl die ganze Straße aufweckt, und noch dazu, wos beinah schon Mitternacht ist – –«

In diesem Augenblick sah und hörte Mr. William Wrenn etwas geradezu Unglaubliches und wurde für ewige Zeiten zu Tom Poppins' Sklaven.

Toms breites Gesicht wurde hart, seine Stimme überaus sachlich. Er rief Mrs. Zapp zu:

»Sie schauen, daß Sie rauskommen, oder ich schlag Sie nieder. Ihr Pech, Sie alte Hexe, Ihr Pech ist, daß Sie nicht wissen, was für nen ruhigen Mieter Sie an Wrenn haben, und ihn kujonieren wollen – und dabei wohnt er schon jahrelang hier. Hauen Sie ab oder ich schmeiß Sie raus. Ich bin kein sanftes Schaf und werd mir keine Dummheiten von Ihnen anhören. Raus mit Ihnen. Das ist nicht Ihr Zimmer; er hat es gemietet – er hat die Miete bezahlt – es ist sein Zimmer. Raus!«

Tom Poppins arbeitete in einem Zigarrenladen und war es gewohnt, den kräftigsten Betrunkenen Bescheid zu sagen. Seine Stimme klang furchtbar, er stand unerschütterlich da; er machte sich nicht das geringste daraus, daß Mrs. Zapp noch immer »sprachlos glotzte«.

Aber siehe, es erschien ein Verteidiger für die schutzlose Dame. Als Theresa unten Tom hörte, wußte sie, daß Mr. Wrenn nicht mehr bleiben würde. Sie galoppierte herauf und kreischte über die Schulter ihrer Mutter hinweg:

»Sie wollen ne Dame angreifen, was, Sie betrunkener Lümmel – Sie – Ihr Flegel – – ich werd euch alle einstecken lassen – –«

»Passen Sie mal auf, meine Dame«, sagte Tom ganz freundlich. »Ich bin Kriminaler, Detektiv.« Seine Stimme hörte sich an wie das Schnurren eines Tigers. »Ich will Sie nicht unglücklich machen, aber wenn Sie nicht augenblicklich rausgehen und die Tür von draußen zumachen, verhaft *ich* Sie. Sie können aber auch hinuntergehen und den Polizisten an der Ecke rufen. Dann wird der Sie verhaften – wegen Vergehen gegen § 2762 des Strafgesetzbuchs! Hausfriedensbruch und gewaltsamer Eingriff – so heißt das nämlich!«

Verlegen, eingeschüchtert, schließlich entsetzt, drehte Mrs. Zapp sich schwerfällig um und schlug die Tür zu.

So elend es Mr. Wrenn auch zumute war, er sagte voll Würde mit zitternder Stimme:

»Es tut mir schrecklich leid, daß sie so unverschämt war, während ihr hier seid. Ich weiß gar nicht, wie ich mich dafür entschuldigen – –«

»Lassen Sie doch, alter Junge«, erklärte Tom in brüllendem Baß. »Kommen Sie, gehen wir zu Mrs. Arty.«

»Aber, es ist doch beinah viertelzwölf.«

»Das macht nichts. Wir könnten noch später hinkommen. Mrs. Arty bleibt sowieso bis nach zwölf auf und spielt Karten.«

»Herr Gott!« flüsterte Mr. Wrenn aufgeregt, als sie lärmend – allerdings beteiligte er sich nicht an dem Lärm – bei Mrs. Arty eintraten.

Die Wohnzimmertür stand offen. Sie sahen den breiten Rücken Mrs. Artys, die eben James T. Duncan und Miss Proudfoot, mit denen sie Fünfhundert spielte, erklärte: »Also, wenn ihr euch so aufregt, sag ich grade sieben Herzen.« Sie sah sich um, nickte, rief: »Kommt rein, Kinder«, nahm den Talon und spielte aus. Der eingeschüchterte Mr. Wrenn, der sich vorkam wie eine schiffbrüchige Landratte, verglich diese kartenspielende, rauchende Frau mit der unerträglichen Wohlanständigkeit seiner lieben verlorenen Wirtin Mrs. Zapp. Verlegen, mit dem Gefühl, nur geduldet zu sein, saß er da, bis die Partie beendet war. Nelly Croubel sah er nirgends.

Plötzlich sagte Mrs. Arty: »Und jetzt möchten Sie sich gern das Zimmer ansehen, Mr. Wrenn, wenn ich mich nicht irre.«

»Ja – äh – ja, das möcht ich ganz gern.«

»Kommen Sie, Kind«, sagte sie in gemachter Ernsthaftigkeit. »Tom, Sie spielen für mich, und daß ich nicht hören muß, daß Sie ohne Joker Zehn ohne Farbenzwang angesagt haben.« Sie führte Mr. Wrenn zu der Sitzbank in der Diele. »Das Zimmer im dritten Stock wird in zwei Wochen frei. Wenns Ihnen recht ist, können wir gleich hinaufgehen und es ansehen. Der Mann, der es jetzt hat, arbeitet in der Nacht – er ist Kellner bei Rector oder so was ähnliches und kommt nicht vor drei oder vier nach Haus. Gehen wir.«

Als er das Zimmer im dritten Stock sah, das Zimmer, das man ihm bei Mrs. Arty tatsächlich überlassen wollte, kam er sich vor wie jemand, der eben eine neue Stellung bekommen hat. Es war ganz in zartem Grün gehalten – grasgrüne Matte, hellgrüne Wände, weiße Korbstühle mit grünen Kissen; das Bett, ein Divan mit einer schönen Decke und vier Sofakissen. Er hatte fast den Eindruck, in einem Haus in der Fünften Avenue zu Gast zu sein.

»Das Zimmer ist ein bißchen einfach«, sagte Mrs. Arty unsicher. »Die Möbel sind vielleicht einfach, aber mein Kellner – es ist für einen Freund von ihm eingerichtet worden – sagt, ihm gefällts am besten von allen Zimmern im Haus. Es ist wirklich gemütlich, und Sie haben hier sehr viel Sonne und – –«

»Ich möcht es nehmen – – Bitte, was kostet es, mit Verpflegung?«

Sie sprach in einem entschlossenen Ton, der ihm bloß die Wahl ließ, darauf einzugehen oder nicht. »Elf fünfzig in der Woche.«

Das war ein schrecklicher Luxus; fast so, wie wenn man mit einem Wochengehalt von zehn Dollar eine kranke Frau heiratet, mußte er denken; neunzehn weniger elf fünfzig, da blieben ihm sieben fünfzig für Kleider und Wäsche, für Ersparnisse und alles andere – und – aber – – »Ich nehm es«, sagte er hastig. Er erschrak über sich selbst, war aber froh, sehr froh. Er sollte in diesem Himmel leben; er sollte dieser Person, der Zapp entrinnen; und Nelly Croubel – – Ob sie verlobt war?

Mrs. Arty sprach: »Vorher muß ich Sie aber noch einiges fragen. Bitte, setzen Sie sich.« Als sie sich in einem der Korbstühle niedergelassen hatte, war aus der zigarettenrauchenden, gemütlichen Kartenspielerin mit einem Mal eine würdevolle, reservierte, befehlsgewohnte Frau geworden. »Mr. Wrenn, sehen Sie, Miss Proudfoot und Miss Croubel wohnen in diesem Stockwerk. Miss Proudfoot kann selbst auf sich achtgeben, das ist keine Angelegenheit, aber Nelly ist so ein vertrauensseliges, kleines Geschöpf – – Sie ist wie meine Tochter. Sie ist die einzige, der ich in meinem ganzen Leben die Miete billiger rechne – und ich habe mir geschworen, das nie zu tun! … Sagen Sie – äh? trinken Sie – ich meine, trinken Sie viel?«

Nelly in diesem Stockwerk! In seiner Nähe! Jetzt! Er mußte das Zimmer haben. Er zwang sich dazu, ganz aufrichtig und ohne jede Verlegenheit zu sprechen.

»Ich weiß, wie Sies meinen, Mrs. Ferrard. Nein, ich trink wirklich nicht viel – ich trink überhaupt kaum; nur ab und zu n Glas Bier; und manchmal vergeht mehr als eine Woche, ohne daß ich einen Tropfen trink. Und ich spiel auch nicht, und – und ich geb mir Mühe, ja – äh – ein anständiges Leben zu führen – und so weiter.«

»Das ist schön.«

»Ich arbeit für die Kunstartikel- und Nouveautés-Gesellschaft in der Achtundzwanzigsten Straße. Wenn Sie wollen, können Sie ja dort anrufen; ich glaub, der Direktor wird mir ein gutes Zeugnis ausstellen.«

»Das wird gar nicht nötig sein, glaub ich, Mr. Wrenn. Es ist ja mein Geschäft, rauszufinden, was für Tierchen die Männer sind, wenn ich bloß mit ihnen rede.«

Sie stand auf, lächelte und streckte ihm die Hand entgegen. »Sie werden wirklich nett zu Nelly sein, nicht wahr! Den Teddem werd ich rausschmeißen – sagen Sie ihm nichts davon, aber ich werd es tun – er wird mir nämlich zu frech mit ihr.«

»Ja!«

Plötzlich fing sie zu lachen an und rief: »Hören Sie, das war aber schwer! Ist es Ihnen nicht auch gräßlich, wenn Sie ernst sein müssen? Gehen wir runter, und ich werd sehen, daß Tom oder Duncan eine Runde Bier spendieren, damit wir Sie bei uns begrüßen können … Ich geh jede Wette ein, daß Ihre Socken nicht ordentlich gestopft sind. Wenn ich Sie erst hier im Käfig hab, werd ich mal in Ihr Zimmer gehen und mir die Bescherung ansehen … Aber Ihre Liebesbriefe werd ich nicht lesen! Und jetzt gehen wir runter an den Kamin, dort ist es gemütlich.«

Fünfzehntes Kapitel.
Er studiert Fünfhundert und Lebenskunst

Mr. Wrenn saß kerzengerade auf einem Divan mit leuchtendrotem Leder, leuchtendschwarzen Knöpfen und steifen Fransen, die gleichfalls aus leuchtendrotem Leder waren, und unterhielt sich sehr angeregt mit Miss Nelly Croubel, die, den Rock sorgfältig über die Füße gezogen, inmitten der Atlaskissen kauerte. Er wohnte jetzt seit zwei Wochen bei Mrs. Arty. Er hatte eine neue hellblaue Krawatte um, und seine Hosen waren so gut gebügelt, daß sie aussahen, als wären sie aus Stahlblech.

»Ja, ich glaub ganz bestimmt, daß Sie verlobt sind, Miss Nelly, und daß Sie auf einmal weggehen und uns allein lassen werden – Sie werden nach diesem scheußlichen Upton's Grove oder sonst wohin gehen.«

»Ich bin *nicht* verlobt. Das hab ich Ihnen ja gesagt. Wer sollte mich denn heiraten wollen? Hören Sie doch auf, mich aufzuziehen – Sie sind ja ganz häßlich zu mir; ich werd Tom holen müssen, damit er mich beschützt!«

»Natürlich sind Sie verlobt.«

»Nein.«

»Ja.«

»Nein. Wer sollte mich armseliges Ding denn heiraten wollen?«

»Aber, jeder Mensch natürlich.«

»Hören Sie doch endlich auf, mich aufzuziehen … Außerdem sind Sie wahrscheinlich in zwanzig Mädels auf einmal verliebt.«

»Keine Spur. Ich hab in meinem ganzen Leben kaum mehr als zwei Mädels gekannt. Die eine, mit der bin ich ein oder zweimal ins Theater gegangen – das war die Tochter von der Wirtin, bei der ich gewohnt hab, bevor ich hierher gekommen bin.«

»Das Wirtstöchterlein mußt du hofieren,
Sonst kriegst von jedem Gang du nur einmal«,

zitierte Nelly aus dem Schatzkästlein der Literatur.

»Natürlich. Ja. Aber ich geh jede Wette ein, Sie – –«

»Wer war denn das andere Mädel?«

»Ach! Das … Das war eine – eine Künstlerin. Ich hab sie sehr – sehr gern gehabt. Aber sie war – ach, schrecklich klug und gebildet. Herrjeh! – wenn – – Aber – –«

Nach einem verstehenden Schweigen sagte Nelly:

»Ja, das sind schon komische Leute. Künstler … Heute haben Sie Ihre erste Lektion im Fünfhundert. Ist das Ihre allererste?«

»Doch. Sagen Sie, ist das so ähnlich wie dieses Bridge-Whist? Ach, sagen Sie doch, Miss Nelly, warum heißt es eigentlich Fünfhundert?«

»Sie müssen sich eben von Fünfhundert herunterspielen. Nein, ich glaub, es hat nicht viel Ähnlichkeit mit Bridge; obwohl ich gestehen muß, daß ich Bridge nie gespielt hab. Aber das muß ein sehr nettes Spiel sein.«

»Ach, und ich dachte, Sie könnens wahrscheinlich spielen. Sie können ja fast alles.«

»Jetzt hören Sie aber auf, Mr. Wrenn. Heute hat mir der erste Einkäufer sogar gesagt, daß ich nicht ganz bei Verstand bin.«

»Wenn ich ihn das sagen hören würde – –«

»Würden Sie ihn für mich verprügeln?« Sie streichelte ein Kissen und lächelte dankbar. In ihre großen Augen schien ein neues Licht zu kommen.

Er ertappte sich bei dem Wunsch, ihre weiche Schulter zu küssen, begnügte sich aber damit, zu sagen: »Na, ich bin zwar kein großer Held, aber ich würd schon dafür sorgen, daß die Sache ganz interessant für ihn wird.«

»Erzählen Sie doch, haben Sie schon mal eine Keilerei gehabt? Als Junge? Waren Sie ein *sehr* schlimmer Junge?«

»Als Junge hab ich mich nie gebalgt, aber – also – wie ich auf dem Viehdampfer und dann in England war, da hab ich ein paar Raufereien gehabt. Aber das war weiter nichts Besonderes. Ich hab ne Heidenangst gehabt!«

»Das glaub ich nicht!«

»Aber sicher.«

»Ich glaub nicht, daß Sie überhaupt Angst haben können. Dazu sind Sie viel zu gesetzt.«

»Ich, Miss Nelly? Ich bin doch n richtiger Aufschneider.«

»Machen Sie sich nicht immer über sich selber lustig. Mir *gefällt* es, wenn Sie ernst sind – so wie gestern, wie Sie mich auf den schönen Schnee aufmerksam gemacht haben … Du lieber Gott, es ist doch eigentlich schlimm, daß man hier in der Stadt auf so viele schöne Sachen verzichten muß – nur die Parks sind da, und auch dort gibts keine Vögel, keine richtigen wilden Vögel, wie wir sie in Pennsylvanien gehabt haben.«

»Ja, wirklich wahr! Das ist schlimm!« Mr. Wrenn rückte näher und war ganz Mitgefühl.

»Ich fürchte, ich werd sentimental. Miss Hartenstein – sie arbeitet in derselben Abteilung wie ich – würde mich auslachen … Aber ich hab wirklich Vögel und Eichhörnchen und Weidenbäume und alle die Sachen so gern. Im Sommer geh ich immer gern zu Picknicks auf Staten Island oder im Van Cortlandt Park spazieren.«

»Wollen Sie im nächsten Frühling mal mit mir zu nem Picknick kommen?« Hastig fügte er hinzu: »Ich meine, mit Miss Proudfoot und Mrs. Arty und mir?«

»Das wär sehr nett. Ach, hören Sie, Mr. Wrenn; sind Sie mal auf den Palissaden bis nach Englewood gegangen? Dort ist es so hübsch – die Wälder und der Fluß und alle die komischen kleinen Schleppdampfer, ganz, ganz weit unten – ach, dort könnt ich stundenlang auf einem Felsen liegen und bloß unaufhörlich träumen. Wenn ich an einem Sonntag dort oben gewesen bin« – jetzt träumte sie, sah er, und sein Herz barst vor zärtlichen Gefühlen für sie – »dann mach ich mir eigentlich gar nichts draus, wenn ich am Montag früh wieder ins Geschäft gehen muß … Sie waren noch nicht da oben, nicht wahr?«

»Ich? Ja, ich bin doch überhaupt der Mensch, der die Palissaden entdeckt hat! … Ja, wunderbar ist es dort.«

»So, Sie sind der Entdecker? Richtig, davon hab ich ja auch in der amerikanischen Geschichte gelesen! … Aber Spaß beiseite, Mr. Wrenn, ich glaub wirklich, daß Sie sich was aus Spazierengehen und so etwas machen – nicht wie der Teddem und

Mr. Duncan – die wollen immer bloß in der Stadt bleiben – und sogar Tom auch, obwohl er ein lieber Kerl ist.«

Mr. Wrenn setzte eine wütend eifersüchtige Miene auf. Darauf sagte sie rasch: »Natürlich mein ich bloß, daß er wie ein großer Bruder ist. Für uns alle.«

Das war so schön für sie beide – für sie, es zu erklären, und für ihn, es zu hören – daß weder Tom noch irgend ein Anderer ihr Herz besaß. Ihre schüchternen Blicke waren wie ein zärtliches Händestreicheln, als sie zutraulich weiter erzählte: »Mrs. Arty und er machen Picknicks, und wenn wir dann draußen auf den Palissaden sind, sagt er zu mir – wissen Sie, manchmal glaub ich ihm fast wirklich, daß er schläfrig ist, aber ich denke, er setzt sich dann irgendwo anders unter einen Baum und spricht mit Mrs. Arty oder liest was – aber was ich sagen wollte: er sagt immer zu mir: ›Na, Schwesterchen, jetzt werden Sie wohl ganz allein n bißchen rumspazieren und träumen wollen – Sie werden keine Lust haben, sich mit so nem alten Brummbären wie mir zu unterhalten. Na, mir kanns nur recht sein. Ich möcht schlafen. Ich hab gar keine Lust, mich über Sie und Ihr unaufhörliches Schwatzen zu ärgern. Gehen Sie schon!‹ Ich glaub, das sagt er bloß, weil er weiß, daß ich nicht gern allein weggehen würde, wenn die anderen es nicht für recht halten würden.«

Als Mr. Wrenn ihre Bemühungen, Toms Baßstimme zu imitieren, hörte, lachte er, schlug sich auf den Schenkel und erklärte: »Ja, Tom ist ein schrecklich netter Kerl, nicht! … Ich geh auch sehr gern ganz allein irgendwohin. Ich wander gern rum und erfind mir dann die blödsinnigsten kleinen Geschichten über die ganze Gegend; ganz so wien kleines Kind.«

»Und Sie lesen so furchtbar viel, Mr. Wrenn! Ach, sagen Sie mir doch, haben Sie schon mal was von Harold Bell Wright oder von Myrtle Reed gelesen, Mr. Wrenn? Die schreiben so reizende Geschichten.«

Er hatte es zwar nicht getan, versicherte aber augenblicklich mit der größten Entschlossenheit, daß er es nachholen würde. Sie fuhr fort:

»Mrs. Arty hat mir erzählt, daß Sie eine regelrechte große Bibliothek haben – beinah hundert Bücher und – – Sind Sie bös? Ich bin in Ihr Zimmer gegangen und hab drin rumge-schnüffelt.«

»Aber woher denn! Wenn Sie sich mal irgendwas ausborgen wollen, Miss Nelly, ich würd mich schrecklich freuen, wenn ichs Ihnen leihen darf ... Aber das ist doch Unsinn! Ich hab doch überhaupt keine Bücher.«

»Deshalb haben Sie wohl auch keine Zeit darauf ver-schwendet, Fünfhundert und solche Sachen zu lernen, nicht wahr? Weil Sie so viel mit Ihrem Lesen zu tun gehabt haben?«

»Ja, man könnt so sagen.« Mr. Wrenn machte ein höchst bescheidenes Gesicht.

»Haben Sie nicht immer sehr viel – ach, haben Sie nicht immer von vielen Sachen geträumt?«

Sie schien sich wirklich für ihn zu interessieren.

Mr. Wrenn war sehr aufgeregt, als ihm das bewußt wurde, und gestand ihr: »Ja, ich glaub schon ... Und ich hab auch im-mer viele Reisen machen wollen.«

»Ich auch! Ist es nicht einfach wunderbar, rumzureisen und immer was Neues zu sehen?«

»Ja, *nicht* wahr!« rief er atemlos. »S war wirklich großartig in England – obwohl die Menschen dort son bißchen unfreund-lich sind. Sogar wenn ich hier in New York auf den Kais bin, kann ich mir denken, daß ich weit weg in China oder so wo bin. China würd ich gern sehen. Und Indien ... Herrjeh! wenn ich draußen auf Coney Island oder sonstwo die Wellen hör – Sie wissen ja, wie die Wellen klingen, wenn sie so reinkommen. Also, dann hab ich fast son Gefühl, als ob ich mit jemand reden würde – wissen Sie – so über Schiffe. Und, ach ja, Sie kennen doch die Brecher – ist das nicht ganz so, als ob die Wellen dann auf einen zulaufen – und als ob sie wollen, daß man mit ihnen mitkommt – rüber nach China und in alle möglichen Länder.«

»Aber, Mr. Wrenn, Sie sind ja n richtiger Dichter!«

Er sah sehr unsicher aus.

»Wirklich; ich zieh Sie nicht auf; Sie sind ein Dichter. Und ich find es auch so schön, daß – – Mr. Teddem hat gesagt, daß kein Mensch ein Dichter sein kann, wenn er nicht schrecklich viel trinkt und – äh – ach, wenn er nicht anständig ist oder nichts Richtiges arbeitet. Aber Sie sind gar nicht so. Nicht wahr?«

Er blickte verlegen vor sich hin und murmelte höchst ernsthaft: »Also, ich geb mir Mühe.«

»Aber ich werd Sie auch noch dazu bringen, daß Sie in die Kirche gehen. Sie werden noch Sozialist oder so was, wenn Sie zu viel Dichter sind und nicht —«

»Miss Nelly, bitte, *darf* ich mit Ihnen in die Kirche gehen.«

»Aber — —«

»Am nächsten Sonntag?«

»Aber ja, ich würd mich sehr freuen. Sind Sie denn Presbyterianer?«

»Also — äh — ich bin wohl so was wie Kongregationalist; aber die Unterschiede sind ja wirklich nicht groß.«

»Ja, das stimmt. Und außerdem ist doch die Hauptsache, daß wir alle dasselbe glauben und uns bemühen, das Rechte zu tun; und wenn man arm ist, ist das manchmal schwer, und es sieht fast aus, wie — wie — —«

»Wie was?« fragte Mr. Wrenn.

»Ach — nichts … Aber Sie werden schrecklich früh aufstehen müssen, am Sonntagmorgen, wenn Sie mit mir gehen wollen. Der Gottesdienst in meiner Kirche fängt um halbelf an.«

»Ach, ich würd auch um fünf aufstehen, um mit Ihnen zu gehen.«

»Reden Sie doch keine Dummheiten! Sie wollen mir ja nur schmeicheln; natürlich; ihr Männer geht ja gar nicht so gern in die Kirche, das weiß ich recht gut. Am Sonntagvormittag seid ihr ordentlich faul und wollt bloß rumsitzen und Zeitung lesen und den armen Frauen — — Aber erzählen Sie mir doch noch was von Ihrem Lesen und so weiter.«

»Also, ich werd um halbzehn fertig zum Weggehen sein … Ich weiß nicht, ich hab doch eigentlich nicht viel gelesen. Aber ich würde gern reisen und — — Wissen Sie, es war doch großartig — ich bin da wohl recht kindisch; selbstverständlich muß man sich ordentlich ans Geschäft halten, aber es war doch großartig — — Wissen Sie, in Europa war einer mit einer — mit — einem Freund, und die beiden haben sehr viel Geschichte gewußt, sie haben fast alles über Guy Fawkes gewußt (das war der Mensch, der das englische Parlament in die Luft sprengen wollte) und wie die beiden in London waren, da haben sie fast gemeint, daß sie ihn richtig sehen, und sie haben miteinander rumgehen können und sich das Fenster von Shelley ansehen – das war ein Dichter in Oxford – – Ach, es war herrlich mit einer – mit einem Freund.«

»Ja, nicht wahr? … Ich wollte übrigens mal in der Buchabteilung arbeiten. Es ist so nett, daß Sie – –«

»Na, was ist mit Fünfhundert?« rief Tom Poppins von der Diele unten herauf. »Fertig, Wrenn?«

Tom sollte Mr. Wrenn in die großen Mysterien einführen und mit ihm gegen Mrs. Arty und Miss Mary Proudfoot spielen.

Mrs. Arty bereitete es kein geringes Vergnügen, schon an der Tür das alte Sprüchlein zu wiederholen: »Also, die Damen gegen die Männer, ja?«

Darauf folgte ein allgemeines zustimmendes Brummen, das etwa so wiedergegeben werden könnte: »Hmmmmhm.«

»Ich bin eine gute Suffragette«, sagte sie dann noch. »Passen Sie nur auf, wie wir die Männer schlagen werden, Mary.«

»Sie möchten gern Fenster einhauen? Na, wollen mal sehen – –« bemerkte Tom, während er alles für das Spiel herrichtete.

»Ja, das würd ich recht gern machen! Ich werd immer ganz rasend«, versicherte Mrs. Arty, »wenn ich an die alten Ziegenböcke denk, die die Männer als Kandidaten aufstellen, obwohl sie ganz genau wissen, daß sie nichts weiter als feierliche alte Esel sind! Dann würd ich wirklich wie verrückt mit abstimmen.«

»Meiner Ansicht nach gehört die Frau ins Haus«, erklärte Miss Proudfoot mit aller Entschiedenheit, ein Serviettchen, an dem sie gerade arbeitete, aus der Hand legend und ihre Locken zurecht zupfend.

Sie setzten sich um den prächtigen, leuchtenden Tisch in der Mitte des Zimmers.

Miss Proudfoot scharrte streng. Mr. Wrenn saß still und erschrocken da, wie ein schiffbrüchiger Professor, der auf einem Floß mit zwei gewerbsmäßigen Spielern und einem Reporter zusammengeraten ist. Aber auf dem Sofa saß Nelly mit ihrer

Stickerei – einem großen Lampendeckchen für die Frau des Presbytianerpastors in Upton's Grove – und lächelte ihm ermutigend zu.

»Fehlt Ihnen nicht Ihr kleiner Freund Horatio Hood Teddem beim Spielen?« fragte Tom.

»Nein, darauf können Sie sich verlassen«, erklärte Mrs. Arty. »Aber eins war an Horatio angenehm. Ich hab mir nie sein Konto ansehen müssen, wenn ich wissen wollte, wieviel er mir schuldig ist. Wenn er mir zehn Dollar schuldig war, hat er aufgehört, mir ›kleine Butterblume‹ zu sagen, und wenn er die Haustür nicht mehr zugeknallt hat, dann war er mir schon zwanzig schuldig. Ach, Mr. Wrenn, hab ich Ihnen schon mal davon erzählt, wie ich ihn gefragt hab, ob ihm Annie nicht das – –«

»Gerty!« protestierte Miss Proudfoot, während Nelly auf ihrem Sofa mechanisch ausrief: »Die Geschichte!« Aber Mrs. Arty lachte vergnügt und sprach weiter:

»Ich hab ihn gefragt, ob ihm Annie, wenn sie sein Zimmer ausfegt, nicht auch das Nachthemd ausfegen soll. Am nächsten Tag hat er sich dann ein frisches genommen.«

»Sie sind Vorhand, Mr. Poppins«, sagte Miss Proudfoot mahnend.

»Vor allem muß ich Wrenn erklären, wie gespielt wird. Sehen Sie, Wrenn, das hier ist die Tabelle. Wir spielen Avondale-Tabelle, wissen Sie.«

»Aha«, meinte Mr. Wrenn schüchtern. Er hatte einmal etwas von Carbondale gehört – in New Jersey oder in Pennsylvanien oder sonstwo – aber das schien ihm nicht viel zu helfen.

»Also wissen Sie, Sie können entweder abschreiben oder mehr machen«, fuhr Tom fort. »Minus und Plus, verstehen Sie. Joker ist das Höchste, dann kommt Trumpfbube, dann je nachdem roter oder schwarzer Bube und Aß. Weiter – äh – warten Sie mal; höchste Ansage nimmt den Talon und spielt an. Zehn Stiche. Farbe bekennen wie bei Whist natürlich. Das wird wohl alles sein – jedenfalls muß Ihnen das einen Begriff davon geben. Ich sage sechs ohne Trumpf.«

Als Tom Poppins mit diesen Instruktionen, die in der raschen Stell-mir-keine-dummen-Fragen-mehr-Art der

Kartenspieler gegeben wurden, fertig war, hatte Mr. Wrenn das Gefühl, zu ersticken. Er drehte den Hals hin und her und suchte sich von dem Druck seines steifen Kragens zu befreien. Er versagte also. Er war schon aus der Gesellschaft verbannt.

Er konnte also nicht Fünfhundert lernen! Und er war so stolz darauf gewesen, daß er die Karten voneinander unterscheiden konnte, weil er auf dem Viehdampfer mit Tim einige Male Poker zu zweit gespielt hatte. Aber was zum Kuckuck sollte das denn alles heißen: »je nachdem rot oder schwarz – Talon – bekennen«?

Und unter Nellys Augen zu versagen! Er zerrte noch einmal an seinem Kragen.

Mit diesen Gedanken beschäftigte er sich, während Mrs. Arty und Tom den folgenden wunderbaren, aber höchst rätselhaften Gesellschaftsdialog führten:

Mrs. Arty: Also, ich weiß nicht.

Tom: Kein Fehler, aber Ansage drücken ist ein kleines Verbrechen.

Mrs. Arty: Mary, soll ich – –

Tom: Halt! Nicht über den Tisch reden!

Mrs. Arty: Hm – da will – ich doch – mal sehen.

Tom: Höher, höher! Wie wärs denn mit ner kleinen Sieben in Herz?

Mrs. Arty: Und jetzt werd ich *grade* sieben Herz sagen, mein Lieber!

Tom: Ach, wir werden Sie schon erledigen! … Was sagen Sie, Wrenn?

Nelly Croubel flüsterte Mr. Wrenn von hinten ins Ohr: »Sagen Sie sieben ohne Farbenzwang. Sie haben den Joker.« Ihr reizender Zeigefinger mit dem polierten Nagel zeigte auf eine sonderbare Karte in seinem Blatt.

»Sieben ohne Zwang«, murmelte er.

»Acht Herz«, rief Miss Proudfoot.

Nelly zog sich einen Stuhl hinter Mr. Wrenn. Er lauschte ihren leisen Erklärungen voll Respekt und Zärtlichkeit.

Tom und er gewannen das Spiel. Er sah Nelly ehrfürchtig an und nahm dann sein neues Blatt, angstvoll, unsicher, und starrte es an, als könnte es ihm eine jener irreführenden Karten zeigen, vor denen Nelly ihn eben gewarnt hatte – einen Buben von der falschen Farbe.

»Gut! Pik – sehen Sie«, sagte Nelly.

Fünfzehn Minuten später hatte Mr. Wrenn das Gefühl, Tom hoffe, daß er ein Treff ausspielen werde. Er tat es auch, und der ganze Tisch rief: »Richtig. Ausgezeichnet!«

Er spürte eine leichte Hand auf seiner Schulter und sah sich errötend nach Nelly um.

Mr. Wrenn, die Leuchte der Gesellschaft, war aber ununterbrochen auch Unser Herr Wrenn von der Kunstartikel-Gesellschaft. Ja, jetzt hatte er die Absicht, die Arbeit unermüdlich bis zu jener nebelhaft entfernten Zeit ernst zu nehmen, auf die wir alle warten, die Zeit, »in der es endlich passiert«. Seine Methode, die Kaufleute im Süden zu bearbeiten, hatte solche Resultate gezeitigt, daß aus seinem Interesse für die Papiere auf seinem Schreibtisch ein unerschütterlicher Glaube an die gottgewollte Notwendigkeit der Arbeit als solcher geworden war. Jetzt hob er seine Privatbriefe nicht mehr zusammengebündelt in einer Schublade auf, um jederzeit zu einem plötzlichen Aufbruch nach Wien oder Kamtschatka bereit zu sein. Er hatte auch den Wunsch, viel mehr Geld für sein neues schönes Leben zu verdienen. Mr. Guilfogle hatte ihm versichert, daß gewisse Chancen da wären – das Geschäft hatte sich gehoben, zwei neue Landbezirk- und ein Stadtvertreter waren dem Personal hinzugefügt worden, und die Firma, die früher nur als Makler gearbeitet hatte, ließ sich jetzt selbst ihre Büroartikel herstellen, die im Handel glänzend einschlugen.

Durch seinen Freund Rabin, den Reisevertreter, war Mr. Wrenn in nähere Berührung mit zwei großen Männern gekommen – mit Mr. L. J. Glover, dem Einkäufer der Kunstartikel-Gesellschaft, und John Henson, dem neu engagierten Chef der Herstellungsabteilung. Er wollte »alle verschiedenen Zweige des Geschäfts kennen lernen, um nötigenfalls überall mitarbeiten zu können«; und von diesen Männern wurde er in die wertvollen Geheimnisse des Handels eingeweiht, mit deren Hilfe die Götter des Geschäftslebens für uns alle die Prosperität schaffen: wie man einen Verkäufer gegen das Fenster setzt, damit man »sein Gesicht besser sehen kann, als er unseres«. Um wieviel früher man dem Drucker telephonieren muß, daß »wir die Probeabzüge unbedingt noch heute nachmittag haben müssen; was ist denn da bei euch los? Braucht ihr unsere Aufträge nicht mehr?« Er lernte auch etwas über die verschiedenen Arten von Pappe und Tintenfaßglas, obgleich das selbstverständlich lediglich Dinge des Wissens waren, nicht Angelegenheiten hervorragender Geschäftstaktik, und viel weniger Bedeutung hatten als das, was Tom Poppins und Rabin »den anderen mit Worten richtig einwickeln« nannten.

»Hören Sie mal, Sie reden ja in der letzten Zeit wien Buch – Sie sind jan ordentlicher Gesellschaftslöwe«, erklärte ihm Rabin.

Mr. Wrenns Antwort selbst bewies, wie richtig Rabins Bemerkung war:

»Klar – ich will mir von euch was pumpen. Da muß ich doch Eindruck schinden, was?«

Wenige Stunden nach diesem Lob kam Istras zweiter Brief:

»Liebes Mäuschen, es freut mich sehr, daß Sie mir von der netten und sympathischen Pension schreiben. Natürlich würde ich über die Leute dort gern etwas hören. Und Sie lesen Geschichtswerke? Das ist schön. Ich bekomme allmählich genug von Paris und werde wohl eines Tages einen Absinth auf der Straße anhalten und ins Gesicht schlagen, um zu beweisen, daß ich eine unerschrockene Filmamerikanerin aus dem Wilden Westen bin, und dann werde ich in den Sattel springen und den Banditen verfolgen. Ich arbeite wie der Teufel, aber was hat das für einen Sinn? Das heißt natürlich, daß es sehr viel Sinn hat, wenn man seine Arbeit richtig tut, so wie Sie. Bleiben Sie aber auch dabei. Sie wissen, ich will, Sie sollen etwas Wirkliches sein, was immer Sie auch sind. Ich wollte nicht predigen, aber Sie wissen doch, wie sehr ich Menschen hasse, die nicht wirklich sind – deshalb habe ich auch kein allzu großes Flair für mich selbst.

Au récrire,

I. N.«

Als er ihren Brief zum dritten Mal gelesen hatte, war er ganz entsetzt und hielt sich für einen Verräter, weil er merkte, daß er sich nur eingeredet hatte, froh und aufgeregt zu sein … Das alles schien ihm so fern. »Flair« – »au récrire«. Was sollte das denn heißen? Und Istra war immer so unzufrieden. »Was würde sie tun, wenn sie so arbeiten müßte wie Nelly? … Ach, Istra ist doch wunderbar. Aber – herrjeh! – ich weiß nicht – –«

Und wenn jemand, der einmal geliebt hat, sagt: »Aber – herrjeh! – ich weiß nicht – –« flieht die Liebe voll Entsetzen.

Nachdenklich ging er nach Hause.

Nach dem Essen sagte er unvermittelt zu Nelly: »Ich hab heut einen Brief aus Paris bekommen.«

»Wirklich? Wer ist sie?«

»G–g–g–g – –«

»Ach, es ist immer eine Sie.«

»Also – äh – er ist wirklich von einem Mädel. Ich hab Ihnen schon einmal n bißchen von ihr erzählt. Sie ist Künstlerin, und einmal haben wir einen großen Ausflug zusammen gemacht. Kennen gelernt hab ich sie – sie hat im selben Haus in London gewohnt wie ich. Aber – ach, herrjeh! Ich weiß nicht; sie ist so blödsinnig literarisch. Sie ist wirklich ne prächtige Person – – glauben Sie, Sie würden ein solches Mädel gern haben?«

»Vielleicht.«

»Wenn sie ein Mann wäre?«

»O ja! Künstler sind so romantisch.«

»Aber meistens sind sie nicht richtig bei der Arbeit«, sagte er voll Eifersucht.

»Ja, das stimmt auch.«

Seine Hand stahl sich in aller Heimlichkeit, zunächst listig mit einem Kissen spielend, vor, um ihre zu berühren, die sie lachend zurückzog.

»Halt da! Sie können die Hand von Ihrer Künstlerin halten!«

»Oh, Miss Nelly! Wo ich Ihnen doch selber von ihr erzählt hab!«

»Ach ja, natürlich.«

Sie war sehr zerknirscht, und den ganzen Abend spielten sie angeregt Fünfhundert.

Sechzehntes Kapitel.
Er wird sanft religiös und hoch litera-
risch

Der Held des Einakters, der an jenem denkwürdigen Dezemberabend in Hammersteins Viktoria Vaudeville-Theater gespielt wurde, war ein wohlhabender junger Bergwerksbesitzer, der sich verkleidete und für den »Bergwerk-Gründungsschwindler« arbeitete, weil er dessen Tochter mit einer Liebe liebte, die das Begriffsvermögen aller überstieg, nur nicht das der Mädchen auf der Galerie. Als die Postbeamten den Schwindler verhaften wollten, rettete der junge Held ihn, indem er ihm ein wirkliches Bergwerk schenkte, und der darauffolgende Kuß der Tochter machte der Spannung ein Ende, mit der Mr. Wrenn und Nelly, Mrs. Arty und Tom dem Stück von der sechsten Balkonreihe aus zugesehen hatten.

Zufrieden aufseufzend rief Nelly: »War das nicht großartig! Ich hab mich ja so aufgeregt! War der junge Mann nicht entzückend?«

»Schrecklich nett«, sagte Mr. Wrenn. »Und herrjeh, war das nicht wunderbar, die Büroszene mit dem Geldschrank und allem anderen – ganz so, als ob man in nem wirklichen Büro war. Aber ich muß sagen, sone Kopierpresse würde man in sonem Büro gar nicht haben; die Gründungsschwindler schicken lauter tadellose Briefe raus; die werden natürlich Durchschläge machen und nicht die Briefe beim Kopieren ganz verschmieren.«

»Weiß Gott, das stimmt!« Und Tom nickte zustimmend und anerkennend mit dem Kopf. Nelly rief: »Das ist wahr; das wird so gemacht«; und Mrs. Arty, die nicht wußte, was eine Kopierpresse ist, sah sehr zufrieden aus und sagte überhaupt nichts.

Während des Films, der dann kam, empfand Mr. Wrenn voll Stolz, daß er ernst genommen wurde, obwohl man ihn erst kaum mehr als einen Monat kannte. Er nutzte seinen Sieg aus, und fragte überaus intelligent: »Mit wem von den beiden Schauspielern war die Heldin eigentlich verheiratet?« und:

»Wieviel verdienen wohl die Leute in der Woche, die sowas spielen?« Tom lud sie dann ins Miggleton zu Kaffee und gebackenen Austern ein. Eine Weile schwieg Mr. Wrenn. Als sie aber an einer Ecke über den Damm gingen, eroberte er sich seine Stellung wieder, indem er rief: »Hören Sie, meinen Sie nicht, daß das Stück besser gewesen war, wenn der Schwindler den jungen Bergwerksbesitzer überhaupt nicht ausstehen könnte, und dann, wenn der Junge ihn rettet, klein beigeben müßte?«

»O ja; das wäre wirklich besser!« stimmte Nelly ihm strahlend zu.

»Ja, ich glaub auch«, meinte Tom, Mr. Wrenn auf die Schulter klopfend.

»Ja, paßt mal auf«, sagte Mr. Wrenn, als sie den Broadway, auf dem sich schon die Mengen der Weihnachtseinkäufer drängten, verließen und in die stillere Zweiundvierzigste Straße einbogen, »war das nicht n großartiges Stück: sagen wir, da ist n schrecklich reicher alter Kerl; sagen wir, er ist Eisenbahnpräsident oder so was, versteht ihr? Also, der hat nen Sekretär bei sich im Büro – auf der Bühne, versteht ihr? Die Bühne zeigt sein Büro. Also, die Tochter von dem Kerl – von dem reichen alten Kerl – kommt und erzählt, daß sie mit einem armen Mann verheiratet ist, und seinen Namen wird sie nicht sagen, aber sie will bißchen Geld von ihrem Vater. Wissen Sie, ihr Vater hat sich gedacht, daß er sie mit nem Grafen oder irgendeinem Lord verheiraten will, und er ist so bös wie nur möglich und will gar nichts von ihr hören und beschimpft sie nur ganz wütend, versteht ihr? Natürlich schimpft er nicht richtig grob, aber er ist schrecklich bös; und sie sagt ihm, er hat doch auch ihre Mutter geheiratet, wie er ein ganz armer Mann war; aber er will nichts hören. Dann kommt der Sekretär dazu – ich stell mirs so vor, daß er sich immer son bißchen im Hintergrund hält, verstehen Sie? – und er ist die ganze Zeit der Mann von der Tochter, versteht ihr? Und er sagt dem alten Gauner, daß er ein paar von seinen Papieren – von den Papieren von dem Alten – in die Hände gekriegt hat, die verraten, daß er was Unrechtes getan hat – irgendwas mit dem Geschäft – Rabatte und so Sachen, verstehen Sie, was ich meine? Und der Sekretär will das Zeug den Zeitungen geben, wenn der Alte nicht nachgibt und ihnen verzeiht; und da muß der Präsident den beiden natürlich verzeihen, verstehen Sie?«

»Sie meinen, der Sekretär ist schon die ganze Zeit der Mann von der Tochter, und er hat gehört, was der Präsident da eben gesagt hat?« fragte Nelly atemlos vor Aufregung, vor Miggleton stehen bleibend.

»Ja; er hat alles gehört.«

»Aber, ich finde die Idee einfach ausgezeichnet«, erklärte Nelly, während sie in das Restaurant gingen. Sie war nicht weniger würdevoll und zurückhaltend als sonst, aber sie schien ganz hingerissen vor Freude über seine Genialität zu sein.

»Hören Sie, das ist ne blendende Idee für ein Stück«, rief Tom aus, während er am Tisch galant den Damen die Mäntel abnahm.

»Ja, eine glänzende Idee«, meinte Mrs. Arty.

»Warum schreiben Sie das eigentlich nicht?« fragte Nelly.

»Ach – ich könnt es nicht schreiben!«

»Aber natürlich können Sies, Bill«, erklärte Tom. »Wirklich; Sie müssens schreiben. (Halloh, Ober! Viermal Gebackene und Kaffee!) Sie müssens schreiben. Mensch, das war herrlich; das würde ja einen verflucht – – 'Tschuldigung, die Damen. Da bin ich aber gehörig reingetreten. Sie können nen schönen Haufen Geld damit verdienen.«

Die Wärme, die sie jetzt einhüllte, der Duft der gebackenen Austern, die Melodie »Jedes kleine Mädel« – die auf dem Klavier gespielt wurde – all das bildete den Rahmen für Mr. Wrenns großen Entschluß. Sie blickten einander aufgeregt an. Mr. Wrenn blinzelte geschmeichelt. Tom schlug leicht mit der Hand auf den Tisch und erklärte: »Wissen Sie, in so was kann viel Geld stecken. Ich hab gehört, daß Harry Smith – der schreibt die Texte für diese Operetten – das Geld nur so scheffelt.«

»Mr. Poppins muß Ihnen dabei helfen – er hat so viel Theaterstücke gesehen«, rief Mrs. Arty besorgt.

»Das ist eine gute Idee«, sagte Mr. Wrenn.

Es war also anscheinend beschlossen, daß er das Stück schreiben sollte. Jetzt beriet man wichtige Einzelheiten. Als

Nelly rief: »Ich halte das wirklich für einen wunderbaren Einfall; ich hab ja immer gewußt, daß Sie so viel Phantasie haben«, unterbrach Tom sie, um zu sagen:

»Nein; Sie werdens schreiben, Bill. Ich werd Ihnen natürlich helfen, so gut ich kann … Wissen Sie, was Sie tun müssen: Sie müssen Teddem am Schlafittchen kriegen – der hat so viel Theatererfahrung; der wird Ihnen behilflich sein, daß Sie mit den Impresarios sprechen können. Das wird das Schwerste sein – schreiben werden Sies schon, aber dann müssen Sie auch mit den Leuten vom Fach zusammenkommen können, und Teddem – – Hören Sie, Sie müssens wirklich schreiben, Bill. Das kann viel Geld bringen.«

»Ach, ungeheuer viel!« hauchte Nelly.

»Ich hab von einem gehört«, redete Tom weiter – »Gene Wolf heißt er, glaub ich – der war so pleite, daß er im Bryant Park schlafen mußte, und der hat mit seinem ersten Stück *hunderttausend Dollar* verdient – oder nein; so wars: er hats ein für allemal um zehntausend verkauft – oder ungefähr so viel wars auf jeden Fall. Das hab ich direkt von einem, der ihn mal kennen gelernt hat.«

»Trotzdem, ein Autor muß eigentlich aufs College gehen und so weiter.« Das klang ganz so, als ob Mr. Wrenn nur darauf wartete, daß dieser Einwurf augenblicklich erledigt würde, was auch geschah:

»Ach, Unsinn!«

Mr. Wrenn delektierte sich an den köstlichen Austern in der braunen Mehlhülle, hörte zu, wie sein Genie gelobt, und er im Lauf einer Viertelstunde dreimal Bill genannt wurde, und war selig. Er verlangte etwas Papier vom Kellner, und während sie zu Viert angeregt darüber diskutierten, was die Tochter des Präsidenten tun müßte, entwarf er auf einem Blatt Papier, das er noch immer auf hebt, ein Personenverzeichnis. Darüber steht: »Miggleton, Filiale Zweiundvierzigste Straße.«

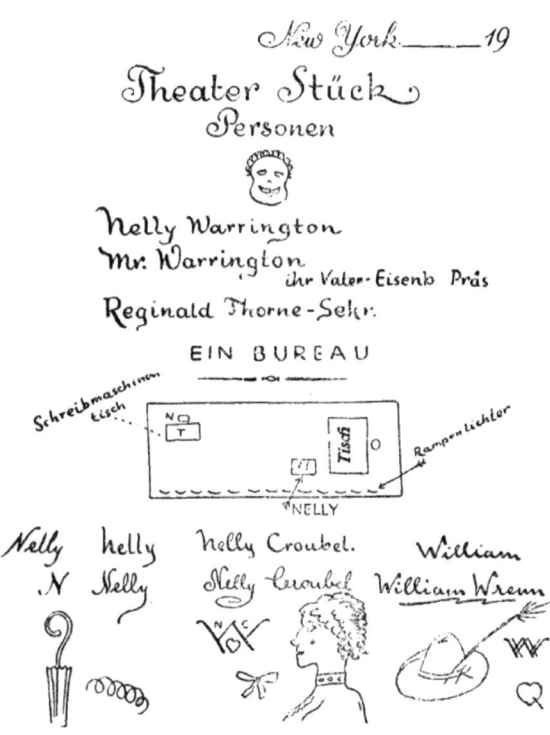

Unten ist der Name Nelly in mannigfachen Ausführungen zu lesen.

»Ich denke, ich werd die Heldin Nelly nennen«, meinte er.

Nelly Croubel errötete. Mrs. Arty und Tom sahen einander an. Mr. Wrenn merkte, daß er sich, auf der Höhe seiner gesellschaftlichen Triumphe, eines Taktfehlers schuldig gemacht hatte.

Hastig sagte er: »Ich hab den Namen immer schon gern gehabt. Ich – ich hab ne Tante gehabt, die hat so geheißen.«

»Ach – –« fing Nelly an.

»Sie war so gut zu mir, wie ich klein war«, fügte Mr. Wrenn hinzu und dachte angestrengt darüber nach, ob es in einer derartigen Notlage erlaubt sei, zu lügen.

»Ach, das ist ein schrecklicher Name«, erklärte Nelly. »Warum geben Sie ihr nicht einen wirklich hübschen Namen, wie Hazel – oder – ach – Dolores?«

»Nein, nein; Nelly ist ein eleganter Name – ein *eleganter* Name.«

Er wanderte in der Zweiundvierzigsten Straße mit Nelly hinter den anderen einher. Wer ihn sah, erblickte in ihm nicht mehr als einen kleinen, anständigen Angestellten, leicht vorgeneigt, mit einem bescheidenen Schnurrbart und mit der Würde, die man gewinnt, wenn man eine enge Welt gut kennt; sein Mantel war für den Winter zu leicht; allzu beflissen wich er den Passanten aus, machte er das hübsche Mädchen an seiner Seite auf schlechte Stellen des Wegs aufmerksam, indem er sie hin und wieder schüchtern am Ellbogen berührte – was ihn so sehr beschäftigte, daß er nicht dazu kam, einen Blick auf seine Umwelt zu werfen. Er war ein ebenso unansehnliches Teilchen des abendlichen Straßenlebens wie irgend einer der vielen Straßenbahnwagen, die durch den nassen Schnee fuhren. Und doch war er ein Ritter, der Kavalier der größten Dame in seinem ganzen Reich; er war ein großer, gesellschaftlich anerkannter Autor, ein Mann, dem große Reichtümer und Macht über die Menschheit winkten!

»Hören Sie, wenn das mit dem Stück klappt, werden wir das großartigste Essen machen, das Sie in ihrem ganzen Leben gesehen haben«, sagte er. »Werden Sie dann mitkommen, Miss Nelly?«

»Selbstverständlich! Oh, Sie dürfen mich nicht übergehen! War ich denn nicht dabei, wie – –«

»Natürlich waren Sie dabei! Ach, wir werden ein richtiges Festessen im Astor haben – Artischocken und Trüffel und alles Mögliche … Würden – würden Sie sich freuen, wenn ich das Stück verkauf?«

»Natürlich würd ich mich freuen, Sie Schaf!«

»Dann würd ich mir das Geschäft kaufen und Rabin zum Direktor machen. Die ganze Kunstartikel-Gesellschaft.«

So kam er darauf, ihr mit sämtlichen Einzelheiten von seiner Arbeit zu erzählen, und die Leichtigkeit, mit der sie all die schwierigen Verhältnisse verstand, überwältigte ihn.

Seine Vorbereitungen zum Schreiben des Stücks waren sehr umfangreich und kunstvoll.

Bis halbein Uhr ging er in Toms Zimmer auf und ab und beriet sich mit ihm darüber, ob er auch Angaben für die Bühnendekoration machen sollte; ab und zu rauchte er in eleganter Pose auf einer Stuhllehne eine Zigarette. Am nächsten Vormittag entwarf er auf vielen halben Bogen Papier zahlreiche Dekorationspläne. Mittags führte er mit Tom ein Telephongespräch über die Frage, ob auf der Bühne ein oder zwei Schreibtische stehen sollten.

Er drückte sich vom Abendessen bei Mrs. Arty und speiste in literarischer Nachdenklichkeit im Armenischen Restaurant – er hatte ja schwierige Probleme zu bewältigen. Er kaufte sich einen Ein-Dollar-Füllhalter, der höchst vornehm aussah und eine sehr schlechte Feder hatte, und einen Karton mit ziemlich großen Papierbogen. Sein literarisches Handwerkzeug zärtlich unter den Arm gepreßt, suchte er vier Vaudeville-Theater auf. Als es elf Uhr war, hatte er drei Einakter und ein Dramolett gesehen.

An der Wohnzimmertür bei Mrs. Arty schlich er leise vorbei.

In seinem Zimmer war es still. Das Lampenlicht auf den zartgrünen Wänden sah ganz genau so aus wie in einer richtigen Schriftstellerbude, dachte er. Glückselig probierte er die Füllfeder aus, indem er die Namen Nelly und William Wrenn auf ein Stück Papier schrieb (das er schuldbewußt in einem Aschenbecher verbrannte); er wusch sich das Gesicht mit Wasser, das er eine Minute lang ablaufen ließ; setzte sich behaglich grunzend an seinen Tisch; ging wieder zurück und wusch sich die Hände, riß sich wütend die bürgerlichen Hemmnisse Rock und Kragen ab; setzte sich wieder; stand auf, um ein Bild gerade zu rücken; nahm die Feder in die Hand; legte sie wieder nieder und blickte vor sich hin, während er an Nelly dachte, die da in seiner nächsten Nähe schlummerte, die köstliche Wange vielleicht ganz weich in den Arm geschmiegt, und ihre weißen Träume – –

Plötzlich schrie er sich an: »Jetzt aber an die Arbeit, verstanden!« Er nahm die Feder und schrieb:

DIE MILLIONÄRSTOCHTER
EIN EINAKTIGES DRAMOLETT
VON
WILLIAM WRENN
PERSONEN

John Warrington, Eisenbahnpräsident; ziemlich reich
Nelly Warrington, Mr. Warringtons Tochter
Reginald Thorne, sein Sekretär

Er jubelte. Er schrieb so rasch, daß die Feder hängen blieb und kleckste.

Dekoration: Ein Büro. Reich eingerichtet. Mr. Warrington und Mr. Thorne sitzen am Schreibtisch. Miss Warrington tritt ein. Sie sagt:

Er brach ab. Er dachte nach. Er hielt sich den Kopf. Er ging zum Waschbecken und machte sich das Haar naß. Er legte sich auf das Bett, strampelte mit den Beinen und strich sich nachdenklich und ernsthaft den Schnurrbart. Fünfzig Minuten später stöhnte er entsetzlich und ging zu Bett.

Es hatte ihm durchaus nicht mehr einfallen wollen als: »Ich komme, um dir zu sagen, daß ich verheiratet bin, Papa«, und das klang eben nicht ganz gut; wenigstens nicht als erste Zeile.

Beim Essen am nächsten Abend – es war Sonnabend – machte Tom immer wieder Anspielungen auf »unseren Autor« und bemerkte des öfteren: »Na, ich weiß, wo ein bestimmter Jemand gestern abend war, aber ich werd natürlich nichts verraten. Ja, die Autoren, das sind schon wilde Burschen.«

Mr. Wrenn, der sich sogar von Tim, dem Hutmacher, ganz ruhig hatte aufziehen lassen, wollte »sich von keinem

Menschen dumme Witze gefallen lassen – wenn Nelly dabei ist«, und bat um ein Glas Wasser mit dem Gehaben eines Harvard-Privatdozenten, der gezwungen ist, in einer Garküche zu essen und sich vom Koch freundlich auf die Schulter klopfen zu lassen.

Nelly beruhigte ihn. »Mit dem Stück gehts *gut, nicht* wahr?«

Als er, mit einer zerstreuten Großartigkeit, deren er sich augenblicklich schämte, verkündet hatte, daß er »der Sache schon richtig auf den Leib gerückt« sei, daß er bereits an vier weitere Stücke denke, und mit dem wirklichen Schreiben begonnen habe, blickten ihn alle ehrfurchtsvoll an und stellten die verschiedensten Fragen.

Um halbzehn Uhr des gleichen Abends kämmte und bürstete er sich sorgfältig das Haar, das er sich eineinhalb Stunden lang gerauft hatte, ging zu Nellys Zimmer, klopfte an und sagte: »Ich bins, Wrenn. Darf ich Sie etwas wegen des Stücks fragen?«

»Ein Momentchen«, hörte er sie rufen.

Er wartete, unruhig atmend, mit offenem Mund. Er hatte Nellys Zimmer noch nie gesehen. Sie öffnete die Tür halb, scheu und ängstlich lächelnd, ihren hellblauen Schlafrock am Hals zuhaltend. Das Hellblau bildete einen bescheiden leuchtenden Fleck vor dem weißen Hintergrund des Zimmers – eine weiße Kommode, an der Tanzprogramme und das gelbe Banner der Upton's Grove-Hochschule hingen, ein zierlicher weißer Schaukelstuhl, hellgelbe Matte, weißsilberne Tapeten und ein Schimmer von einem weißen weichen Bettchen.

So viel Reinheit verwirrte ihn sehr, aber er brachte es zuwege, zu sagen:

»Ich bin im ersten Teil des Stücks etwas hängen geblieben, Miss Nelly. Bitte, sagen Sie mir doch, was meinen Sie, wie wird die Heldin ihren Vater nennen? Was wird sie zu ihm sagen? ›Papa‹ oder ›Sir‹, was glauben Sie?«

»Ja – lassen Sie mich mal nachdenken – –«

»Das ist so schrecklich feine Gesellschaft –«

»Ja, das ist richtig. Also, ich glaube, sie müßte ›Sir‹ sagen. Vielleicht – ach, was war das nur, was ich damals in dem Stück in der Musikakademie gehört hab? ›Vater, ich bin zu dir zurückgekehrt!‹«

»Hören Sie, das ist eine wunderbare Zeile! Das muß die Leute gleich im ersten Augenblick in Schuß bringen … Ich hab ja *gewußt*, daß Sie mir viel helfen werden.«

»Ich bin schrecklich froh, wenn ich Ihnen helfen *konnte*«, sagte sie ernsthaft; »schrecklich froh, aber – – Gute Nacht – und viel Glück bei der Arbeit. Gute Nacht.«

»Gute Nacht. Recht vielen Dank, Miss Nelly. Morgen Kirche, vergessen Sie nicht! Gute Nacht.«

»Gute Nacht.«

Da es eine wohlbekannte Tatsache ist, daß alle Dramatiker mit Puppentheatern als Modellen arbeiten, demolierte Mr. Wrenn eine schöne Pappschachtel, in der vor kurzem ein Achtundneunzigcent-Wecker gekommen war, und holte sich etwas Leim und drei kleine Korken. Er richtete seine Bühne ein, eine Pillenschachtel und eine Streichholzschachtel wurden auf den Fußboden – der bisher die Seite der Schachtel gewesen war – geklebt, und das waren seine Mahagonischreibtische. In die Korken steckte er Streichhölzer, und siehe, da hatte er drei anmutige Schauspieler – für Korken wenigstens anmutig. Es war etwas zauberhaft Schönes, sie durch Löcher, die in die Hinterwand der Schachtel gebohrt waren, auftreten, zu ihren Schreibtischen gehen und gewaltige, tiefempfundene Reden halten zu lassen, die jedes Publikum zu Tränen rühren mußten; Reden, von denen er außer den Worten alles wußte; von diesem Detail hatte er nach einem halbstündigen Spiel mit seinen Marionetten noch nicht die geringste Ahnung. Als er verzweifelt schlafen ging, hatte er noch geschrieben:

Mr. Thorne sagt: Hier sind die Papiere, Sir. Als großer Eisenbahnpräsident müßten Sie – –

Alles andere blieb der Zukunft überlassen. Wie zum Kuckuck sollte er dem Publikum beibringen, wie unerhört mächtig sein Präsident war?

(Tochter, Miss Nelly, tritt ein)
Miss Nelly: Vater, ich bin zu dir zurückgekehrt, Sir.
Mr. Warrington: Meine Tochter!

Nelly: Vater, ich habe dir etwas zu sagen; etwas — —

Das Frühstück bei Mrs. Arty war immer eine herrliche Angelegenheit. Er saß – wie anders als bei den einsamen, uner-
freulichen Mahlzeiten in der Schnellimbißstube seiner Zapp-
Zeit! – neben einer hübsch gekleideten, nach neunstündigem
Schlaf frischen und lebhaften Nelly. So war es an gewöhnlichen
Tagen. Aber Sonntag früh – das war das Paradies! Der Petro-
leumofen glühte und schnurrte wie ein großer Kater; er röstete
ihre Beine, während sie sich systematisch mit Toast, Waffeln
und Kaffee vollstopften. Nelly und er fühlten sich Tom Poppins stets etwas überlegen; der Gute schlief noch lange, wenn
sie sich schon darüber unterhielten, wie schön es sei, nicht ins
Büro gehen zu müssen, daß Weihnachten immer näher rücke,
und um wieviel besser Upton's Grove und Parthenon doch als
New York seien.

An diesem Morgen sollte Mr. Wrenn zum ersten Mal mit
Nelly in die Kirche gehen. Sie hatten es schon für den letzten
Sonntagvormittag geplant, aber damals war Mr. Wrenn in
höchst unreligiöser Wut jammernd zu einem jungen Zahnarzt
mit weißem Kittel geeilt, statt mit Nelly fromm zur Kirche zu
wandeln.

Zum ersten Mal auch wohnte er seit neun Jahren einem
Gottesdienst bei, abgesehen von der Messe, die er im St. Pat-
rick-Dom gehört hatte, aber das galt ihm nicht als Kirchgang,
sondern als Kunstgenuß. Er kam sich erschrecklich gebessert
vor, auf neue Pfade der Tugend und der guten Vorsätze geführt, und gedachte erbarmungsvoll der einsamen Junggesellen
Morton und Dr. phil. Mittyford. Die wissen ja gar nicht, was es
einem Menschen bedeutet, mit einem Mädchen wie Miss Nelly
in die Kirche zu gehen, dachte er, als er sich nach dem Frühstück noch einmal das Haar bürstete.

Stolz schritt er neben ihr einher und machte etwas Großartiges daraus, als Mitglied einer wohlhabenden und überaus ge-
badeten Gemeinde in die Kirche zu treten. Er verbeugte sich
sogar vor einem nahezu unangenehm gewaschenen und ge-
bürsteten jungen Kirchendiener mit goldgeränderter Brille.
Voll Verachtung gedachte er der fernen Tage, da er dem Mann

mit den Messingknöpfen im Nickelorion seine Verbeugung gemacht hatte.

Das Innere der Kirche war so behaglich anzusehen wie Sonntagstoast mit Marmelade – in den Gängen rote Teppiche, schimmernde Bänke aus solider Eiche, prächtige gemalte Glasfenster, ein allgemeines höfliches Knarren der besten Miederfischbeine bei den Damen und der steifen Hemdbrüste bei den Herren, und ein Duft von bestem Kölnischwasser und besten Mottenkugeln.

Es fehlten nur noch sechs Tage an Weihnachten. Mr. Wrenns Herz war ein kleiner Garten, und seine Augen wurden feucht; er blickte Nelly zärtlich an, als er die Stechpalmen, den Efeu, den Weihnachtsspruch »Friede auf Erden, und den Menschen ein Wohlgefallen« und alles andere sah, was die Wände zwischen den Fenstern schmückte.

Weihnachten – glückliche Heime, Lachen … Seit den Zeiten, da er die Weihnachtsfeier in der Sonntagsschule in Parthenon mitmachte und grell gefärbte Bonbons in kleinen Säckchen bekam, hatte er die Festtage damit gefeiert, daß er sich bei seinen einsamen Weihnachtsmahlzeiten Plumpudding kaufte, in großen, billigen Gasthäusern, wo ihm außer dem Kellner, den er wahrscheinlich zum ersten und zum letzten Mal in seinem Leben sah, kein Mensch »Fröhliche Weihnachten« wünschte.

Aber diesmal – er überraschte sich und Nelly damit, daß er plötzlich die Hand ausstreckte und mit den suchenden Fingerspitzen eines Kindes, das die Ängste der Nacht überwunden hat, ihren Ärmel berührte.

Während der Predigt hatte er einen Einfall. Was war das nur, was Nelly ihm von »Peter Pan« erzählt hatte? Ach ja; dort sagt jemand: »Glaubst du an Märchen?« Ja, wäre es denn nicht einfach großartig, die Millionärstochter zu ihrem Vater sagen zu lassen: »Glaubst du an Liebe?«

»Herrjeh, ich glaub an Liebe!« schmachtete er, als Nelly ahnungslos mit ihrem Arm den seinen streifte.

Tom Poppins hatte an diesem Nachmittag Horatio Hood Teddem zu einem heißen Toddy bei sich. Horatio sah sehr knabenhaft, sehr vertrauensselig aus und borgte sich fast mühelos fünf Dollar von Mr. Wrenn; so sehr beschäftigte es Mr. Wrenn, von Horatio zu lernen, wie man ein Stück verkauft. Die Adresse des Bühnenvertriebs Wendelbaum & Schirtz zu kennen, war fast schon ebenso viel wert wie die Bekanntschaft mit einem Broadway-Impresario.

Als Horatio gegangen war, machte Tom einen Vorschlag, auf den er in seiner Sonntagsmittag-Stunde im Zigarrenladen gekommen war.

»Warum sollen wir nicht zu dritt – sagen wir, ich und Sie und Mrs. Arty das Stück sprechen, genau so, als ob wirs spielen würden?«

Begeistert überredete er Mr. Wrenn dazu. Er polterte die Stiege hinunter und holte Mrs. Arty herauf. Er lief im Zimmer umher und brüllte Anweisungen. Er machte seine Kommode zu dem Schreibtisch des Eisenbahnpräsidenten, einen Tisch zu dem des Sekretärs und verwandelte nach etlichem Nachdenken und vielem Kinnreiben seinen grünen Lehnstuhl in einen Geldschrank.

Das Stück begann. Mr. T. Poppins in der Rolle des Präsidenten trat, eine strenge, erhabene Miene auf seinem Gesicht, ein, warf Wrenn, seinem Sekretär, ein »Guten Morgen, Thorne« zu und legte die Handschuhe ab. (Das mit den Handschuhen notierte Mr. Wrenn; das war ein Schlager.)

Mr. Wrenn näherte sich schüchtern, mit ausdruckslosem Gesicht, damit Mrs. Arty ihn nicht auslache. »Hier – –

Sagen Sie, was meinen Sie, wie könnt der Sekretär den Leuten unten am besten zu verstehen geben, daß der andere der Präsident ist? Wie war denn das: ›Der Eisenbahnvizepräsident läßt Sie bitten, Sir, daß Sie als Präsident diese Papiere unterzeichnen.‹«

»Großartig!« rief Mrs. Arty, die, das Atlaskleid sorgfältig über den schwellenden Knien glatt gezogen, in dem eichenen Schaukelstuhl saß wie ein heiteres Bronzemonument der Sonntagsfeierlichkeit. »Aber meinen Sie nicht, daß er noch sagen würde: ›Wenn es Ihnen recht ist, Sir?‹«

»Herrjeh, das ist blendend!«

Das Stück hatte begonnen.

Es endete um sieben. Mr. Wrenn gönnte sich nur fünfzehn Minuten für das Sonntagsabendessen, dann schrieb er bis ein Uhr morgens und hatte den ersten Entwurf seines Manuskripts fertig.

Die Überarbeitung war etwas Köstliches, denn sie machte viele Konferenzen mit Nelly nötig, bei denen man am Tisch im Wohnzimmer saß und vertraulich die Schultern zusammensteckte. Die Bekanntschaft gewann auch dadurch an Intimität, daß Tom Mr. Wrenn, Nelly und Mrs. Arty zu dem großen Weihnachtsball der Zigarrenhersteller-Union in der Melpomene Hall eingeladen hatte. Nelly fragte nicht nur Mrs. Arty, sondern auch Mr. Wrenn ganz aufgeregt, ob sie ihr neues weißes Kaschmir oder das ältere rosenfarbige Chinaseidene anziehen sollte.

Zwei Tage vor Weihnachten übergab er einer hochmütigen Stenotypistin, die wie Lee Theresa Zapp aussah, sein Stück schüchtern zum Abschreiben. Als er sie bat, mit dem Manuskript sorgfältig umzugehen, gähnte sie. Das herrlich rosa eingebundene Schreibmaschinenmanuskript wurde am Heiligen Abend um sechs Uhr fünfzehn nachmittags an den Bühnenvertrieb Wendelbaum & Schirtz abgeschickt.

Sie gingen zu viert über die Sechste Avenue zum Zigarrenherstellerball. Die Mengen der Weihnachtseinkäufer zwangen sie dazu, im Gänsemarsch zu gehen, und oft blieben sie vor den herrlichen Verkaufsbuden mit Silberhaar und Teddybären stehen. Sie alle mußten laut lachen, als Tom Poppins sich plötzlich ein rosa Püppchen kaufte und an seinen karierten Mantel steckte. Sie redeten einander ein, daß sie vor Kälte zitterten, und tranken in einem Warenhaus heiße Schokolade.

Hier geschah es, daß Nelly Mr. Wrenn die hellblaue Krawatte zurecht zog. Ihr Haar hatte den Duft, den er seit einiger Zeit als den ihren kannte. Ihr weißes Pelzwerk rieb sich an seinem Winterrock.

Die Zigarrenhersteller, von denen sieben im Frack und zwei im Smoking erschienen waren, tanzten bereits auf dem gewachsten Boden des Melpomenesaals. Auf dem Podium unter dem roten Stuckbalkon trommelte und blies und fiedelte ein großes Orchester lustig drauf los, und an dem Buffet hinter dem Balkon gab es Bier und allerlei andere Getränke.

Mr. Wrenn strich verlegen an großen Gruppen hübscher Mädchen vorbei. Jetzt, da er die Galoschen abgelegt hatte und über den schlüpfrigen Boden ging, kam er sich in seinen neuen, auf Hochglanz polierten Abendschuhen sehr leicht und unsicher vor. Er gab sich verzweifelt Mühe, sein Taschentuch nicht zu auffällig zu benutzen, obwohl er erkältet war.

Erst bei der Wahl der Partner für den nächsten Tanz, als Tom Poppins sich mit tänzelnden Füßen und schwingenden Armen neben Nelly stellte, wurde es Mr. Wrenn völlig klar, daß er nicht tanzen konnte.

Vor einer Woche hatte er den anderen so ganz nebenbei gesagt, daß er nur die einfachen Tänze kenne, die er als Junge in Parthenon gelernt habe; aber man hatte ihn beruhigt: »Ach, machen Sie sich keine Sorgen – auf dem Ball werden wir Ihnen schon das Tanzen beibringen – dort wirds ja nicht steif sein. Außerdem werden wir Sie ein bißchen unterrichten, bevor wir hingehen.« Das Schreiben des Stücks und die Fünfhundert-Partien hatten den Unterricht verhindert. So saß er nun, als ein Twostep begann, entsetzt da und sah zu, wie ungezählte Scharen heiterer junger Leute und Mädchen die schwierigsten Tänze vollführten und mit einer Sicherheit, deren er sich entschieden nicht mächtig fühlte, aneinander vorbeikamen. Die Musik machte ihn ganz sentimental und ließ ihn große Sehnsucht nach Nelly empfinden, die doch nur durch die Breite des Saals von ihm getrennt war.

Bald stellte Tom Poppins Nelly einen lustigen Zigarrenverkäufer vor, der sie wieder mit drei Kavalieren im Frack bekannt machte, während Tom Mrs. Arty engagierte. Mr. Wrenn saß unter Menschen, die nicht das geringste Interesse für seinen Kummer hatten, blickte finster in den Saal und wäre am liebsten davongelaufen. Nelly kam mit Männern, die schwarze Schnurrbarte und Westen mit Perlknöpfen hatten, strahlend und lachend zu ihm und stellte ihn vor, aber er warf einen unfreundlichen Blick auf die jungen Leute, und immer wieder wurde sie zum Tanzen fortgeholt.

Sie entdeckte ein Mauerblümchen aus Yonkers und stellte es Mr. Wrenn vor; er sprach mit ihr verdrossen über Dinge, von denen sie noch nie gehört hatte, während er zusah, wie Nelly Walzer tanzte und ihrem Partner zulächelte. Bald schwiegen die beiden. Das Mauerblümchen murmelte eine Entschuldigung und ging zu ihrer Mama aus Yonkers zurück.

Mr. Wrenn saß unglücklich da, er haßte seine Freunde, weil sie ihn hergebracht hatten, haßte die Lieblichkeit Nelly Croubels und sagte sich: »Ach – natürlich – sie tanzt mit allen anderen – ich bin selbstverständlich nur der arme Esel, mit dem sie redet, wenn sie müde ist und aufgemuntert werden will.«

Als Tom kam und ihm einen neuen Witz erzählte, den er eben am Buffet gehört hatte, gab er keine Antwort.

Einmal setzte Nelly sich zu ihm und redete ihm unermüdlich zu, er solle mit ihr einen Versuch machen, das Tanzen zu lernen. Er wurde ganz glücklich, erklärte aber schüchtern: »O nein, ich glaub, ich werds lieber lassen.« Gerade in diesem Augenblick kam der Zigarrenverkäufer mit dem schwärzesten Schnurrbart und der elegantesten Weste sie um einen Tanz bitten, und da war sie auch schon fort, hatte bloß noch gesagt: »Jetzt nehmen Sie sich aber zusammen. Ich werde Sie zwingen, daß Sie mit mir tanzen.«

In der Pause sah er sie mit dem ekelhaften Zigarrenverkäufer durch den Saal gehen, schlank in ihrem enganliegenden hübschen weißen Kaschmirkleid, sich fächelnd und glückselig plaudernd. Sie setzte sich neben ihn. Er sagte kein Wort; er starrte noch immer auf den spiegelnden Boden hinaus. Sie warf ihm einige Male einen neugierigen Blick zu und klopfte ganz leise mit dem Fächer auf den Stuhl.

Sie seufzte ein wenig. Vorsichtig, ganz wie nebenbei, fragte sie: »Wollen Sie mich nicht ans Buffet führen, Mr. Wrenn?«

»Ja natürlich – um sie ans Buffet zu führen, dazu bin ich grade noch gut genug!« sagte er sich.

Armer Mr. Wrenn; er war in Parthenon nicht oft genug in Gesellschaften gewesen, und in New York noch gar nicht. Er wurde bald vierzig Jahre und erfuhr jetzt zum erstenmal die bösen Nöte und die schwarze Eifersucht des Liebenden ... Zu ihr sagte er: »Warum haben Sie sich nicht von dem Kerl mit dem schwarzen Schnurrbart hinführen lassen?« Und immer noch sah er geradeaus vor sich hin.

Ihre Augen wurden ganz groß, und die Tränen kamen ihr. »Aber Billy – –« Mehr antwortete sie nicht.

Er ballte die Hände, um nicht in ein erbärmliches Weinen auszubrechen. Aber er sagte kein Wort.

»Billy, was – –«

Er wandte sich schüchtern zu ihr um; seine Hand berührte sanft die ihre.

»Ach, ich bin eine Bestie«, erklärte er leise mit zitternder Stimme, während alles rings um ihn lustig war und lachte. »Ich habs nicht so gemeint, aber ich war – ich bin mir so blöd vorgekommen – weil ich nicht tanzen kann. Ach, Nelly, es tut mir schrecklich leid. Sie wissen doch, daß ichs nicht so – – Kommen Sie! Gehen wir was essen!«

Während sie am Buffet Gefrorenes, allerlei Backwerk und Hühnerbrötchen aßen, ärgerten sie sich darüber, daß so viele Menschen da waren. Dann kamen Tom und Mrs. Arty. Tom brachte Nelly dazu, daß sie sich ihre erste Zigarette anzündete. Mr. Wrenn bewunderte sie, als sie schüchtern an ihrer Zigarette zog und den Rauch in kleinen Wölkchen wieder ausstieß, aber es machte ihn sehr glücklich, daß sie die Zigarette nach einer Minute fortwarf und erklärte, sie werde nie wieder rauchen und auch noch ihre drei Freunde dazu bringen, daß sie das Rauchen aufgäben, jetzt, da sie wüßte, wie abscheulich und unangenehm es sei.

Mr. Wrenn lockte sie dann fort an einen Tisch, und dort bei dem Ingwerbier sahen diese beiden Kinder in aller Unschuld so offenkundig verliebt aus, daß Mrs. Arty und Tom sich wegstahlen. Nelly ließ einen Tanz aus, den sie einem Zigarrenhersteller versprochen hatte, und ging dann mit Mr. Wrenn fort.

»Fahren wir nicht – ich möcht nach dem Rauch da drin etwas frische Luft schnappen«, sagte sie. »Aber es war doch wirklich herrlich ... Gehen wir die Fünfte Avenue hinauf.«

»Schön ... Müde, Nelly?«

»Bißchen.«

Er fand, daß ihre Stimme ein wenig kalt klang.

»Nelly – es tut mir so leid – da drin hab ich wirklich keine Gelegenheit gehabt, Ihnen zu sagen, wie leid es mir tut, daß ich so zu Ihnen geredet hab. Herrjeh! Es war scheußlich von mir – aber mir war – ich konnte nicht tanzen, und da – ach – –«

Keine Antwort.

»Und Sie waren sehr böse?«

»Na, ich fand es wirklich nicht nett von Ihnen – wo ich mir so Mühe gegeben hab, damit Sie sich amüsieren.«

»Ach, Nelly, es tut mir so leid – –«

Seine Stimme klang ganz tragisch. Die Schultern, die er immer, wenn er mit ihr ging, so gerade zu halten suchte, als wären sie in einem Schraubstock, fielen vornüber.

Sie berührte seinen Handschuh. »Ach nicht, Billy; jetzt ist ja alles gut. Ich versteh schon. Vergessen wirs – –«

»Ach, Sie sind viel zu gut zu mir!«

Schweigen.

Als sie die Dreiundzwanzigste Straße überquerten, nahm er ihren Arm. Er drückte ihre Hand. Plötzlich war die ganze Welt jung und schön und wundervoll. Zum erstenmal in seinem Leben ging er so, den Arm eines Mädchens, das er gern hatte, in seinem haltend. Er sah auf ihr billiges weißes Pelzwerk hinunter. Schneeflocken zitterten darauf und verwandelten sich im Licht einer Straßenlaterne in Diamantenstaub; in diesem Licht zeigte sich auch eine ganz kleine Stelle an ihrem Kragen, die sehr sorgfältig ausgebessert war. Und dann erfuhr er, der ein Wanderer in den verlassenen grauen Regionen eines einsamen Männerherzens gewesen war, in einer Millionstelsekunde allen Schmerz und alle Lust der Liebe und das ganze unendliche Sorgen für die Geliebte, das aus einem verbrauchten Buchhalter einen Mann macht. Anbetend hob er die Augen zu dem Wunder der kahlen Bäume empor, zu dem Metropolitan-Turm, hoch in den rötlichen Winterhimmel der Großstadt hinaufragte. Alle Wunder kannte er und sang er. Was er sagte, war jedoch nur:

»Herrjeh, die Bäume da sehen doch wirklich aus wie n richtiges Gemälde! … Nicht?«

»Ja, es ist sehr hübsch«, antwortete sie unsicher, aber mit einem Druck auf seinen Arm.

Dann schwatzten sie darauf los, planten, daß er einen Immergrünzweig für Weihnachten kaufen solle, den sie dann morgens beim Frühstück einschmuggeln würde. Und das neue Glück, das in den Schmerzen ihres Mißverständnisses geboren war, beseligte alle Worte.

Am 10. Januar wurde das Manuskript »Die Millionärstochter« von dem Bühnenvertrieb Wendelbaum & Schirtz mit folgendem Begleitbrief zurückgesandt:

»SEHR GEEHRTER HERR, zu unserem Bedauern müssen wir Ihnen mitteilen, daß Ihr Stück uns nicht verwendbar erscheint. Sie finden in der Anlage das Referat unseres Lektors. Gleichzeitig legen wir eine Liquidation über zehn Dollar Lesehonorar bei, um deren baldgefällige Erledigung wir ersuchen.«

Es war kurz vor dem Abendessen, er stand in der Diele vor dem Speisezimmer. Nachdem er den Brief ein zweites Mal gelesen hatte, öffnete er langsam das Referat, das folgenden Wortlaut hatte:

›Millionärstochter‹
Einaktige Kom. Völlig unmgl. Unvorstellbar dilettantisch. Dialog liest sich wie eine Burleske von Laura Jean Libbey. Zurückschicken.«

Nelly kam herunter. Er reichte ihr Brief und Referat und gab sich Mühe, nicht allzu niedergeschlagen auszusehen. Sie las beides. Dann nahm sie seine Hand. Er ging rasch ins Speisezimmer und las bei Tisch den Brief – aber nicht das Referat – vor. Bevor er schlafen ging, verbrannte er das Manuskript seines Stücks. Am nächsten Vormittag ging er mit einem Eifer wie noch nie zuvor ins Büro. Er war felsenfest davon überzeugt, daß er jetzt immer bei seiner Arbeit bleiben würde. Aber hundertmal im Laufe des Tages dachte er an Nelly und hoffte, daß er es einmal, in irgendeiner Frühlingsnacht bei Mondschein, wagen würde, daß er den Mut zu dem ganz großen Abenteuer haben und sie küssen würde. Istra – – Theoretisch war sie in seiner Erinnerung ein großes Erlebnis. Aber was für nebelhafte Dinge sind Theorien!

Der langsame, aber völlig korrekte und zuverlässige Fünfhundert-Spieler Mr. William Wrenn, bekannt unter dem Namen Billy, warf an jenem Abend gegen Ende Februar Miss Proudfoot, mit der er gegen Mrs. Arty und den Reisenden James T. Duncan spielte, einen triumphierenden Blick zu. Er hatte als letzter im entscheidenden Spiel anzusagen. Die anderen warteten respektvoll. Selbstsicher erklärte er »Neun ohne Trumpf«.

»Du guter Gott, Bill!« rief James T. Duncan.

»Ich schaff es auch.«

Und er schaffte es. Als Sieger stand er auf. Ohne jede Verlegenheit, mit aller gesellschaftlichen Glätte der Pension Mrs. Arty ging er zu Mrs. Ebbitt hinüber und fragte: »Wie gehts Mr. Ebbitt heute abend? Plagt ihn der Rheumatismus sehr?« Miss Proudfoot bot ihm ein Pfefferminzplätzchen an, das er mit kritischen Blicken akzeptierte. »Ich glaub, die sind fast ebensogut wie die von Park & Tilford«, erklärte er mit zurückgeworfenem Kopf. »Hören Sie, Dunk, wir wollen jetzt knobeln, wer eine Lage Bier spendiert. Tom muß bald zurück sein – er wird wohl grade den Laden zumachen. Wir müssen was für ihn bereit haben.«

»Gut, Bill«, stimmte James T. Duncan zu.

Mr. Wrenn verlor. Er ging und nahm heimlich statt eines zwei Krüge mit; in dem einen brachte er »Dunkles«, in dem anderen eine Überraschung. Er rief über die Treppe zu Nelly hinauf: »Können Sie runterkommen, Nelly? Ich hab Eiscreamsoda für die Damen!«

Allerdings zeichnete Mr. Wrenn sich nicht aus, als Tom zurückkam und sich mit James T. Duncan über die Vorzüge eines Tom Collins' unterhielt; er dachte, dieser Tom Collins sei ein Mensch, und nicht ein Getränk.

Doch als sie hinaufgingen, sagte Miss Proudfoot zu Nelly: »Mr. Wrenn ist sehr still, aber ich muß sagen, ich halt ihn für einen der nettesten Menschen, die in den letzten Jahren hier im Haus waren. Und er ist so ernst. Außerdem glaub ich, daß er,

ganz abgesehen vom Fünfhundert, ein guter Whistspieler werden wird.«

»Ja«, antwortete Nelly.

»Anfangs war er ein bißchen schüchtern, glaub ich ... Ich
war auch immer schüchtern ... Aber er hat uns gern, und ich
hab Menschen gern, die Menschen gern haben.«

»Ja!« rief Nelly.

Siebzehntes Kapitel.
Er wird vom Wirbelwind gepackt

»Er wurde vom Wirbelwind gepackt und folgte einer
wandernden Flamme über gefährliche Meere zu einer
glückhaften Küste«, sprach François.

An einem Montagabend im April, als ein kleiner Mond
schüchtern über die Stadt hinwanderte und die Straßen von
Leierkastenklängen und den Frühlingsrufen tanzender Kinder
erfüllt waren, ging Mr. Wrenn zeitig ins Speisezimmer hinunter,
denn dort unterhielt sich Nelly Croubel mit Mrs. Arty, und er
wollte fröhliche Pläne für ein Picknick schmieden, das am
nächsten Sonntag stattfinden sollte. Schüchtern und ohne es
sich recht einzugestehen, hegte er die Hoffnung, daß er nach
einem solchen Picknick Nelly vielleicht küssen könnte; er
dachte sogar, daß er eines Tages vielleicht – ja, andere Leute
haben ja schließlich auch geheiratet – warum nicht?

Miss Mary Proudfoot stopfte mit eleganten, raschen Bewegungen ihrer silberhäutigen Hände ein Loch im Tischtuch und
teilte ihm mit: »Mr. Duncan kommt in fünf Tagen von seiner
Reise im Süden zurück, und dann werden wir ein großes ab-
schließendes Auswahl-Fünfhundert-Turnier haben.« Mr.
Wrenn war viel zu sehr damit beschäftigt, darüber nachzuden-
ken, ob Miss Proudfoot für das Picknick ihre berühmten – und
mit Recht berühmten – Brötchen mit gehacktem Schinken machen würde, um sich sehr für ihre Mitteilung zu interessieren.
Ebensowenig interessierte es ihn, als sie sagte: »Mrs. Ferrard
hat einen Brief oder so was Ähnliches für Sie.«

Als man sich dann zum Essen setzte, rauschte Mrs. Ferrard
wirkungsvoll herein und rief: »Ein Telegramm für Sie ist da,
Mr. Wrenn.«

War jemand gestorben? Wer? Alle am Tisch hielten den
Atem an, und Mr. Wrenn mit ihnen … Etwas anderes konnte
ein Telegramm für sie nicht bedeuten.

Ihre Augen glichen einem Kreis gefällter Bajonette, als er
die Nachricht öffnete und las – es war ein Funktelegramm von
einem Schiff:

»ankomme hesperida bitte abholen istra«

»Es ist – bloß ein – etwas Geschäftliches«, gelang es ihm zu sagen, während er seine Suppe vergoß. Das war nicht der richtige Ort dafür, die Gefühle aus seinem pochenden Herzen hervorzuholen und zu untersuchen.

Das Essen ging weiter. Die Institution der Picknicks wurde von allen Seiten her beleuchtet – vom historischen, vom hygienischen und vom sozialen Standpunkt aus. Mr. Wrenn redete sehr viel und ein wenig verworren. Nach dem Essen lief er hinaus, um sich eine Zeitung zu holen. D. S. *Hesperida* war am nächsten Vormittag um zehn Uhr fällig.

Es war ein Abend der Ängste und Verwirrungen. Beklommen taumelte er über die Lexington-Avenue. Er wußte nur, daß er Nelly sehr gern hatte und doch außer sich vor Wonne darüber war, daß er Istra wiedersehen sollte. Er verfluchte sich – »verfluchen« ist ganz wörtlich zu nehmen – abwechselnd als Schurken und heimtückischen Verräter; er wandelte alle Ehrennamen ab, mit denen Männer sich schmücken, wenn sie die Entdeckung machen, daß zwei Frauen verschieden, aber gleich liebenswert sind. Und alle zwei Minuten jubelte er vor Freude darüber, daß er Istra wiedersehen würde – wirklich, tatsächlich, schon am nächsten Tag wiedersehen würde! Als er zurückkam, saß Nelly auf den Stufen vor dem Haus.

»Halloh.«

»Halloh.«

Mehr wußten beide eine Zeitlang nicht zu sagen; Mr. Wrenn untersuchte sorgfältig die Unterseite der Eisentreppe.

»Billy – war es etwas Ernstes, in dem Telegramm?«

»Nein, es war – – Miss Nash, die Künstlerin, von der ich Ihnen einmal erzählt hab, hat mich gebeten, ich soll sie am Schiff abholen. Ich soll ihr wahrscheinlich beim Gepäck und beim Zoll helfen. Sie kommt aus Paris.«

»Ach so, aha.«

Nelly zeigte so wenig Eifersucht, daß Mr. Wrenn enttäuscht war, obwohl er nicht recht wußte, warum. Es tut immer weh, wenn aus einer ganz großen Tragödie nichts weiter wird als ein sachliches Gespräch.

»Ich weiß nicht, ob sie Ihnen richtig gefallen wird. Sie ist schrecklich wohlerzogen, aber ich weiß nicht – vielleicht wird sie Ihnen bißchen eingebildet vorkommen. Aber sie zieht sich an – – Ich glaub, ich hab noch niemand gesehen, der so elegant ist wie sie. Im Anziehen mein ich. Natürlich« – ganz rasch kam das – »hat sie Geld, und deshalb kann sie sichs leisten. Aber sie ist – ach, irgendwie ist sie schon reizend. Hoffentlich wird sie Ihnen gefallen – – Hoffentlich wird sie nicht – –«

»Ach, ich werd mir nichts draus machen, wenn sie eingebildet ist. Man gewöhnt sich ja an so was, wenn man in einem Warenhaus arbeitet«, sagte sie in eiskaltem Ton; aber das tat ihr bald leid, und sie bat: »Ach, ich wollte wirklich nicht schnippisch sein, Billy. Entschuldigen Sie! Ich bin ganz sicher, daß Miss Nash sehr nett ist. Wohnt sie hier in New York?«

»Nein – in Kalifornien … Ich weiß nicht, wie lang sie hier bleiben wird.«

»Na – na – hm–m–m. Ich bin *so* schläfrig. Ich werd wohl schlafen gehen. Gute Nacht.«

Mit einem unangenehmen Gefühl, weil er nicht im Büro war, unzufrieden, weil er seine geliebten Briefe für den Handel im Süden lassen mußte, geärgert, weil es ihm Schwierigkeiten bereitete, einen Passierschein für den Kai zu bekommen, und wütend, weil er schlecht geschlafen hatte, erwartete Mr. Wrenn die Ankunft der *Hesperida*. Jetzt wußte er gar nicht mehr, ob er Istra überhaupt sehen wollte. Er hatte keine Ahnung mehr, wie sie aussah. Ob sie ihm gefallen würde?

Der große Dampfer drehte bei und wurde an den Kai bugsiert. Zwischen den Schultern der eng aneinander gedrängten Menschen hindurch musterte Mr. Wrenn kühl die Passagiere, die auf den Decks standen. Istra war nicht zu sehen. Und da wußte er, daß er sich sehr um sie sorgte. Wenn ihr etwas zugestoßen wäre!

Der kleine Mann, der ganz bescheiden in der Menge gestanden war, schob sich plötzlich boxend und drängelnd in die vorderste Linie vor. Endlich sah er sie – schlank, anmutig, nonchalant, gleichgültig, in elegantem kariertem Kostüm, mit einem hübschen schwarzen Strohhut und einer neuen Handtasche.

Er starrte sie an. »Herrjeh!« keuchte er. »Ich bin ja ganz verrückt wegen ihr. Wirklich wahr.«

Sie sah ihn, und fröhlich lächelten sie einander zu. Als sie über den Laufsteg herübergekommen war, gab sie ihm einen hastigen Kuß.

»Also wirklich da!« lachte sie.

»Ja, ja, ja, ja! Ich freu mich ja so, daß Sie da sind!«

»Ich freu mich auch sehr, Sie zu sehen, liebes Mäuschen.«

»Haben Sie eine gute R – —«

»Fragen Sie gar nicht erst. Ein Ehemann *sans* Frau war da, der mich während der ganzen Überfahrt verfolgt hat. Ich bin nur froh, daß Sie sich nicht in mich verlieben werden.«

»Aber – äh – —«

»Sehen wir zu, daß wir so rasch wie möglich durch den Zoll durchkommen. Wo ist N? Oh, wie klug, gleich neben M. Einer von meinen Koffern ist schon da. Wie geht es Ihnen denn, liebes Mäuschen?«

Aber das schien sie gar nicht so sehr zu interessieren, und die alte Verlegenheit, die sie in ihm auslöste, war wieder über ihm.

»Es ist doch schön, wieder zurück zu sein, und – liebes Mäuschen, ich weiß, daß Sie nicht böse sind, wenn ich Sie bitte, mir für die nächsten paar Tage ein Zimmer zu suchen?« Das schien ihr etwas ganz Selbstverständliches zu sein. »Wir werden noch heute vormittag etwas suchen, *n'est-ce pas?* Nicht zu teuer. Ich habe gerade genug, um nach Kalifornien fahren zu können.«

Nach Männerart sah er klar und deutlich die ganze Arbeit auf seinem Schreibtisch vor sich, und nach Männerart antwortete er: »Selbstverständlich, mit Vergnügen.«

»Wie wäre es mit der Pension, in der Sie wohnen? Sie haben doch geschrieben, daß es dort so nett und sauber ist.«

Der Gedanke, daß Nelly und Istra in einem Haus wohnen könnten, erschreckte ihn.

»Ja, ich weiß nicht recht, obs Ihnen auch so gut gefallen würde.«

»Ach, für ein paar Tage wird es auf jeden Fall gut sein. Ist ein Zimmer frei?«

Die Sache verdroß ihn. Er sah viele Unannehmlichkeiten voraus.

»Ach, ja, ich glaub schon.«

»Liebes Mäuschen!« Istra hockte sich inmitten des Durcheinanders von Gepäck, Zollbeamten und ungeduldigen Passagieren auf einen Koffer und sah ehrlich bekümmert zu ihm auf.

»Aber Mäuschen! Ich dachte, es wird Ihnen eine Freude sein, mich zu sehen. Ich habe mich doch nie mit Ihnen gezankt, nicht wahr? Ich habe mir immer Mühe gegeben, nicht launenhaft zu sein. Deshalb habe ich Ihnen telegraphiert, obwohl ich genug Leute hier habe, die ich seit Jahren kenne.«

»Ach, ich wollt ja nicht brummig sein; wirklich nicht! Ich hab mir nur überlegt, obs Ihnen dort gefallen wird.«

Am liebsten hätte er sich reuevoll und zerknirscht vor seiner Gottheit auf die Knie geworfen, wenn sie jetzt auch nichts anderes war als ein einsames Mädchen im Trubel New Yorks. Er redete weiter:

»Und dann haben wir uns doch recht lang nicht gesehen, und ich wußte nicht – – Aber ich glaub, ich werd Sie immer – ach – immer richtig verehren.«

»Es ist gut, Mäuschen. Es ist – – Da sind schon die Zollbeamten.«

Nun wußte Istra Nash recht gut, daß die Zollbeamten noch gar nicht daran dachten, ihr Gepäck zu revidieren. Aber der Auseinandersetzung war ein Ende gemacht, und sie schienen einander zu verstehen.

»Herrjeh, diesmal kommt aber ne Menge reiche jüdische Damen zurück!« rief er.

»Ja. Dreimal am Tag haben sie neuen Schmuck angelegt«, erzählte sie.

»Herrjeh, die Halle ist aber groß!«

»Ja.«

So bezeugten sie einander die Festigkeit ihrer Freundschaft, bis sie nach Hause kamen und Istra in dem »Zimmer von Teddem« als neuer Gast aufgenommen wurde.

Das Abendessen wurde mit allen bei Mrs. Arty üblichen Zeremonien eingeleitet. Keiner der geheiligten alten Späße fehlte. Tom Poppins vergaß nicht, zu rufen: »Bringen Sie das Abwaschwasser«, und Miss Mary Proudfoot dachte daran, mit einem Akzent, der auf jeder amerikanischen Bühne als bezaubernd englisch anerkannt worden wäre, züchtig zu murmeln: »Aber hören Sie!« Dann brach das Gespräch ab. Istra Nash stand im Eingang – blaß, unduldsam, das rote Haar hochgekämmt, groß und schlank, miederlos, in einem enganliegenden grauen Kleid. Alle Köpfe drehten sich wie auf Zapfen zuerst zu Istra, dann zu Mr. Wrenn. Er wurde rot und verbeugte sich, als wäre er aufgefordert worden, eine Rede zu halten, stand ungeschickt auf und sagte: »Äh – äh – äh – Mrs. Ferrard kennen Sie ja, Istra, nicht wahr? Sie wird Sie den anderen Herrschaften vorstellen.«

Er setzte sich nieder, zerbrach sich den Kopf darüber, warum zum Kuckuck er überhaupt aufgestanden wäre, und konstatierte unglückselig, daß Nelly Istra und ihn in kalter Feindseligkeit musterte. Verlegen blickte er zu Istra hinüber, als sie sich ihm gegenüber neben Mrs. Arty niederließ und ohne jede Neugier ihre Serviette auseinanderfaltete. Er glaubte auf ihrem vergnügten Gesicht eine Miene teuflischer Belustigung zu sehen.

Er wurde rot und strich mit wütendem Eifer Butter auf ein Stück Brot, während Mrs. Arty erklärte:

»Meine Damen und Herren, ich möchte Sie alle mit Miss Istra Nash bekannt machen. Miss Nash – Mr. Wrenn kennen Sie schon; Miss Nelly Croubel, unsere Jüngste; Tom Poppins, der große Fünfhundertspieler; Mrs. Ebbitt, Mr. Ebbitt, Miss Proudfoot.«

Istra Nash sah in gespielter Schüchternheit auf, zauderte ein Weilchen, sagte dann mit klarer Stimme und deutlicher Aussprache: »Danke sehr« und wandte sich wieder ihrer Suppe zu, als wäre sie in einem gemütlichen Gespräch, das sie mit ihr führte, unangenehm gestört worden.

Die Anderen begannen zu sprechen und aßen rasch und ziemlich laut weiter. Miss Mary Proudfoots dünne Stimme übertönte alle Geräusche:

»Ich habe gehört, daß Sie eben in New York angekommen sind, Miss Nash.«

»Ja.«

»Sind Sie zum erstenmal in – –«

»Nein.«

Miss Proudfoot trank beleidigt einen sehr großen Schluck Wasser.

Nelly versuchte tapfer:

»Gefällt Ihnen New York, Miss Nash?«

»Ja.«

Nelly, Miss Proudfoot und Tom Poppins begannen, alle auf einmal und sehr schnell, über verschiedene Schuhläden zu sprechen, während Mr. Wrenn angestrengt darüber nachdachte, was er sagen könnte … Du guter Gott, wenn Istra ihn hier im Hause »in die Tinte« brachte! … Dann ärgerte er sich über sich selbst und über alle anderen, weil Istra nicht gebührend gewürdigt wurde. Wie wunderbar sie mit ihrem müden weißen Gesicht aussah!

Als die Suppenteller, die man nach einem höchst komplizierten und verwirrenden System um den Tisch herum reichte und dann zusammenstellte, von Annie abgenommen wurden, betrachtete Istra Nash das Mädchen mit boshafter Miene. Mrs. Arty runzelte die Stirn, dann wurde sie betont freundlich und sagte:

»Miss Nash kommt eben aus Paris zurück. Sie ist eine richtige Europareisende, so wie Mr. Wrenn.«

Mrs. Samuel Ebbitt piepste: »Mr. Ebbitt war auch in Europa. Achtzehnhundertzweiundachtzig.«

»Nein, stimmt nicht, Fannie; es war achtzehnhunderteinundachtzig«, klagte Mr. Ebbitt.

Miss Nash wartete das Ende dieser Störung ab, als handelte es sich um ein Geräusch, mit dem man sich eben abfinden mußte wie mit der Hochbahn.

Zweimal holte sie Atem, um etwas zu sagen, und alles am Tisch legte Gabel und Messer aus der Hand, um zu horchen. Sie sagte aber nicht mehr als:

»Ach, entschuldigen Sie, daß ich jetzt davon spreche, Mrs. Ferrard; würden Sie so freundlich sein, mir morgen mein

Frühstück ins Zimmer heraufzuschicken? So gegen neun? Etwas ganz Einfaches – vielleicht eine Kantalupe, Rührei und Schokolade?«

»Aber gewiß; ja, natürlich, selbstverständlich«, murmelte Mrs. Arty, während ihre Pensionäre insgesamt den Atem anhielten und flüsterten:

»Schokolade!«

»Eine Kantalupe!«

»Rührei!«

»*In ihrem Zimmer – um neun Uhr*!«

All dies war für Mr. Wrenn ganz fürchterlich. Er befand sich in der Lage eines Mannes, für den eine Rede in der Brauergenossenschaft und eine Ansprache im Zentralverband der Frauen-Antialkoholvereinigungen für die gleiche Stunde angesetzt sind. Er raffte seinen Mut zusammen und rief:

»Miss Nash müßte eigentlich bei unserem Picknick mitmachen. Sie ist blendend bei Ausflügen.«

»Ach ja, Mr. Wrenn und ich sind in England einmal die ganze Nacht hindurch gewandert«, sagte Istra in aller Unschuld.

Alle Augen fragten Mr. Wrenn, wie das zu verstehen sei. Er versuchte Nelly anzublicken, aber in seinem Innern tat etwas weh.

»Ja«, murmelte er. »Das war ein ziemlich weiter Weg.«

Miss Mary Proudfoot machte noch einen Versuch:

»Ist es angenehm, in Paris zu studieren? Mrs. Arty hat erzählt, daß Sie Künstlerin sind.«

»Nein.«

Dann schwiegen alle, und im weiteren Verlauf des Essens sprach Mr. Wrenn abwechselnd mit Istra über Olympia Johns und mit Nelly über Picknicks. Seine Stimme hatte einen flehenden Unterton, der Nelly dazu brachte, ihn nachdenklich anzusehen und sogar freundlich zu werden. Mit ruhiger Beharrlichkeit zog sie Istra in ein Gespräch über die Rue de la Paix-Moden, das nahezu alle wieder vereinigte und ihr Mr. Wrenns bebende Dankbarkeit eintrug.

Nach dem Dessert holte Istra langsam ein glattes goldenes Zigarettenetui aus ihrer silbergrauen Brokattasche und zündete sich sehr sorgfältig eine dünne russische Zigarette an. In einer ihrer schönsten Attitüden, die Ellbogen auf den Tisch gestützt, saß sie da und betrachtete das große Bild »Auf der Hirschjagd« an der Wand hinter Mr. Wrenn.

In bissigem Ton rief Mrs. Arty dem Dienstmädchen zu: »Annie, bringen Sie mir *meine* Zigaretten.« Aber Mrs. Arty, die es immer sehr rasch bedauerte, wenn sie boshaft gewesen war, lud Istra Nash – obgleich diese gar nichts davon gemerkt zu haben schien, daß die Frau des Hauses boshaft gewesen war – so herzlich ein, nach dem Essen in das Wohnzimmer zu kommen, daß Istra nichts anderes übrig blieb, als zu erklären: »Ja, vielleicht«; sie ging sogar soweit, daß sie sagte: »Ich glaube, man muß Sie alle beneiden, Sie sind eine so glückliche Familie.«

»Ja, das stimmt«, meinte Mrs. Arty.

»Ja«, fügte Mr. Wrenn hinzu.

Und Nelly: »Das stimmt.«

Alle am Tisch nickten ernsthaft: »Ja, das stimmt.«

»Ich bin ganz sicher« – Istra lächelte Mrs. Arty zu – »das kommt daher, daß eine Frau das Ganze leitet. Denken Sie nur, was für ein Hundeleben Sie führen würden, wenn Mr. Wrenn oder Mr. – Popple, ja? – die Leitung hätten.«

Man applaudierte. Man merkte, daß sie einen Witz gemacht hatte. Sie wurde noch einmal, diesmal von allen Seiten, aufgefordert, in das Wohnzimmer zu kommen, und sie erschien auch, obwohl sie ziemlich kurz angebunden sagte, daß sie nicht Fünfhundert, sondern nur Kinder-Bridge spielen könne – eine Whistart, die Mr. Wrenn augenblicklich zu lernen beschloß. Sie ruhte (»ruhte« bezeichnet es ganz genau) zwischen den Kissen auf dem roten Lederdivan, rauchte zwei Zigaretten und beteiligte sich ab und zu mit einem »Nein?« an der Konversation.

Als sie Nelly einmal etwas hochmütig behandelte, sagte Mr. Wrenn sich nahezu wütend: »Sie ist wohl zu gut für uns?« Aber er mußte in ihrer Nähe bleiben. Das Bewußtsein, daß Istra im Zimmer war, ließ ihn fast regelmäßig vergessen, daß er hin und wieder die Vorhand beim Spiel hatte; und als Miss Proudfoot ihn fragte, ob er meine, daß man das bevorstehende Picknick besser auf Staten Island oder auf den Palissaden abhalten solle, antwortete er höchst unklar: »Ja, das wird wohl besser sein.«

Denn er wollte neben Istra Nash sitzen, ihr ganz nahe sein. Er begab sich also mutig zu ihr, und augenblicklich erschienen ihm alle Anderen als Fremde, die seine kluge Kameradin und er studierten.

»Sagen Sie mir doch, liebes Mäuschen, was gefällt Ihnen an den Leuten hier? So außerordentlich scheinen sie ja nicht zu sein. Klären Sie die arme Istra auf.«

»Also, sie sind eben schrecklich freundlich. Ich hab so lang in einem Haus gewohnt, wo man keinen Menschen gekannt hat, außer der Mrs. Zapp – das war die Wirtin – und für die hab ich nicht sehr viel übrig gehabt. Aber hier, Tom Poppins und Mrs. Arty und – die anderen – die haben Menschen wirklich gern, und deshalb kommt man sich hier wie zu Hause vor … Miss Croubel ist ein sehr nettes Mädel. Sie arbeitet für Wanamacy – sie hat eine recht große Stellung dort. Sie ist Hilfseinkäuferin in der – –«

Er unterbrach sich erschrocken. Fast hätte er gesagt: »in der Wäscheabteilung«. Er verbesserte sich: »in der Kleiderabteilung«, und sprach unsicher weiter: »Mr. Duncan ist Reisender. Jetzt ist er unterwegs.«

»Mit wem spielen Sie? Nelly hat also – sie eignet sich am besten dazu, nicht?«

»Wieso kommen Sie – –«

»Ach, ich habe bemerkt, wie sie Sie ansieht. Ich glaube wirklich, sie ist ein furchtbar nettes Rosengesicht. Und jetzt, in diesem Augenblick, stellen Sie Vergleiche zwischen ihr und mir an.«

»Herrjeh!« sagte er.

Sie war überaus zufrieden mit sich. »Sagen Sie, was denken diese Leute; oder wenigstens, worüber reden sie?«

»Na, *hören* Sie!«

»Ssst! Nicht so laut, Mäuschen.«

»Hören Sie, ich weiß, was Sie meinen. Sie kommen sich ein bißchen so vor, wie ich in England. Sie können sich nicht recht vorstellen, was die Leute denken, und das macht Sie son bißchen einsam.«

»Also, ich – –«

In diesem Augenblick kam der freundliche Tom Poppins zum Divan. Er hatte schnaufend sein schweres Gewicht in die Dritte Avenue geschleppt, weil Miss Proudfoot erklärt hatte: »Heut abend bin ich ein richtiges Schleckermäulchen.« Er pflanzte sich vor Istra und Mr. Wrenn auf, hielt ihnen mit großartiger Gebärde eine Tüte Schokoladenplätzchen und eine Tafel Nußschokolade entgegen und sagte theatralisch:

»Was soll es sein, Eure Hoheit? Dicke Menschen werden von niemand geliebt, und deshalb müssen sie Süßigkeiten kaufen, damit man sie nicht wegschickt. Mal sehen; Sie nehmen n Plätzchen, Bill. Und was wollen Sie, Miss Nash?«

Ernst und höflich blickte sie zu ihm auf – allzu ernst und höflich. Sie schien ihn nicht sehr nett zu finden.

»Gar nichts, danke«, sagte sie scharf. Gekränkt, entsetzt ging er fort.

Istra sprach weiter: »Ich bin noch nicht lange genug hier, um mich einsam zu fühlen, aber jedenfalls – –« wurde aber von Mr. Wrenn unterbrochen:

»Sie haben Tom sehr weh damit getan, daß Sie nichts genommen haben; und er ist ein so freundlicher Mensch.«

»Weh getan habe ich ihm?« fragte sie spöttisch.

»Ja, weh getan. Und so viele freundliche Menschen gibts in dieser Welt gar nicht.«

»Ach ja, Sie haben natürlich Recht. Es tut mir sehr leid, wirklich.«

Sie ging Tom nach und sagte ihm in ihrem nettesten Ton:

»Ach, ich möchte doch etwas nehmen. Ich habe es mir anders überlegt. Oder darf ich nicht?«

»Ja, aber natürlich dürfen Sie!« sagte Tom über das ganze Gesicht strahlend.

Istra blieb bei den Kartenspielern stehen, lächelte Mrs. Arty freundlich zu und sagte ganz menschlich:

»Es tut mir ja so leid, daß ich kein vernünftiges Kartenspiel kann. Ich fürchte, ich bin zu dumm, um es zu lernen. Ich glaube, Sie sind sehr beneidenswert.«

Mr. Wrenn auf seinem Divan war in großer Aufregung … Wollte Istra nicht zurückkommen?

Sie kam. Sie entrann allen Einladungen, Fünfhundert zu lernen, ging zu ihm zurück und murmelte: »War die schlimme Istra gut? Ist ihr verziehen? Liebes Mäuschen, ich wollte nicht häßlich zu Ihren Freunden sein.«

Durch das Wasser in einem Kochtopf beginnen allmählich Bläschen emporzusteigen, die Oberfläche gerät in Bewegung, und dann, nach langem Warten, siedet das Wasser plötzlich – einen ganz ähnlichen Prozeß machten die Gefühle Mr. Wrenns durch, nun da Istra, die Herrliche, wirklich etwas getan hatte, das von ihm angeregt worden war.

»Istra – –« Mehr konnte er nicht sagen, aber aus seinen Augen war alle Reserve verschwunden.

Sie erwiderte seinen Blick mit einem nicht weniger offenen – nur lag mehr Mütterliches darin; es war wie ein freundliches Über-den-Kopf-streichen; und ganz Mutter war sie, als sie fragte:

»Ich habe Ihnen also wirklich gefehlt?«

»Gefehlt – –«

»Haben Sie noch an mich gedacht, wie Sie hier im Haus waren? Ach, ich weiß – ich war vergessen; die arme Istra war von dem hübschen Rosengesicht verdrängt.«

»Ach bitte, Istra, *nicht*! Ich – können wir nicht n bißchen spazieren gehen, damit – damit wir reden können?«

»Aber, wir können doch auch hier reden.«

»Ach herrjeh! – hier sind so viel Leute … Herr Gott, wie ich nach Amerika zurückgekommen bin – herrjeh! – da hab ich in der Nacht kaum schlafen können – –«

Von der anderen Seite des Zimmers war die lärmende Stimme Toms zu hören, der zu Nelly sagte:

»Ach ja, Sie meinen natürlich, Sie sind das einzige Mädel, das schon mal im Theater gewesen ist. Wir sind noch nie im Theater gewesen. O nein!«

Nelly und Miß Proudfoot konnten gar nicht genug über diesen Witz lachen.

Von ganz fern warf Mr. Wrenn einen Blick auf sie; das waren nicht seine Menschen. Voll Stolz betrachtete er Istras schönes, edles Gesicht, als er ganz heiß weiter stammelte:

»— da konnt ich in der Nacht überhaupt nicht schlafen …
Dann hab ich mich in die Arbeit gestürzt …«

»Sagen Sie, Sie sind also noch bei derselben Firma?«

»Ja. Kunstartikel- und Nouveautés-Gesellschaft. Und ich
hab schrecklich gearbeitet, und da hab ich Sie für eine ganz
kurze Zeit vergessen können – —«

»Sie haben mich also wirklich gern – obwohl ich mich in
England so scheußlich zu Ihnen benommen habe.«

»Ach, das war nichts … Aber ich hab immer an Sie gedacht,
auch bei der Arbeit sogar —«

»Es tut einem sehr wohl, einen Menschen zu haben, der
einen wirklich immer ernst nimmt … Tatsächlich, Mäuschen,
ich weiß das zu schätzen, aber Sie dürfen nicht – Sie dürfen
nicht – —«

»Ach herrjeh, ich kanns noch gar nicht recht begreifen – Sie
sind hier neben mir – ist das nicht merkwürdig! …« Dann
wollte er durchaus die Geschichte seiner Sehnsucht erzählen,
aber sie beeilte sich, ihn zu unterbrechen: »Die Leute hier sind
schrecklich gut und freundlich, und man kann sich auf sie verlassen. Aber – ach – —«

Am anderen Ende des Zimmers rief Tom:

»Ja, Sie legen sicher beim Tanzen ne erstklassige Zehe aufs
Parkett. Sie können wohl auch Boston und die ganzen vorneh-
men Tänze. Hohoho!«

»Aber, Istra, ach herrjeh! Sie sind so was Poetisches – wie
alles, was man selber nicht kann, aber, wenn man Shakespeare
und die ganzen Dichter liest, probiert mans.«

»Ach, mein lieber Junge, Sie dürfen wirklich nicht! Wir wollen gute Freunde sein. Ich weiß recht gut, was es für mich wert
ist, einen Menschen zu haben, dem es nicht gleichgültig ist, ob
ich lebe oder nicht. Aber ich dachte, es wäre ausgemacht, daß
wir nicht ernsthaft miteinander spielen; daß es nur ein *Spiel* sein
soll – und nichts weiter.«

»Aber auf jeden Fall werd ich hier in New York mit Ihnen
so viel spielen dürfen, wie ich kann? Ach, kommen Sie, gehen

wir doch spazieren – wir – wir können doch irgendwohin gehen.«

»Es tut mir schrecklich leid, aber ich habe versprochen – ich werde abgeholt, und dann müssen wir in ein albernes Atelier in der Nähe vom Bryant Park gehen. Ärgerlich, nicht wahr, gleich am ersten Tag? Und die arme Istra ist fürchterlich landkrank.«

»Ach, dann« – ganz hoffnungsvoll – »gehen Sie eben nicht. Wir – –«

»Es tut mir leid, liebes Mäuschen, aber ich werde die Verabredung einhalten müssen … Ich muß sogar gleich hinaufgehen und mich zurecht machen – –«

»Tut's Ihnen denn gar nicht leid?« fragte er schmollend.

»Oh ja, natürlich. Aber Sie wollen doch nicht, daß Istra einen netten Jungen enttäuscht, der sich eigens eine elegante neue Weste gekauft hat, nicht wahr? … Gute Nacht, Mäuschen.« Sie lächelte – das mütterliche Lächeln – und war mit einem allgemeinen freundlichen »Gute Nacht« verschwunden.

Nelly sagte, sie sei müde, und ging früh zu Bett. Er hatte keine Gelegenheit mehr, mit ihr zu sprechen. Lange saß er allein auf einer Stufe vor der Haustür. Bisweilen sehnte er sich nach Istras Elfenbeingesicht. Bisweilen malte er sich mit glühendem Mitleid aus, wie Nelly den ganzen Tag in ihrem lärmenden Warenhaus arbeitete – und bald mußte auch der übelriechende Stadtsommer kommen.

Am nächsten Abend gingen Istra und Mr. Wrenn spazieren, aber Istra sprach unaufhörlich lachend und scherzend über die Nachtwanderung in England. Irgendwie – er wußte gar nicht recht, wieso – wollte es ihm nicht gelingen, ihr, wie er sich vorgenommen hatte, immer wieder zu erzählen, wie sehr sie ihm gefehlt habe.

Mittwoch – Donnerstag – Freitag; er sah sie nur einmal beim Essen am Abend, und einmal auf der Treppe, als sie von fein aussehenden Herren im Frack, die Taxis vor dem Haus stehen hatten, abgeholt wurde und munter plaudernd fortfuhr.

Nelly war sehr liebenswürdig; nicht mehr und nicht weniger – liebenswürdig. Liebenswürdig spielte sie mit ihm Fünfhundert, und liebenswürdig lehnte sie es ab, mit ihm ins Kino zu gehen. Es strengte sie von Tag zu Tag mehr an, bis sieben Uhr im Geschäft zu bleiben und »Schlager« für die Weiße Woche vorzubereiten. Am Freitagabend beobachtete er, daß sie ihre weichen, frischen Lippen traurig hängen ließ, als sie vor dem Essen müde die Treppe heraufkam. Um acht Uhr zog sie sich in ihr Zimmer zurück, und um dieselbe Zeit wurde Istra von einem hageren, ironisch dreinblickenden Mann, der eine Norfolkjacke anhatte, in irgend ein Privathaus zum Essen entführt. Mr. Wrenn ärgerte sich über die Norfolkjacke. Natürlich, daß vornehm aussehende Herren im Frack Istra von ihm fortlockten, darauf mußte er gefaßt sein, aber eine Norfolkjacke – – Doch so nannte er dieses Kleidungsstück gar nicht. Obgleich er in dem schönen Dörfchen Aengusmere selbst ein solches getragen hatte, war es für ihn noch immer ein »Rock mit einem Gürtel«.

Den ganzen Abend dachte er an Nelly. Er hörte, wie sie – auf einem und demselben Stockwerk wie er – mit Miss Proudfoot sprach, die ganze drei Stunden, nachdem Nelly angeblich schlafen gegangen war, an deren Tür stand.

»Nein«, sagte Nelly mit unverkennbar gespielter Munterkeit, »nein, ich hatte bloß ein bißchen Kopfweh … Es ist schon viel besser. Ich glaube, jetzt kann ich schlafen. Vielen Dank, daß Sie gekommen sind.«

Nelly hatte Mr. Wrenn gegenüber nicht davon gesprochen, daß sie heftige Kopfschmerzen hatte – sie, die einst, noch vor wenigen Wochen, mit einem Schnitt in ihrem weichen Fingerchen zu ihm gelaufen war und ihn gebeten hatte, die Wunde zu verbinden … Langsam ging er zu Bett.

Eine halbe Stunde lag er da, und dann überwältigte sein Leid ihn so sehr, daß er aus dem Bett springen mußte. Er kauerte sich wie ein kleines Kind vor dem Bett auf die Füße und betete, während das harte Holzbrett der Bettwand ihm in die Brust schnitt:

»O Gott, o Gott, verzeih mir, verzeih mir, ach verzeih mir! Ich hab ja Nelly vergessen (und dabei lieb ich sie so) und sie mit Istra verglichen und gar nicht gewußt, was ich an ihr hab, und Nelly war immer so lieb zu mir und hat mir so vertraut – – O Gott, laß mich nicht schlecht werden!«

Viele Minuten betete er so, und die Brust, die er gegen die Bettwand preßte, tat ihm immer mehr weh. Und ununterbrochen loderte das Lagerfeuer, an dem er mit Istra gesessen war, hinter seinen Augenlidern, immer sah er Istra in all ihrer Herrlichkeit in einer Londoner Wohnung in Gesellschaft vieler kluger Menschen, immer sah er die schönen Linien ihrer Brust, ihre bleichen Wangen, darüber das feuerfarbene Haar – etwas über die Maßen Schönes, etwas, wofür er keinen Ausdruck finden konnte.

»Ach,« stöhnte er, »sie ist so wie das ganze Poetische im Shakespeare, was so schwer zu kapieren ist … Am Sonntag beim Picknick werd ich besonders nett zu Nelly sein … Sie vertraut mir so, und dann fang ich – – O Gott, laß mich nicht schlecht werden!«

Als er Sonnabend früh fortging, fand er in der Diele ein Briefchen von Istra vor:

»Wollen Sie morgen Samstag, nachmittag und vielleicht auch abends mit der armen Istra spielen, Mäuschen? Sie haben doch den Samstagnachmittag frei, nicht wahr? Wenn Sie mich um halbzwei abholen können, lassen Sie einen Zettel für mich zurück.

I. N.«

Er hatte den Samstagnachmittag zwar nicht frei, behauptete es aber in seinem Zettel, und um halbzwei erschien er mit einem neuen (am Dienstag erstandenen) Frühjahrsanzug, einem neuen (Sonnabend mittag erstandenen) Frühjahrshut und dem Spazierstock, den er in der Tottenham Court Road gekauft hatte, an ihrer Tür.

Istra führte ihn in ein Stück, das sie »futuristisch« nannte. Sie erklärte ihm das Ganze etliche Male, sie traktierte ihn mit Tee und Muffins und erinnerte ihn an Mrs. Cattermoles Teestube, wobei sie Mrs. Cattermoles ernste Knollennase keineswegs vergaß. Sie saßen bei Brevoort und waren um halbzehn wieder zu Hause, denn Istra war »ein ganz klein wenig müde, Mäuschen«.

Sie standen vor ihrer Tür, und Istra sagte: »Sie können hereinkommen, nur auf eine Minute.«

Er war in New York noch nie in ihrem Zimmer gewesen. Die alte Schüchternheit überkam ihn, und er warf einen Blick hinter sich.

Nelly kam gerade herauf und riß den Mund vor Verblüffung auf, als sie ihn in Istras Tür stehen sah.

Bei Mrs. Arty empfingen Damen in ihrem Zimmer nicht Besuch.

Er wollte auf sie zu laufen, erklären, ihr sagen, sie solle – solle – Er stotterte in seinen Gedanken, und nun war Nelly auch schon mit abgewandtem Gesicht vorübergeeilt.

Voll Unbehagen balancierte er auf der Vorderkante eines Schaukelstuhls und betrachtete verwundert den Bücherstapel vor einem von Istras Koffern. Istra saß auf dem Bett, rieb sich das Knie und fing zu klagen an:

»Ach, liebes Mäuschen, mich langweilen alle Menschen so – alle, ohne jede Ausnahme … Natürlich meine ich nicht Sie; Sie sind ein guter Junge … Ach – Paris ist zu kompliziert – ganz besonders, wenn man die Nasale nicht richtig sprechen lernt – und New York ist zu jung und ernst; und Dos Puentes in Kalifornien wird einfach die Hölle sein … Und alle meine kleinen Gesellschaften – ich gehe immer so glücklich und naiv hin wie ein kleines Kind, das zu einem Geburtstag eingeladen ist, und wenn ich dort bin, merke ich, daß ich nicht einmal Quadrille tanzen kann, ganz wie das kleine Kind, und gehe wieder nach Hause – – Ach, verflucht, verflucht, verflucht! Entsetze ich Sie sehr? Es ist mir ganz egal, und wenn ich alle Leute entsetze!«

Sie warf sich der Länge nach auf das Bett und weinte. Ihre schönen Hände umklammerten krampfhaft die Zipfel eines Kissens.

Er ging zum Bett, streichelte ihr langsam und regelmäßig die Schulter, viel zu erschrocken über ihren Ausbruch, um sie auch nur küssen zu *wollen*.

Sie blickte auf und lachte unter Tränen. »Jetzt müssen Sie sagen: ›Na, na, na; nicht weinen.‹ Das muß man immer sagen, wenn man ein weinendes Mädchen streichelt, wissen Sie … Ach Mäuschen, Sie werden einmal sehr gut zu einer Frau sein.«

Sie streckte ihre langen Arme aus und zog ihn zu sich herunter. Aber *sein* Kopf lag auf *ihrer* Schulter. Ihnen beiden schien es, als müßte er getröstet werden, nicht sie. Er drückte seine Wange an ihre weiche Schulter und ruhte dort, ganz aufgegangen in verlorener Glückseligkeit, in der Glückseligkeit, so weit von der engen Welt der Wrennhaftigkeit entfernt zu sein, daß er, ohne sich den ängstlichen, bekümmerten Gedanken Wrenns hinzugeben, Trost spenden und Trost empfangen konnte.

Istra murmelte: »Vielleicht brauche ich gerade das – einen Menschen, der mich braucht. Nur – —« Sie fuhr ihm über das Haar. »Jetzt müssen Sie gehen, mein Lieber.«

»Sie – – Ist es jetzt besser? Ich fürchte, ich hab Ihnen nicht viel geholfen. Eigentlich wars grade umgekehrt.«

»Ach ja, wirklich, jetzt ist alles gut! Es waren nur die Nerven. Sonst nichts. Also, Gute Nacht.«

»Bitte, wollen Sie nicht morgen zum Picknick mitkommen? Es ist – —«

»Nein. Es tut mir leid, aber ich kann wirklich nicht.«

»Bitte, überlegen Sie sichs noch.«

»Nein, nein, nein, nein, mein Guter! Sie müssen gehen und mich vergessen und sich amüsieren und gut zu Ihrem Rosengesicht sein – Nelly, nicht wahr? Sie scheint schrecklich nett zu sein, und ich weiß ganz genau, daß ihr euch sehr schön unterhalten werdet. Sie müssen mich vergessen. Ich bin nichts weiter als eine Lehrerin, die im Spielen Unterricht gibt und selbst bei keinem Spiel Erfolg hat. Aber das ist ganz egal. Es macht mir nichts, wirklich nicht. Also, gute Nacht.«

Achtzehntes Kapitel.
Und folgt einer wandernden Flamme
über gefährliche Meere

Sie verzehrten ihr Picknick auf den Palissaden ziemlich früh: Nelly und Mr. Wrenn, Mrs. Arty und Tom, Miss Proudfoot und Mrs. Samuel Ebbit, die ununterbrochen ausrief: »Na! Seit zehn Jahren bin ich nicht so durchgebrannt!« Sie hockten im Kreis um ein rotes Tischtuch, das über einen Stein gelegt war, unterhielten sich ausführlich über die belegten Brote, das kalte Huhn, die Limonade und die gefüllten Oliven und lachten maßlos über die Behauptung Toms, Miss Proudfoot hätte eine Flasche Korn an ihrem Leib versteckt.

Nelly war sehr liebenswürdig zu Mr. Wrenn, aber sie sagte kein einziges mal Billy zu ihm und unterhielt sich fast ausschließlich mit Miss Proudfoot; sie lächelte, sagte aber kein Wort, als es ihm gelang, einen Witz über Mrs. Artys Kaugummi zu machen. Als Mr. Wrenn mit einem Holzteller, auf dem Brötchen mit Sahnenkäse lagen, an ihre Seite rückte, setze er an, ihr zu erklären, wie er dazu gekommen sei, in Istras Zimmer zu gehen.

»Warum sollten Sie denn nicht?« fragte Nelly kurz und wandte sich wieder Miss Proudfoot zu.

»Sie scheint sich nicht viel draus zu machen«, dachte er erleichtert, gleichzeitig in seiner kleinen Eitelkeit gekränkt und wieder ganz begeistert von Nelly. Er wollte sehr gern ihre Meinung über Istra und ihre Meinung über ihn hören und wurde trotzig, als sie ihn konsequent wie einen höchst achtbaren Menschen behandelte, auf dessen Namen sie sich nicht recht zu besinnen vermochte.

Hatte er vielleicht nicht das Recht, Istra zu lieben, wenn er wollte? so fragte er sich. Außerdem, was hatte er denn *getan*? Er war mit seiner englischen Bekannten Istra ausgegangen! In ihrem Zimmer war er doch nur ein paar Minuten gewesen. Ein feiner Grund für Nelly, sich wie ein blödsinniger Eisberg zu benehmen. Außerdem, es war doch gar keine Rede davon, daß er etwa mit Nelly verlobt wäre oder so etwas. Außerdem, Istra würde sich natürlich nie etwas aus ihm machen. Es gab noch so manche Außerdem, mit denen er sich herumschlug, während er versuchte, picknicklich angenehm zu erscheinen. Schließlich war er ganz verwirrt und sagte kurz angebunden zu Nelly: »Gehen wir zu dem hohen Felsen dort.«

Als sie schweigend auf die Klippe zu wanderten und dann von oben auf den spiegelglatten, stahlgrauen Hudson hinunterblickten, lag ein matter Abglanz der Sonne auf dem Himmel. Nelly fürchtete sich, als sie bemerkte, wie steil der Abfall war, und klammerte sich an seinen Arm, ließ aber plötzlich los und trat ohne seine Hilfe zurück.

Er stöhnte in seinem Innern: »Ich hab kein Recht, ihr zu helfen.«

Als sie unsicher den Felsen hinunterkletterte, wollte er sie führen.

Sie riß sich los und sagte kurz: »Nein, danke.«

Augenblicklich bedauerte sie es und fing an, freundlich zu erzählen:

»Gestern hat Miss Nash mich in ihr Zimmer geführt und mir ihre Sachen gezeigt. Ach, sie hat ja so *schönen* Schmuck! La V'lières und Perlen und eine wundervolle Amethystbrosche. Ach ja! Sie hat mir ganz genau erzählt, wie die Mädels dort in Paris studieren und daß sie gar nicht gern nach Kalifornien zurückgeht, wo sie doch den Haushalt besorgen muß.«

»Den Haushalt besorgen?«

Nelly ließ ihn ein Weilchen leiden, bevor sie ihn mit den Worten »für ihren Vater« erlöste.

»Ach … Hat sie gesagt, daß sie bald nach Kalifornien fährt?«

»Vielleicht erst, wenn der Sommer vorüber ist.«

»Ach … Ach, Nelly – –«

Zum erstenmal an diesem Tag war er völlig aufrichtig. Er wollte sich ihr anvertrauen. Aber die Scham, Gefühle zu haben, war über ihm. Er kam nicht weiter.

Zu seiner Verblüffung sagte Nelly: »Sie ist sehr nett.«

Er gab sich Mühe galant zu sein. »Ja, sie ist interessant, aber natürlich ist sie lang nicht so nett wie Sie, Nelly, und – –«

»Ach nicht, Billy!«

Ihre Stimme hatte mit einem Mal einen so schmerzlichen Klang, daß sie beide fast zu weinen anfingen. Das gemeinsame Leid der Trennung brachte sie einander für einen Augenblick nahe. Dann ging sie mit kurzen, raschen Schritten weiter, und er stapfte hinter ihr einher. Er wußte wenig zu sagen. Er versuchte ein paar Bemerkungen über den Fluß und machte sie darauf aufmerksam, daß die Häuser drüben in New York im Sonnenuntergang leuchteten, daß die Fenster in den oberen Stockwerken tatsächlich so aussahen, »als ob ein Feuer drin war«. Sie antwortete nur: »Ja.«

Als sie zu den Anderen zurückkamen, überraschte es ihn, sie vergnügt und munter mit Miss Proudfoot sprechen zu hören. Er freute sich darüber, daß sie wieder besserer Laune war, aber seine Freude dauerte nicht lange. Ein erschrockenes Gefühl, er müßte nach Hause eilen und Istra sofort sprechen, machte ihn schwach und ließ ihn frieren. Er wollte sie gar nicht sprechen; aber er mußte gehen – sofort gehen; und darunter litt er auf dem ganzen Heimweg, während er automatisch die Rolle des strengen Reformators spielte und mit Tom Poppins einer Meinung darüber war, daß die Schrecken des Brandes in der Blusenfabrik bewiesen hätten, es müsse »was getan werden – unbedingt was getan werden«.

Auf dem Fährboot zitterte er, bis Nelly, mütterliche Zärtlichkeit in der Stimme, fragen mußte: »Aber Sie bibbern ja entsetzlich! Haben Sie sich erkältet?«

Selbstverständlich wünschte er Ehre damit einzulegen, daß er krank sei, sehr viel Mitleid und Pflege brauche; aber er lächelte bloß und sagte: »O nein, es ist weiter nichts.«

Dann rief ihn wieder Istra, und er wütete über die Langsamkeit, mit der die Landungsprozeduren vor sich gingen.

Als er nach Hause kam, war Istra fort.

Er ging entschlossen hinunter und fand Nelly ganz allein auf einer runden hellgelben Strohmatte vor der Haustür sitzen.

Er ließ sich neben ihr nieder. Er war sehr still; durchaus nicht der heitere junge Mann vom Picknick, der, wie die Pensionsvorschriften es verlangten, den Damen seine Verehrung beweist, indem er sie »aufzieht«. Und er sprach mit einer ruhigen Freundlichkeit, die fast vornehm war, mit einem Anstrich von

Müdigkeit und geistiger Reife, der sich so selten in Pensionen verirrt.

Als er sich niedersetzte, hatte er die Absicht gehabt, sie in ein Kino einzuladen. Aber er war inspiriert. Er saß bloß da und redete.

Als Mr. Wrenn zwei Abende später aus dem Büro nach Hause kam, fand er folgendes Briefchen vor:

»Liebes Mäuschen, eine Freundin hat mich aufgefordert, bei ihr im Atelier zu wohnen, und so bin ich auf und davon. Schade, daß ich Sie nicht mehr sehen und Ihnen Adieu sagen konnte. Kommen Sie mich einmal besuchen – rufen Sie aber vorher an, ob ich zu Hause bin – Spring XXX – Adresse XX South Washington Squ. In Eile

Istra.«

Den Abend verbrachte er damit, daß er nicht zu ihr ins Atelier ging. Einige Male sprang er mitten in einer Kartenpartie auf und lief in sein Zimmer, um sich davon zu überzeugen, ob der Brief wirklich so frostig klang, wie er ihn in Erinnerung hatte. Er klang nicht anders.

Dann wartete er eine Woche lang auf eine entschiedenere Einladung von ihr, die jedoch nicht kam. In diesen Tagen war er überaus höflich zu Nelly und konnte ihre Freundlichkeit nicht hoch genug einschätzen. Er wollte immer nachdenken, aber seine alte Gewohnheit, lange einsame Spaziergänge zu machen, nahm er doch nicht wieder auf. Jeden Nachmittag beschloß er, am Abend fortzugehen und abends fand er immer wieder, daß er »mit Menschen zusammen sein« wollte.

Er war in einem Zustand jugendlich-trotziger Verzweiflung; deshalb scherzte er am Kartentisch, um sich in seinem neuen Spiel – den Menschen nicht zu verraten, was er dachte – zu üben. Es bereitete ihm ein ganz raffiniertes Vergnügen, daß Mrs. Arty sich ihm gegenüber nicht mehr herablassend benahm. Er brachte es zustande, auf einem Kärtchen, das er mit einem Strauß Narzissen in Nellys Zimmer deponierte, Toms Schrift nachzumachen, und konnte sogar fast Tom selbst einreden, daß er, Tom, der Spender sei. Wahrscheinlich gelang es ihm gerade, weil ihm ziemlich gleichgültig war, was daraus wurde, Mr. Mortimer R. Guilfogle zu einer Erhöhung seines Gehalts auf dreiundzwanzig Dollar wöchentlich zu zwingen. Mr. Guilfogle gab sogar zu, die Briefe an die Kaufleute im Süden seien »eins-A-Schlager, mein Junge.«

John Henson, der Chef der Herstellungsabteilung in der Kunstartikel-Gesellschaft, lud Mr. Wrenn in sein Haus zum Essen ein, und die Erzählung vom Viehdampfer wurde von Mrs. Henson und den drei jungen Hensons sehr bewundert.

Einige Tage später, es war Mitte Juni, gab es in der Pension eine besonders gemütliche Mahlzeit. Nelly beschäftigte sich mit Mr. Wrenn – ja, es war nicht daran zu zweifeln; sie wandte sich ausdrücklich an ihn mit einer ziemlich langen und sehr fröhlichen Geschichte darüber, wie der Chef den unmanierlichsten der Abteilungsvorsteher »heruntergeputzt« hatte.

Er wollte in seine Antwort sein ganzes Ich legen, die vollkommene Gedankengemeinschaft erreichen, die Liebende kennen. Aber hinter seinem Stuhl stand der Geist Istras. Istra – er *mußte* sie sehen – jetzt, noch diesen Abend. Er eilte zu der Droguerie an der Ecke und rief sie an.

Ja–a, meinte Istra, nicht sehr freudig – sie sei heute abend im Atelier, obwohl sie – also, es werde eine kleine Gesellschaft da sein – einige Freunde – aber – ja, es werde sie freuen, wenn er kommen könne.

Entschlossen brach Mr. Wrenn zum Washington Square auf.

Da diese wissenschaftliche Abhandlung Mr. Wrenns Reaktionen auf das Ästhetische so erschöpfend untersucht hat, genügt es, von den Empfindungen, die der Anblick des Ateliers auf dem Washington Square und der dort Anwesenden in ihm auslösten, drei wiederzugeben – nämlich:

(a) Der große Raum war kahl, schlecht gehalten und vertrug keinen Vergleich mit dem rotplüschenen Glanz bei Mrs. Arty, so sehr er auch auf Überlegenheit Anspruch machte. Ja, sehr viele Bilder waren nicht einmal gerahmt! Man brauchte nur an die üppig vergoldeten und mit Fruchtmotiven geschmückten Rahmen bei Mrs. Arty zu denken!

(b) Die Leute dort glichen in ihrer Schwatzhaftigkeit durchaus den Insassen der Wohnung in der Great James Street in London, nur waren sie bei weitem nicht so freundlich; und

(c) Mr. Wrenn war jetzt ein Mann mit vielen Freunden, und wenn er den »blöden Bohémiens«, wie er sie nannte, nicht recht war, konnten sie sich ruhig zum Teufel scheren.

Istra war seltsamerweise immer am anderen Ende des Raums. Darüber freute er sich sogar. Das gab dem Abschied etwas Endgültiges.

Er beschloß, zu seinen eigenen Menschen zurückzukehren.

Als er sich mit umfangreichen und kunstvollen Pensions-Entschuldigungen erhob, um zu gehen, und Istra munter, aber keineswegs im Ton intimer Freundschaft »Gute Nacht« sagte, begleitete sie ihn zur Tür und noch auf den dunklen, langen Korridor hinaus.

»Gute Nacht, liebes Mäuschen. Es freut mich, daß Sie Gelegenheit gehabt haben, mit der kleinen Silver zu sprechen. Aber sagen Sie, war Mr. Hargis ungezogen zu Ihnen? Ich habe ihn über Einzelsteuern sprechen gehört – oder war es über Matisse? – und wenn er von einem von den beiden spricht, wird er gewöhnlich ungezogen.«

»Nein. Er war tadellos.«

»Ja, was *haben* Sie denn dann?«

»Ach – nichts. Gute Na – –«

»Sie gehen aber böse weg. Oder *nicht*?«

»Nein, aber – ach, es hat doch gar keinen Sinn, daß wir – daß ich – – *Nicht* wahr?«

»Nein – –«

»Matisse – der, von dem Sie eben geredet haben – und die Künstler, die heut in den kurzen Fräcken hier sind – ich würde nie wissen, wann ich so einen, und wann ich einen langen Frack anziehen soll – selbst wenn ich einen hätt – oder einen Prince Albert – –«

»Ach, nicht Prince Albert, Mäuschen. Sie müssen sagen, ein Gehrock.«

»Ja. Das mein ich ja auch. Das ist genau so wie mit dem Matisse. Ich hab keine Ahnung von den ganzen Sachen, die Sie interessieren. Jetzt, seitdem Sie von Mrs. Arty weg sind – du

lieber Gott, Sie haben mir so gefehlt! Aber wenn ich mich mit
Ihren Gästen unterhalten will, oder wenn Sie den Matisse« (den
unglückseligen französischen Maler schien er ihr ganz besonders übel zu nehmen) »auf mich los lassen, dann fang ich eigentlich son bißchen an, mich selber zu kapieren – und jetzt ist
es nicht so, wies in England war; ich hab jetzt selber Freunde,
mit denen ich mich unterhalten kann. Aber auf jeden Fall bin
ich mir heute richtig ins Klare über mich selber gekommen.
Zum Teil wirds wohl deshalb sein, weil ich gemeint hab, Sie
machen sich nichts aus meinen Freunden.«

»Aber liebes Mäuschen, mir ist das alles nichts Neues. Sie,
der Sie mit mir herumgewandert sind, Sie werden doch nicht
so gewöhnlich, so banal sein, mir Vorwürfe zu machen, weil
Sie sich an mich attachiert haben, nicht wahr, Kindchen?«

»O nein, nein, nein! Das hab ich nicht gemeint. Ich wollte
– ach herrjeh! Ich weiß nicht – also, ich wollte, daß zwischen
uns alles klar ist.«

»Ja, ich verstehe. Sie haben ganz recht. Und jetzt sind wir
ganz einfach Freunde, nicht wahr?«

»Ja.«

»Also leben Sie wohl. Und wenn ich wieder einmal in New
York bin – ich fahre in ein paar Tagen nach Kalifornien – ich
glaube, ich werde wieder zurückkommen können – ich hoffe
es wenigstens – obwohl ich natürlich eine Zeitlang für Freund
Vater den Haushalt besorgen muß, und vielleicht werde ich sogar aus lauter Verzweiflung eine Ortsgröße heiraten – aber, was
ich sagen wollte, mein Lieber, wenn ich wieder her komme,
dann wollen wir uns einmal ganz gemütlich zum Essen treffen,
ja?«

»Ja, und – leben Sie wohl.«

Sie stand oben an der Treppe und blickte ihm nach. Er
stapfte schwerfällig über die hölzernen Stufen hinunter, ganz
außer sich bei der überraschenden Entdeckung, daß er sich von
Istra verabschiedet hatte, daß er es nicht bedauerte, und daß er
Nelly Croubel jetzt nichts mehr vorzuenthalten brauchte.

Plötzlich rief Istra:

»Ach Mäuschen, warten Sie doch einen Augenblick.«

Sie kam heruntergeflitzt wie eine Schwalbe, warf die Arme um seinen Hals und küßte ihn auf die Backe. Dann lief sie rasch wieder hinauf und war auch schon im Atelier verschwunden.

Mr. William Wrenn ging rasch über den Riverside Drive und dachte über seine Briefe an die Kaufleute im Süden nach.

Als er das Atelierhaus verließ, hatte er in sich einen Menschen gesehen, der große Schmerzen und Aufregungen durchmachen muß, bevor er sich von allen Wünschen und Sehnsüchten nach Istra frei machen und bereit sein kann, Nelly aufrichtig und demütig zu dienen.

Aber er merkte, daß alle Schmerzen vorüber waren. Selbst wenn er seine Würde als Unglücklicher wahren wollte, gelang es ihm nicht, mit seinen Gedanken bei Istra zu bleiben.

So oft er an Nelly dachte, wurde ihm warm ums Herz und mußte er leise lachen. Einige Male tauchten aus dem Nichts Bilder der hochnäsigen Leute vor ihm auf, die im Atelier auf dem Washington Square die Probleme der Welt gelöst hatten, und dann murmelte er: »Ach, hoffentlich ersticken die mal dran. Istra ist aber tadellos; sie hat mich schrecklich viel gelernt. Aber – herrjeh! ich bin doch froh, daß sie nicht mehr bei uns im Haus wohnt; wenn sie noch da wohnen würde, würd ich mit der ganzen Sache wahrscheinlich nochmal von vorn anfangen.«

Plötzlich, an einer Straßenecke, irgendeiner Straßenecke, begann er zur Untergrundbahn nach dem Broadway zu laufen. Er mußte unter einem Dach mit Nelly sein. Wenn es nur möglich wäre, sie noch an diesem Abend zu sehen! Aber es war ja schon Mitternacht. Immerhin entwarf er einen Plan. Am nächsten Vormittag wollte er aus dem Büro fortgehen, sie in ihrem Warenhaus aufsuchen und dazu bewegen, daß sie am Abend mit ihm draußen in Manhattan Beach esse.

Er war zu Hause. Glücklich ging er die Treppe hinauf. Er wollte von Nelly träumen, und – –

Nellys Tür ging auf, und sie kam im Frisiermantel aus dem Zimmer.

»Ach«, sagte sie leise, »Sie sinds?«

»Ja. Aber Sie sind noch spät auf.«

»Sind Sie – – Geht es Ihnen auch ganz gut?«

Er lief über den Korridor und stand, am Stroh seines neuesten Hutes herumkratzend, verlegen da.

»Wieso, ja, Nelly, natürlich. Arme – – Ach, Sie wollen mir doch nicht sagen, daß Sie wieder Kopfschmerzen haben?«

»Nein – – Es war natürlich schrecklich albern von mir, aber ich hab am Abend gesehen, wie Sie weggegangen sind, und da haben Sie so wild ausgesehen, und so, als ob Ihnen nicht recht gut wäre.«

»Aber jetzt ist alles gut.«

»Also, dann Gute Nacht.«

»O nein – hören Sie zu – bitte! Ich bin zu Miss Nash gegangen, weil ich ziemlich sicher war, daß ich jetzt nicht mehr so – ach, na ja – also nicht mehr so in ihrer Gewalt bin. Und jetzt bin ich ganz sicher. Ich weiß nicht, was ich sagen soll, aber irgendwie möcht ich – ich möcht, daß Sie wissen, daß ich mir von jetzt an Mühe geben werd, ob ich Sie nicht dazu kriegen kann, daß Ihnen bißchen was an mir liegt.«

Er war sehr ernst und ziemlich ruhig, er hatte die Würde des Mannes, der zu sich zurückgefunden hat. »Ich trau mich nicht recht,« fuhr er fort, »das zu sagen, weil Sie vielleicht denken werden, ich bild mir ein, daß ich so was wien kleiner Blechgötze bin und nicht mehr tun brauch als sagen, welches Mädel ich haben will, und dann wird sie auch schon hergelaufen kommen, aber das stimmt nicht; es *stimmt nicht*. Es ist bloß so, daß ich möchte, daß Sie wissen, daß ich Ihnen jetzt *alles* von mir geben will, wenn ich Sie dazu bringen kann, daß Sie mich haben möchten. Und ich bin auch wirklich froh, daß ich Istra gekannt hab – ich hab ne ganze Menge von ihr gelernt, über Bücher und so – so daß ich mehr für mich, und vielleicht auch für Sie hab. Es ist – Nelly – versprechen Sie mir, daß Sie – meine Freundin sein wollen – versprechen Sie mir – – wenn Sie bloß wüßten, wie ich jetzt zurückgelaufen bin, um Sie zu sehen!«

»Billy – –«

Sie streckte die Hand aus, und er faßte sie, als wäre sie das heilige Symbol seiner Träume.

»Morgen«, sagte sie lächelnd, eine kleine Träne im Auge, »werd ich wohl wieder eine ganze Dame sein und von Ihnen verlangen, daß Sie mir alles erklären, aber jetzt bin ich einfach froh und glücklich. Ja«, betonte sie noch einmal, »ich *will* auch zugeben, daß ich es bin, wenn ich will! Ich *bin* froh und glücklich!«

Ihre Tür schloß sich.

Neunzehntes Kapitel.
Zu einer glückhaften Küste

An einem Novemberabend des Jahres neunzehnhundertelf geschah es, daß von Mrs. Artys Herde nur Nelly und Mr. Wrenn zu Hause waren. Sie hatten eben zwei hitzige Partien Dame beendigt und saßen jetzt, die Füße auf ein freundliches Petroleumöfchen gestützt, zufrieden da. Mr. Wrenn legte höchst beseligt ihre Hand an seine Wange. Er schilderte die Situation im Büro.

Das Geschäft hatte so an Umfang zugenommen, daß der Direktor Mr. Mortimer R. Guilfogle dem Chefreisenden Rabin mitgeteilt hatte, er plane, einen Vizedirektor zu ernennen. Sollte er, fragte Mr. Wrenn, sich um die Stelle bemühen? Die anderen Kandidaten, Rabin, Henson und Glover, waren alle gut mit ihm befreundet, und überdies war er imstande, »als Vorgesetzter anderen Leuten Anweisungen zu geben«?

»Aber natürlich können Sie das, Billy. Ich weiß noch, wie Sie hergekommen sind, waren Sie ein bißchen scheu, aber jetzt sind Sie doch die große Nummer in der Pension! Und werden die anderen vielleicht nicht probieren, Ihnen die Stelle wegzuschnappen? Aber selbstverständlich!«

»Ja, das stimmt!«

»Ja, Billy, einmal können Sie vielleicht sogar selber Direktor werden.«

»Hören Sie, das war aber großartig, nicht! Aber ehrlich, Nell, meinen Sie wirklich, daß ich Aussichten hab, die Vizestelle zu kriegen?«

»Ganz bestimmt.«

»Ach, Nelly – herrjeh! bei Ihnen – ach, bei Ihnen lern ich noch Vertrauen zu mir selber – —«

Er küßte sie zum zweitenmal in seinem Leben.

»Mr. Guilfogle«, erklärte Mr. Wrenn am nächsten Tag, »ich möcht über die Vizedirektorstelle mit Ihnen reden.«

Der Direktor, der im Schmuck einer neuen geblümten Weste prangte und in einem neuen Büro saß, hatte interessiert aufgesehen, als Unser zuverlässiger und verläßlicher Herr

Wrenn eintrat. Jetzt aber versuchte er, eine würdige und ungeduldige Miene zu zeigen.

»Das – –«

»Ich bin länger hier als alle anderen, und ich weiß jetzt in allen Zweigen vom Geschäft Bescheid, auch in der Herstellung. Sie wissen doch noch, ich hab Henson vertreten, wie seine Frau krank war.«

»Ja, aber – –«

»Und ich mein, Jake wird jetzt wohl finden, daß ich ganz ordentlich kommandieren kann, und Miss Leavenbetz auch.«

»Wollen Sie jetzt die Freundlichkeit haben und *mich* endlich zu Worte kommen lassen, Wrenn? Ich hab auch eine ganz kleine Ahnung davon, was im Büro los ist! Ich leugne nicht, daß Sie eine tüchtige Kraft sind. Vielleicht werden Sie sogar auch noch mal Vizedirektor. Aber zunächst will ichs mit Glover probieren. Er hat viel mehr Erfahrung in direkten – persönlichen Verhandlungen. Aber Sie sind eine tüchtige Kraft – –«

»Ja, das hab ich schon gehört, aber ich sag Ihnen, der Teufel soll mich holen, wenn ich mein ganzes Leben lang am selben Pult sitzen bleib, nur weil ich Ihnen den ganzen Ärger in der Abteilung erspar, Guilfogle, und jetzt – –«

»Na, na, na, na! Beruhigen Sie sich; nur immer langsam mit den jungen Pferden, mein Lieber. Wir mimen hier kein Theaterstück.«

»Ja, ich weiß; ich wollt auch nicht wütend werden, aber Sie wissen – –«

»Also, ich will Ihnen jetzt sagen, was ich machen werd. Ich werde Henson in die Einkaufsabteilung rübernehmen und für ihn keinen Neuen holen, sondern Sie zum Chef von der Herstellungsabteilung machen. Auf Ihre alte Stelle kommt Jake, und wenns notwendig ist, werden Sie ihm auch mal helfen. Und außerdem wirds gut sein, wenn Sie die wichtigeren von den Schmusbriefen auch weiter selber bearbeiten.«

»Also, das ist mir sehr recht. Ich bin ganz einverstanden damit. Aber natürlich erwart ich jetzt mehr Gehalt – Arbeit für zwei – –«

»Lassen Sie mal sehen; was haben Sie jetzt?«

»Dreiundzwanzig.«

»Na, das ist ne ganze Menge, wissen Sie. Die allgemeinen Unkosten sind viel rascher gestiegen als der Reingewinn, und wir müssen – –«

»Huh!«

»– erst abwarten, bis neue Geschäfte die Großzügigkeit rechtfertigen, mit der wir euch behandelt haben, bevor wir uns große Gehaltserhöhungen leisten können, obwohl wir uns selbstverständlich ebenso freuen wie Ihr, wenn so was möglich ist, aber – –«

»Huh!«

»– wenn wir zu üppig werden, machen wir noch bankrott, und dann haben wir alle keine Stellung … Trotzdem, ich bin bereit, Sie auf fünfundzwanzig zu erhöhen, obwohl – –«

»Fünfunddreißig!«

Mr. Wrenn stand unerschütterlich da. Der Direktor versuchte ihn mit Blicken einzuschüchtern. Mr. Wrenn entsetzte sich sehr und mußte angestrengt an Nelly denken, um fest zu bleiben. Schließlich senkte Mr. Guilfogle den Blick und schrie:

»Also, verflucht, Wrenn, ich werd Ihnen neunundzwanzig fünfzig geben, aber dann gibts mindestens ein Jahr keinen Cent mehr. Das ist endgültig, *verstanden*?«

»Gut«, zirpte Mr. Wrenn.

»Herrjeh!« jubelte er sich zu, »ich hätt nie gedacht, daß ich so viel rausschinden kann. Neunundzwanzig fünfzig! Jetzt hab ich mehr als genug zum Heiraten! Ich werd *neunundzwanzig fünfzig* kriegen!«

»Fünf Monate verheiratet heut abend, Schatzi«, sagte Mr. Wrenn in seiner Wohnung in Bronx zu seiner Gattin Nelly und machte damit den siebzehnten Oktober neunzehnhundertunddreizehn zu einem großen Datum in der Geschichte.

»Oh, ich habs *gewußt*, Billy. Ich war nur neugierig, ob du dran denken wirst. Du solltest nur das Dessert sehen, das ich mach – aber das ist eine Überraschung.«

»Dran denken! Na und ob! Sieh mal, was hab ich da für jemand mitgebracht?«

Er machte ein Päckchen auf und zeigte ihr ein Paar rotwollener Pantöffelchen, die Schöpfung eines der größten Rotwollekünstler im ganzen Land. Ja, und leisten konnte er sich so etwas auch. Verdiente er nicht zweiunddreißig Dollar wöchentlich – er, der einmal arm gewesen war. Und seine Aussichten auf die Vizedirektorstelle »sahen gut aus«.

»Ach, die werden ja so schön sein, wenns kalt wird. Du bist ein Engel! Ach, Billy, die Portiersfrau sagt, die jüdische Dame von gegenüber im Hof, Nummer siebzig, ist so faul, daß sie mit dem Korsett schlafen geht.«

»Hat die Portiersfrau die Kohle gebracht, Neil?«

»Ja, aber ihr Mann ist wieder ohne Arbeit. Ich hab heute nachmittag ziemlich lang mit ihr gesprochen. Ach weißt du, ich sehn mich immer so nach dir, Liebling, weil ich nichts Rechtes zu tun hab. Aber ich hab heute nachmittag ein Stückchen ›Kim‹ gelesen. Das hat mir sehr gut gefallen.«

»Das ist schön!«

»Aber ein bißchen schwer ist das. Vielleicht werd ich – – Ach, ich weiß nicht. Ich werd wohl recht viel lesen müssen.«

Er tätschelte ihr zärtlich die Wange und sagte hoffnungsvoll: »Vielleicht können wir uns mal ein kleines Häuschen draußen vor der Stadt leisten, und dann kannst du im Garten arbeiten … Schade, daß der alte Siddons wieder arbeitslos ist. Funktioniert der Gasherd wieder ordentlich?«

»Mhm, Schatzi. Ich hab ihn in Ordnung gebracht.«

»Hör mal, den Kaffee werd ich machen, Neil. Du wirst genug mit Tischdecken und Auf-die-Würstchen-aufpassen zu tun haben.«

»Schön, Schatz. Aber, ach, Billy, ich schäm mich so. Ich wollt etwas Kartoffelsalat holen, und jetzt fällt mir grad ein, daß ich dran vergessen hab.« Sie ließ den Kopf hängen, steckte die Fingerspitze in den Mund und tat höchst lieblich so, als schämte sie sich fürchterlich. »Machts dir sehr, sehr viel aus, wenn du zu Bachmeyer um welchen runterspringst? Ach, es ist ganz scheußlich, wie schlecht du behandelt wirst, wenn du so müde nach Haus kommst, nicht wahr?«

»Ach woher. Aber erst mußt du mir nen Kuß geben, sonst geh ich nicht.«

Nelly kam zu ihm und beugte, als er sie in den Armen hatte, den Kopf weit zurück. Zitternd und schlaff hing sie an ihm und blickte schweratmend zu ihm auf. Ihr Kopf lag auf seiner Schulter – eine weiche Liebeslast, die er nur zu gern trug – und so standen sie da, sahen durch das kleine Küchenfenster ihrer Wohnung im sechsten Stockwerk hinaus und konstatierten zum hundertsten Mal, daß die Bäume auf dem unbebauten Grundstück gegenüber nicht weniger rot und gelb seien als die Millionärsbäume im Central Park an der Fünften Avenue.

»Einmal«, träumte Mr. Wrenn, »werden wir in Jersey wohnen, wos lauter Bäume und Bäume gibt – und dann werden vielleicht auch Kinderchen da sein, die unter ihnen spielen, und dann wirst du auch nicht einsam sein, Schatzi; die werden dir schon ordentlich zu tun geben!«

»Jetzt schau aber, daß du weiter kommst, und red keinen Unsinn, sonst geb ich dir nichts zu essen.« Dann wurde sie lieblich rot, und unendliche Hoffnung strahlte aus ihren Augen.

Er ging rasch aus der Küche und musterte, wie immer, das Wohnzimmer mit einem glückseligen Blick – die Wände mit den roten Tapeten und der schimmernden Kunsteichentäfelung; die Tellerreihen auf der Anrichte; den Speisetisch mit den fein säuberlich abgestaubten Papierrosen, die in der Vase standen; den Lehnstuhl, und daneben Nellys Näharbeit auf einem kleinwinzigen Rohrtischchen; den großen goldgerahmten Öldruck »Bergesgipfel im Mondlicht«.

Er lief schnell die Treppe hinunter und sprang munter durch die Haustür hinaus. Dann blieb er wie gebannt stehen.

Jenseits der großen unbebauten Grundstücke im Westen flammte ein ungeheurer Sonnenuntergang am Himmel. Von der Wohnung, die über den East River auf das zahme Grasufer einer Spekulationsvorstadt blickte, war nichts davon zu sehen gewesen. »Herrjeh!« klagte er, »das ist seit einem Monat das erste Mal, daß ich einen Sonnenuntergang seh. Sonst hab ich beim Sonnenuntergang immer von Ritter-Bannern und Mandalay und lauter so Sachen geträumt!«

Wehmütig betrachtete der Verbannte sein verlorenes Reich, bis die Oktoberkühle ihn zusammenschauern ließ.

Aber er lernte vom Inhaber des Delikatessenladens eine neue Art, Eier zu kochen; und seine Pläne für den Abend – er wollte mit Nelly Dame spielen und ihr das Abendblatt vorlesen – ließen ihn wieder vergnügt vor sich hinlachen, als er mit seiner Siebencent-Portion Kartoffelsalat durch den frischen Herbstwind nach Hause eilte.